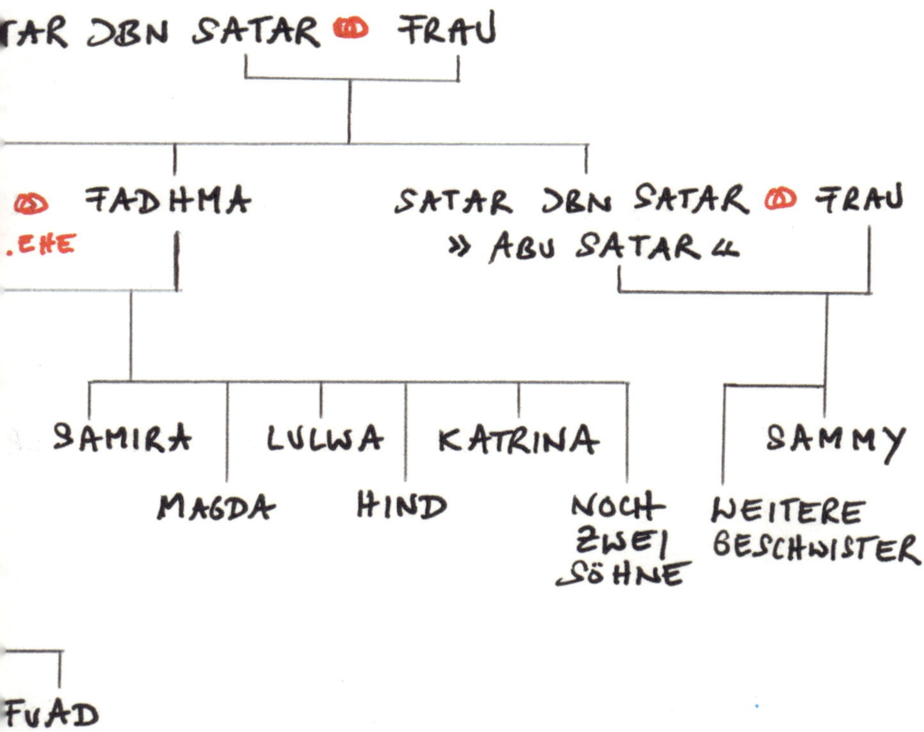
TAR IBN SATAR
FRAU
FADHMA
.EHE
SATAR IBN SATAR
FRAU
» ABU SATAR «
SAMIRA
LULWA
KATRINA
SAMMY
MAGDA
HIND
NOCH ZWEI SÖHNE
WEITERE GESCHWISTER
FUAD

Malu Halasa

Mutter aller Schweine

ELSTER

Malu Halasa

Mutter aller Schweine

Roman

Aus dem Englischen
von Sabine Wolf

ELSTER

Für Andy

I

Die Enttäuschung brennt wie Steppe. Sie riecht nach alten Socken und durchsickert die Spalten und Risse des neuen Hauses. Der Geruch, vertraut und immer gleich, begrüßt Hussein jeden Morgen. Ähnlich beharrlich ist die dumpfe Schwere in seinem Kopf – heute das Ergebnis von zu viel Johnnie Walker Red beim Begrüßungsessen für seine amerikanische Nichte Muna am Abend zuvor. Sie ist zum ersten Mal im Heimatland ihres Vaters, und Hussein dachte, er heitere die Stimmung des Familientreffens auf, aber tatsächlich hat er sich einfach egoistisch betrunken. Während er sich langsam anzieht, hofft er, dass sich der Nebel in seinem Kopf auflösen wird, sobald er sich Wasser ins Gesicht spritzt. Doch als er am Waschbecken im Badezimmer den Hahn aufdreht, kommt kein einziger Tropfen heraus. Da erinnert er sich an die leeren, quietschenden Wassertanks auf dem Dach. Der Wasserlaster ist schon drei Wochen zu spät. Fast mehr vom Geruch geführt, tastet er nach den Kanistern, die seine Stiefmutter gewöhnlich für solche Anlässe bereitstellt. Geht das Leitungswasser zur Neige, füllt Mutter Fadhma Gefäße an der öffentlichen Zisterne der Stadt. Sie ist bei so schlechter Gesundheit, dass sie die Behälter mit dem Taxi nach Hause transportiert. Weil Hussein zu faul zum Helfen ist, beschwert er sich nie über die Kosten.

Das Wasser schmeckt bleiern, so elementar wie der Geruch beim Aufwachen. Derselbe Geschmack durchzieht das Glas Tee, das auf dem Küchentisch für ihn bereitsteht. Beim ersten gierigen Schluck verbrennt und beruhigt Hussein sich zugleich, doch der strenge Geschmack stößt ihn ab. Als würde man Erde essen.

Als er sich vorbeugt, um seiner Stiefmutter einen Gutenmorgenkuss zu geben, verliert er fast das Gleichgewicht. Er hustet, lässt sich auf den nächsten Stuhl sacken und verweigert das wartende Essen mit einem kaum wahrnehmbaren Kopfschütteln. Das Glas Tee drückt er an die Brust wie einen Rettungsring.

»*Chubs?*« Die alte Frau hat ein Stück heiße Pita abgerissen und hält es ihm hin. Mutter Fadhma hat Husseins Tee und Frühstücksgeschirr mit einer Sorgfalt hergerichtet, als drehte sich die Welt allein um seine Wünsche und Bedürfnisse. Sie ist in ihren neuen blauen Polyesterbademantel gehüllt – ein Geschenk ihrer Enkelin aus Amerika – und würde Hussein nur zu gerne bedienen, doch er schüttelt nur wieder den Kopf, und so isst sie das Stück Brot schließlich selbst.

»Was für ein Fest gestern Abend ...« Sie seufzt die Worte lang und schwer, doch ihre Satzmelodie hebt sich. Sie will seine Meinung hören.

Hussein bleibt reglos sitzen. Er weiß, dass Fadhma gerne über das Fest sprechen würde, über Muna, über irgendetwas, aber er muss seine ohnehin schon dezimierte Energie für den langen Tag aufsparen, den er noch vor sich hat.

Als sie keinerlei Bestätigung erhält, werden Mutter Fadhmas kleine Augen schmal. Sie will mit Hussein schimpfen, dass er zu wenig isst und zu viel trinkt; aber schon lange ist klar, dass sie am Ende doch schweigt. Selbst wenn er sich blamiert, wie gestern Abend, vergibt sie ihm. In den seltenen Fällen, in denen sie einmal den Mut aufbringt, ihn zurechtzuweisen, ist ihr Tadel sanft und tröstend.

Hussein gilt noch immer als der bestaussehendste der sechs Brüder. Selbst in seiner einfachen khakifarbenen Militäruniform, identisch mit tausend anderen, sah er gut aus. Etwas an dem abgenutzten roten Barett betonte seine jungenhaften

Züge. Die Verbindung von Leutnant-Stern und diskret eingesticktem Adler seiner Elitebrigade erzeugte eine subtile Magie, die mehr als nur eine Frau unwiderstehlich fand. Doch jetzt, als er den schmuddeligen Schlachteranzug von der Garderobe neben der Haustür nimmt und hinausgeht, wird deutlich, dass diese einst schmissige Wirkung inzwischen völlig verloren ist. In Husseins ehemals glatte, schöne Züge haben die Jahre Krähenfüße gegraben.

Draußen zeigt die rissige Steintreppe ein ähnliches Bild. Das Haus ist das neueste an der holprigen, unbefestigten Straße. Die benachbarten Gebäude sind aus Lehmziegeln oder Stein; hinter ihren Mauern, uneinheitlich, gedrungen und verwittert, liegen Räume wie Löcher in einer verfaulten Zahnreihe. Auch Husseins Heim zeigt trotz seiner modernen Bauweise bereits eindeutige Zeichen des Verfalls.

Direkt hinter dem Zaun erstrecken sich karge, struppige Felder in die diesige Ferne. Der Dunstschleier liegt nicht an Husseins Kater; schon steigt die Hitze rasch empor. Zwei oder drei streunende Hunde schleichen lustlos auf der staubigen Straße umher. Sie sind jeden Morgen dort, angezogen vom unverkennbaren Blutgeruch aus dem ramponierten Van, der den Großteil von Husseins kurzer, spärlich geschotterter Zufahrt einnimmt. Normalerweise tut er so, als würde er einen Stein aufheben. Er muss ihn gar nicht werfen; sich zu bücken reicht, damit sich die Hunde, seit dem Welpenalter an Grausamkeit gewöhnt, die Straße hinuntertrollen. Eigentlich genießt er diesen kleinen Sieg, aber heute ist ihm zu übel, als dass er sich bücken könnte. Stattdessen kickt er halbherzig etwas Staub in Richtung des nächsten Köters und fährt mit dem Finger über einen neuen Kratzer, der beim Rücklicht beginnt und sich bis vor die Fahrertür zieht. Am Morgen zuvor war er noch nicht da. Mehrere ähnliche Kratzer durchziehen den Lack, die nicht vom üblichen Verschleiß durch Schotterstraßen herrühren. Die jüngste Zugabe ist länger und tiefer als der Rest. Entweder werden die Zeiten schlechter oder die Steine spitzer. Hussein seufzt und quetscht sich auf den Fahrersitz. Der Wagen ist für jemand viel Kleineres ausgelegt. Selbst wenn er den Sitz so weit wie möglich nach hinten rückt, berühren seine Knie fast das Steuer. Im Rückspiegel sieht er gerade noch, wie auf der anderen Straßenseite ein Gesicht hinter einer Gardine verschwindet. Er hat sich daran gewöhnt, beobachtet zu werden, dennoch lässt er nutzlos trotzig den Motor aufheulen, legt den Gang ein und fährt stürmisch rückwärts aus der Einfahrt. Ruckend kommt er zum Stehen und bereut seinen temperamentvollen Auftritt sofort. Sein Magen holt den Rest seines Körpers ein und dreht sich unangenehm. Feuchtkalter Schweiß tritt ihm auf Schultern und Stirn. Seine Hände kommen ihm leicht und unbeholfen vor, er lässt sich in den Sitz sinken und atmet schwer. Ein schwarzbrauner Hund erhebt sich aus dem Rinnstein, sieht apathisch zu Hussein und trottet davon.

»Der Wein macht lose Leute, und starkes Getränk macht wild; wer dazu Lust hat, wird nimmer weise.« Dschabir Ahmed Saber zitierte vor seinen Kindern gerne die Heilige Schrift. Doch Hussein erinnert sich immer nur dann an die Worte seines Vaters, wenn sie ihm am wenigsten nützen – nach der Tat, nicht davor. Er kann sich unschwer vorstellen, wie sein Vater die gegenwärtige Situation beurteilt hätte. Der Christ Dschabir Ahmed Saber war stets darum bemüht, die unterschiedlichen Religionen seines Umfelds miteinander zu versöhnen und nicht weiter auseinanderzutreiben. Für Hussein grenzte diese Passion, Konflikte zu vermeiden, manchmal an Schwäche. Hätte Respekt vor den Nachbarn den alten Mann nicht so gehemmt, hätte die Familie schon früher Nutzen aus Husseins Geschäftssinn ziehen können. Doch wenn Hussein an seinen Vater denkt, fühlt er sich zwangsläufig unwohl – als ob er ihn irgendwie enttäuscht hätte. Als die Stadt noch ein Dorf war, war Dschabir Ahmed Saber als natürlicher und bescheidener Anführer hervorgetreten, ein Mann von Wert. Er war ein einfacher und zäher Bauer, bekannt für seine Liebe zu Geschichte und Erzählungen. Er entwickelte einen solchen Ruf als Denker und großzügiger Gastgeber, dass die gesamte Gemeinde – selbst seine engste Familie – den alten Mann nur Al Dschid nannte, »Großvater«.

Das Geisterduo Al Dschid und Johnnie Walker wird von einem lauten elektrischen Rauschen vertrieben, gefolgt vom keckernden Ruf des Muezzins aus dem Moschee-Lautsprecher. Einen Augenblick lang bleibt Hussein reglos sitzen; dann fährt er, so schnell sein empfindlicher Zustand es erlaubt, den Hügel hinunter in Richtung Stadt. Er weiß, er muss sich beeilen, wenn er Ärger vermeiden will.

Die Viehgehege stehen dicht gedrängt um eine Freifläche, ein improvisierter Schlachthof hinter dem Markt am anderen Ende der Stadt. Verdrossen begutachtet Hussein die Tiere in ihren engen Pferchen. Heute ist Freitag, der Tag, an dem er nichts Unredliches verkauft, nichts, was seine muslimischen Freunde und Nachbarn beleidigen könnte. Ein Versprechen, das er sich selbst gab, als er neu in dem Job war, und an dem er entschlossen festhält. Ihm fällt ein schmutziges weißes Schaf ins Auge, ein wenig größer als der Rest, und er signalisiert dem Jungen, der Kaugummi kauend in der Ecke des Standes sitzt, dass er es zur Begutachtung herausbringen soll. Hussein blickt dem Schaf tief in Augen und Ohren, öffnet ihm das Maul, um sich die Zähne anzusehen. Das Tier wirkt gesund. Er hebt einen Hinterlauf an, um das Verhältnis von Fett zu Fleisch abzuschätzen. Er ist zufrieden und reicht dem Jungen wieder den Strick, der um den Hals des Schafes geknotet ist. Hussein wählt eine Ziege aus und untersucht auch sie gründlich. Natürlich ist der geforderte Preis zu hoch und sein Angebot zu niedrig. Sie handeln mehrere Minuten lang, bis Hussein schließlich zustimmt, etwas mehr als den tatsächlichen Wert zu zahlen. Er hat einfach keine Lust mehr, weiterzudiskutieren. Außerdem ist das Schaf Teil einer Sonderbestellung. Er wird die Differenz an den Kunden weiterreichen.

Manchmal folgen die Tiere widerstandslos, doch wenn eines plötzlich hierhin will und das andere dorthin, wird es schwierig, ihrer Herr zu werden. Hussein zerrt die störrischen Tiere zu seinem Parkplatz. Er bindet das Schaf an die hintere Stoßstange, dann wirft er mit erfahrenen, entschiedenen Bewegungen die Ziege auf die Seite, bindet ihr die Hufe zusammen und schiebt sie in den Transporter. Das Schaf folgt gleich darauf. Er schließt die Heckklappe und hält inne, um sich den Schweiß von der Stirn zu wischen. Schon jetzt fühlt er sich, als hätte er einen ganzen Arbeitstag hinter sich. Er quetscht sich hinter das Steuer, lässt den Motor an und wirft einen Blick nach hinten auf die Tiere. Ihre Augen sind glasig, matt, todgeweiht.

Bei der alten öffentlichen Zisterne wird die Straße enger, dann gabelt sie sich. Normalerweise nimmt Hussein die linke Strecke, um das Ostviertel herum, bis er wieder auf die Hauptstraße stößt: fünf oder zehn Minuten Umweg, nicht mehr. Aber er muss die Sonderbestellung für das Hochzeitsmahl am Abend bis um neun Uhr abgeliefert haben, und mitten hinter seiner Stirn hat sich ein dumpfer Schmerz breitgemacht. Außerdem kann er es nicht leiden, wie ein Krimineller Schleichwege zu nehmen. Tollkühn biegt er nach rechts ab, auf die kürzere Strecke.

Unvermittelt stürzt aus einer engen Seitengasse ein Reiter hervor, und Hussein muss fluchend nach links ausweichen. Ein Stück weiter vorne strömen Männer und Jungen aus der Moschee. Hussein spürt einen Anflug von Nervosität in der Brust und überlegt, ob er wenden soll, aber es ist zu eng. Das winzige Sträßchen voller Leute lässt ihm keinen Platz. Er schließt das Fenster und packt das Lenkrad fester.

Wütende Hände schlagen auf den Wagen. Leute schreien Beschimpfungen. Ihre Rufe scheuchen die Ziege auf, die schwermütig um ihr allzu kurzes Leben meckert. Hussein beugt sich über das Lenkrad, das ihm in den Bauch drückt. Er wird sich nicht einschüchtern lassen. Sein Körper scheint vor Empörung anzuschwellen, doch sein Kopf ist zum ersten Mal an diesem Morgen klar. Er steuert den Transporter weiter geradeaus. Den feindlichen Gesichtern dicht vor seinem Fenster begegnet er mit stählernem Blick. Er wird ihnen keine Genugtuung verschaffen, indem er Wut oder Angst zeigt.

Gleich hinter der Moschee wird die Straße breiter und macht eine Kurve. Die Menschenmenge lichtet sich ein wenig, und der Lieferwagen fährt langsam hindurch, wobei er einen kleinen Staccato-Schotterhagel aufwirft. Da zersplittert etwas. Im Rückspiegel erspäht Hussein den jugendlichen Angreifer. Das Bürschchen, ein paar versprengte Haare im Gesicht, ist noch nicht mal alt genug für einen Bart. Als Vergeltung für das zerschmetterte Rücklicht drückt Hussein laut auf die Hupe. Erschrocken stieben die Passanten auseinander, und in einer Wolke aus Sand und Staub schießt der Wagen des Schlachters der Freiheit entgegen.

2

Laila blickt über die Parfümflakons hinweg in den Spiegel und untersucht ihr Gesicht sorgsam nach Spuren von Stress. Sanft massiert sie die empfindliche Stelle über ihrem rechten Ohr und fragt sich, warum sie die Kopfschmerzen bekommt, wann immer ihr Ehemann trinkt. Der säuerliche Geruch, der aus den vollen Windeln im Wäschekorb strömt, kümmert sie gerade genauso wenig wie ihre beiden älteren Söhne in deren Zimmer. Morgens hat sie nur ein einziges Anliegen. Ihr ist egal, wie viel Wasser noch übrig ist oder woher es kommt – von der Farm, aus einem dieser Banditenlaster oder aus einem verfluchten Erdloch –, sie will einfach nur eine ausreichend große Menge für ihren alleinigen und sofortigen Gebrauch. Wenn sie Mutter Fadhma darauf hinweisen muss, dass die Kanister im Bad fast leer sind, kann sie laut und ausfallend werden.

Das restliche Wasser aus dem größten Behälter braucht sie fast komplett auf, um sich das Gesicht zu waschen, dann kämmt sie ihr halblanges braunes Haar und legt Make-up auf. Durch den Rauch einer Zigarette, die sie aus einer Schachtel auf dem Fensterbrett gezogen hat, mustert sie abermals ihr Spiegelbild und nickt zögerlich, aber anerkennend. Gut sieht sie aus, trotz allem, was sich gegen sie verschworen hat. Manche Frauen sind von zu vielen Kindern körperlich ausgelaugt und erholen sich nie wieder vollständig. Doch Laila hat nach jeder Geburt strenge Maßnahmen getroffen: die richtige Ernährung, Schminke und Kleidung. Ihre Hände sind manikürt, ihre Haut ist geschmeidig und weich.

Disziplin war schon immer der Kern ihres Charakters.

Normalerweise wirkt ihre Bestimmtheit, als habe sie alles fest unter Kontrolle, unabhängig davon, wie es ihr tatsächlich gehen mag. Als sie sich vom Spiegel abwendet, durchzuckt sie ein Schmerz, hell und stechend. Erinnerung oder Warnung? Sie öffnet ein Fläschchen extrastarkes Aspirin, schluckt drei Tabletten mit dem Wasserrest aus dem Kanister, zieht ein letztes Mal an der halb aufgerauchten Zigarette und drückt sie in den qualmenden Aschenbecher.

Mutter Fadhma hat langjährige Übung und ist auf die fein abgestuften Blicke ihrer Schwiegertochter eingespielt. Sie sieht, ob Laila am Frühstückstisch allein sein möchte, und verlässt dann die Küche ohne ein Wort oder eine weitere Überlegung. Fadhma kommt ihrer Schwiegertochter nicht in die Quere. Schlimm genug, in Lailas Haus zu wohnen, aber obendrein müssen Fadhma und ihre jüngste Tochter Samira auch noch von ihrem Stiefsohn Hussein finanziell unterstützt werden.

Laila scheint sich heute morgen Mühe zu geben. Sie füllt das Teeglas der alten Frau, bevor sie sich selbst eingießt und sich ihr am Tisch gegenübersetzt, zwischen ihnen ein beeindruckendes Aufgebot an gekochten Eiern, Laban, Tomatenscheiben, Frühlingszwiebeln, grünen und schwarzen Oliven, getrocknetem Satar-Thymian, Olivenöl und Brot.

»Und wie fandest du's?« Nur selten sucht Fadhma das Gespräch mit ihrer Schwiegertochter, doch seit ihr zweiundzwanzigjähriger Gast angekommen ist, ist sie unruhig. Munas Vater Abd ist der zweitälteste Sohn von Fadhmas Schwester Nadschla. Als Fadhma nach Nadschlas Tod Al Dschid heiratete, zog sie Abd und seine fünf Brüder zusammen mit ihren eigenen fünf Mädchen und zwei Jungen groß. Abds Weggang aus Jordanien vor fünfundzwanzig Jahren beschleunigte zwar den Zerfall von Fadhmas unmittelbarer Familie, doch dafür macht die alte

Mutter ihm keine Vorwürfe. Von Al Dschids dreizehn Kindern war er der Erste, der sich gegen eintausend Jahre Tradition stellte, indem er eine *adschnabi* heiratete, eine Ausländerin.

»Unserem Teil der Familie sieht sie wohl eher nicht ähnlich«, bemerkt Laila trocken.

Gestern Abend, als Fadhma Muna zum ersten Mal sah, platzte sie hervor: »Wie eine Chinesin!«, worüber alle nervös lachten, auch Laila. Trotz der riesigen Land- und Wassermassen zwischen den beiden Ländern waren per Post, Telefon und, am schlimmsten, mündlich, unschöne Geschichten durchgedrungen. Das Temperament von Munas ausländischer Mutter, die die Anzüge ihres Gatten in Fetzen schnitt und Geschirr im Wert einer ganzen Küche zerschlug, war schon vor langer Zeit in die Sabas'sche Familiengeschichte eingeflossen. Die Berichte haben Mutter Fadhma lediglich bestätigt, wie unwägbar Eheschließungen mit unbekannten, ungeprüften Außenseitern sind.

»Stell dir doch mal vor«, empört sich die alte Frau, »das Mädchen hätte ja mit ihrem Vater kommen können. Aber sie muss unbedingt alleine reisen, wo sich doch gerade die Zerbrecher quer durch Syrien und Irak schlagen.«

Laila nervt es, wie Mutter Fadhma die Dschihadisten immer als »Zerbrecher« – vom Wort *deas* – bezeichnet, scheinbar nur, um sie zu ärgern, aber sie geht bewusst nicht darauf ein. Die Familie ihres Mannes interessiert sie in der Regel eher wenig. Die junge Frau an sich findet sie faszinierend.

»Ich habe Muna gefragt, ob sie einen Freund hat oder ob ihre Familie Pläne für ihre Verheiratung hat, und weißt du, was sie gesagt hat?« Laila stochert im Essen und wartet die Antwort ihrer Schwiegermutter nicht ab. »Sie hat gesagt: ›Das meinst du nicht ernst, oder?‹«

Am Abend zuvor erfüllte Laila eine solche Mischung aus Missbilligung und Neid, dass sie das Gespräch nicht fortführen konnte. Heute Morgen musste sie wieder daran denken, und sie kann es noch immer kaum glauben. Nachträglich fügt sie hinzu: »So ein Selbstbewusstsein – solche Freiheit.« Sobald die Worte ausgesprochen sind, weiß sie, dass sie das Falsche gesagt hat.

»Da haben wir hier schon genug davon. Muss wohl ansteckend sein, meinst du nicht?«

Fadhmas Häme ist nicht zu überhören. Doch ebenjenes Thema, das die beiden peinlichst meiden, hat Laila gar nicht gemeint, obwohl es sie zugegebenermaßen seit einer Weile umtreibt.

»Du musst mit Samira sprechen«, stellt Laila nüchtern fest. »Schließlich bist du ihre Mutter.«

»Ja, es ist immer gleich die Mutter schuld.« Als wollte sie sich die Kehle durchschneiden, wischt sich die alte Frau lapidar mit der Hand unterm Kinn entlang. »Aber eins sag ich dir«, fügt sie unwirsch hinzu, »ich bin in dieser Familie nicht als Einzige schuld.«

Laila bereitet sich auf das Schlimmste vor und wappnet sich für ein frühmorgendliches Streitgespräch. Stattdessen verschafft ihre Schwiegermutter nun ungeniert ihrem Kummer Luft; Laila erscheint das untypisch, denn außer Starrsinn zeigt Fadhma normalerweise keine Gefühle.

»Ich habe Hussein angefleht, Samira an ihre Pflichten zu erinnern – ihr einen Rat zu erteilen. Es stehen ihr Ruf und unserer auf dem Spiel.« Sofort ändert sich Fadhmas Stimmung, und ihre Worte klingen wie flüssiges Blei: »Aber er musste sich in letzter Zeit auf andere Dinge konzentrieren.«

Laila fällt eine der englischen Redewendungen ein, die sie in der Mittelstufe unterrichtet, *ein Elefant im Zimmer*, etwas steht unausgesprochen im Raum: Ein Tier steht im Raum, launischer als ein Elefant – und auch schmutziger und stinkender. Es wütet durch ihre Leben ... Aber laufen ihre Streitigkeiten nicht immer so? Fadhma versucht doch ständig, jegliche Kritik abzuwehren. Heute Morgen will Laila sich nicht abbringen lassen.

»Wenn ich Samira zur Rede stelle, hat sie immer einwandfreie Erklärungen, warum sie unterwegs sein muss.« Unbeirrt nippt Fadhma an ihrem Tee.

»Die neue Direktorin hat gesagt, dass sie Samira in der Hauptstadt gesehen hat«, erwidert Laila. »Stell dir nur mal vor, das Mädchen bricht die Pädagogische Hochschule ab, hat nichts zu tun und landet unter lauter Fremden, wo das doch so gefährlich ist! Frau Salwa hat natürlich nur gedacht, sie hätte jemanden gesehen, der wie Samira *aussah*.«

Die beiden Frauen rücken näher zusammen und schweigen angespannt. Laila weiß nicht mehr genau, wann sie zuerst vermutete, Samira könnte sich leichtsinnig verhalten. Noch nicht während der Aufstände in der arabischen Welt; Samira und ihre Teenager-Freundinnen waren damals noch zu jung für die Proteste. Doch irgendetwas liegt im Argen. Laila ist sich nicht sicher was – die politische Unsicherheit ringsum oder der Umgang, den Husseins Halbschwester pflegt.

Auch wenn Laila zahllose Zweifel an der Gesellschaft hegt, in der sie lebt, bleibt sie peinlichst innerhalb der Konventionen und erwartet dasselbe von der angeheirateten Familie. Samira, die ledige Schwester ihres Ehemanns, ist besonders angreifbar, denn es braucht recht wenig – es reichen Gerüchte um die Indiskretion eines Mädchens –, damit sich gleich die ganze Stadt empört und eine Familie auf ewig geächtet ist. In einer Kultur, in der nichts wichtiger ist als die Tugend einer Frau, ist jegliche Verteidigung derselben bereits ein Zeichen ihrer Angreifbarkeit. Prüfende Blicke vermeidet man lieber. Die Frauen der

Familie Sabas müssen sich gegenseitig schützen, weil es sonst niemand tut.

Mutter Fadhma steht langsam auf und lächelt triumphierend. »Jetzt, wo unser Gast da ist, geht mein Mädchen zumindest nicht mehr alleine aus, oder?«

Die alte Frau zieht ihren neuen Bademantel enger um sich wie einen Schutzschild. Unter dem dichten Stoff wird sie schwitzen wie ein Schwein. *To sweat like a pig*. Kurz fällt Laila aus der Rolle und muss fast laut auflachen. Englische Redewendungen mit Tieren mag sie besonders gern, sowohl innerhalb als auch außerhalb des Klassenzimmers.

Ihre Gedanken werden unterbrochen, als ihr siebenjähriger Sohn Salim in die Küche gehüpft kommt. Erleichtert wenden sich die beiden Frauen voneinander ab. Laila umfasst das perfekt geformte Gesicht ihres Sohnes und drückt ihm die Wangen. Sie weiß, dass sie trotz allem Grund zur Dankbarkeit hat. Ihr Ältester ist ihr ein großer Trost, und ihn so frisch und munter zu sehen, verbessert ihre Stimmung sofort. Er wurde genau neun Monate nach ihrer Hochzeit geboren, und weil Hussein damals noch dauerhaft bei der Armee wohnte, wurde ihr Erstgeborener zur Liebe ihres Lebens.

Ein zweiter, kleinerer Junge wartet still in der Tür. Mansur, dunkel wie sein Vater, hat auch dessen Gemüt geerbt und ist eher zurückhaltend und empfindlich. Manchmal sind die banalsten Dinge zu viel für ihn und er bekommt einen Asthmaanfall. Laila sieht sofort seine gerunzelte Stirn. Er findet es schwierig, mit einem Bruder mitzuhalten, der, obwohl nur ein Jahr älter, sehr viel selbstbewusster ist.

Sie winkt ihren jüngeren Sohn herbei, ruft sanft: »*Habibi*, Liebling, komm her«, und tätschelt ihm den Rücken, als er auf den Stuhl neben ihr klettert.

Beide Kinder, noch in Schlafanzügen, haben sich das Gesicht gewaschen. Salim stopft sich Brot und Joghurt in den Mund, während Mansur Laila anbettelt, ihn zu füttern.

»Du bist doch schon ein großer Junge«, ärgert ihn Salim.

»Bin ich nicht ...« Mansurs Stimme verliert sich in einem Keuchen.

Laila beruhigt ihn, nimmt ein Stück gekochtes Ei auf den Löffel und schiebt es in seinen eigensinnigen Mund. Bevor das Gestichel wieder anfängt, warnt sie: »Eure neue Tante schläft noch!«

Die Jungen sprechen leiser. Ihre Söhne mögen den Gast. Die Geschenke, die Muna von den Verwandten aus Übersee mitgebracht hat, haben sie aufgerissen, und es beeindruckt sie, eine echte, lebende Amerikanerin kennenzulernen, wie Abby aus CSI. Augenblicke später hat Salim die Warnung seiner Mutter vergessen und fuchtelt seinem Bruder mit einer Gabel unter der Nase herum. Das Gekabbel bringt sofort Fadhma an den Tisch. Sie umarmt Mansur und redet gleichzeitig Salim gut zu, bis beide Brüder versprechen, sich zu benehmen. Während sich die Kinder in Fadhmas Zuwendung sonnen, überlegt Laila kurz, warum die beiden mit ihren Sorgen eigentlich nie zu ihr kommen. Sie vermutet, dass sie Fadhma näherstehen, weil die ihnen nachgibt. Für ihre Mutter – und Laila kultiviert das tatkräftig – empfinden sie vor allem Respekt, gewachsen eher aus Angst denn aus Liebe.

»Seht doch nur, was ihr eurer Dschadda für einen Ärger macht!«, sagt sie zu ihren Söhnen. Ob die Jungen ihre Großmutter drangsalieren, ist ihr gleichgültig. Doch eine gewisse Darbietung formeller Höflichkeit ist geboten, egal wie leer sie sein mag.

»Ich bin doch nicht würdig, Umm Salim«, antwortet Fadhma. Im stillen Konflikt zwischen den beiden ist diese schlichte

Aussage ein Angriff über zwei Flanken. Sie weiß, dass falsche Demut Laila reizt, und indem sie ihre Schwiegertochter »Mutter Salims« nennt, reduziert Fadhma sie wirkungsvoll von einer Person zu einer Funktion.

Gebieterisch blickt Laila durch Fadhma hindurch zum umfunktionierten Zwanzig-Liter-Butterschmalzkanister auf der Anrichte neben der Spüle. Er ist mit dem letzten kostbaren Abwaschwasser gefüllt und steht dort seit drei Wochen. »Wehe, dieser Laster kommt heute nicht«, beschwert sie sich, entnervt vom Chaos ringsum. Es ginge auch anders.

Letzte Woche musste sie nicht ein solches Auge auf die Jungen haben; sie aßen schnell, zogen sich an und gingen zum Spielen mit ihren Freunden nach draußen, bevor sie sich mit ihrer Mutter auf den Weg zur Schule machten. Jetzt zanken sie und spielen mit dem Essen. Laila hat auch bemerkt, dass die Jungen, wenn es Zeit wird loszugehen, ungewöhnlich still werden. Sie fragt sich, ob sie den Grund ihres Unglücks wohl ermittelt hätte, ohne die beiden zu bespitzeln.

Nach Munas Ankunft gestern Abend hörte Laila von der Küche aus Mansur auf der hinteren Terrasse heulen: »Die anderen mögen mich nicht mehr.« Statt hinzugehen und zu fragen, was los sei, verbarg sie sich hinter dem schweren Vorhang an der Terrassentür.

Salim ließ eine glänzende neue Spielzeugpistole sinken, ein Geschenk von einer seiner amerikanischen Tanten, und erwiderte: »Na und? Mir haben sie auch gesagt, dass sie mich hassen.«

Während Laila die beiden beobachtete, wusste sie, dass ihr jüngerer Sohn nicht verstehen würde, wie jemand irgendetwas anderes als Bewunderung für seinen älteren Bruder empfinden konnte.

»Was?«, fragte Mansur ungläubig.

Salim, seinem Alter voraus, nahm ein Taschentuch aus einer Schachtel zwischen den Kissen, wischte seinem jüngeren Bruder die Nase ab und legte dem Sechsjährigen behutsam den Arm um die Schulter. In diesem Moment wurde Lailas Kummer nur noch überwogen vom anhaltenden Zorn auf ihren Ehemann.

Abrupt steht sie vom Tisch auf. »Beeilt euch!«, befiehlt sie ihren Söhnen und verlässt die Küche. Ihre Schritte werden vorsichtiger, sobald sie ihre Schlafzimmertür öffnet. Dahinter schläft in einer hölzernen Wiege Fuad, der jüngste ihrer drei Söhne. Sie streicht ihm eine verschwitzte Locke aus der Stirn. Der Kleine, noch keine zwei Jahre alt, hat wegen eines übersäuerten Magens den Großteil der vergangenen Nacht wach verbracht; das Familienessen zu Munas Ehren hatte ihn etwas zu sehr begeistert. Laila macht sich fertig. Sie wirft noch einen letzten Blick auf das schlafende Kind und schließt die Tür hinter sich.

Im Flur ist es totenstill. Auch Samiras Tür ist verschlossen, die Zimmerbewohnerinnen schlafen noch. Ganz leise hört Laila jemanden im Wohnzimmer – zweifelsohne Fadhma, die sich mal wieder bei ihrem toten Ehemann beschwert. Laila findet die Jungen im Kinderzimmer vor, wo sie still warten, bereit für die Schule. Salim und Mansur starren zu ihr auf.

»*Yalla*«, flüstert sie, »lasst uns gehen.«

3

In der Schlachterei ist Hussein bei der Fleischlagerung absolut gewissenhaft. Er besitzt zwei Kühlschränke, einen für erlaubtes Fleisch und einen anderen, sehr viel größeren, für verbotenes. Als halal und haram sind die Kühlschränke nicht gekennzeichnet. Selbst folgt er zwar keinen Ernährungsvorschriften aus religiösen Gründen, doch er möchte verantwortungsbewusst handeln – auch wenn seine Vorkehrungen nur ihm bewusst sind. Außer ein paar Innereien ist der Halal-Kühlschrank so gut wie leer. Alles frische Hammel- und Ziegenfleisch verkauft er direkt von den Fleischerhaken im Schaufenster. Der andere Kühlschrank ist randvoll, bereit für das Wochenende. Heute Abend wird Hussein im Schutz der Dunkelheit noch mehr Schinken und Würste holen, doch zu Ladenschluss am Sonntag wird auch das letzte bisschen verkauft sein.

Soweit genügend Wasser vorhanden ist, werden die Räume der tristen Schlachterei täglich sauber gespritzt, aber häufig verstopft eine fettige Schmiere die Abflüsse und sie sondern einen unangenehm durchdringenden, fauligen Geruch ab. Hussein stellt den Gasbrenner an und setzt einen Topf Wasser auf. Im Hinterzimmer hört er Khaled, seinen Mitarbeiter, arbeiten. Der Junge murmelt ein Gebet. Kurz darauf scharren hektisch Hufe über den Fliesenboden, dann erklingt ein Spritzgeräusch, das sich in kaum vernehmbares Gluckern auflöst, als Blut, satt und suppig, in einen verzinkten Eimer abfließt. Mehrere dumpfe Schläge – der Kopf und die Hufe werden abgetrennt –, dann ein Geräusch, als würde ein alter, fettiger Teppich entzweigerissen – Khaled zieht die Haut ab. Mit einem flüssigen Klatschen quellen die Gedärme heraus, seidig und milchig. Hussein stellt sich vor, wie sein Gehilfe durch den Haufen wühlt, wie ein Hexer auf der Suche nach Weissagungen, und die Delikatessen heraussucht: Leber, Nieren und Dünndarm. Mit ein paar schnellen, tiefen Atemzügen pustet der Junge die Lungen auf, die althergebrachte Methode, um die Gesundheit eines Tieres zu überprüfen. Der Gehilfe kehrt nach vorne in den Verkaufsraum zurück, legt den Schafskadaver auf die lange Holztheke, wischt seine blutigen Hände an der schmuddeligen Schürze ab und grinst blöd seinen Chef an.

Hussein ignoriert ihn und wählt aus der breiten Palette abgegriffener Werkzeuge an der Wand ein Hackebeil. Ein Tier zu zerlegen, hat etwas zutiefst Befriedigendes, jeder knochenzerschmetternde Hieb etwas unwiderruflich Endgültiges. Mit jedem Schwung des Hackebeils spürt Hussein, wie sich seine Stimmung verbessert. *Bumm!* Das bringt den jugendlichen Missetäter zur Einsicht über die Schändlichkeit seiner rücklichtzerschmetternden Sitten. *Zack!* Das ist für den Wasserlaster. *Krach!* Laila. Der nächste Hieb soll für Samira sein und all den Ärger, den sie ihnen macht, doch in letzter Minute überlegt Hussein es sich anders und erteilt den Schlag abermals als persönlichen Beitrag zum Kampf gegen die Jugendkriminalität. Er arbeitet methodisch, trennt Bein von Lende, Schenkel von Brust, und lässt mit jedem Schlag seine Frustration heraus.

Er wählt zwei schöne Keulen aus seinem Werk und hängt sie ins Schaufenster. Schon sammeln sich erste Fliegen auf den Fleischbergen, von denen geleeweiches Fett auf die Theke tropft. Plötzlich klingelt die Glocke über der Fliegengittertür und kündigt den ersten Kunden des Tages an. Hussein ringt sich ein einladendes Lächeln ab.

»Frau Habasch, wie schön, Sie zu sehen. Was darf's heute sein? Wir hätten köstliches Lammfleisch.«

Die Frau des Bürgermeisters ist eine der wichtigsten Personen der kleinen Stadt. Sie ist mit einem ihrer Vettern verheiratet und aus einer alten Familie, die, wie die Sabasens, ihre Abstammung bis zu einer Festungssiedlung im Süden des Landes zurückverfolgen kann. Wie andere Christen mussten ihre beiden Familien vor über einhundert Jahren nach Norden fliehen – die Folge eines Missverständnisses, das zu einem Religionskrieg ausgeartet war. Schließlich erreichten sie eine erdbebenzerstörte byzantinische Stadt und gründeten darauf ein Dorf, das wieder zu einer Stadt anwuchs. Diese gemeinsame Historie ist Hussein nützlich. Sie erleichtert ihm seine zweiwöchentlichen Besuche im Büro des Bürgermeisters mit sogenannten »Häppchen«, die jedoch substanzieller sind als die sonstigen kläglichen Zuwendungen an den Ortsvorsteher. Den finanziellen Aufwand dieser freundschaftlichen Beratungsgespräche betrachtet Hussein als unerlässliche Betriebsausgabe. Warum sollten er und sein Onkel Abu Satar die einzigen am Trog sein? Seine Geschenke an den Bürgermeister sind nur recht und billig, niemand verlangt sie von ihm, doch der Umgang mit der Bürgermeistersfrau wird dadurch trotzdem nicht einfacher.

Frau Habasch lehnt sein Angebot ab. »Ich habe mir gedacht, dass Issa vielleicht gern ein Huhn zu Mittag hätte. Sie haben nicht zufällig noch eines hinten?«

Seit Frau Habasch einmal hat fallen lassen, dass sie nicht gerne auf den Markt gehe, hält Hussein in einem kleinen Hühnerstall im Hinterhof etwas Geflügel. Auf dem Markt wie eine Bäuerin zu feilschen, empfindet sie als unter ihrer Würde. Sie kommt lieber zu Hussein und zahlt für das Privileg. Er ruft: »Khaled, *dschadsche!*«, und der Junge erscheint mit einem dicken gesprenkelten Huhn im Arm.

Hussein ist überrascht. Ebendieses Huhn hat Khaled besonders gern. Es ist das beste der Schar, der Junge bevorzugt es und gibt ihm zusätzliches Futter. Doch vor Frau Habasch kann Hussein nichts sagen, und so nimmt er das dralle Huhn und dreht es für sie hin und her. Sie nickt zustimmend. Hussein gibt Khaled den Vogel zurück und sagt ihm, er solle ihn vorbereiten. Er mahnt den Jungen zur Eile – »*Asra!*« –, mehr sich selbst als der Kundin zuliebe, die er als aufdringlich empfindet. Wahrscheinlich bestellt sie nur Huhn, damit durch das Rupfen Zeit zum Tratschen bleibt.

»Wie geht's der Familie?« Sie inspiziert das Fleisch auf der Theke. »Ich habe gehört, Ihre Nichte ist zu Besuch. Ich hoffe, sie ist nicht wie diese arabischen Hip-Hopper.«

»Ganz und gar nicht. Muna ist eine wohlgesittete junge Frau«, erwidert Hussein, obwohl er sich da anhand seiner spärlichen Erinnerung an gestern Abend nicht sicher sein kann.

»Ich freue mich darauf, sie kennenzulernen. Ich könnte ihr gerne am Sonntag nach dem Gottesdienst die Mosaike zeigen.«

»Das würde ihr sicherlich große Freude bereiten.« Er weiß schon, was als Nächstes kommt.

»Hätten Sie vielleicht Lust, uns zu begleiten?«

Hussein hat schon vor langer Zeit jedwede religiöse Überzeugung aufgegeben. Seine Lebenserfahrungen haben es ihm unmöglich gemacht, weiter zu glauben. Trotzdem ging er früher noch der Form halber in die Kirche. Als sein Trinken, seine Enttäuschung und seine Scham zunahmen, ging er immer seltener. Das waren seine Gründe. Heute besteht seine Frau darauf, den Kindern zuliebe zu gehen, auch wenn es schwierig geworden ist. Manchmal glotzen und flüstern die Leute.

Eine so wichtige Kundin wie Frau Habasch will Hussein nicht verprellen. Normalerweise macht er ihr Komplimente zu ihrem guten Geschmack und stimmt ihr selbst dann zu, wenn er ihre Meinungen für unklug hält. Sein Onkel hat ihm das irrsinnigerweise als solides kaufmännisches Verhalten empfohlen.

Hussein entscheidet sich für Ausflüchte: »Frau Habasch, sonntags habe ich immer am meisten zu tun.« Die Autos, die am Wochenende die Hauptstraße blockieren, lassen sich kaum übersehen. »All meine Kunden sind ohnehin Christen. Und wann immer ich kann, nehme ich mir einen Augenblick allein, um zu …« Er schafft es nicht, unverhohlen zu lügen, und verschluckt das Wort »beten«.

»Das ist alles gut und schön«, seufzt sie, »aber Kommerz ersetzt keinen Gottesdienst. Religion ist der Anker unseres Lebens.«

Jetzt erinnert sie ihn gleich daran, dass ihre Stadt in der Bibel erwähnt wird. Die byzantinischen Ruinen, in denen sich ihre Familien niederließen, waren einst eine antike moabitische Stadt, in der Musa wandelte und Jesaja Prophezeiungen sprach. Ganz wie der Slogan auf den Reisebussen, *Besuchen Sie das Land der Propheten*. Sein Vater hätte ihr voll und ganz zugestimmt.

Hussein hebt die Hände und gesteht müde ein: »Dagegen lässt sich nichts sagen!«

Frau Habasch übergeht ihn und redet weiter: »Erst heute Morgen meine ich zu Issa, selbst eine Frau in meinen fortgeschrittenen Jahren spürt den Druck, sobald man in die Nähe des Ostviertels kommt. Merken Sie sich meine Worte, in einem Jahr müssen wir Frauen hier alle Hidschab tragen!«

Hussein weiß, welche Reaktion sie von ihm erwartet, aber seine Kunden aus dem Ostviertel sind durchweg anständig zu ihm. Sein Wagen wurde vielleicht vor der Moschee attackiert, aber er kann sich nicht dazu durchringen, pauschal gegen eine ganze Religion und sämtliche ihrer Anhänger zu wettern. Seine achtzehn Jahre in der Armee haben ihn gelehrt, gegenüber kollektivem Glaubenseifer äußerst wachsam zu sein, und selbst seine zwei Jahre Spezialauftrag haben ihn davon nicht abgebracht.

Er ruft sich ins Gedächtnis, dass Heuchelei nicht die exklusive Domäne der Verwöhnten und Behüteten ist, die sich kaum je über Familie und Heim hinauswagen. Scheinheiligkeit hat er auch bei befehlshabenden Offizieren und der Geheimpolizei erlebt, bei Männern, die sehr viel weniger rechtschaffen waren als Frau Habasch. Dennoch beunruhigt ihn ihre Haltung. Als noch wenige syrische Flüchtlinge ins Land kamen und sie in Jordanien bei Verwandten oder mitfühlenden Freunden unterkamen, sprach Frau Habasch davon, wie wichtig Solidarität sei, und initiierte ein paar halbherzige Spendensammlungen. Die Obdachlosen und Beraubten, die durch die Stadt zogen, waren nicht mehr als eine ärgerliche Störung, eher zu bedauern, als zu befürchten. Als dann Hunderttausende über die Grenze flohen und sich das Ostviertel mit Flüchtlingen und anderen Migranten füllte, veränderte sich allmählich die Demografie der kleinen Stadt, und die Christen, historisch in der Mehrheit, wurden zahlenmäßig übertroffen. Diejenigen, die am meisten zu verlieren hatten – Leute wie Frau Habasch –, reagierten, indem sie ihre Mauern aufstockten und ihre Tore und ihren Geist verschlossen.

»Laila hat gar keinen Ärger erwähnt«, räumt er langsam ein.

»Wird sie noch«, stimmt die Frau des Bürgermeisters wieder an und beschwert sich gleich: »Ich weiß einfach nicht, wann unser Land wieder normal wird und unsere Stadt wieder uns gehört.«

Frau Habaschs Gedächtnis erscheint Hussein höchst selektiv. Die Stadt hat ihnen nie gehört. Als ihre Großväter, Onkel und Väter – damals kleine Jungen – sich hier niederließen, umkämpften sie gemeinsam eine Wasserstelle gegen lokale Nomaden. Man muss nur ein paar Generationen zurückgehen, und immer flieht irgendwo irgendjemand oder sucht Zuflucht bei Fremden. Die gesamte Region blickt auf eine lange Geschichte der Vertreibung zurück. Die Syrer sind nicht die ersten Flüchtlinge, und sie werden auch nicht die letzten sein.

Um Frau Habasch abzulenken, merkt er schlaff an: »Ich verkaufe jetzt immer so viel Ziegenfleisch ...«

»Die brauchen wohl billiges Fleisch für die ganzen Kinder«, sagt sie. »Da sehen Sie, warum die kein Geld haben.«

Plötzlich fühlt Hussein sich ausgelaugt. Der Morgen hat ihn bereits stark strapaziert. Zu viele Grenzen bestehen zwischen denen mit und denen ohne Geld. Sich selbst verortet er als irgendwo in der Mitte strauchelnd, wo er möglichst viel für seine Familie zu ergattern versucht, doch die meiste Zeit kommt er sich dabei wie ein Versager vor. Müdigkeit übermannt sein besseres Wissen. »Frau Habasch, wir alle mögen doch viele Kinder, ganz unabhängig von der Religion, oder?«

Die Frau des Bürgermeisters hat keinen Nachwuchs – die einzige Schwäche in ihrer sozialen Rüstung. Hussein ist es egal, dass er jetzt waghalsig ist. Noch unter Flüchtlingen stehen kinderlose Ehefrauen. Ihnen mangelt es an einer Bestimmung, darin sind sich alle einig. Ob christlich, muslimisch oder jüdisch, diese Frauen haben ihre Familie und ihren Gott im Stich gelassen.

Augenblicklich verhärtet sich Frau Habaschs Haltung, und sie zielt auf Husseins verwundbarsten Punkt: »Und, wie läuft das Geschäft?«

Bevor er antworten kann, erscheint Khaled hinter der Theke, voller Hühnerfedern. Stolz hält er ein frisch gerupftes Huhn in die Höhe.

»Wunderbar!« Enthusiastischer als nötig klopft Hussein dem Jungen auf den Rücken. Er wickelt das Huhn ein, sagt: »Bestens, Frau Habasch, einfach bestens«, und reicht es ihr.

Sie hat die Münzen bereits abgezählt. »Ich frage nur, weil Gerüchte kursieren, wissen Sie.«

Beim Hinausgehen hält sie die Eingangstür der Schlachterei weit offen. Hussein weiß genau, gleich kommentiert sie den desolaten Zustand seines Wagens. Um sich die Peinlichkeit zu ersparen, dreht er ihr den Rücken zu. In Ermangelung eines Publikums schlägt die Fliegengittertür hinter ihm zu. Das Scheppern bringt Khaled aus dem Hinterzimmer nach vorne, in seinen Armen gackert das geliebte Huhn.

Vielleicht ist der Junge gar nicht so blöd, denkt Hussein, aber seine Genugtuung währt nur kurz. »Bring's zurück. Wir haben schon zu viel Zeit verloren.«

Gemeinsam packen sie Hammelfleisch in durchsichtige Plastiktüten. Das Fleisch ist für die Küche von Husseins Freund Matrub bestimmt, der heute Abend ein Festessen zur Hochzeit seiner ältesten Tochter veranstaltet.

Normalerweise ermahnt Hussein Khaled, bei seinen Botengängen nicht zu trödeln. Heute verspricht er ihm etwas netter: »Wenn du dich beeilst, haben die bestimmt Maamul für dich.« Die Aussicht auf Grießgebäck erhellt Khaleds Gesicht. Hussein geht hinter dem Jungen aus dem Geschäft und bleibt an der Hauptstraße stehen.

Die anderen Läden und Stände haben jetzt geöffnet, vor der Bäckerei bildet sich langsam eine Schlange. Vor dem Pilgerhotel die Straße runter steigen Baseballkappen und Schirmmützen in einen der Reisebusse, die das Heilige Land erkunden. Ihm gegenüber, auf der anderen Straßenseite des einzigen geteerten Abschnitts, ragt das Schnäppchen-Emporium in die Höhe, ein Warenlager unbeschreiblicher Ausmaße, erdacht und geführt von Abu Satar. Sofort will Hussein hinübergehen, die Aufmerksamkeit seines Onkels einfordern und ihm sein Herz ausschütten, doch der Anblick eines irakischen Lasters unter dem Neonschild des Emporiums hält ihn zurück. Er kennt Abu Satars Prioritäten nur zu gut. Fahrer mit potenziell lukrativen Ladungen sind wichtiger als Familienangelegenheiten. Dieser Lastwagen hat einen zusätzlichen Bonus. Er kommt aus einer Gegend, die für US-Restposten bekannt ist – recycelte Militärkleidung, abgepackte Nahrungsmittel jenseits des Haltbarkeitsdatums, sogar Ersatzteile für alte Klimaanlagen –, heiß begehrt und Abu Satars ungeteilter Aufmerksamkeit bedürftig. In den wenigen Minuten zwischen Begrüßungsgetränk und Entladen wird ein Handel abgeschlossen. »Woran sich ein hungriger Mann klammert, das verschenkt ein voller Magen« lautet einer der liebsten Aphorismen seines Onkels.

Früher hätte Hussein das amüsiert. Doch seit ihr gemeinsames Projekt ihm immer mehr Ärger einbringt, fragt er sich, ob er nicht einfach ein weiteres Opfer von Abu Satars Habgier geworden ist. Bei jeder Transaktion nimmt sich sein Onkel mehr als seinen gerechten Anteil am Gewinn – das ist nur zu erwarten. Doch bei diesem Geschäft hat Abu Satar es geschafft, dass die Unannehmlichkeiten und das soziale Stigma, denen Hussein ausgesetzt ist, ihn selbst nicht betreffen. Angewidert schürzt der Schlachter die Lippen, größtenteils aus Selbstekel. Er weiß, dass es sinnlos ist, sich über Abu Satar zu ärgern. Das neue Unbehagen in ihrem Verhältnis ist nicht die Schuld seines Onkels. Dessen Verhalten hat sich um keinen Deut geändert. Vielmehr hat inzwischen Hussein ein Problem mit Abu Satars Philosophie, Profit über alles andere zu stellen. Er seufzt und geht zurück in den Laden.

Solange er vor dem morgendlichen Ansturm noch allein ist, bückt er sich hinter der Theke und greift hinter einen der Kühlschränke. Er überprüft, ob ihn niemand sieht, und zieht verstohlen ein einfaches Einmachglas hervor, schraubt den Deckel ab und trinkt, lange und langsam. Der unverdünnte Arak ist Feuer in seiner Kehle, doch mit dem Brennen stellt sich auch die tiefe Ruhe ein, die er verlässlich, wenngleich nur vorübergehend, am Boden einer Flasche findet. Menschen wie Abu Satar und Frau Habasch sollten kein Monopol auf eine anständige Zukunft haben. Hussein will dieselben Chancen haben, weniger für sich selbst – dafür ist es zu spät – als für seine Söhne. Also hat er getan, was viele undenkbar gefunden hätten: Er hat das Land seines Vaters verkauft. Aufgrund dieser Eigeninitiative lebt seine Familie in einem neuen Haus. Doch kein Geldbetrag, daran erinnert ihn sein Onkel regelmäßig, ist jemals genug. Hussein blickt sich noch einmal um, dann greift er wieder rasch nach dem Glas und nimmt noch einen weiteren kräftigen Schluck.

Seit Abu Satar ihm das Schwein zum ersten Mal zeigte, wusste Hussein, dass der Weg zum Wohlstand kein leichter sein würde. Er hatte eigentlich nicht weiter als bis zum ersten Wurf gedacht und nahm an, die Ferkel müssten für einen einmaligen Mega-Verkauf gemästet werden. Dann würde das Geschäft wieder aufhören. Er hatte nicht mit den Instinkten der Tiere gerechnet. Kaum waren die jungen Eber entwöhnt, entwickelten sie den Aufsprungreflex. Zuerst versuchten sie es bei ihrer Mutter, dann untereinander, und schließlich richteten sie ihre Aufmerksamkeit auf ihre eigenen Schwestern. Hussein betrachtete sie und fragte sich allmählich, ob sich das Projekt als größer als gedacht herausstellen könnte.

Er wusste, dass Kastration die beste Methode war, damit die Eber schön fett wurden, beschloss jedoch, zwei von ihnen vor dem Messer zu verschonen. Er ließ sie bei ihrer Mutter und bei fünf ihrer Schwestern und brachte die restlichen dreizehn Ferkel in anderen Ställen unter. Die Männchen paarten sich mit ungehemmt genussvoller Triebhaftigkeit und schwelgten in dreizehnminütigen Orgasmen. Fasziniert stoppte Hussein sie mit einer taiwanesischen Stoppuhr (bis auf eine Zehntelsekunde exakt), die er sich aus dem Schnäppchen-Emporium geborgt hatte. Das Experiment zahlte sich aus. Gegen Ende des fünften Monats waren die Muttersau und drei ihrer Töchter trächtig. Der Rest des Wurfs war bereit für den Markt, doch Hussein machte eine eigenartige Entdeckung: Er brachte es nicht übers Herz, sie zu töten. Seltsam, dass ein Bauernsohn, von klein auf mit den Notwendigkeiten des Schlachtens vertraut, auf einmal so zimperlich war; noch seltsamer, dass ein ehemaliger Soldat, geschult in den Accessoires des Todes, von Handwaffen bis zum Springmesser, sich als unfähig erwies, einem Schwein die Kehle durchzuschneiden. Irrationalerweise hatte er Zuneigung zu den Geschöpfen entwickelt, gewachsen aus Respekt vor ihrer Intelligenz. Sich an Abu Satar zu wenden, stand außer Frage; sein Onkel hätte ihn nicht verstanden.

Hussein fragte sich, an wen er vertrauensvoll mit seinem Problem herantreten könnte. Dann kam er auf die Idee, Ahmad zu fragen, das Oberhaupt der Familie, die das Lehmziegelhaus seines Vaters mietete. Als Hussein entschieden hatte, das Haus an eine der ältesten palästinensischen Flüchtlingsfamilien zu verpachten, die noch zu Al Dschids Lebzeiten in die Stadt gekommen waren, hatte er heftigen Protest von Laila überwinden müssen. Seine Frau konnte nicht verstehen, warum er von der Familie so wenig Miete verlangte oder warum er ihnen, wenn es im Laden einen Überschuss gab, Fleischgeschenke brachte. Für Hussein handelte es sich um mehr als um Wohltätigkeit. Indem er Al Dschids Haus zugunsten der weniger Begüterten nutzte, hoffte er wiedergutzumachen, das geliebte Land seines Vaters verkauft zu haben.

Ungeachtet seiner Beweggründe war die Familie ihm für seine Güte dankbar und der Mann, um die sechzig, gerne bereit, sich um die Schweine zu kümmern und sie von einem seiner Söhne gegen eine kleine Vergütung schlachten zu lassen. Auf diese Weise kam Hussein zu seinen ersten Angestellten, und Ahmad stellte sich als guter Arbeiter heraus. Neun Monate und einhundert Ferkel später gab es mehr zu tun denn je. Der Ladenverkauf zog an, und es sah so aus, als ob Abu Satars Prophezeiung eines leicht verdienten Wohlstands nicht unbegründet gewesen war.

Doch ein scheinbar unüberwindbares Problem blieb. Penibelst untersuchte Hussein jeden neuen Wurf auf Hinweise. Er verzeichnete Gewicht und Größe jedes Ferkels, inspizierte Hufe und Ringelschwänzchen und überprüfte die Augen. Bislang hatte er Glück gehabt, wusste aber, die Chancen, eine weitere Generation ohne Anzeichen von Inzucht zu produzieren, waren äußerst gering. Wie Laila meinte: »Wer will schon ein zweiköpfiges Vieh mit sechs Beinen essen?« Die Goldmine hätte frühzeitig wieder geschlossen, hätte nicht Abu Satar eingegriffen.

Der gewiefte Emporiumsbesitzer hatte bereits unzählige Zuwendungen erbracht: Für nur einen Bruchteil über dem Ladenpreis besorgte er Futter, Antibiotika, eine große und eher laute Gefriertruhe und sogar einen Elektroschocker, den zu gebrauchen Hussein nicht übers Herz brachte; doch die Lösung, die Abu Satar nun ersann, stellte seine bisherigen Bemühungen völlig in den Schatten: Durch seine grenzübergreifenden Kontakte hatte er tatsächlich tiefgefrorenes Ebersperma aufgetrieben. Hussein war von der Idee nicht allzu angetan – sie hatte etwas Unnatürliches, bei dem ihm mulmig wurde.

Als die erste Lieferung in einem Laster mit Fahrtziel Damaskus ankam, multiplizierten sich Husseins Befürchtungen nur noch. Sowohl das Etikett auf der Schachtel mit den Spermaampullen als auch die beiliegende Gebrauchsanweisung waren auf Hebräisch. Wenngleich auf der anderen Seite des Jordans ebenso ein religiöses Verbot von Schweinefleisch bestand, wurde es dort als *Bassar lawan* beworben – »weißes Fleisch«. Zuerst war es heimlich in Schlachtereien verkauft worden, doch als nach 1989 achthunderttausend russische Immigranten in Israel ankamen, war Schweinefleisch praktisch an jeder Straßenecke zu haben. Für viele in Husseins Stadt war allein die Idee künstlicher Besamung skandalös genug, und er wusste, sollte auch noch der Herkunftsort seines jüngsten Geheimnisses an die Öffentlichkeit dringen, würde all seine Arbeit in Rauch und Flammen aufgehen.

Abu Satar fand die Aussicht auf eine derartige technologische Innovation natürlich großartig. Überschwänglich besah er sich mit seinem guten Auge und einer Lupe das Thermometer und das andere Zubehör. Beim Studium der Gebrauchsanleitung wies er Hebräischkenntnisse auf, die Hussein schockierten. Während Abu Satar den Katheter zusammensetzte, erzählte er beiläufig, dass er zu einer Zeit, als man im gesamten Nahen Osten das Wort »Israel« nicht aussprechen durfte, ohne gleich verhaftet zu werden, die Sprache der Nachbarn aus jugendlicher Rebellion hatte erlernen wollen. Sein Traum wurde wahr, als Jordanien und Israel 1994 Frieden schlossen und die Knesset günstigen Hebräisch-Fernunterricht anbot. Dann wischte er die Ängste seines Neffen endgültig beiseite, indem er verkündete: »Was für Schweine gut ist, ist auch gut für die Politik.«

Bestärkt durch die Zuversicht seines Onkels willigte Hussein schließlich zögerlich ein, das Verfahren auszuprobieren. Bis die Methode perfektioniert sein würde, konzentrierten sie sich auf die Arbeit am Mutterschwein. Die ersten beiden Versuche waren nicht erfolgreich, doch indem sie gewissenhaft die Anzeichen verfolgten – eine gewisse Rötung um die Genitalien in der Anwesenheit eines Ebers, ein Anstieg der Körpertemperatur –, konnte Hussein den richtigen Zeitpunkt für den dritten Versuch bestimmen. Der resultierende Wurf war klein – acht Ferkel –, doch die Vorteile frischen Blutes überwogen bei Weitem die vorübergehende Verzögerung. Als die Würfe zahlreicher und häufiger wurden, war es Ahmad, der Abu Satars Schwein einen Namen verlieh. Bei seiner Pflege von Umm al-Chanasir, der Mutter aller Schweine, flüsterte er ihr zu, dass sie allein ihr großer Glücksbringer sei.

Und so übertraf anfangs die Produktion zeitweilig die Nachfrage. Das quälte Abu Satar, der Verschwendung hasste, besonders wenn man sie zu Gewinn hätte machen können. Seine bereitgestellte Gefriertruhe war nicht groß genug, um den Überschuss zu lagern, und die Energiekosten des Generators erwiesen sich als schweißtreibend hoch. Also bedrängte der alte Mann seinen Neffen, er solle einen anderen Weg finden, um das Fleisch zu konservieren.

Hussein fing an, das relativ neue Internetcafé der Stadt zu frequentieren, wo er kulinarische Websites besuchte und eine fand, die detailliert unterschiedliche Methoden der Schinkenherstellung beschrieb. Er kam mit zwei Aluminiumtöpfen auf den Hof. Um sich gegen Trichinellose abzusichern, ein schleierhaftes, aber unangenehm klingendes Leiden, musste man das Fleisch bei hoher Temperatur behandeln. Hussein traute dem kleinen Feuer, das Ahmad geschürt hatte, nicht im Geringsten und bestand darauf, das Fleisch stattdessen in einer Salzlake ziehen zu lassen und es anschließend ausgiebig mit Salz, Zucker, Kaliumnitrat, Pfeffer und Gewürzen zu behandeln, allesamt aus den Beständen des Emporiums. Das Ergebnis wurde in der

Sonne getrocknet. Die Schinken waren hart und wächsern; Abu Satar war nicht überzeugt.

Als Nächstes durchstreifte Hussein das Netz auf der Suche nach Räuchermethoden. Er wies Ahmad an, eine kleine Wellblechhütte zu bauen, und machte sich selbst auf die Suche nach dem richtigen Brennmaterial. Eine Website empfahl Eiche und Buche, Hölzer, die dem Fleisch definitiv einen goldenen Ton verleihen würden, doch nicht nur mangelte es in der Gegend an diesen bestimmten Sorten, es war schwierig, überhaupt irgendwelches Holz zu finden. Also schickte Hussein Ahmads Söhne los, das Umland zu durchforsten. Die Auswahl an Dornengestrüpp, die sie zusammenkratzten, verlieh dem Fleisch einen ungesunden blaugrauen Stich und einen ranzig-bitteren Geruch. »Kein Wunder, dass aus den Büschen hier die Dornen in Jesus' Krone wuchsen«, meinte Hussein abschätzig. Er wollte das Projekt schon vollständig aufgeben, doch Abu Satar trieb ihn weiter an. Durch seine grenzenlosen Kontakte hatte der alte Mann von einem Olivenhain in den besetzten Gebieten erfahren, der gerodet werden sollte, um Platz für eine neue Siedlung zu machen. Er beschaffte eine Lasterladung Olivenholz und ließ sie auf eigene Kosten zum Hof transportieren. Hussein protestierte wegen der politischen Implikationen, doch sein Onkel blieb ungerührt.

»Al Dschid hat dir doch bestimmt die Geschichte vom heiligen Olivenbaum erzählt«, sagte Abu Satar. »Auf jedem Blatt stehen die Worte ›*bismillah a-rahman a-rahim*‹, ›Im Namen des barmherzigen und gnädigen Gottes‹. Betet ein Baum nicht fünfmal täglich, verlässt ihn Gott, und es ist sein Schicksal, gefällt zu werden. Was kann ich dafür, wenn die Israelis jeden palästinensischen Olivenhain gottlos finden?«

Hussein ließ die knorrigen Äste verwittern, um den Gerbstoff in der Rinde zu verringern, dann entfachte er in seinem

Räucherhaus vorsichtig ein Feuer. Und schließlich wurde er belohnt. Das Fleisch, da waren sich alle einig, hatte ein herbes Olivenaroma, einen saftigen, zarten Geschmack, der bei den Kunden sofort gut ankam. Aber die Holzlieferungen waren zu unregelmäßig, als dass sich das Räuchern rentiert hätte. Zwar gab es einen einzigen Mann, der eigene Wacholderzweige und -beeren bereitstellte – ein Vetter schickte sie aus Deutschland, wodurch Hussein einen absolut einwandfreien Westfälischen Schinken herstellen konnte –, doch sonst sah er sich gezwungen, sein Produkt wieder zu kochen. Nach einigem Herumprobieren stieß er schließlich auf die Methode, die Kochschinken mit Honig, Anis und Nanaminze zu ummanteln. Der wahre Durchbruch kam, als er eine dicke Schicht von Mutter Fadhmas Satar-Gewürzmischung aufstrich, die Geburtsstunde eines überaus arabischen Schinkens.

Das brauchte Zeit und Platz und machte den Bau eines Trakts zur Verarbeitung notwendig, auch um das Fleisch vor Sonne und Fliegen zu schützen. Wenngleich Hussein gewissenhaft darauf achtete, das Fleisch nie selbst zu verkosten, und es lediglich nach Gewicht und Griffigkeit beurteilte, war er mit der Konsistenz der Kochschinken nicht so zufrieden wie mit der geräucherten Variante. Es freute ihn also, als Abu Satar es schaffte, den Großteil dieser Fleischerzeugnisse zu exportieren. Nach dem Bestimmungsort fragte Hussein bewusst nie. Wenn sich Olivenholz und gefrorener Ebersamen leicht über den Jordan schmuggeln ließen, gab es keinen Grund, warum eine Ladung Schinken nicht in die andere Richtung gehen konnte. Nur wissen wollte Hussein davon nichts.

Alles, was nicht zu Schinken verarbeitet wurde, landete in der Wurstmaschine am anderen Ende des Verarbeitungsblocks. Selbst vor Ankunft der Maschine hatte Abu Satar darauf bestanden, dass sämtliche Reste, die für den Einzelverkauf zu unappetitlich waren, gekocht, mit altem Brot zermahlen und in Därme gestopft wurden. Er argumentierte, dass die schiere Neuartigkeit des Produkts für Käufer sorgen würde, und behielt recht. Das Verfahren erforderte viel Handarbeit. Ahmads Söhne halfen aus, aber es war immer noch zu viel Arbeit. Hussein beklagte sich bei Abu Satar, der daraufhin seinen mysteriösen Freund Hani kontaktierte, ein ehemaliger palästinensischer Mittelsmann und Lieferant des Unmöglichen. Er hatte es geschafft, Umm al-Chanasir über vier feindliche Grenzen zu schmuggeln, sein erster Clou. Der zweite war die unerwartete Anlieferung einer antiquierten deutschen *Wurstmeister*-Maschine.

Die Wurstmaschine war ein Ding barocker Schönheit. Röhren, Schüsseln, Kolben, Rührer, Trommeln, Rüttler, Greifer und Töpfe verströmten eine futuristische, funktionale Eleganz. Das Triebwerk sah aus, als könnte es auch einen Ozeandampfer flottmachen, und einmal in Betrieb, rumpelte die Maschine alarmierend. Doch sie erledigte ihre Arbeit mit makelloser Effizienz. Gehirn und Schwarten, Ohren und Bäckchen, Lungen und Reste sowie Husseins fehlgeschlagene Schinken wurden in einen großen Trichter über dem Haupt-Mahleinsatz gefüllt. Frisch zerkleinert wurden sie von einer rotierenden Messerschneide in einer Drehschüssel vermischt und dann in den Emulgator weitergeleitet, eine große Trommel, in die man nach und nach durch eigene Trichter Brot, gekochtes Getreide, Kräuter und Gewürze hinzugeben konnte. Hatte die Mischung die richtige Konsistenz erreicht, drückte ein Schraubmechanismus sie durch eine kleine Öffnung in die Wursthüllen. Gewaschen, ausgekratzt und mit Wasserstoffperoxid und Essig behandelt wurden die Därme in einem anderen Teil der Maschine. Ein automatischer Greifer drehte die Enden zu zwei unterschiedlichen Größen zusammen, Brat- oder Cocktailwürstchen.

Die Würstchen waren begehrter als der Schinken. Tatsächlich war das einzige Nebenerzeugnis, das bei der Kundschaft auf offenen Widerstand stieß, die Blutwurst. Sie verkaufte sich einfach nicht, bis Ahmad auf die Idee kam, die Pelle Türkis zu färben, eine Farbe, die traditionsgemäß den bösen Blick abwehrte. Ab da ging sie wie geschnitten Brot. Der Verarbeitungsblock diente als Denkmal für Abu Satars muntere Maxime, dass »jedes Stück des kleinen Schweinchens seinen Nutzen« habe.

Mitgerissen vom Enthusiasmus seines Onkels und verführt vom eigenen Umsatz konzentrierte Hussein sich auf den positiven Nutzen und verdrängte seine Zweifel. Der Vorfall am Morgen vor der Moschee hatte jedoch all seine alten Ängste wieder hervorgebracht. Hussein würde es gerne für einen Einzelfall halten, doch offenbar ist die Lage ernster als gedacht.

4

Um nicht gegen die Zimmertür zu knallen, greift der kleine Fuad nach der Klinke und zieht sie mit aller Kraft herunter. Die langsame, gleitende Bewegung ist zutiefst befriedigend; es ist der erste Triumph des kleinen Kindes an einem sonst durchschnittlichen Morgen. Zögerlich betritt er das stille Zimmer. Muna, in einem der zwei Einzelbetten, scheint tief zu schlafen.

Winzige ruckelnde Schritte tragen ihn zu einem geöffneten Koffer vor dem Tischchen zwischen den beiden Betten. Egal wie gering das Hindernis sein mag, für jemanden, der noch an rudimentären motorischen Fähigkeiten feilt, ist das Darübersteigen wie eine Bergwanderung. Neben dem Koffer geht Fuad in die Hocke, dann stürzt er sich ohne weitere Warnung kopfüber hinein. Um den Rest seines Körpers in den Koffer zu ziehen, zerrt er an einem Minirock mit Schottenmuster. Belustigt stützt sich Muna auf die Ellbogen und sieht ihm zu.

Neugierige Hände durchforsten Knöpfe und Reißverschlüsse. Als er nichts Passendes zum in den Mund Stecken findet, wägt Fuad seine Optionen ab. Er ignoriert den Impuls, an einer Strähne von Samiras langem dunklem Haar zu ziehen, die von einem nahen Kopfkissen hängt, und greift stattdessen ein praktisches Tischbein, um sich aufzurichten. Noch immer ist er nicht groß genug. Was auf der Tischplatte verführerisch glitzert, bringt ein launischer Wischer seiner kleinen Hand in Reichweite. Er lässt sich wieder fallen und macht sich gerade parat, sämtliche Kontaktlinsen-Blister und Familien-Schnappschüsse zu verkosten, als er unerklärlicherweise von seinem Herzenswunsch weggerissen wird. Der Übergriff kommt so rüde und unerwartet, dass er sich nach hinten in Munas Arme fallen lässt und schreit. Je mehr sie ihn beruhigt, umso lauter wird er. Als er sieht, dass Tante Samira wach ist, will er unbedingt zu ihr und brüllt und tritt. Ein gleichgültiges Kopfschütteln von ihr entfacht einen weiteren Ausbruch.

Das Aroma von Kaffee und Kardamom signalisiert seine nahende Rettung.

Mutter Fadhma hat Fuad nur für einen Moment allein gelassen. So schnell ihr angeschlagener gesundheitlicher Zustand es zulässt, kommt sie in Samiras Zimmer und stellt ein dampfendes Tablett arabischen Kaffees auf das Tischchen. »Schande über diese Mädchen, dich schlecht zu behandeln«, tadelt sie und nimmt den kleinen Jungen in die Arme. Fuad, sicher bei seiner Dschadda, schluckt tief und lange.

»Mamma ist sein Liebling«, sagt Samira und gähnt. »Wir anderen haben die Nase voll von Babys.«

Fadhma setzt sich auf Munas Bett, zieht ein Taschentuch aus der Schürze und wischt Tränen vom fleckigen Kindergesicht.

»Ich wollte nicht ...« Muna ist es unangenehm, aber ihre Großmutter hebt eine Hand.

»Niemand kann für einen Wutanfall verantwortlich gemacht werden.« Während Fadhma den kleinen Fuad hin- und herwiegt, denkt sie an Munas Vater Abd. Ihre besondere Zuneigung zu ihm fing an, gleich als sie ihn zum ersten Mal sah, Sekunden nach einer schwierigen und frühen Geburt. Fadhma war damals ein Teenager – wohl zehn Jahre jünger als Muna heute. Sie nahm das winzige dunkle Baby aus den Armen ihrer fünfzehnjährigen Schwester Nadschla und verliebte sich. Es war Fadhma, die ihm seinen Spitznamen gab. Aus jedem anderen Mund hätte Abd – »Diener« – abwertend geklungen, doch in jenen wenigen Augenblicken konnte Fadhma in seine Zukunft sehen: Er würde sich in den Dienst der Familie stellen. Ihre eigene konnte sie nicht vorhersehen: Nach dem Tod ihrer Schwester und der Heirat mit Al Dschid würde sie selbst dreizehn Kinder aufziehen.

Als die untauglichen Spielsachen gerettet sind, der Koffer wieder verschlossen ist und Fuad mit neu gefundenem Enthusiasmus herumkrabbelt, nimmt Mutter Fadhma Munas Fotos aus Amerika und betrachtet sie noch einmal. Sie hat gestern Abend einen kurzen Blick darauf geworfen, aber im harten Morgenlicht erzählen sie eine andere Geschichte. Die Söhne ihrer Schwester dominieren die Bilder genauso wie die Familie. Von Mutter Fadhmas geliebten Töchtern – Magda, Lulwa und Hind – sind keine vernünftigen Aufnahmen dabei, obwohl auch sie in Cleveland leben. Von diesen Frauen, die in den Häusern ihrer Halbbrüder und Ehemänner kochen und putzen, hat die Kamera manchmal eine Schulter erwischt, einen Rücken oder eine Seitenansicht, die mehr Haar als Gesicht zeigt. Ihre vierte Tochter, Katrina, und deren zwei Söhne, Abdul und Scharif, tauchen überhaupt nicht auf: Sie sind zusammen mit Nadschlas Ältestem, Yusef, nach Chile gezogen.

Die Jungen ihrer Schwester sind in den USA alt geworden. Mutter Fadhma muss zweimal hinsehen, um Faruk in seinem Geschäftsanzug mit Krawatte zu erkennen. Kassim hat gar keine Haare mehr, ist aber immer noch der Komiker, der vor einer seiner Autowerkstätten mit den anderen witzelt. Butros, ein medizinisch-technischer Assistent, macht als Vater von vier Mädchen einen still zufriedenen Eindruck. Abds Teint wirkt durch das graue Haar noch dunkler. Mutter Fadhma fragt sich, ob daran seine Wissenschaftlerkarriere oder seine stürmische Ehe schuld ist.

Die Männer stehen neben Autos oder in steifen Familiengruppen, oder sie spielen mit ihren Söhnen und Töchtern Ball.

Alle wirken selbstgefällig und überfüttert, selbst die Kinder. »Wie gemästete Kälber«, flüstert Mutter Fadhma zu sich selbst. In ihrer Eile, sich zu assimilieren, wirken ihre Stiefenkel in den *Cleveland-Cavaliers*-Trikots, als hätten sie jegliche Bindung an Jordanien verloren.

Normalerweise würde die alte Mutter keine Dankbarkeit erwarten. Schon lange ist sie an unbelohnte Arbeit gewöhnt. Sie war diejenige, die sich alles vom Munde abgespart hat; sogar ihr bisschen Goldschmuck hatte sie verkauft, um für die Flüge zu bezahlen. Sie müssen ihr nicht ständig danken, aber sie hätte nichts dagegen, dass man sich ihrer hin und wieder erinnert. Mutter Fadhma merkt, dass Muna sie ansieht. Das Mädchen hat etwas zu einem der Fotos gesagt, doch die alte Frau war viel zu sehr in ihre eigenen Gedanken vertieft und hat nicht zugehört. Ihr wird klar, dass Abds Tochter nichts für das Desinteresse ihres Vaters und ihrer Onkel kann, genauso wenig, wie ihr die Babytränen vorzuwerfen sind. Es ist wirklich an der Zeit, denkt Fadhma, sich von der Last dieses Grolls zu befreien. Seit Munas Ankunft war die Familie durchweg zu beschäftigt mit ihren eigenen Sorgen, als dass sie wirklich gastfreundlich gewesen wäre. Mutter Fadhma beugt sich zu Muna hinüber, wischt den Schlaf aus den ausländischen Augen ihrer Enkeltochter – ihre erste Geste der Vertrautheit gegenüber dem Mädchen – und legt den Bilderstapel zurück auf den Tisch.

Sie gießt zwei Mokkatässchen arabischen Kaffees ein und sagt Muna und Samira, dass sie schon einmal ohne sie anfangen sollen, dann steht sie unter Schmerzen vom Bett auf und geht langsam aus dem Zimmer.

Sie kehrt mit einem angeschlagenen Karton zurück und sagt stolz: »Jeder einzelne Brief, den die Familie über die Jahre geschickt hat.« In der Kiste sind Papiere und Briefe mit brauner

Schnur zu ordentlichen Päckchen gebunden. Ganz unten liegt ein verblasster taubenblauer Luftpostumschlag, dünn wie eine Zwiebelhaut. Darin stecken übrig gebliebene Passfotos, immer dann aufgenommen, wenn eines von Al Dschids Kindern – die ihrer Schwester und ihre eigenen – das Land verließ. Fadhma möchte, dass ihre Enkeltochter ihre Tanten und Onkel sieht, als sie jung waren und am Anfang des eigenen Erwachsenenlebens standen, voller Hoffnung.

Auf zwei vergilbten Schnappschüssen erkennt Muna Magda und Lulwa zuerst nicht. »Guckt doch mal!«, ruft sie dann, etwas ratlos. Die beiden übergewichtigen Frauen mittleren Alters in Ohio haben wenig Ähnlichkeit mit diesen schlanken Mädchen mit Rougewangen. Das nächste Foto ist leichter zu erkennen: »Das ist Hind«, ruft Muna. Sie kennt Mutter Fadhmas zweitjüngste Tochter gut. Mit sechzehn wurde Hind zu Munas Familie nach Cleveland geschickt. Sie war nur zwei Jahre älter als Muna. Es dauerte eine Weile, doch schließlich wurden die beiden Mädchen enge Freundinnen. Fadhma weiß das aus Hinds Briefen nach Hause. Sie fragt sich, ob Muna Hinds Einschätzung zustimmen würde, dass Abd und seine ausländische Frau zu jener Zeit am bittersten stritten.

Während Muna durch die alten Fotos blättert, löst Fadhma die Schnur um Abds Briefe. »Dass es hier ganz selten mal schneit, hat deinen Vater nicht auf die strengen amerikanischen Winter vorbereitet«, erzählt sie ihr. In Greenville, Illinois, hatte Abds deutsche Vermieterin, Frau Schneider, ihm Kleidungsstücke ihres verstorbenen Mannes gegeben, der über 1 Meter 95 groß gewesen war. Fadhma liest: »›Ich kann bei meiner Nachtschicht in der städtischen Cafeteria so viele Erdnussbutter-Marmelade-Sandwiches essen, wie ich will, größer werde ich davon nie.‹ Später fand er dann eine Anstellung in einer extrem schmutzigen

Küche«, sagt sie und zieht beim nächsten Brief eine Grimasse. »›Ich habe zehn Tage alte Schweinekoteletts weggeschmissen – acht Säcke stinkender Abfall!‹ Aber dein Vater hat damals geschrieben, dass der Job auch seine Vorteile hatte. Die Besitzerin konnte anscheinend besser nähen als kochen und kürzte die Kleidung deines Vaters, damit sie ihm besser passte.« Als Abd dann eine Stelle als Krankenpfleger in einem Spital bekam, bezahlte er seine Vermieterin für ihre Näharbeit und schickte so viel Geld er konnte nach Hause an die Familie.

Er hatte auch von einem recht schockierenden Ereignis geschrieben. Eines Abends war er nach der Arbeit in eine Bar gegangen. Vor Aufregung spricht Mutter Fadhma lauter. Noch jetzt weiten sich ihre Augen vor dem Schrecken von damals. Sie kann sich noch immer nicht ganz vorstellen, was für Höhlen des Frevels amerikanische Bars sein müssen – laufen die Frauen dort nackt herum? Werden deshalb all die jungen arabischen Männer verführt und vergessen schließlich ihre Familien und bleiben im Ausland? Um ihres Gastes willen verdrängt sie ihre Ängste und sagt aufgeräumt: »Als dein Vater sich ein Bier bestellt hatte, erschien ihm dein Großvater: ›So wirklich wie die Flasche in meiner Hand‹, und Al Dschid sagte immer wieder nur: ›Ich habe dich also den ganzen langen Weg nach Amerika geschickt, damit du Alkohol trinkst?‹«

Mutter Fadhma fühlt sich, als hielte sie eine wertvolle Zeit in ihrer aller Leben in den Händen, und lächelt Muna dankbar an, weil die sie darüber sprechen lässt. »Du glaubst gar nicht, was für eine Aufregung diese Briefe anfangs auslösten, wenn sie ankamen.«

Samira, die die ganze Zeit über still zugeschaut und zugehört hat, wirft ein: »Wann immer ein Flugzeug vorbeiflog, haben wir Kinder nach oben gezeigt und ›Abd! Abd!‹ gerufen.«

»Und sie sind dann einer nach dem anderen«, fragt Muna, »alle von zu Hause weg?«

»Genau«, bestätigt Fadhma. Warum so tun, als ob? Anfangs empfand sie die Kinder ihres Ehemanns, sowohl zu Hause als auch im Ausland, als ebenbürtige Hälften desselben Ganzen. Doch irgendwann stimmte das nicht mehr. Abgesehen von den Briefen und dem Geld, das sie nach Hause schickten, verschwanden sie. Als ihre eigenen Kinder alt genug zum Reisen waren, verstand Fadhma, dass sie sie für immer verlor.

Sie seufzt. »Sie haben dort ein besseres Leben.« Sie sagt nicht, dass sie sich damals noch immer an den unbegründeten Glauben klammerte, dass Abd, der Sohn, dem es bestimmt war, sich um sie zu kümmern, sie und Al Dschid nicht endgültig verlassen würde. Sie empfand das weiterhin so, selbst als die finanziellen Zuwendungen ihres Stiefsohnes seltener wurden und sich der Ton seiner Briefe deutlich änderte.

Anstatt über kleinste Details seines Alltagslebens zu berichten, um seine Eltern so an seinem Leben teilhaben zu lassen, wurde er immer verschlossener. Er sei stark mit dem Lernen für seinen Collegeabschluss in Chemie beschäftigt und habe wenig, worüber er schreiben könne. Die Neuigkeiten aus seinem Privatleben klangen verdächtig. Er hatte sich mit einer Studentin angefreundet, auch Immigrantin, eine junge Frau von den Philippinen. Dann, ohne weitere Warnung, heirateten die beiden.

Für die Familie war es ein harter Schlag. Bei den Sabasens heiratete niemand einen Fremden. Abd hatte nicht nur außerhalb seines Stammes geheiratet, sondern auch außerhalb seiner Kultur. Und wer konnte schon sagen, was für Folgen so ein waghalsiges Verhalten haben würde? Fadhma befürchtete das Schlimmste, doch Al Dschid nahm die Nachricht besonders schlecht auf. Er hatte das Leben seines Sohnes bereits geplant. Er hatte ein passendes Mädchen als Abds Ehefrau ausgesucht und sogar schon die ersten Aufwartungen gemacht. Das junge Paar wäre wohl irgendwann in der Golfregion gelandet, wo sein Sohn als Chemiker gearbeitet hätte, um die anderen Geschwister zu unterstützen. Als das nun nicht mehr möglich war, akzeptierte Al Dschid schließlich das Unabänderliche und sendete seinen Segen ... auch wenn ihn niemand darum gebeten hatte.

Die unverfrorene Unabhängigkeit ihres Zweitältesten demütigte die Eltern, und es sollte noch schlimmer kommen. Ein weiterer Brief in Fadhmas Schachtel, der viele Male auseinander- und wieder zusammengefaltet und zuunterst hineingelegt worden war – niemals erwähnt, aber niemals vergessen –, war auf Englisch. Er war nach Abds Vermählung angekommen. Doch weil es im Dorf niemanden gab, der Englisch sprach, blieb er ungelesen, bis Al Dschid eines Tages wegen Geschäften in die Hauptstadt musste. Am Abend kehrte er ziemlich bedrückt nach Hause zurück. Mutter Fadhma dachte, es läge am schlechten Gerstenpreis, doch als sie nachfragte, zog er den Brief mit einer Übersetzung ins Arabische aus der Tasche. Mit ausdrucksloser Stimme las er vor: »»Ihr schreibt immer nur, dass Ihr mehr Geld wollt. Wie könnt Ihr Schweine es wagen, uns immer weiter zu nerven! Ich bin schwanger, und Euer Sohn will, dass ich Euch das bisschen Geld gebe, das meine Familie mir schickt. Fahrt zur Hölle.‹«

Nicht einmal diese Nachricht schaffte es, Mutter Fadhmas Vertrauen in Abd endgültig zu erschüttern. Erst ein paar Jahre später, als ein Schnappschuss mit der Post kam, wurden ihre Hoffnungen ganz zerschlagen. Auf dem Foto war ein kleines Mädchen in Baströckchen und hawaiianischem Top zu sehen, eine orangefarbene Blumenkette um den Hals. Sie hatte die Hände zu einer Seite und einen nackten Fuß nach vorne ausgestreckt. Muna, dreieinhalb Jahre alt, beim Hula-Tanzen. Der beiliegende Brief war einfach und direkt. Fadhma sagt ihn auf, als wäre er gestern angekommen: »»Meine liebe Familie, ich schreibe Euch aus meinem Labor, der einzige Ort, an dem ich zur Ruhe komme. Ich habe eine gute Stelle bei einer großen Plastikfirma. Meiner Frau und meiner Tochter geht es gut. Wie Ihr sehen könnt, sieht das Mädchen nicht arabisch aus. Das ist das Problem bei einer Mischehe. Weder sie noch ihre Mutter würden in Jordanien akzeptiert werden, und wir würden dort ein unglückliches Leben führen. Ich denke also, dass es für uns am besten ist hierzubleiben. Gott schütze Euch.«‹

Schweigend reicht Fadhma Muna das Bild, das sie als kleines Mädchen zeigt. »Daran erinnere ich mich gar nicht«, sagt ihre Enkeltochter und grinst verlegen. Nachdem sie das Bild lange und eingehend betrachtet hat, gibt sie es an Samira weiter und fragt Fadhma: »Dschadda, warum hast du deinen Kindern eigentlich muslimische Namen gegeben?«

Wieder sieht die alte Großmutter das Mädchen in neuem Licht. Blöd ist sie zumindest nicht. Fadhma lächelt stolz. »Das war die Idee deines Großvaters.«

In der Hoffnung, dass Munas Interesse an Familiengeschichte größer ist als Samiras oder Lailas, setzt sie langsam an. »Vor Hunderten von Jahren führten Christen, die Sabas verehrten, den Schutzheiligen unserer Familie, Krieg gegen die heidnischen Götter der Wüste. Nach diesen Gefechten ließen sie sich in einer Kreuzritterfestung im Süden des Landes nieder und wären auch dort geblieben, wenn es nicht zu einer Auseinandersetzung um eine Frau gekommen wäre –«

»Es geht immer um eine Frau«, unterbricht Samira und lacht. »Jemand guckt jemanden an. Der Vater von jemandem regt sich auf. Die Brüder von So-und-so mischen sich ein, und dann geschieht eigentlich immer ein Mord.«

Fadhma geht bewusst nicht auf den Kommentar ihrer Tochter ein und fährt fort: »Es hätte einen Konfessionskrieg gegeben, doch die Kirchenobersten in Jerusalem richteten eine Petition an den türkischen Gouverneur der Region, und so durften die Christen hier in die Berge kommen« – Fadhma wirbelt einen Finger durch die Luft – »und sich in den Ruinen einer verlassenen byzantinischen Stadt niederlassen, die sieben Mal von Erdbeben zerstört worden war. Als die Stämme ankamen, suchten sie Schutz in einer Höhle bei einer Quelle, von der sie glaubten, sie sei Gottes Geschenk an sie. Sie gehörte aber schon jemand anderem. Ungewollt tauschten unsere Vorfahren also einen Kampf gegen einen anderen, und in einer Schlacht fiel dein Urgroßvater. Für die Familie war das ein schwerer Schlag. Doch im jungen Alter von zehn Jahren schwor Al Dschid feierlich, den Tod seines Vaters nicht zu rächen, was bemerkenswert war, wenn man den Ehrenkodex der Stämme bedenkt. Als er dann heiratete und selbst Kinder bekam, gab er ihnen keine christlichen Namen, sondern welche, die entweder muslimisch waren oder als neutral galten. So konnten sie unbehelligt unter Fremden leben.«

Sie schenkt sich eine weiteres Tässchen Kaffee ein. »Dein Großvater glaubte, dass der Islam und das orthodoxe Christentum wie ein großer und ein kleiner Baum zusammengewachsen waren. Die Blätter waren unterschiedlich, aber der Schatten war derselbe. Er hat sich auch selbst das Lesen und Schreiben beigebracht.« Sie sah ihn nun vor sich, wie er im alten Haus stundenlang in der vorderen Fensternische saß und bei Tageslicht seine Bücher las. »Er liebte die Geschichte Arabiens. Unsere Töchter wurden nach großen islamischen Frauen benannt, manche von ihnen Kriegerinnen. Möchtest du sein Lieblingsgedicht hören? Das war ihre Gutenachtgeschichte.«

Mutter Fadhma setzt sich auf und rezitiert ein wenig nervös:

»*Wir sind die Töchter des Morgensterns,*
Wir gehen auf weichen Kissen,
Perlen zieren unsre Hälse.
Moschus duftet in unsrem Haar.
Kämpft ihr, umarmen wir euch,
Weicht ihr zurück, verlassen wir euch
und nehmen Abschied von der Liebe.

Das Lied haben Hind und die anderen Rebellinnen aus Mekka auf dem Schlachtfeld gesungen«, sagt sie. »Sie haben ihre Trommeln geschlagen und ihre Männer angefeuert, Muslime zu töten, die aus Medina gekommen waren, um Mekkas einträglichen Handel mit Karawanen und Pilgern an sich zu reißen.«

Zu guter Letzt fühlt sich Mutter Fadhma nun doch wohl. Seit Husseins Problemen ist ihr ein Lieblingshobby versagt geblieben, nämlich beim Morgenkaffee mit den älteren Damen der Stadt Geschichten auszutauschen. Weder Muna noch Samira zeigen etwas vom Esprit oder Temperament ihrer alten Freundinnen, aber als Publikum sind die beiden jungen Frauen zu gebrauchen. Fadhma würde ihnen noch vieles mehr erzählen, was sie über Hinds Mut und Grausamkeit auf dem Schlachtfeld weiß oder deren Streit mit dem Propheten Mohammed; die Bekehrung der Heiden, die zuerst die christlichen Heiligen bekämpft hatten, und der brutale Anbruch einer neuen Zeit, die nur noch dem Einen Gott gehörte. Es wäre eine Geschichtsstunde, auf die ihr Ehemann stolz gewesen wäre, auch wenn ihm oftmals nicht bewusst war, wie häufig er seine eigenen Geschichten wiederholte. Schon spürt Fadhma, wie in Samiras Zimmerecke die Langeweile aufsteigt, also bewahrt sie sich ihre Geschichten für ein anderes Mal auf und fragt: »Und was habt ihr heute vor?«

Samira antwortet: »Vielleicht fahren wir nach Amman und sind dann rechtzeitig zur Hochzeit heute Abend wieder da. Oder wir könnten am Nachmittag ins Internetcafé gehen. Wir haben uns noch nicht entschieden.« Muna nickt eifrig.

»Bewegt euch nicht zu weit fort«, warnt Fadhma. »Heute Nachmittag erwarten wir Gäste.«

»Gäste?«, fragt Samira erstaunt.

»Es kommen ein paar Leute vorbei, um Muna kennenzulernen«, sagt ihre Mutter stolz.

»Na ja, vielleicht sollten wir trotzdem versuchen, eine SIM-Karte für mein Handy zu bekommen«, schlägt Muna vor, »auch wenn es wahrscheinlich nicht funktioniert. Ich habe gehört, dass die Stadt schlechten Empfang hat« – sie klingt fast, als wollte sie sich entschuldigen – »wegen des Dschabel Musa, aber der Berg ist gar nicht das Problem, sondern ich. Ich bin richtig internetsüchtig.«

Samira blickt verständnisvoll drein, auch wenn Fadhma nicht weiß, warum sie das sein sollte. Die Jugend spricht eine andere Sprache, und Fadhma kann das Gefühl in ihren alten, müden Knochen nicht ignorieren, dass ihre Tochter ihr etwas verheimlicht. Wo ist sie in den letzten Monaten immer hin? Mit wem verbringt sie ihre Zeit? Mit einem Mann? Nur weil Muna zu Besuch ist, soll Samira bloß nicht denken, dass sie das ausnutzen kann. Fadhma weiß nur zu gut, dass jetzt nicht der richtige Moment ist. Eher würde sie sich den Mund mit Stroh zunähen, als eine Szene zu machen und so eine Spur von Spekulationen zu schaffen, die ihren Weg zurück bis nach Cleveland, Ohio, finden würde. Plötzlich kommt ihr das Zimmer heiß und klaustrophobisch vor. Wortlos legt Fadhma die Briefe zurück in den Karton.

5

Zwei Männer stehen neben einem Lastwagen und feilschen lautstark. »Jetzt entscheiden Sie sich mal«, poltert der größere und wesentlich ältere der beiden, ein Mann mit Halbglatze und Höckernase. Seine Schultern hängen herab wie Flügel, und er schlägt aufgeregt mit den Armen. Dünn, drahtig, streitlustig – eher Aasfresser denn Singvogel – hüpft er in kaum unterdrückter Erregung auf und ab. Der Blutdruck erhöht, die Klauen ausgefahren, macht er sich zum entscheidenden Hieb bereit. Er schwingt sich auf – und lässt sich wieder zu Boden trudeln, weil er genau merkt, dass er beobachtet wird. Der Hase muss nicht wissen, wann der Falke zuschlägt, denkt Abu Satar und scheucht seinen Fang hinein ins Schnäppchen-Emporium. Sein Nest muss fortwährend mit frischer Beute versorgt werden. Nicht umsonst trägt er den Spitznamen Ar-Risch Aschanah, der Fledderer.

Nachdem das Geschäft abgewickelt, der Fahrer abgefertigt und die kostbare Ladung Kisten (im Grunde Plunder, Elektroteile und getragene T-Shirts der US-Armee) in einen Lagerraum geschafft ist, ärgert sich Abu Satar, dass er sich immer so aufregt. Andere Männer in seinem Alter entspannen bei Backgammon oder Kreuzworträtseln. Er unternimmt häufig Streifzüge durch die Schluchten seines Imperiums, wie jetzt gerade, nur mit Staubwedel und Mikrofasertuch bewaffnet, eine kurze Erholung von den stumpferen Freuden des Lebens. Diese Expeditionen erinnern ihn auch schlicht daran, dass seine kostbarsten Besitztümer, viele davon vor den Augen der Öffentlichkeit verborgen, einen Wert jenseits von Geld haben.

Die Lagen über Lagen von Küchenutensilien, die importierten Lebensmittel (hauptsächlich aus Asien), Sport-, Freizeit- und Konfektionskleidung – für Herren, Damen, Kinder, Babys und Neugeborene –, absurd hohe Stöckelschuhe und fußbettmarternde Turnschuhe, Deko für sämtliche Feiertage, egal ob islamisch (schiitisch, sunnitisch, drusisch, alawitisch und ismailitisch), christlich (syrisch-christlich und syrisch-katholisch, griechisch-orthodox, armenisch, maronitisch und phalangistisch) oder heidnisch (jesidisch, zoroastrisch, druidisch) sowie alle großen Namen dazwischen (von Buddha bis Bhagwan); synkopische Türklingeln, chinesische Scherenschnitte, Hotel-Hosenbügelmaschinen, analoge Telefone, elektrische Schuhputzautomaten und Designer-Nagellacke: zusammen mit tausend anderen erstaunlichen Produkten und Gerätschaften weitaus mehr als ein Sammelsurium unzusammenhängender Artefakte. Würde ein Passant durchs Fenster blicken, man sähe es ihm nach, wenn er das Schnäppchen-Emporium für eine postmoderne Verirrung der Art brut hielte. Gegenüber Erstkunden betont Abu Satar gerne, dass nur er allein einen Artikel aus dem Berg von Waren ziehen könne, denn es bestehe akute Lawinengefahr.

Früher betrachtete Abu Satar das Emporium als ein Denkmal seines Daseins auf der Erde; eines Tages, wenn die Zeit für ihn gekommen wäre, würde es aufgelöst, auf eine Deponie geschafft und vergessen werden. Doch dank Umm al-Chanasir, der Mutter aller Schweine, hat er die feineren Aspekte seines Geschäftes zu schätzen gelernt. Heute betrachtet er das Schnäppchen-Emporium als ein unvollendetes Projekt, bei dem es gar nicht unbedingt um ihn selbst geht, sondern das organisch gewachsen ist und einem universellen Zweck dient. Während er Regale abstaubt, debattiert der Fledderer aufgebracht mit seinen imaginären Kritikern. Falls ihn jemand fragen sollte, er würde darauf pochen, dass es ihm um Fortschritt im weiteren Sinne geht. Niemand sonst in der Stadt hat sich so sehr in den Dienst des Gemeinwohls gestellt, selbst wenn das bedeutet, ein abergläubisches Völkchen in die Gegenwart zu schubsen. Ob er nun richtig oder falsch, politisch korrekt oder zutiefst beleidigend handelt, er ist und bleibt ein APW – ein Agent des Progressiven Wandels –, Buchstaben, die auf dem Neonschild an der Emporiumsfassade hinter seinem Namen stehen sollten wie ein Abschluss der Universität des Lebens.

Das heißt, wenn er sich nicht gerade von Nostalgie verführen, überfallen oder gleich ganz niederstrecken lässt. Nicht zufällig landet er bei seiner Inventurrunde durch die verschlungenen Gänge an einem sehr privaten Ort. Er nimmt den winzigen Schlüssel, den er immer und ausnahmslos in der Hosentasche trägt, und öffnet eine gesicherte Glasvitrine voller Schmuck, sein mit gutem Grund so genanntes »Diebesnest«. Seit dem Krieg in Syrien rennen ihm schöne Flüchtlingsfrauen die Türen ein, weil sie unbedingt ihr Gold verkaufen wollen. Doch der Ankauf dieser Stücke beschert Abu Satar nicht mehr die Gefühlsschauer von einst. Seine aktuelle Geschäftsunternehmung mit seinem Neffen zehrt so ziemlich all sein Wollen und Begehren auf. Da wird ihm klar, nicht ohne einen Hauch bittersüßen Bedauerns, dass er gar kein Verlangen mehr verspürt, sich mit pflanzlichem Viagra aufzuputschen.

Trotz seines offenkundigen Desinteresses zeigen sich die Frauen in ihrer Verzweiflung doppelt hartnäckig, ihm ihren Schmuck zu verkaufen, und so hat er ein paar recht beachtliche Stücke zu Spottpreisen erstanden. Sein Blick gleitet über das stattliche Vermögen im Diebesnest, diese Flut von Armbändern, Broschen, Halsketten, Hutnadeln, Kamel-Manschettenknöpfen, einzelnen antiken Perlen und einer schönen Auswahl an filigranem Silber und Gold. Er mustert den Haufen Glitzerkram, und doch entzieht sich ihm, was er so verzweifelt sucht. Grob reißt er die Lupe hoch, die er an einer Kette um den Hals trägt, und schielt gereizt hindurch. Sein rastloser Zeigefinger stochert in dem geheimen Schatz herum und schnipst ungeduldig eine einzelne Visitenkarte beiseite, falls sich darunter weitere Schmuckstücke verstecken sollten.

Als er endlich die kaputten, angelaufenen Ohrringe mit Schnörkelmuster ausgräbt, fühlt er sich fiebrig. Er drapiert ein klobiges Goldhalsband mit rosaroten Rubinen als Schutz und Tarnung über die beiden einfachen Metallplättchen, die überirdisch leuchten, wie jenes schlanke palästinensische Flüchtlingsmädchen in Abu Satars vager Erinnerung. Sie hatte ihm den billigen Schmuck verkaufen dürfen, und für den Gefallen hatte er ihr einen hohen Preis abverlangt. Es war sein erstes Schnäppchen dieser Art, umso befriedigender aufgrund seiner Unschuld wie auch ihrer, allerdings ist ihm das gar nie in den Sinn gekommen. Abu Satar lässt die Lupe sinken, dann schließt und verriegelt er vorsichtig die Glasvitrine. Er blickt auf und lässt das Schnäppchen-Emporium auf sich wirken. Trotz seiner lebenslangen, harten und hingebungsvollen Arbeit kann er selbst kaum glauben, wie all dies seinen Anfang nahm: als ein Brett unter einer Markise, ein an vier Stangen geknotetes Stück Stoff. Der Stand hatte damals nur einen einzigen Zweck: die getrocknete, mit etwas Sesamstaub besprenkelte Thymian-und-Sumach-Mischung zu verkaufen, die der Familie Aufgabe und Namen verlieh: Satar. Dank ein paar bröseliger Blätter, Körner und einer geheimen magischen Zutat – Hanfsamen, denen Abu Satar seine eigene Neigung zu Träumereien zuschreibt – entwickelte sich der Zeltstand schließlich zu einem gedrungenen Gebäude an einem immer betriebsameren Trampelpfad.

Unter seinem Vater war der Dorfladen nie eine großartige Goldgrube gewesen. Hin und wieder bogen sich die Holzregale unter jemenitischen Kaffeesäcken oder Baumwollgarn, das Wanderhändler über die Seidenstraße gebracht hatten. Doch meistens waren die einzigen ausgestellten Waren ein paar unbestimmbare, verkrumpelte Päckchen, die ungeöffnet auf einem der oberen Regalbretter blieben, sowie ein großes Fass Bratöl. Es war einfach eine Frage von begrenztem Angebot und noch begrenzterer Nachfrage. Für alles Unwesentliche blieb nur sehr wenig Geld übrig; was die Bauern nicht selbst auf dem Acker produzieren konnten, darauf verzichteten sie in der Regel.

In der Generation seines Vaters waren drei Eigenschaften sehr viel wichtiger als die Frage, wie viele Schafe und Ziegen ein Mann besaß. Zuallererst kam die Ehrbarkeit. So betrachtet war der Händler schon durch seinen Beruf gehandicapt, der in der strengen sozialen Hierarchie einen der unteren Ränge belegte. Ganz oben thronten die Nomaden, die stolz und edel wie von alters her das Land durchstreiften. Als Nächstes kamen all jene, die Felder bestellten und Tiere hielten. Sie bildeten die Untergrenze des Akzeptablen. Unter den Bauern standen die *madanijin*, Stadtmenschen, die sich von modernen Erfindungen hatten verführen lassen und ihre Bindung an die Erde verloren. Dann, nur ein Stückchen über Wahrsagern, Prostituierten und Dieben, kam die Schicht der Kaufleute, die volkstümlich als *nasabin* verdächtigt wurden, Gauner und Spitzbuben.

Trotz der allgemeinen Neigung, jemanden wie ihn gleich gänzlich abzulehnen, verwandelte Abu Satar der Ältere einen Ort spärlichsten Handels in eine Stätte der Begegnung. Zum Nebenerwerb schrieb er Briefe, und auch Kaffeekanne und Argileh hielt er stets griffbereit. Wenn gerade keiner der Männer zum Wasserpfeiferauchen zugegen war, bat Abu Satar die Dorfjugend in den

Laden. So wuchs eine ganze Generation heran, deren Kindheit geprägt war durch den süßen Geschmack gebrannter Pistazien zum Klang von Tahiya Kariokas blechernem Orchester aus einem alten Grammofon. Dies endete schlagartig, als der Vater 1947 starb und der Laden an seinen halbwüchsigen Sohn überging.

Satar ibn Satar war nach seinem Vater benannt worden und hatte wiederum seinen Erstgeborenen nach sich selbst benannt. Die sozialen Gepflogenheiten verlangten somit, dass dieser Abu Satar heißen müsse – Vater des Satar. Der Ausdruck verdeutlichte den Stellenwert männlicher Erben und sollte Würde und Verantwortungssinn vermitteln, doch Fadhmas Bruder behandelte den Namen wie einen Scherz. Er sagte gerne, er sei sein eigener Vater, ein Selfmademan im wörtlichen Sinne. Für vieles fand er Zeit, jedoch nicht für die sozialen Nettigkeiten seines Vaters. Gleich zu Anfang, als er das Geschäft übernahm, widmete er sich mit ganzem Herzen dem Streben nach Profit. Unter den gegebenen Umständen war das leichter gewollt als getan, doch er ließ sich nicht entmutigen. Er beendete das informelle Kreditsystem seines Vaters und machte sich tatkräftig daran, offene Rechnungen begleichen zu lassen, von denen manche jahrzehntelang unbezahlt geblieben waren. Nichts von alledem machte ihn bei den Nachbarn sonderlich beliebt.

Es war keine Frage des blinden Glaubens. Abu Satar war ein Mann weitreichender Interessen. Er studierte die Zeitungen, die als Packmaterial in den Laden kamen. Auch wenn die Zeitungen sechs Monate alt waren, strich er sorgsam jede Seite glatt und vertiefte sich stundenlang darin. Seine so gewonnenen Kenntnisse des Zeitgeschehens bestätigten ihm, dass seine Aufgabe nicht unmöglich war. Erfolg in der Welt hing von der Haltung ab. Er musste nur aus allem, was sich ihm anbot, den eigenen Vorteil ziehen.

Er brauchte nicht lange zu warten. Alles begann vor einer

Ewigkeit während einer jungfräulichen Begegnung mit palästinensischer Unschuld. Als dann die Flüchtlinge in das abgelegene Bergdorf strömten und Aufnahmelager eingerichtet wurden, legte die internationale Hilfskarawane den Geschäften vor Ort nahe, sich an der Versorgung zu beteiligen, und so wurde dem Laden mehr als hier und da ein Sack Maismehl gespendet. 1958, zehn Jahre später, als der irakische König Faisal der Zweite hingerichtet wurde, kam wieder alles durcheinander. Libanon steckte mitten in seinem ersten Bürgerkrieg, und gemeinsam mit der syrischen Baath-Partei gründete der charismatische Gamal Abdel Nasser die Vereinigte Arabische Republik. Abu Satar war genau die Sorte von heißblütigem jungem Mann, den der panarabische Nationalismus eigentlich hätte ansprechen müssen, doch sein Herz war bereits von der freien Marktwirtschaft erobert. Seit er in Hollywood-Schwarz-Weiß-Filmen Kühlschränke mit automatischer Innenbeleuchtung gesehen hatte, war er für immer verloren. Als die Briten dem halbwüchsigen König Hussein nach dem Attentat auf dessen Großvater König Abdallah ihre Unterstützung zusicherten, zeigte Abu Satar sein Wohlgefallen, indem er im ganzen Laden Union Jacks mit dem Slogan Keep Calm and Have some tea aufhängte. Es dauerte nicht lange, bis er zum Nutznießer einer weiteren unerwarteten Zuwendung wurde: einer beträchtlichen Investition in Jordaniens Infrastruktur durch die im Sues-Debakel in Verruf geratenen westlichen Länder. Ihre Kapitalisierung aller arabischen Staaten – außer Ägypten – führte zum Bau neuer Straßen, die das Dorf mit dem Rest des Landes verbanden und einen verstärkten Handel bis hinunter zum Golf von Akaba und dem Roten Meer ermöglichten. So wurden die ersten Maschen von Abu Satars grenzübergreifendem Netzwerk geknüpft und die Grundsteine eines Traumes gelegt, der erst noch geboren werden sollte: das Schnäppchen-Emporium.

Alle zehn Jahre brachte ein weiterer politischer Umbruch Abu Satars Kasse zum Klingeln. Der »Rückschlag« des desaströsen Krieges von 1967, die Naksa, wurde von vielen als bittere Niederlage empfunden. Doch für den allzeit wachsamen Händler bedeutete er einen unerwarteten Aufschwung. Zweifelsohne hatte sich sein Land austricksen lassen, als es sich an diesem kolossalen Unglück beteiligte. Die Kampfjets, die ein leichtgläubiger König über dem Westjordanland sah, waren keine ägyptischen, wie vom hitzigen Nasser versprochen. Innerhalb von 144 Stunden hatte Jordanien das Westjordanland und Ostjerusalem verloren. Doch ob durch Sieg oder Niederlage, in einer solchen Größenordnung brachte jeder Regierungswechsel Schmuggelware wie am Fließband. Selbst wenn die Waren vom anderen Flussufer durchweicht und voller Schnecken ankamen – alles wurde verwertet und im Laden ausgestellt. Um die schiere Menge zu bewältigen, erweiterte Abu Satar das Geschäft um einen labyrinthartigen Anbau. Doch Jordaniens politische Niederlage forderte ihren eigenen Preis.

1970 explodierte der Militarismus im Land wie ein Dampfkochtopf. Im Verlauf des Schwarzen Septembers – ein weiterer Euphemismus für einen Putschversuch und Bürgerkrieg – wurden zwanzigtausend palästinensische Fedajin aus dem Land verjagt, während ihre Familien blieben. Überall vermutete man Spione, und nebenan in Syrien häuften sich Berge von Waffen an, von denen es ein paar ausgesuchte Exemplare bis ins Emporium schafften. Der nächste Konflikt kam drei Jahre später und wurde nach religiösen Feiertagen benannt, je nach Zugehörigkeit Ramadan – auch Tischrin – oder Jom Kippur. Als die Golfländer in die Frontstaaten gegen Israel investierten – Jordanien zählte nicht dazu –, waren Abu Satars einziger Gewinn syrische Baumwollunterwäsche in Übergrößen und schlecht sitzende T-Shirts.

Abu Satar wendet sich wieder seinen Putzpflichten zu, wedelt eifrig zwischen Kleiderstangen Staub und steht irgendwann vor einem kurzen Regenmantel von Yves Saint Laurent und einer Kartonpyramide echter Charles-Jourdan-Schuhe. Wenn Krieg das Emporium zu dem gemacht hat, was es heute ist, dann hat keiner so viel dazu beigetragen wie der Libanesische.

»Was für ein Gezänk …«, murmelt der Händler schmunzelnd. Er weiß nicht mehr, wann genau ihm seine Theorie zu Nationalität und Konflikt gekommen ist, aber es muss während der fünfzehn Jahre des Libanesischen Bürgerkriegs gewesen sein. Es stimmte damals und es stimmt noch heute: Was wirklich in einem Volk steckt, erkennt man weniger daran, aus welchen Gründen es kämpft, als daran, was es alles verkauft, um weiterzukämpfen. Der IS mag viel Öl besitzen und fanatisch brutal sein, doch die Überbleibsel seines Kalifats sind nichts verglichen mit einer Weltklassehauptstadt wie Beirut, deren ausrangierte Kleidungsstücke allein ausgereicht haben, um kleinere arabische Ökonomien quasi jahrzehntelang anzutreiben.

Während Abu Satar die Plastikhülle um einen Kleiderständer zurechtzupft, überkommt ihn eine Welle der Zuneigung zu seinem besten Freund Hani. Sie kennen sich seit der Zeit der palästinensischen Flüchtlingslager. Als Hani damals mit den Kämpfern Jordanien verließ, war er noch ein Jugendlicher; ein Jahrzehnt später stand er dann plötzlich in Abu Satars Laden, von Kopf bis Fuß mit Klunkern behängt. Als Vermittler von Gütern und Dienstleistungen für einen General der Fatah verfügte Hani über einen Mercedes, einen Fahrer und eine rumänische Geliebte.

Vor allem aber stieß Hani im Tausch gegen harte Währung Schwarzmarktartikel frisch von der Rue Hamra ab. Häufig legte er eine Fuhre nachgemachter Louis-quatorze-Möbel als kleines

Schmankerl obendrauf. Abu Satars Gewinn aus seinem so erweiterten Inventar ermöglichte ihm eindrückliche Umbauten der Geschäftsräume. Seine Familie zog um, von hinter der Gardine im Laden raus in die Splendid Isolation am Rande der wachsenden Stadt. Doch der größte Bonus war ein riesiger Stromgenerator, eine weitere Sonderzahlung seines besten Kumpels. Der Generator animierte Abu Satar zur Image-Umstellung und Elektrifizierung des frisch getauften Schnäppchen-Emporiums, dessen blinkende Leuchttafel noch bis ins All sichtbar ist.

Nach dem Ende des Libanesischen Bürgerkriegs fühlte sich Abu Satar lethargisch und deprimiert. Er fand, das Emporium habe schon bessere Zeiten gesehen. Da erwies ihm Saddam Hussein wie aus heiterem Himmel einen riesigen Gefallen, indem er in Kuwait einmarschierte. An der internationalen Koalition zur Bestrafung des irakischen Diktators beteiligte sich Abu Satars eigenes Land dankenswerterweise nicht.

»Ein kluger König ist zuallererst Unternehmer«, verkündet Abu Satar, obwohl niemand da ist, der ihm zuhören würde, und wedelt begeistert mit dem Mikrofasertuch. Während der über zehn Jahre währenden UN-Sanktionen überquerten Öllaster, befüllt mit dem schwarzen Gold Iraks, Jordaniens östliche Grenze und fuhren an Abu Satars kleiner Stadt vorbei, geradewegs die Straße der Könige hinunter, zum Golf von Akaba und in die weitere, Sanktionen sprengende Welt. Innerhalb eines Zwanzig-Meilen-Radius um den Schleichhandel wurden alle rund und dick.

Zwar ist Frieden nur selten so lukrativ wie Krieg, doch es wäre töricht, die kaum beachteten israelischen Lieferungen nach dem Friedensvertrag von 1994 zu übergehen. Wann immer in der Region Aufregung herrscht und jemand etwas schwer Erhältliches braucht, gilt Abu Satar mittlerweile als der Mann vom Fach. 2003, nachdem man Saddam Hussein in einem Loch gefunden hatte, steckte Abu Satar in einem Dilemma. Er fühlte sich nicht gerne reumütig – immerhin waren der Mann und sein Sohn Udai brutale Mörder. Doch seiner Meinung – und wichtiger noch seinen Bilanzen – nach war die angreifende US-Armee genauso schlimm und außerdem, um Salz in die Wunde zu streuen, ganz furchtbar autark. »Fertig-Dies, Fertig-Das!«, murmelt er missbilligend. Im Zuge ihres langen Wirkens im Irak flogen die Amerikaner ein, bauten auf, töteten, mordeten, vergewaltigten, und dann bauten sie wieder ab, packten zusammen und flogen weg, niemandem außer ihren Vertragsunternehmen zur Rechenschaft verpflichtet. Es blieben nur Müll und Chemiehalden zurück. Das erneute amerikanische Engagement im Irak gegen den IS verheißt dem Schnäppchen-Emporium eine dürftige, aber leicht verdiente Ausbeute.

Er kann sich nicht beschweren. Manchmal ergibt sich ein Glückstreffer, wie letzten Monat, als ein sauber rasierter Fremder mit militärisch präzisem Haarschnitt durch die Stadt pirschte. Er sah sich offensichtlich nicht einfach nur um. Über den gepflasterten Teil der Hauptstraße hinweg beobachtete Abu Satar, wie der Mann übermäßig viel Zeit bei Hussein in der Schlachterei verbrachte. Dann marschierte der Kerl einfach so ins Schnäppchen-Emporium, ließ die liebevoll bestückten Regale völlig unbeachtet und sich selbst in den einzigen bequemen Sessel plumpsen. Frechheit!, dachte Abu Satar. An derart dreistes Benehmen war er nicht gewöhnt.

Der Fremde strahlte jedoch eine Korrektheit aus, auf die Abu Satar sofort ansprach. Unverzüglich wurde er vom Importeur seltener Güter zu einem armenischen Schneider. Erste Treffen sind oft so – es gilt, jemanden zu vermessen, ihn richtig einzuschätzen. Der geheimnisvolle Fremde gab seine Bedürfnisse bald preis. Er war auf der Suche nach Informationen und hatte gehört, Abu Satar sei gut aufgestellt, um da zu helfen. Er müsse doch wohl bemerkt haben, dass Dschihadisten die Stadt als Schleichweg nutzten?

Der Händler bestätigte, leugnete oder bestritt es nicht. Sollten die Jordanier die Zahlmeister sein, wäre die Prämie belanglos. Um Abu Satar zu überzeugen, gab der geheimnisvolle Fremde ihm deutlich zu verstehen, dass es »nach oben keine Grenzen« gäbe, wenn erst die Amerikaner mitmachten – und Abu Satar hatte feinere Distinktionen zwischen potenziellen Geschäftspartnern schon immer geschätzt.

Ermutigt erkundigte er sich: »Und die Israelis?«

»Ihre Himmel behüten uns.« Der Fremde legte die Hände nebeneinander und rieb einen Zeigefinger am anderen. »Wir haben von einem geheimen Waffenlager gehört«, fuhr er fort. »Wir wissen nicht, ob es zum Verkauf steht oder …«

Mit kriecherischer Höflichkeit korrigierte Abu Satar ihn: »Mein Herr, meinem Verständnis nach handelt es sich um eine eher antike Sammlung, die, soweit ich gehört habe, von geringem Wert sein soll. Und mir wurde gesagt, dass sie kaum je ans Tageslicht kommt.«

Sein Besucher schnaubte nur abfällig.

Ehrerbietig nahm der Fledderer die Visitenkarte des Mannes entgegen und legte sie zur sicheren Verwahrung ins Diebesnest. Trotz des offenen Ausgangs der Unterredung fasste Abu Satar Mut, dass seine bescheidenen patriotischen Bemühungen Anerkennung fanden, und prompt fühlte er sich so entschlossen wie zehn M1-Abrams-Kampfpanzer, mit denen die Amerikaner den Irak platt fuhren. Wann immer sich eine unternehmerische Chance auftat, ob ihr Dirigent nun ein Muchabarat-Agent, verdeckter Ermittler, Informant oder Scharlatan war, Abu Satar schwor sich, der Situation noch das letzte Tröpfchen Gutes abzupressen.

Und all die Zeit über verstand nur Hani, der liebe Hani, wie visionär Abu Satars Pläne waren. Auch wenn sein Freund von den höchsten Gipfeln der Bürgerkriegspreistreiberei abgestürzt war und alles für osteuropäische Prostituierte verschleudert hatte, behielt er ein gutes Auge für günstige Gelegenheiten. Bei einem spätabendlichen Telefonat erzählte Abu Satar ihm von einem innigen, bislang nicht umgesetzten Wunsch: einer international bekannten Speise auf dem heiklen heimischen Markt zum Durchbruch zu verhelfen.

»So was wie das erste China-Restaurant in Bethlehem eröffnen?«, fragte Hani, um sich das Konzept zu erschließen.

»Kalt.« Dieses Spiel spielte Abu Satar manchmal mit ihm.

Hani versuchte es noch einmal: »So was wie in Beirut glutenfreie Pita backen?«

Der Fledderer war nicht so recht überzeugt; seiner Meinung nach gab es für eine solche Verbraucherrevolution nicht genügend arabische Allergiker. »Viel größer.«

»Ah!«, rief sein Freund. »So was wie McDonald's nach Afghanistan bringen.«

Genau das schätzte Abu Satar an Hani – diese Fähigkeit, über den Tellerrand zu schauen. Hani allein verschaffte ihm Gelegenheiten, wie sie im Leben nur einmal kamen; und diese hier präsentierte er Abu Satar sogar inklusive Gesundheitszeugnis. Auch sie war gewissermaßen ein Flüchtling, war dem Elend entkommen und hatte illegal Grenzen überquert: von den Sabbalin, den Müllsammlern Groß-Kairos, durch den Sinai und die Tunnel des Gazastreifens, unter der Nase der Hamas hindurch und dann über die Mauer – Hani sagte, man habe einen Hebezug aus einem Altersheim benutzt –, vorbei an illegalen jüdischen Siedlungen im

Westjordanland und schließlich nicht über die Allenby-Brücke, sondern unter ihr hindurch, auf einem Floß über den Jordan.

Sobald Abu Satar an seinen persönlichen Beitrag zur internationalen Küche denkt, wird sein Staubwedeln ehrfurchtsvoll. Er trifft nur selten Menschen, zu denen er wirklich Zuneigung und Vertrauen fasst. Seine Freundschaft mit Hani hatte einfach spontan gezündet, während bei Hussein Jahre, sogar Jahrzehnte nötig waren, um das Feuer der gemeinsamen Geschäftemacherei zu entfachen.

An dem Morgen, als sein Neffe in die Stadt zurückgekehrt war, wischte der Fledderer gerade Staub. Mit dem Klemmbrett in der Hand inventarisierte Abu Satar nebenher ein wenig, und so achtete er kaum auf den Mann in Uniform, der bei den gefälschten Designeruhren herumlungerte. Wegen der immer misslicheren Lage an der Grenze unten im Tal war die Stadt zum regelmäßigen Zwischenhalt für Soldaten auf dem Weg zu den unterschiedlichen Stützpunkten geworden. Im Großen und Ganzen hatten die Soldaten alle kein Geld und waren somit nicht weiter von Interesse. Als der schnurrbärtige junge Mann höflich grüßte, antwortete Abu Satar also nur kurz und achtlos. Er war sich sicher, jegliches Gespräch würde nur zu den unvermeidlichen Fragen nach dem Aufenthaltsort des einzigen verfügbaren Mädchens der Stadt führen.

Der Soldat vertrieb sich weiter die Zeit bei den Uhren. Als Abu Satar schließlich doch aufsah, blickte er verblüfft in das breit lächelnde Gesicht seines Lieblingsneffen. Er küsste ihn auf beide Wangen, packte ihn an den Schultern und hielt ihn eine Armlänge von sich, um zu begutachten, wie der Bursche sich seit ihrer letzten Begegnung verändert hatte. Der schmächtige, dröge Junge, der zum Militärdienst geflohen war, war – in den Augen seines Onkels – als Mann zurückgekehrt.

»Und, wie war's?« Ein so gutaussehender Kerl hatte doch sicherlich viele Abenteuer erlebt. Weil er an die kleine Stadt gebunden war, versetzte sich der Ladeninhaber gerne in die Geschichten unberechenbarer reisender Händler und Fernfahrer hinein. Aufgeregt stellte er Frage um Frage, doch Husseins ausweichende Antworten ließen vermuten, dass seine Erfahrungen nicht gänzlich befriedigend gewesen waren. Am Ende saßen Jung und Alt schweigend bei Arak und Argileh.

»Amo«, setzte Hussein schüchtern an, wie früher, denn er hatte Abu Satars Gesellschaft schon immer faszinierend gefunden, »hast du die Zeitschrift aufbewahrt?«

Er meinte die alte Ausgabe von *Good Housekeeping*, die sein Bruder Abd einst aus Amerika geschickt hatte. Früher hatten Hussein und Abu Satar sich stundenlang darin vertieft, an ihrem Englisch gearbeitet und sich über den Zweck so vieler bunter und ungewöhnlicher Haushaltsgegenstände gewundert.

Sogleich zog Abu Satar das Heft aus seinem angestammten Versteck in der Schublade unter der Kasse hervor. Am Tag von Husseins Abreise hatte er es dort hineingelegt, als Symbol ihrer gemeinsamen Interessen. Hussein nahm die Zeitschrift und blätterte zu einer Doppelseite vor, die einen Supermarkt zeigte. Er war gerade aus Fort Knox von einem Ausbildungsprogramm der US-Armee für Auslandsoffiziere zurückgekehrt und konnte sämtliche abgebildete Lebensmittel, von Erdnussbutter bis Wiener Würstchen, benennen und einordnen, da er sie selbst erst in einem riesigen Supermarkt gekauft hatte, gewaltig wie der Dschabel Musa, der Berg, den die christlichen Touristenhorden den Nebo nannten.

Der alte Mann wurde feierlich ernst. »*Chappi* …? Was ist das denn?«

Hussein zögerte. Die Wahrheit würde ihn töricht aussehen

lassen, doch wem konnte er sich anvertrauen, wenn nicht seinem Lieblingsonkel? Die Geschichte war zwar peinlich, aber wenn er Offizier werden wollte, musste er lernen, die eigene Dummheit ohne Weiteres einzugestehen. Er hatte sich von den schlichten Etiketten der Eigenmarke des Supermarktes irreführen lassen, mehrere Dosen gekauft und ein paar leckere Eintopfgerichte gegessen, bis er sein Versehen bemerkte.

Für Abu Satar ist es Ehrensache, sich nie über aufrichtige Versehen lustig zu machen. »Dein Vater hat mir mal eine Geschichte über einen Beduinenstamm erzählt.« Gedankenverloren zupfte er an seinem zurückgehenden Haaransatz. »Zu bestimmten Zeiten des Jahres, wenn der Morgenstern aufging, schlachteten die Beduinen ein Kamel und aßen das rohe, noch schlagende Herz vor Sonnenaufgang. So sorgten die Stammesangehörigen dafür, dass der Geist des Tieres auf sie überging. Sie wollten die Ausdauer und Lebenskraft des Kamels in ihr eigenes Leben aufnehmen.«

Prüfend blickte er zu seinem Neffen hinüber.

»Also, was hast du mitgenommen?«

»Wissen, das mich deprimiert hat, wann immer ich eine amerikanische Straße entlangging.«

Hussein hatte auch seine Brüder mit ihren Familien in Ohio besucht und war erstaunt gewesen.

»Meine Nichten kümmern sich um ihre Haustiere wie wir uns um Menschen. Sie reden lieb mit ihnen, umarmen und kämmen sie –« Seine Stimme versagte kurz vor Verwunderung. »Ich sag dir, bei denen leben die Hunde besser als wir.«

Abu Satar stieß den dichten, süßen Rauch aus und murmelte: »Manchmal ist es besser, die Welt nicht zu kennen.«

An jenem Tag hatte Abu Satar sich geschworen, diesem sensiblen jungen Verwandten, der so vielversprechend und voller

Elan war, zu helfen. Nachdem Hussein die Armee verlassen hatte, war es Abu Satar, der ihn durch die Feinheiten des Verkaufs der väterlichen Ländereien führte. Selbst als Hussein darauf bestand, ein letztes Stück vom Erbe Al Dschids zu behalten, gab sein Onkel seinen Wünschen nach, auch wenn er einen sauberen Schlussstrich bevorzugt hätte – seine Provision wäre höher gewesen. Die Landwirtschaft hätte Hussein ohnehin nie eine Zukunft geboten. Als er schließlich in der Schlachterei gegenüber landete, zerbrach sich Abu Satar den Kopf, mit welchen schlauen Plänen er ihn von dort befreien könnte. Er wusste, der junge Mann war für Besseres bestimmt – auch wenn Hussein selbst eine Weile brauchte, bis er die ungewöhnliche Art von Abu Satars Hilfe ganz annehmen konnte.

Als Hussein sich in seinem neuen Job eingelebt hatte, schickte Abu Satar, wann immer etwas Interessantes im Schnäppchen-Emporium ankam, seinen jüngsten Sohn Sammy bei ihm vorbei. Er hatte den pfiffigen, schlaksigen Vierzehnjährigen angewiesen, nie zur Schlachterei hinüber zu rennen, sondern immer nur lässig zu schlendern. Auf unnötige Aufmerksamkeit konnten sie verzichten. Doch wie ungeheuerlich Abu Satars jüngster Fang sein musste, ließ sich an den eindringlichen Rufen des Jungen erkennen, die die gesamte Hauptstraße hinunterhallten: »*Ibn ammee*«, »mein Onkel!«

Bald nachdem Abu Satar Hanis einem Naturwunder gleiches Geschenk erhalten hatte, scheuchte er Hussein in das Gewirr von Räumen hinter dem Schnäppchen-Emporium, wo Fußboden und Tische voller Kisten mit Johnnie Walker Red standen, dem jüngsten Schmuggelgut der florierenden Schattenwirtschaft.

Zum Auftakt wies Abu Satar Sammy an, ihm und Hussein Drinks zu mixen und für weitere Anweisungen bereitzustehen. Dann verschwand er hinter einer Tür. Er wirkte wie ein Magier, der gleich das Spektakulärste von allem hervorzaubern wird. Weder das Quäken, das durch die Tür drang und nach Baby klang, noch das unbewegte Gesicht seines Sohnes gaben irgendetwas preis. Der kleine Sammy war gut erzogen, dachte Abu Satar mit Wohlgefallen. Er konnte versiert Frozen Margaritas mixen und unanständige Witze erzählen. Vor allem aber hatte er gelernt, Geheimnisse zu wahren. Und so war sich Abu Satar sicher, dass der Junge, falls nötig, auch noch stundenlang stramm neben Hussein stehen bleiben würde.

Ein paar laute Schläge und gedämpftes Gefluche von Abu Satar drangen durch die Tür, dann öffnete sie sich einen Spalt breit. Im dämmrigen Licht waren nur die Spitzen von Abu Satars gelben marokkanischen Lederpantoffeln zu sehen. Mit dem Rest seines Körpers steckte er im Stroh und versuchte, dort etwas zu fassen zu bekommen. Ein beißender Geruch platzte aus dem Zimmer, und Hussein prallte hustend zurück.

»Tür zu!«, brüllte Abu Satar, doch es war schon zu spät. Als sich eine Kreatur mit schwarz-braun-rotem Fell an den Whiskykisten vorbeidrängte, für ihre Größe bemerkenswert agil, und quiekend durch die Gardinenabtrennung floh, verschüttete Hussein seinen Drink und stieß mit dem noch immer strammstehenden Sammy zusammen. Das Tier verschwand derweil hinter einem Kleiderständer mit DKNY-Imitaten, den strohbedeckten Abu Satar dicht auf den Fersen. Abu Satar wusste, sollte ein Kunde auch nur einen einzigen Blick auf diesen Spezialartikel erhaschen, wäre er ihn für alle Zeit los. Mit einer Sportlichkeit, die sein Alter Lügen strafte, sprang er in die Kleidermasse und wühlte, tauchte jedoch mit leeren Händen wieder auf und legte den Finger an die Lippen, bevor sein Neffe etwas sagen konnte.

Jetzt bezog Sammy, wachsam und konzentriert, Stellung neben seinem Vater und lauschte dem kleinsten Geräusch, das hätte verraten können, wo ihre Beute sich befand. Als es in einer Ecke klimperte, fuhr sein Vater auf, doch der Junge hob nur eine Hand und flüsterte: »Balinesische Windspiele.« Am hinteren Ende des Ladens raschelte es, doch bevor sich die beiden Männer hätten bewegen können, mahnte der Junge wieder leise zur Vorsicht: »Aufzieh-Spielroboter.«

Mit sicherer Hand holte Sammy einen alten CD- und Kassettenspieler hervor – ohne den er selten unterwegs war –, stellte die Marschkapelle des Emirs von Kuwait an und spulte zum Anfang des Potpourris aus *Der Fiedler auf dem Dach*. Er hatte diese furiosen Stücke zuvor schon vor verschlossener Tür gespielt und sie als Lieblingsnummern des Tieres vermerkt, weil es sich dabei manchmal gegen die Tür warf. Von Fairuz bis zu Liebesliedern hatte Sammy alles ausprobiert, doch eine garantierte Reaktion hatten nur martialische Blechbläser ausgelöst. Nach ein paar Takten trat das Tier hinter einer Reihe Stoffballen hervor und wiegte seine beachtliche Körpermasse zur Musik.

Abu Satar packte das Vieh am Bein, knurrte »Ach-tung!«, und der junge Sammy stand sofort wieder wie ein Brett. Die Marschkapelle, gerade in den letzten Zügen ihrer Interpretation von »Wenn ich einmal reich wär«, wurde abrupt ausgestellt. Abu Satar zerrte das Tier wieder hinter den Vorhang. Zu Atem gekommen, bat er Hussein zu sich. Als Sammy frische Drinks gemixt und sie sich gesetzt hatten, tätschelte Abu Satar der glatthaarigen Sau, die nun friedlich zu seinen Füßen lag, die markante Schnauze und sprach zu Hussein: »Dies, mein Freund, ist die Zukunft.«

6

»In was für eine Schlangengrube hast du uns nur gestürzt!« Mutter Fadhma beschimpft das Foto an der Wohnzimmerwand. »Wo du uns doch behüten solltest!«

Feinnervig wie eine Wünschelrute würde sie jegliche Veränderung im Raum spüren, von Temperatur über Atmosphäre bis zu den Lichtverhältnissen. Doch alles bleibt genau, wie es ist, ein klares Zeichen, dass Al Dschid sie überhaupt nicht beachtet. Sein Bild strahlt nur die ganz eigene Eitelkeit arabischer Männer aus. Mit seinem sorgsam arrangierten Kopfputz aus Kefije und Agal wirkt er wie ein beduinischer Stammesfürst.

»Selbst schuld bin ich.« Jetzt richtet sich ihr Groll nach innen. Sie hat ihn immer verwöhnt. Sein bodenlanger Dschellaba-Mantel ist gestärkt und unnachgiebig wie sein Stolz; damit er so wird, hatte sie jede Faser einzeln gebügelt. Als der Auslöser gedrückt wurde, beugte sich Al Dschid vor, den linken Zeigefinger anklagend ausgestreckt, auf halbem Wege eingefangen zwischen Stirnrunzeln und durchdringendem Starren. Auf dem Bild wie im echten Leben ganz der klassische Patriarch.

»Du hast immer gesagt, dass du all deine Kinder liebst. Aber nur ihre große Menge hast du geliebt!«, raunzt sie wieder das Porträt an. »Und sobald sie das Land verlassen hatten, haben sie uns vergessen, auch da hast du dich geirrt.«

Al Dschid hatte ihr versichert, viele Kinder seien besser als nur ein paar; er bezeichnete sie oft als seine Versicherung. In Erinnerung an diese Worte klatscht sie laut und schnell, eine Geste, mit der sie ihren Ehemann, sich selbst und all ihre Anstrengungen quasi gleich aus der Welt schafft. Wenn sie nicht einmal auf die eigenen Söhne zählen können, müssen sie wohl etwas falsch gemacht haben. Zu viele ihrer Kinder sind ausgewandert; wäre die Mehrzahl von ihnen zu Hause geblieben, Al Dschid und Fadhma wären geschützt und sicher gewesen. Eine schmerzhafte Leere breitet sich in ihrem Brustkorb aus. Sie braucht von dem Mann auf dem Bild unbedingt Zuspruch, lediglich ein winziges Zeichen, doch er starrt nur vor sich hin.

Sie seufzt frustriert. Entweder hat ihr Ehemann seine Pflichten vernachlässigt oder es ist ihm einfach egal, wie seinem Sohn. Als Familienoberhaupt müsste Hussein Samira unter Kontrolle haben. Doch unter der Knute dieser grässlichen Ehefrau hat er die Fähigkeit zu klarem Denken eingebüßt. Und nun wird wegen seiner Probleme eine schlimme Situation noch schlimmer. Nicht als Einziger in der Familie hat er die Kunst perfektioniert, alles zu sehen und gleichzeitig so zu tun, als wüsste er von nichts. Auch Fadhma hat gesehen, wie er spätabends ins Haus torkelt, und am nächsten Morgen die Niederlage in seinem Atem gerochen, schal und faulig. Trotz ihres eigenen Unglücks wird ihr das Herz weich. Bei genauerem Hinsehen ist Nadschlas Sohn kein gänzlich schlechter Mann. Nur schwach und leicht zu beeinflussen ist er. Wie bei allen Kindern ist Fadhma bereit, gegenüber Husseins Fehlern und Exzessen Nachsicht zu zeigen, doch für den Mann, der verantwortlich ist für Husseins Korrumpierung, gilt das keinesfalls. Hinter Husseins Kümmernissen lauert die Spukgestalt ihres heimtückischen Bruders. Windig und gierig war Abu Satar schon immer, doch dass er ihre Familie zerstören würde, hätte sie nie erwartet. Ihr Hass auf ihn fährt ihr wie ein Messer quer durch die Rippen.

Als seine ältere Schwester akzeptierte Fadhma sein Verhalten bedingungslos, solange sie noch unter einem Dach lebten.

Am Tag der Beerdigung ihres Vaters sagte Abu Satar, dass Fadhma von nun an im Haus bleiben würde. Keine Familienehre sei schützenswert, wenn sich Frauen frei in der weiten Welt herumtrieben. Da sie bei niemandem hätte Einspruch einlegen können, gab sie widerwillig nach.

Da es alles, was sie nur brauchen konnte, im Geschäft ihres Bruders gab, wurde sie praktisch zu seiner Gefangenen. Nur Abu Satars Geschäftspartner kamen ins Haus, und nach einer Weile bemühte sich im Dorf niemand mehr, nach Fadhma zu fragen. Wenn Abu Satars Ehefrau sie kleinmachte, versprach Fadhma, sich mehr anzustrengen. Sie war die Hauptleidtragende der Witze seiner Kinder und lachte dabei am lautesten. Einmal hörte sie, wie ihr Bruder mit einem Geschäftsfreund über die Bestimmung der Frau sprach. Sie dienten zum Kochen und Putzen, sagte er, dann leiser: und noch zu einer einzigen anderen Sache. Bei seinem Compagnon sorgte das für tosendes Gelächter. Fadhmas Selbstwertgefühl war so weit gesunken, dass sie sich nicht mehr sicher war, ob sie überhaupt anderer Meinung war. Sie wusste, was sie von ihm und seiner Familie erwarten konnte. Ihr Leben war völlig eingeschränkt, aber zumindest kümmerte man sich um sie. Mit der Zeit fügte sie sich einem Schicksal, das sie als unverrückbar wahrnahm.

Nach Nadschlas Tod brachte Al Dschids Heiratsantrag das Gleichgewicht durcheinander; der Antrag gähnte wie ein Abgrund vor ihr. Nach jahrelanger Tristesse empfand Fadhma Glück als etwas für all jene, die nie im Weg waren. Die Möglichkeit von etwas Unbekanntem machte Fadhma Angst. Es gab keine Garantie, dass sie gut behandelt werden würde. Am schlimmsten war, dass sie wusste, dies war ihre letzte Chance. Falls sich die Ehe als eine Enttäuschung herausstellen sollte, bezweifelte sie, ob sie das überleben würde. Sie versuchte, ihre

Ängste mit ihrem Bruder zu besprechen, der ihr sagte: »Ich habe meine Pflicht getan. Tu du nun deine.«

Mit jedem Tag wurde sie aufgewühlter. Nadschla hatte Al Dschid sechs gesunde Söhne geboren, einen nach dem anderen. Sooft Fadhma die Kleinen von ihrem Versteck hinter dem Vorhang im Geschäftsraum flüchtig zu sehen bekam, traten ihr Tränen in die Augen; nie würde sie ihre tote Mutter ersetzen können, ihre geliebte Schwester. Fadhma sank tiefer in die Depression. Selbst mit der Ehe durfte sie nur auf die Krümel von einem anderen Tisch hoffen. Saft- und kraftlos hing sie im Haus ihres Bruders herum und war mit der Welt uneins.

Eines Tages kam eine Truppe Clowns in ausgeblichenen Harlekinkostümen ins Dorf marschiert und bewarb ihre einzige und alleinige Aufführung mit dem nasalen Plärren einer Zurna-Flöte. Das ganze Dorf war hingerissen. Abu Satar, der in seinem Leben noch keinen Tag Urlaub genommen hatte, schloss das Geschäft und versammelte seine Familie. Als sie losgingen, ließ seine Ehefrau Fadhma nicht aus der Haustür treten und schloss hinter sich ab, ohne sich auch nur zu verabschieden.

Fadhma hatte sich an diese Art kleinlicher Grausamkeit gewöhnt, doch nun, da sie allein im Haus war, beleuchtete diese Gemeinheit das gesamte Ausmaß ihrer Misere. Früher hätte Fadhma ihr Schicksal akzeptiert und wäre auf das Dach gestiegen, wo die Kräuter für das Satar trockneten. In der Arbeit mit den Blättern und Blüten des Thymians, von dem die alten Griechen glaubten, dass er innere Stärke und Mut anrege, hatte sie schon immer Trost gefunden. Doch nicht einmal ein Kräuterrezept mit den Zaubereigenschaften des Hanfes hätte ihren jetzigen Seelenkummer heilen können. Sie fürchtete sich davor, ihr vertrautes Leben aufzugeben, egal wie sehr man sie malträtierte. Gleichzeitig machte die Aussicht auf ein besseres Leben, egal wie schwach, ihre gegenwärtige Situation unerträglich. Ihr Geist drehte sich wie ein Mühlrad.

Sobald ihr Bruder und seine Familie außer Sichtweite waren, richtete sie ihr Kopftuch und kletterte kurzerhand aus einem Hinterfenster. Der Pfad vor ihr führte aus dem Dorf hinaus, hinein in eine ununterbrochene hügelige Weite voller Gestein und Sand. Am Horizont schwoll der Himmel an wie ein tintig blaugraues Hämatom. Ein Sturm näherte sich rasch. Sie hatte nicht die leiseste Ahnung, wohin sie ging, noch kümmerte es sie. Zum ersten Mal war sie vollkommen allein in der Welt, verantwortlich für sich selbst.

Ein sintflutartiger Regen setzte ein. Die sofortige Bedrohung durch Blitzüberschwemmungen ließ sie schneller gehen. Als sie durch eine Lücke zwischen ein paar Felsbrocken schlüpfte, wäre sie fast gegen ein schwarzes *beit al-sha'r* gelaufen, ein aus Tierhaar gewebtes Beduinenzelt. Nicht gewillt, denselben Weg zurückzugehen, sich aber auch des Weges nach vorne unsicher, blieb sie neben einem feuchten, qualmenden Lagerfeuer stehen, bis auf die Haut durchnässt, frierend und keuchend.

Fadhma kannte die alten Geschichten. An manche Orte ging man nicht, an manche Menschen trat man nie heran. Bestimmte Frauen verfügten über genügend Macht, um ein ganzes Leben zu verfluchen und es in unfruchtbare Einsamkeit zu verwandeln. Fadhma machte sich keine großen Gedanken darum, weshalb sie noch nicht verheiratet war, wenngleich ihre Schwägerin sie in einem fort warnte, nicht auf der verkehrten Seite des Bettes zu schlafen oder im Licht des Vollmondes. Fadhma wusste, dass raue Gesichtszüge bei einem Mann ganz anders aussahen als bei einer Frau, lehnte Aberglauben ab und glaubte lieber, dass es Gottes Wille war, dem sie nur gehorchen konnte. Der Sturm erreichte seinen Höhepunkt. Die Regentropfen, jeder von der

Größe und dem Gewicht eines kleinen Steines, waren eine physikalische Kraft, die sie weiter antrieben.

Verstohlen schaute Fadhma in das Zelt und sah, als sie sich an das Halbdunkel gewöhnt hatte, ein Zuhause ganz wie im Dorf, mit Kissen, Wasserkrügen, einer Truhe und einem Gewehr. Sie hatte Gerüchte gehört über die Wahrsagerinnenschwestern, die hier lebten. Sie erledigten die Jobs, an die sich sonst niemand traute: Abtreibungen, Exorzismen und Séancen. Sie konnten das Unsichtbare sichtbar machen und die Gegenwart verändern. Unter ihrer Anleitung konnte ein Mädchen mit Erfahrung in der Hochzeitsnacht bluten wie eine Jungfrau oder eine alte Frau eine Vagina bekommen, die fleischig war wie eine überreife Feige. Für die beiden Schwestern, die völlig außerhalb der Gesellschaft lebten, war Fadhma nur ein weiteres albernes Dorfmädchen, das Glück nicht von Pech unterscheiden konnte.

Fadhma ging in das Zelt und erwartete, dass jemand erscheinen müsse. Als niemand auftauchte, setzte sie sich, spähte in die dunklen Ecken und platzte schließlich mit ihren innersten Ängsten heraus: »Ich soll einen Mann heiraten, der gut sein soll. Aber meine Schwester, seine erste Ehefrau, liegt schon in ihrem Grab. Sollte ich nicht lieber bleiben, wo ich bin?«

Auf dem Teppich neben sich schob sie Steinchen und Knöchelchen zu einem kleinen Haufen zusammen, untersuchte jedes genau, fuhr mit den Fingern über die schartigen Oberflächen und spürte ihr Gewicht und ihre Formen. Dann schüttelte Fadhma sie wie Würfel und warf. Klappernd fielen sie zu Boden, hörbar gegen den Lärm des Windes und Regens vor dem Zelt.

Aus einem Winkel betrachtet schienen die Steinchen und Knochen ein Fragezeichen zu bilden, aus einem anderen einen gestrichelten Gebirgszug in der Gestalt einer hochschwangeren Frau. Es war nicht die Antwort, die Fadhma erwartet hätte, aber es war die, die sie verdiente. Als sie aus dem Fenster geklettert war, war die Entscheidung gefallen. Sie würde zu ihm gehen, weil sie es wollte, und ihn verlassen, falls die Dinge eine schlechte Wendung nehmen sollten, ein Akt, der die unwiderrufliche Entehrung ihrer Familie und mit Sicherheit ihren eigenen Tod bewirken würde. Zumindest würde sie vielleicht ein Leben leben, das wirklich ihr eigenes wäre, und jegliche Macht, die sie darüber hätte, würde besser sein als das ihr aufgezwungene Dasein. Fadhma staunte, wie Angelegenheiten des Herzens innerhalb eines Augenblickes entschieden werden konnten.

Nach einer kleinen Familienfeier und einer priesterlichen Segnung in der Kirche des Mosaiks zog Fadhma mit ihrer einen Kiste Hab und Gut aus Abu Satars Haus aus und in Al Dschids krumme Lehmziegelhütte ein. Um die sechs Söhne ihrer Schwester kümmerte sie sich aus Pflichtgefühl. Den Mysterien der Sexualität begegnete sie mit derselben Geisteshaltung. Als sie ihren Ehemann zum ersten Mal nackt sah, sagte sie, er erinnere sie an einen stolzierenden Hahn, und Al Dschid gefiel ihre Unerfahrenheit. Sie hatte keinen Begriff von Vergnügen, aber sie war nicht zu alt zum Lernen. Spätabends, wenn sie nebeneinander lagen, fragte sie sich, ob auch Nadschla so völlige Freude erlebt hatte.

Sie besaßen nicht viel, doch Fadhma fühlte sich begehrt und benötigt. Aber ein Aspekt am Verhalten ihres Ehemanns verblüffte sie. Er war am stolzesten und aufmerksamsten, wenn sie der Frau in der Form des Gebirgszuges glich – immer schwanger. Bald hatte sie sich um ihre eigenen sieben Kinder zu kümmern, zusätzlich zu den sechs Söhnen ihrer Schwester. Nach der Geburt so vieler Kinder schien es seltsam, dass die Leute aus dem Dorf mehr von Al Dschids Zeit in Anspruch nahmen als seine eigene wachsende Familie.

Kam jemand an die Tür – egal zu welcher Tages- oder Nachtzeit –, stand er zu Diensten und erwartete von seiner Frau dieselbe Aufmerksamkeit. Nach der Leere ihres Lebens im Haus ihres Bruders war der unablässige Strom an Besuchern anfangs anstrengend. Unaufhörlich musste sie bereitstehen, um Tee zu machen. So hielt sie ihr Kopftuch stets parat und die Wasserkrüge gefüllt. Die Leute schienen immer dann vorbeizukommen, wenn die Familie gerade essen wollte, was hieß, dass ihr Ehemann und die männlichen Gäste zuerst aßen. Sie und die Kinder begnügten sich mit den Resten, in der Regel nicht viel. Die Jahre des Hungers hinterließen Spuren. Die Söhne ihrer Schwester stritten sich um das bisschen, das da war, und der Konflikt säte eine Zwietracht, die Wurzeln schlug und heranwuchs zu einem dichten Dornengestrüpp um jedes ihrer Herzen.

Ob es darum ging, eine Verbindlichkeit abzugelten oder eine künftige Gefälligkeit zu sichern, Al Dschid wurde häufig von anderen Dorfbewohnern in deren Häuser eingeladen, wo ihm nur das Beste vom Besten aufgetischt wurde. Bis spät in den Abend hinein erzählte er dann Geschichten oder Neuigkeiten, von denen er auf seinen Marktgängen erfahren hatte. Fadhma wusste nie, wo er war oder wann er nach Hause kommen würde. Ihr einziger Hinweis auf seinen Aufenthaltsort war, wenn eine Nachbarin erzählte, sie habe ihre Stiefsöhne vor einem Fenster anderer Leute sitzen sehen. Nur wenn die Jungen so den Geschichten ihres Vaters lauschten, stritten sie ausnahmsweise nicht.

»Arbeite hart, und du dienst Gott und dir selbst«, belehrte Al Dschid seine Familie. Meistens arbeitete Fadhma für Arme, Menschen wie sie selbst. Sie kochte Meramije, das bittere Salbeiheilmittel gegen Ruhr und Nachtschweiß; bereitete Isbet il-Gizha zu, ein Beduinenrezept mit Honig; oder verabreichte

Habat al-Baraka, den gesegneten Schwarzkümmelsamen des Propheten, dafür bekannt, gegen gebrochene Herzen und Kehlkopfentzündung zu helfen. Am begehrtesten war jedoch die namensgebende getrocknete Kräutermischung der Familie. Der gesundheitliche Nutzen ihres Satars war unermesslich: Es wirkte gegen Keuchhusten und Menstruationsbeschwerden, stimulierte das Erinnerungsvermögen und regte das Gehirn an. Vor allem roch und schmeckte es nach Heimat. Dieses einfachste aller Essen wurde mit Olivenöl vermischt, auf Brot gestrichen oder damit gebacken oder als Würzsauce verwendet. Selbst wenn der Boden karg war, brachte er mit wenig Wasser doch aromatisches Gestrüpp und Gesträuch hervor, ein Zeichen der Natur, dass sie die Menschen nicht völlig vergessen hatte, noch nicht. Mit den spärlichen Mitteln der Familie, und ohne sich zu beschweren, bediente Fadhma ihren Gatten und die vielen Besucher, die seinen Rat einholten. Gleichzeitig begann sie, ein eigenes unabhängiges Netzwerk aufzubauen. Die benachbarten muslimischen Haushalte, wo Ehefrauen und Weibsvolk normalerweise nicht unbegleitet das Haus verlassen durften, besuchte Fadhma unangemeldet und wurde stets willkommen geheißen.

Fadhma konnte nicht umhin, die Großmut und hohen moralischen Ansprüche ihres Ehemanns mit denen ihres skrupellosen Bruders zu vergleichen. Abu Satar war ein Mann, der von der Verzweiflung anderer Menschen profitierte. Er lebte von Krieg und Korruption. Sein wachsender Wohlstand ließ ihn launenhaft und liederlich werden. In einer Woche sammelte er Kuckucksuhren, in der nächsten billige Taschenrechner und breite weiße Schlipse. Seine Deals und seine Zockerei akzeptierte Fadhma widerwillig, aber er hatte einen ungesunden maliziösen Zug entwickelt.

So konnte er es sich nicht verkneifen, seine Schwester mit ihrem spartanischen Dasein zu triezen. Wohlwissend, dass Fadhma, ihre kleinen Kinder, Al Dschid und Nadschlas Jungen allesamt auf dem Boden eines einzigen Zimmers schliefen, bot er ihr an, seine jüngste Anschaffung auszuprobieren. Als sie allein waren, ermunterte er sie, sich neben ihn auf sein neues Messingbett zu setzen.

»Guck mal, was du versäumst.« Er betastete die weiche Bettwäsche und musterte seine ältere Schwester. Sie war unvermutet zu einer reifen Frau voller Selbstvertrauen und Erfahrung erblüht. »Komm, Schwester«, schlug er hämisch vor, »noch ein bisschen ...«

Alarmiert entschuldigte sich Fadhma und ging schnell. Hätte sie lange genug bei ihm gewohnt, hätte sie irgendwann vielleicht ein eigenes Messingbett bekommen, und es wäre ein Käfig der Scham gewesen. So inbrünstig, wie sie ihren Ehemann liebte, begann sie ihren Bruder zu hassen.

Als ihr Stiefsohn Hussein Abu Satars Zauber verfiel, flehte Fadhma Al Dschid an, rasch zu handeln, und der Junge wurde eiligst zur Armee geschickt. Beide Eltern waren erleichtert und glaubten, die Sache wäre damit erledigt. Nur Fadhma lebte lang genug, um zu erleben, dass versehentlich doch noch ein anderer Weg ins Verderben eingeschlagen wurde.

In der Nacht, in der sich ihrer aller Leben unwiderruflich zum Schlechteren wandelte, ging Mutter Fadhma gerade schlafen, als sie den Schlachterwagen in die Kieseinfahrt knirschen hörte, gefolgt von gedämpften Stimmen, die erfolglos versuchten, das Haus unbemerkt zu betreten. An seinen Trinkabenden hatte sich ihr Stiefsohn angewöhnt, nach Mitternacht hereinzuschleichen und voll bekleidet auf dem kalten Fliesenboden des einzigen noch unmöblierten Zimmers im neuen Haus zu schlafen, im leeren Empfangszimmer. Es war unbequem, hatte aber einen Vorteil. So riskierte er nicht, beim Zubettgehen Laila zu stören, und weil er das Haus immer verließ, bevor sie morgens aufstand, entging er mitunter der gewohnheitsmäßigen Standpauke, wenn sie ihn betrunken erwischte. Im Wissen um diese Routine hätte Fadhma alles ignoriert und wäre wieder eingeschlafen, doch das ächzende Ringen wurden lauter. Also schlich sie zur Schlafzimmertür, öffnete sie einen Spalt breit und spähte in den Flur.

Zuerst schien es, als läge sie mit ihrem Verdacht richtig. Rotgesichtig und wankend kämpften Hussein und ihr abscheulicher Bruder Abu Satar mit einem großen Jutesack, den sie mit Mühe zwischen sich trugen. Neugierig trat Mutter Fadhma aus ihrem Zimmer. Doch die Männer waren so in ihre Aufgabe vertieft, dass sie sie überhaupt nicht bemerkten. Dann sah Mutter Fadhma, dass das Unvermögen der Männer, ihre Last zu kontrollieren, weniger mit Alkohol zu tun hatte als damit, dass sich der Sack drehte und hob, als wäre er lebendig. Mit etwas Abstand folgte sie den beiden.

Durch die Rufe der Männer geweckt, kamen Laila, Samira, Salim und Mansur in das Empfangszimmer geeilt, wo in einer Ecke der keuchende Hussein saß und in der anderen ein riesiges schwarz-braun-rot geflecktes Schwein, erschöpft und desorientiert von einem heimlichen Trip quer durch die Stadt. Die Ankunft so vieler Fremder regte das Tier auf, und als Mansur auf es zurannte, um es von Nahem zu betrachten, unternahm es einen verzweifelten Fluchtversuch, den nur Abu Satars geschickte Fußarbeit vereitelte. In der darauffolgenden Verwirrung wurde Mansur zu Boden geworfen, was Samira wieder mit Laila im Chor schreien ließ. Abu Satar befürchtete, die Situation könnte zu einer Panik ausarten, in der seinem tierischen Schlüssel zum

Reichtum irgendein Malheur widerfahren oder durch die zumindest die ungewollte Aufmerksamkeit der Nachbarn erregt werden könnte, und so scheuchte er die Familie aus dem Zimmer, damit das Schwein in Ruhe die Fassung wiedergewinnen konnte. Samira wurde beauftragt, die aufgekratzten Kinder zurück ins Bett zu bringen. Die vier Erwachsenen setzten sich an den Küchentisch, wo Hussein bei einem Tee Abu Satars Ideen erklärte.

Zu Mutter Fadhmas Überraschung schätzte ausgerechnet Laila die Lage kühl ab. Sie alle hatten sich erschreckt, als das Schwein auf Mansur losgestürzt war. Wie bei einer Maus waren die unvorhersehbaren Bewegungen viel furchteinflößender als das Ding selbst. Als sie nun zuhörten, wie Hussein die potenziellen Gewinne umriss, schien ihre unfassbar arrogante Schwiegertochter sich ein wenig für das Tier zu erwärmen, dessen Scharren aus dem leeren Empfangszimmer am Ende des Flures zu ihnen drang. Fasziniert und entsetzt beobachtete Mutter Fadhma Laila. Husseins Gattin hatte nur mit einem Teil des Plans Probleme. Bis eine passende Unterkunft gefunden wäre, würde das Schwein in ihrem glänzenden neuen Haus wohnen.

Mutter Fadhma erkannte, dass Laila zum ersten und letzten Mal den Wert des alten Hauses aus Lehmziegeln und Stein sah, in dem sie als Frischvermählte gewohnt hatte. Früher hatte Laila gesagt, sie hasse das Haus, doch unter den gegenwärtigen ungewöhnlichen Umständen hätte sie seine einzigartigen Vorzüge sofort zu schätzen gewusst. Denn tief im Haus, fernab von neugierigen Augen, hatte es eine Seriba gegeben, einen Innenhof zur Tierhaltung. Bevor Hussein aus der Armee ausschied, hatten ausschließlich Frauen im Haus gelebt, und Laila ließ damals durchblicken, dass sie landwirtschaftliche Arbeit als unter ihrer Würde empfand. Sie hatte keinerlei Interesse an Tierhaltung und empfand die Seriba, in der nach Al Dschids Tod nur ein paar dürre Hühner untergebracht waren, als altmodisch und peinlich. Bei der Planung des neuen Hauses bestand sie darauf, dass es durch und durch modern sein müsse – keine Seribas, keine Lagerräume. Zu ihrer Schwiegermutter sagte Laila, es sei für sie alle ein frischer Anfang, mit dem sie ihre Ehrbarkeit unter Beweis stellen könnten. Herzstück dieser Neuerfindung sollte das Empfangszimmer sein, das nach ihren exakten Vorgaben als Bühne zum Bewirten und Beeindrucken von Gästen dienen sollte. Jetzt wollte Hussein es zumindest vorübergehend als Schweinestall nutzen.

Auch wenn diese Aussicht Mutter Fadhma weiterhin zutiefst zuwider war, fand sie es interessant, dass ihre Schwiegertochter den Vorschlag nicht sofort abgewiesen hatte. Mutter Fadhma war bewusst, dass Lailas knappes Lehrerinnengehalt zusammen mit dem, was ihr Stiefsohn aus der Schlachterei nach Hause brachte, für ihre weitreichenden Ambitionen nicht genügte. Nun, da nichts mehr von Al Dschids Land zu verkaufen blieb außer dem letzten Stück, von dem Hussein sich zu trennen weigerte, war die Familie wieder in finanziellen Schwierigkeiten. Welcher Ehemann weiß nicht, wie er seine Frau bestechen kann? Fadhma sah angewidert zu, wie Hussein an Lailas Habgier appellierte. Die ersten Gewinne, die das offensichtlich trächtige Schwein einbringen würde, sollten für die Einrichtung des Empfangszimmers ausgegeben werden. »Und außerdem«, sagte er, »ist es nur für ein paar Tage. Höchstens eine Woche.« Wie zur Bestätigung blickte er zu Abu Satar. Ab da musste Laila nicht weiter überzeugt werden, und bald war nur noch Fadhma gegen den Plan.

Sie wusste, dass ihre Meinung nicht ins Gewicht fiel, fühlte sich aber in der Pflicht, für die Ansichten ihres Ehemanns einzustehen. Al Dschid hatte stets argumentiert, dass die Lehren des Propheten, Friede sei mit ihm, nicht nur den Anhängern des Islams als Handlungshilfe dienten, sondern jedem mit gesundem Menschenverstand. »Das Tier ist Täuschung und Unwissen. Dies sind schwerwiegende Sünden. Das Schwein ist *muharram*«, sagte sie streng. »Gott verbietet auch das Essen von Hyänen, Füchsen, Wieseln, Raubvögeln oder Elefanten.« Bevor sie noch Krokodile, Otter und Wespen hätte hinzufügen können, unterbrach sie ihr scheußlicher Bruder.

»Wir reden hier nicht von Religion, Frau! Es geht ums Geschäft!« Abu Satar wandte sich zu seinem Neffen, wechselte die Tonlage und raunte verführerisch: »Eine Schweinefarm, versteckt irgendwo auf dem restlichen Land deines Vaters – du wärst der einzige Schlachter in der ganzen Levante, der exotisches Fleisch verkauft. Die Leute würden meilenweit zu dir fahren ... zu Hussein Sabas, dem König des Schweinekoteletts!« Erregt fuchtelte Abu Satar durch die Luft, als wollte er ein weiteres raffiniertes Neonschild für das Schnäppchen-Emporium entwerfen.

Als ihr seine pummeligen Finger vor dem Gesicht herumfuhren, stand Fadhma vom Tisch auf und setzte noch einmal Wasser auf. Von den vieren war sie die Einzige, die als Bauersfrau über tatsächliche Erfahrung in der Tierhaltung verfügte. Hussein hatte als kleiner Junge auf dem Bauernhof gespielt, doch Al Dschid hatte nie zugelassen, dass einer seiner Söhne in seine Fußstapfen trat, und sie alle so früh wie möglich fortgeschickt. Laila, die sich ihre hübsch manikürten Hände ohnehin nie schmutzig machte, zeigte alle Vorurteile einer Städterin, und Abu Satar war nur ausdauernd, wenn es darum ging, die Stimme und Präsenz seiner Schwester zu ersticken, eine Fertigkeit, die er ein Leben lang perfektionierte. Fadhma bereitete den Tee zu und schwieg. Man musste kein Genie sein, um zu begreifen, dass die tägliche Versorgung des Schweins, da alle anderen die meiste Zeit außer Haus waren, ihr zufallen würde.

Abu Satar gab Fadhma detaillierte Anweisungen, wie sie sich um den neuen Hausgast zu kümmern habe. Bis ein Vorrat an Maiskolben organisiert werden konnte, ohne dass Fragen gestellt würden, sollte Fadhma eine Spezialmischung aus getrocknetem Getreide und Sojabohnen füttern, die er aus der Slowakei bestellt hatte. Außerdem gab es mehrere große Behälter mit Vitaminen und mineralischen Nahrungsergänzungsmitteln aus dem Schnäppchen-Emporium. Abu Satar hatte sie ein paar Jahre zuvor erstanden, als er fälschlicherweise annahm, die Stadt stünde kurz vor einem Fitness-Boom. Er hatte sie nicht losbekommen und steuerte sie nun zum Wohl des Schweins bei.

Mutter Fadhma sollte das Futter genau abmessen und in einer von zwei großen Metallschüsseln, die ihr Bruder bereitstellen würde, vermischen. Die zweite Schüssel müsse immer mit Wasser gefüllt sein. Als Fadhma protestierte, dass nicht mal für die wachsende Familie genügend Wasser da sei, geschweige denn für eine trächtige Sau, schüttelte Abu Satar enttäuscht den Kopf. »Ganz ehrlich, Ochti, hinge das Familienvermögen von dir ab ...« Er beendete den Satz erst gar nicht, als wären Worte für dieses Schicksal unzureichend.

Sie konnte es nicht ausstehen, wenn er sie »meine Schwester« nannte. Manche Männer verwendeten den Ausdruck als Kosenamen, doch aus dem Mund ihres Bruders nahm er einen süffisanten Ton an, der seine Macht über sie betonte. Sie standen an der Doppeltür des Empfangszimmers und sahen dem Tier dabei zu, wie es im Raum hin- und herlief. Fadhma brachte es nicht über sich, das Schwein gutzuheißen, doch allmählich entwickelte sie eine gewisse Sympathie für das Tier. Ihrer beider Schicksal war durch Abu Satars Willkür bestimmt. Als er sie an den Ehemann ihrer toten Schwester verheiratet hatte, war ihm sein Status im Dorf wichtiger gewesen als ihr Glück. Gleichermaßen war es lediglich eine Frage der Zweckdienlichkeit, das Schwein ihrer Obhut anzuvertrauen. Angesichts ihrer gemeinsamen Erfahrung wollte Fadhma ihr Bestes tun.

Abu Satar wies sie an, den Speiseplan des Schweins zusätzlich zum Trockenfutter durch alles zu ergänzen, was sie auftreiben könne: Essensreste vom Tisch, selbst Innereien aus der Schlachterei. Abu Satar, selbst kein mäkeliger Esser, war voller Hochachtung vor einem Appetit, der so ungeheuerlich war, dass er nichts verschmähte. Im Internetcafé hatte er regelmäßig »Schweinefakten« gelesen, eine Website über »Alles rund um die kleinen Quieker«. Vieles davon, dachte er, war einfach zu fantastisch, um wahr zu sein, und er überging bewusst mögliche etymologische Schlüsse vom italienischen *porcello* und dem griechischen *choiros*, beides Slangausdrücke für Vulva.

Abu Satar konzentrierte sich ganz auf praktische Fragen. »Sieh zu, ob du ihr Spinnen füttern kannst«, beauftragte er seine Schwester. Dann, als er sicher war, dass sonst niemand zuhörte, sagte er nachdrücklich: »Und halt das Baby von ihr fern.« Fadhma wusste nicht, ob es ihm ernst war oder er sie nur quälen wollte. Etwas bang machte sie sich daran, die Kreatur zum ersten Mal zu füttern.

Vorsichtig betrat sie das Empfangszimmer, die Schüssel vor sich ausgestreckt wie ein Friedensopfer. Die Sau, die in der Ecke gelegen und Stroh gekaut hatte, war irre vor Hunger, richtete sich rasch auf und kam schnaubend auf sie zugestolpert. Es war ein großes Tier, mit muskulösen Schultern und einem mächtigen breiten Rücken. Bevor Fadhma die Schüssel auf den Boden stellen konnte, stieß die Sau gegen sie und verschüttete etwas

Futter. Fadhma machte schnell einen Schritt zurück und hielt sich zum Schutz an der Schüssel fest, während das Schwein – durch den Essensgeruch aufgebracht – versuchte hochzuspringen, um an seine Mahlzeit zu gelangen. Durch seine fortgeschrittene Trächtigkeit beschwert, kam es nicht hoch genug. Frustriert und wütend umkreiste es Fadhma und scharrte mit den Hufen, als wollte es sich zum Angriff bereit machen. Fadhma bekam Angst, drückte sich gegen die Wand und schob sich Stückchen für Stückchen zur Zimmertür. Die Sau grunzte laut, ihr Wunsch würde ihr nicht versagt bleiben. Schnell lief sie zur Seite und blockierte Fadhmas einzigen Fluchtweg. Sie starrte Fadhma an und kam bedrohlich nahe.

In Fadhmas Magen machte sich Angst breit wie eine Lebensmittelvergiftung. Sie schloss die Augen und betete, dass ihr Ehemann sie beschützen möge. Die weiche, nasse Schnauze, die zaghaft an ihr Bein stupste, traf sie unvorbereitet. Wie eine feuchte menschliche Hand strich der Rüssel zart und inständig über ihr Knie. Fadhma staunte, dass sich in einer so furchteinflößenden Gestalt solche Sanftheit verbergen konnte, und stellte rasch die Schüssel auf den Boden.

Als das Schwein seinen Rüssel im Getreide vergrub und heißhungrig fraß, sah Mutter Fadhma ihm gebannt zu. Im Gegensatz zu den Schafen, Ziegen und Hühnern, um die sie sich einst für Al Dschid gekümmert hatte, machte das Tier einen fast intelligenten Eindruck. Sie streckte den Arm aus und kraulte es zwischen den drahtigen rötlichen Borsten entlang der Wirbelsäule. Das Schwein, in seine Mahlzeit vertieft, schenkte ihr keinerlei Aufmerksamkeit.

Wäre es für etwas Abwechslung ausschließlich auf Reste von Mutter Fadhmas Teller angewiesen gewesen, sein Speiseplan wäre eintönig geblieben. Die Lebenserfahrung der alten

Frau hatte Spuren in ihren Essgewohnheiten hinterlassen. Sie aß immer ihren Teller leer, egal ob sie Hunger hatte oder nicht. Nie war sie sich sicher, ob die Vorräte nicht doch ausgehen könnten und sie Hunger leiden müsste.

Der Rest der Familie dachte kaum je über Verschwendung nach. Wie viel sie aßen, war weniger durch Verfügbarkeit bestimmt als durch Vorlieben. Wurden Brot, Salat oder Fettstücke beiseitegeschoben, beäugte Mutter Fadhma die Reste gierig und aß sie später heimlich beim Abwasch. Nachdem das Schwein ins Haus gekommen war, hob sie die Essensreste selbstdiszipliniert auf und freute sich daran, sie ihrem Schützling zu füttern.

Neben Mutter Fadhma kümmerte sich in der Familie am meisten der kleine Mansur um das Schwein. Er war an der Seite seiner Großmutter, als Abu Satar ihr auftrug, dem Schwein so viel zu füttern, wie es nur fressen könne. Diese Aussage machte dem Jungen Eindruck. Schafe weideten, aber nicht ständig. Kamele tranken, aber sicherlich nicht ewig. Alle besaßen einen Magen. Er selbst hatte einen, und war er voll, hatte er keinen Hunger mehr. Dieses Tier war die glorreiche Ausnahme. Je mehr ihm gefüttert wurde, umso mehr wollte es. Wenn die Metallschüsseln sauber ausgeleckt waren, flogen sie mit einem schnellen gezielten Tritt über die Fußbodenfliesen. Das Klappern hallte durch das ganze Haus, das Signal für mehr Fressen.

Wenn Mansur es hörte, rannte er aufgeregt zu seiner Großmutter und zog an ihrer Schürze. »Dschadda, sie hat noch immer Hunger.« Zusammen maßen sie in der Küche das Futter ab und rührten es sorgsam um. Mansur holte die Wasserschüssel, und sie gingen in das Empfangszimmer. Halb versteckt hinter den Beinen seiner Großmutter beobachtete das Kind mit großen Augen, wie das Schwein schluderig eine weitere gewaltige Mahlzeit vernichtete. Manchmal schlief das Tier noch mit dem

Kopf in der Metallschüssel ein, doch dem kleinen Jungen erschien es so, als behielte es ein halb geöffnetes Auge auf der Zimmertür in Erwartung der nächsten Mahlzeit.

Je mehr das Schwein an einem Ende zu sich nahm, umso mehr stieß es natürlich am anderen wieder aus. Mutter Fadhma erschien es wie ein völliges Missverhältnis. Sie reinigte das Zimmer jeden Morgen und abends noch einmal, wobei sie das verschmutzte Stroh in großen Plastiktüten sammelte und es durch frisches Stroh ersetzte, das Abu Satar im Schutze der Dunkelheit allabendlich brachte, und dennoch kam sie nicht nach. Selbst in den abgelegensten Ecken des Hauses holte der Geruch sie ein, und sie eilte nach Gummiwischer und Ammoniak. Egal wie viel sie arbeitete und wie penibel sie ihre Hausschuhe untersuchte, nach ein paar Tagen hing der Geruch in ihrer Kleidung und folgte ihr überallhin. Beschämt und ängstlich, dass der geheime Gast entdeckt werden könnte, ging sie irgendwann nicht mehr aus dem Haus.

Das bot eine willkommene Ausrede, um Freundinnen abzuwimmeln, die gewöhnlicherweise zum Morgenkaffee bei Fadhma vorbeischauten. Mutter Fadhma sei krank und brauche eine friedliche Genesung. Falls jemand den beißenden Geruch bemerkte, wurde er als unerfreuliches Problem mit den Abflüssen des neuen Hauses abgetan. Doch keinerlei Erklärung ließ den furchtbaren Geruch verschwinden, und wenn der Wind von Westen vom Jordan her kam, entströmte dem Haus der Sabasens statt der klaren, sauberen Luft, die normalerweise das Städtchen erfüllte, ein Gestank, der jeder Beschreibung spottete. Gestandene Männer wurden zu kleinen Mädchen, zogen sich die Kefije vors Gesicht und flohen.

Das ständige Putzen und Füttern brachte Mutter Fadhmas übliche Routine durcheinander, und sie wurde zerstreut. Wäsche landete in den verkehrten Schubladen; Essen brannte an. Zu Ende der ersten Woche vergaß sie, das Empfangszimmer abzuschließen. Sie hatte auf der Terrasse hinter der Küche Kräuter getrocknet, als sie etwas aus ihrem Zimmer brauchte und bemerkte, dass die Doppeltür des Empfangszimmers offen stand. Sie war durcheinander. Selbst unabgeschlossen hätte sie geschlossen bleiben müssen. Dann wurde ihr klar: Das Schwein hatte mit seiner neugierigen Schnauze eine der Klinken heruntergedrückt. Die ganze Zeit hatte das Tier sie beobachtet und gewartet, bis sie einen Fehler machen würde.

Panikartig holte sie einen Besen aus der Küche und begann, das Haus zu durchsuchen. Samira war mit dem Baby spazieren, und so musste Mutter Fadhma der Krise allein entgegentreten. Leise betrat sie das Wohnzimmer. Ein Schwein hätte sich dort nirgendwo verstecken können, und alles war, wie es sein sollte. Der strenge Blick ihres Ehemanns aus seinem Bilderrahmen spornte sie weiter an. Sie überprüfte die Haustür. Glücklicherweise abgeschlossen, sonst hätte sich in der Zwischenzeit die halbe Stadt versammelt, um die bizarre Erscheinung vor dem Haus der Sabasens zu bestaunen. Als Fadhma ein Geräusch hörte, eilte sie in die Küche, doch auch dort war nichts; die Tür zum Hof war verschlossen. Die hintere Terrasse war eine weitere potenzielle Sorge. Als sie nachsah, lagen dort nur die Kräuter, die sie in der Sonne getrocknet hatte. Sie schloss die Terrassentür wieder, verriegelte sie und ging zurück in den Flur.

Die Schlafzimmertüren erhoben sich vor ihr wie stille Wächter. Fadhma dachte an eine von Al Dschids fragwürdigen Geschichten. Ein Abgesandter der Heiden ging nach Mekka, um für Regen zu beten. Er kam genau zum falschen Moment aus der Wüste, nämlich zur düsteren Übergangszeit zwischen der alten Vielgötterei und dem alleinigen Gott Mohammeds. Der

Gesandte fiel auf die Knie, und eine Stimme befahl ihm, zwischen den weißen, roten und schwarzen Wolken am Horizont eine zu wählen. Weil er die dunkelste Wolke mit einem schweren Sturm in Verbindung brachte, entschied er sich falsch und verurteilte dadurch sein götzendienerisches Volk zum Tode. Mutter Fadhma verstand die Anwendbarkeit der Geschichte auf das wirkliche Leben. Zerbrachen die akzeptierten Regelwerke, ließ sich eine schlechte Wahl genauso leicht treffen wie eine gute, und für gewöhnlich war sie unwiderruflich.

Fadhma machte das orthodoxe Kreuzzeichen über der Brust, umklammerte den Besen und betrat das Zimmer ihrer Tochter. Durch das Fenster fiel helles Licht. An den Wänden standen zwei sauber gemachte Einzelbetten. Auf dem Kopfkissen von einem lag ordentlich gefaltet Samiras Nachthemd. Auf einem Tischchen stand eine einzelne rote Plastikrose in einer billigen indischen Messingvase. Auch in ihrem eigenen Zimmer und im Bad war nichts unordentlich. In Mansurs und Salims Zimmer suchte Fadhma gründlich unter dem Bett, im Kleiderschrank und in der Spielzeugkiste. Nur ein Ort blieb übrig. Sachte stieß sie die Tür zu Lailas und Husseins Schlafzimmer auf.

Wegen des Babys und Lailas Migräne waren hier die Vorhänge immer geschlossen. Als Mutter Fadhma das Licht anknipste, wäre sie fast in Ohnmacht gefallen. Fuads saubere Kleidung, üblicherweise auf der Kommode verstaut, lag durcheinander auf dem Boden. Lailas Schmuckkästchen war umgestoßen und sein Inhalt zwischen den Scherben zweier Porzellanfiguren verstreut, ein Paar rufender Kamele, ein Hochzeitsgeschenk. Auf dem Teppich in der Mitte des Zimmers quoll aus einer zertrampelten Tube Schminke ein roter Fleck wie Blut. Daneben lag eine zerknitterte Seidenbluse, die Fadhma zitternd aufhob. Ein Ärmel war komplett abgefressen. Sie faltete sie ordentlich und legte sie beiseite.

Fadhma manövrierte vorsichtig um das Gitterbettchen herum, öffnete Schranktüren, stieß den Besen in Ecken und entdeckte nichts. Es blieb nur das Bett. An der Ecke des Bettrahmens lüpfte sie den Stoff. Darunter, in einem Nest aus Kleidung und zerrissenen Kinderbüchern, knabberte ihr tierischer Albtraumgast an einem Gummilätzchen.

Mutter Fadhma wusste, dass sie für die Verwüstung des Zimmers würde geradestehen müssen. Sie hatte Angst vor den Konsequenzen und war auf sich selbst wütend, dass sie es hatte geschehen lassen. Sie war so aufgebracht, dass ausnahmsweise sogar ihre Passivität verschwand und sie kräftig mit dem Besen auf das Bett schlug, wieder und wieder. Als sie aufhörte, war außer ihrem keuchenden Atem im Zimmer nichts zu hören. Unbefriedigt schlug sie wieder und wieder auf das Bett ein, doch noch immer regte sich nichts. Sie bückte sich und verdrehte den Hals, um besser sehen zu können. Ungerührt schnupperte das Schwein an einer Sandale ihrer Schwiegertochter.

Fadhma fragte sich, warum sie, sobald ihr Bruder involviert war, immer die leidtragende Partei war. Mit all ihrer Kraft schob sie das Bett von der Wand. Seine Füße schrammten über die Fliesen, was jedoch nichts war verglichen mit dem schrillen Quieken des Schweins, als der Besen hart auf sein Hinterteil traf. Das Tier erhob sich, schüttelte Papier- und Stofffetzen ab und positionierte sich gegenüber seiner Angreiferin. Mutter Fadhma war sich sicher: Bevor das Schwein angriff, bellte es wie ein Hund. Flink wie eine zwanzig Jahre jüngere Frau sprang sie aufs Bett.

Als Laila mit den Jungen von der Schule nach Hause kam, trafen sie auf eine alte Dame mit einem Besen als letzter Verteidigungslinie zwischen einem marodierenden Schwein und dem Gemüseschrank. Mutter Fadhma war rot im Gesicht und schwitzte stark. »Die da«, keuchte sie, »ist völlig bauchgesteuert.«

Danach wurde das Schwein auf die Farm gebracht und der Betrieb professionalisiert. Statt Mutter Fadhmas Ängste zu zerstreuen, machte die Popularität des Schweinefleisches sie nur noch besorgter. Jetzt, vor Al Dschids Porträt, schließt sie die Augen und ruft ihn an: »Verlasse uns nicht. Verlasse uns nicht. Verlasse uns nicht. Verlasse uns nicht.«

Die Worte sind ein Mantra. Mit einer weißglühenden Glaubensstärke hört sie nichts als die geliebte Stimme: »Iss Fleisch und trinke Wein, statt am Bösen des Fleisches Deines Bruders teilzuhaben. Begegnest Du dem Bösen in der Welt mit Güte, werden Dich Deine eigenen Leidenschaften nicht verschlingen.«

Er zitiert wohl, wie er es auch früher häufig tat, ihren mystischen Ahnen, den hungernden Wüstenerermiten Sankt Sabas, dessen obskure Reden stets voller Essensbezüge waren. Wenn sie diesen Ratschlag auf ihre Beziehung zu ihrem Bruder oder die zu Laila anwenden würde, wäre ihr Leben einfacher. Doch ihr toter Ehemann hat ihr noch immer nicht verraten, wie die Familie es schaffen soll, dem Schicksal des Gesandten und dem nahenden Wirbelsturm zu entgehen.

7

Egal wie oft die Fassaden der Geschäfte neben der Schlachterei gestrichen werden, der aufgeplatzte Asphalt, der Schotter, Staub und Müll verleihen der engen Reihe eingeschossiger Gebäude ein uniform schmuddeliges Aussehen. Hussein blickt von seinem Hocker hinter der Theke auf die Straße. Der geschäftigste Teil des Tages ist vorüber, und er ist froh zu sitzen. Gleich morgens kommen die Frauen der Bauern und Händler, die für den Nachmittag kräftige Mahlzeiten vorbereiten, und das günstigere Fleisch ist rasch verkauft. Sie sind ein unprätentiöses Grüppchen, laut und redelustig. Als er neu im Job war, zeigte Hussein noch den Argwohn eines Mannes, der nur wenig Zeit unter Frauen verbringt. Die Armee hatte ihn nicht auf die Zoten und das hartnäckige Feilschen seiner weiblichen Kundschaft vorbereitet; doch bald durchbrachen sie seine natürliche Verschlossenheit.

Er lernte die Frauen besser kennen, gewann ihr Vertrauen und hielt sich auf dem Laufenden über Jahrestage, Verlobungen und Taufen, sämtliche Anlässe, die zusätzlichen Umsatz bringen konnten. Er merkte auch, wie er größeres Mitgefühl gegenüber den Bedürfnissen der Gemeinde entwickelte, und berechnete weniger oder manchmal auch gar nichts. »Er hat einen sechsten Sinn«, sagten die ärmeren Frauen der Stadt.

Doch Hussein hat kein besonderes hellseherisches Talent. Ob ein Familienvermögen gerade steigt oder fällt, schließt er aus einzelnen Einkäufen und bietet Hilfe an wo nötig. Hierin ähnelt er seinem Vater, außer dass Hussein auch ohne Predigten und Sprichwörter großzügig ist. Noch wichtiger: Er hilft den Bedürftigen, ohne dass seine eigene Familie hungern muss.

Gerade will er nach einer Zigarette greifen, als ihn eine verschleierte Frau vor dem Laden innehalten lässt. Hussein weiß, dass sie noch überlegt, ob sie hereinkommen soll, und es nicht tun wird, solange er nicht allein ist; also sagt er Khaled, er soll sein Comicheft hinlegen und den Hof fegen gehen. Doch noch immer zögert die Frau. Hussein steht von seinem Schemel auf und geht zur Tür.

»Bitte«, sagt er, »Lamm ist ausverkauft, aber wir haben noch Ziege.«

Sie ist keine Stammkundin. Viele muslimische Frauen kaufen in der Schlachterei ein, und auch wenn sie verschleiert sind und kaum etwas sagen, erkennt er sie wieder, manchmal an einem Schmuckstück oder einfach an der Art, wie sie ihre Gewänder drapieren. Die Frau ist sichtlich nervös. Unter den strengeren muslimischen Familien ist es üblich, dass die Männer einkaufen gehen. Doch religiöse Vorschriften gelten kaum je für die Armen, Verwitweten und Verlassenen. Hussein kümmert sich nicht darum, zu welcher Kategorie die Frau gehört. Der Schleier, der ihr Gesicht verdeckt, verbirgt nicht ihre Armut. Sie zeigt auf das Fleischstück, das sie kaufen möchte.

Als er ihr das Päckchen überreicht, zahlt sie in Piastern, die er gar nicht erst nachzählt. »Das ist zu viel«, sagt er und legt den Großteil der Münzen zurück in ihre zögerlich ausgestreckte Hand. Er hätte ihr gar nichts berechnet, doch dann würde sie aufgrund ihrer Schuld ihm gegenüber nie wieder in den Laden kommen. Auf diese Weise wird Beschämung umgangen und ein Weg offengehalten.

Die Frau flüstert fast: »*Schukran dschasilan*, vielen Dank.« Als sie gegangen ist, bleibt eine Traurigkeit im Laden zurück.

Hussein seufzt. Vor einem hektischen Wochenende voller Schweinefleischverkauf zählt er darauf, dass der Freitag glatt und ereignislos verläuft. Aber heute war kein Freitag wie jeder andere. Weil Khaled noch im Hinterhof ist, denkt Hussein an das Einmachglas, doch beim Klang der Türglocke zuckt seine Hand zurück, und ersatzweise wischt er die Theke.

Ein Freund tritt ein, Nabil. Er ist etwa in Husseins Alter und arbeitet auf einem der größeren Höfe, die Kräuter für westliche Supermärkte ziehen. Einst machten in der Stadt viele Männer Halt in der Schlachterei, wenn sie nach dem Gebet von der Moschee nach Hause gingen. Heute kommt fast niemand mehr, nur Nabil schaut noch regelmäßig vorbei. Hussein hat keine Lust zu lächeln, doch Nabil zuliebe gibt er sich Mühe. »Komm rein, komm rein!«

»Es hat sich schnell rumgesprochen. Die Jugend regt sich gerne auf«, sagt Nabil und nimmt eine Zigarette aus dem Päckchen, das Hussein ihm hinhält. »Und es gibt Fanatiker unter uns, die Fragen stellen. Die Chutba heute Morgen war besonders giftig. Der Scheich ruft wieder dazu auf, dass die Stadt von unislamischen Elementen gesäubert werden muss. Auch wenn du nicht persönlich genannt wurdest, haben wohl viele Leute an dich gedacht.«

Nachdem die beiden Männer ihre Zigaretten angezündet haben, spricht Nabil zuerst: »Es heißt, das Fleisch sei saftig. Hast du es probiert?«

»Schmeckt so ähnlich wie Menschenfleisch.« Hussein verzieht keine Miene, dann grinst er. »Ehrlich gesagt hab ich's noch nicht probiert.«

»Wirklich?« Überrascht beugt sich Nabil zu ihm.

Hussein schämt sich. Einen Freund sollte er nicht so aufziehen. Er wiegt über ein halbes Kilo Gehacktes ab und weigert sich, von Nabil Geld dafür anzunehmen. Die beiden Männer argumentieren hin und her, Nabil insistiert, und Hussein schiebt das Geld zurück. Als Hussein sagt: »Weil du mein Freund bist«, gibt Nabil schließlich nach.

»Und als dein Freund sage ich dir, Hussein Sabas, heute könnte deine letzte Chance sein, auf mich zu hören. Ich weiß nicht, was geplant ist, aber ich fand, ich sollte dich warnen.«

Hussein täuscht Gleichmut vor und gibt Nabil die Hand: »Morgen ist ein neuer Tag.« Als sein Freund gegangen ist, bemerkt Hussein plötzlich den Fleischgeruch, der aus allen Ecken der Schlachterei strömt; der Laden ist in keiner Hinsicht bemerkenswert, trotzdem wird er sich morgen in ein Feinkostgeschäft verwandeln – alles wegen eines einzigen Schweins. Vorbei sind die Tage, als ein paar Schweinekoteletts diskret unterm Ladentisch verkauft wurden. Jetzt werden fürs Wochenende Bestellungen entgegengenommen, Schinken eingewickelt und Würste gestopft. Ein Großteil der Arbeit, die er, Ahmad und dessen Söhne auf der Farm verrichten, geht fast mechanisch vonstatten und erfordert von Hussein so gut wie keine körperliche oder emotionale Anstrengung. Schwierig und erschöpfend sind für ihn die überkochenden Gemüter der Stadt. Er lässt sich wieder auf seinen Schemel sinken, starrt auf seine Hände und dann auf den Fußboden.

Das schiefe Klingeln der Türglocke rüttelt Hussein aus seiner Starre. Seine erste Reaktion ist, dem Scheich und dreien seiner Gefolgsleute zu sagen, sie seien ins falsche Geschäft gekommen; er verkauft freitags nie Schweinefleisch. Doch bei der stählernen Miene des alten Scheichs bleibt ihm das bisschen Sarkasmus im Hals stecken. Der Mann sieht Hussein bewusst nicht in die Augen und spricht laut, eindringlich, als würde er vor einer Menschenmenge predigen.

»Es ist an der Zeit, dass du die Folgen deiner Sünden bedenkst.« Bei seiner dröhnenden Stimme vibrieren die Wände der engen Schlachterei. »Jede einzelne von ihnen führt uns weiter fort von der Größe, die uns gebührt. Statt den Pfad der Gerechten zu beschreiten, sind wir Opfer unserer Dekadenz. Verwechsle nicht materiellen Fortschritt mit moralischer Güte. Ich sage dir, dein Handeln bedroht unser Überleben und deines.«

Er hebt seinen Gehstock, um nicht unterbrochen zu werden, doch das ist gar nicht nötig. Selbst wenn er wollte, könnte Hussein nichts sagen. Ungeachtet der Gewänder des Scheichs und seiner finster dreinblickenden Begleiter ist Hussein sprachlos ob der Ähnlichkeit zwischen dem religiösen Oberhaupt und dem eigenen Vater. Gewiss, Al Dschid war kaum je theatralisch. Doch die Arroganz des Scheichs, die Art, wie er Hussein einschüchtert, haben die beiden Männer gemein. Intuitiv weiß Hussein, dass, wie sein Vater, auch der Scheich glaubt, die Menschen könnten seit den Propheten nicht mehr unbeteiligt das eigene Schicksal durchleben, voller Vertrauen in Wahrsager, ziehendes Volk und Fakire. Verlassen auf der Erde, völlig allein, müssen sie als Vertreter der göttlichen Gerechtigkeit handeln, jeder Einzelne mit einer Glaubens- und Gewissenspflicht, und wenn sie scheitern, hat das unabwendbare Auswirkungen – ewige wie irdische.

»Warum wurde unser Volk ins Exil gezwungen? Warum greift man uns an?«, ruft der Scheich. »Von Syrien bis Irak, von Afghanistan bis Tschetschenien werden unschuldige Muslime abgeschlachtet – ganze Familien zerstört, Häuser und Ländereien für immer verloren. Wir wandeln durch den Winter unseres Daseins. *Laisch*, warum? Aus welchem Grund? Was haben wir getan?«

Wieder donnert er los: »Wir leben am Ende aller Tage, wie es die Propheten vorausgesagt haben. Es gibt keine Umkehr. Als Gläubige stehen wir furchtlos. Wir tun, was Allah fordert, denn verlassen wir den einen wahren Pfad, bleiben wir elend, scheitern, weil Er uns verlassen hat. Allah wollte unser Unglück, unser Leiden, unsere Rückständigkeit.«

Seine Sätze hängen schwer in der Luft – sie sind ein ernster Vorwurf gegen alle, die sich Araber nennen.

»Bedenke meine Worte.« Wieder mahnt er den Schlachter mit seinem Stock. »Die Zeit wird kommen, wenn Taten ihre Wahrheit zeigen werden. Versperrst du uns den Weg, dann müssen du und deine Familie die Folgen tragen. Wie ist das Sprichwort der Leute des Buches? ›Denn was ein Mensch sät, wird er auch ernten‹?« Eine kaum verschleierte Drohung gegen die einst überwiegend christliche Stadt. »Keine Sekte, kein Wurm, nicht einmal der Präsident der USA vereitelt den Willen Allahs.«

So schnell, wie sie gekommen sind, verlassen der Scheich und seine Gefolgsmänner der Reihe nach den Laden, der Hussein noch nicht einmal gehört. Der Besitzer, Khaleds Vater, ist so alt, dass er im Geschäft keine aktive Rolle mehr einnehmen kann. Tatsächlich hatte er im Rentenalter noch lange weiterarbeiten müssen. Nachdem sein ältester Sohn an die Universität von Kairo gegangen war, wollte er das Familienunternehmen nicht weiterführen, und Khaled, der jüngste, galt für die Verantwortung als zu begriffsstutzig. Und so bot der betagte Schlachter Hussein, der unbedingt einen Job brauchte, freudig ebendiesen an.

»Der Mann ist glücklich, dessen Söhne sein Werk zu schätzen wissen«, beschwerte sich der alte Schlachter, als er seinem neuen Manager zum ersten Mal die Räumlichkeiten zeigte. Hussein musste an Al Dschid denken und stimmte zu. Die Absprache funktionierte gut. Der Schlachter sicherte seinen Ruhestand und erhöhte seinen Status, indem er jemandem aus einer so bekannten Familie einen Gefallen tat. Als Hussein beschloss,

Schweinefleisch zu verkaufen, und den alten Schlachter zurate zog, sagte der: »Zieh das Fleisch vom Knochen, und die Hungernden werden den Unterschied nicht merken.« Außer den neuen Kühlschränken hat sich seit der Zeit des alten Schlachters im Laden nicht viel verändert.

Hussein blickt sich um und ist innerlich zerrissen. Die übergriffige Art des Scheichs ist ihm zuwider, und vor lauter Wut ist er ganz rot im Gesicht. Doch seine Röte beinhaltet auch ein wenig Scham und Schuld. Er will nicht zu etwas gedrängt werden, woran er nicht glaubt; gleichzeitig erlaubt ihm sein eigenes Gewissen nicht, sich mit seinen Taten wohlzufühlen.

Er fragt sich auch, warum sie sich überhaupt mit ihm befassen – und da ist er wieder: der nagende Verdacht, der ihn nie ganz loslässt, dass sie irgendwie von seiner Vergangenheit beim Militär erfahren haben. Doch er schüttelt diese Gedanken ab, wie immer. Wenn sie es wüssten, würden sie ihn sich holen – nicht am helllichten Tag mit Steinen und einem Gehstock, sondern im Schutze der Nacht mit einem Messer. Nein, Umm al-Chanasir, die Mutter aller Schweine, ist verantwortlich für die aufgeladene Stimmung in der Stadt, wo man Schweinefleisch verkauft und isst, wenngleich niemals in Husseins eigenem Heim. Da ist er sich sicher.

Hussein ist so tief in sich versunken, dass er nicht gleich den Mann bemerkt, der vor der Fliegengittertür steht. Als er schließlich hereinkommt, sieht Hussein sofort, dass es kein Kunde ist, auch wenn er ihn nicht sogleich erkennt. Der Mann, bärtig, ungepflegt und schmutzig, trägt einen alten Arbeitsanzug und schwere, ausgetretene Stiefel. Er nickt kurz und stellt zwei wuchtige, einfache Taschen unter der Theke ab, sodass sie etwas versteckt sind. Die Form der Taschen erinnert Hussein an die langen Strecken, die er und seine Männer in der Armee zu Fuß zurücklegen mussten, und an die komplizierten Waffen, die sie unter extremen Bedingungen einsetzten und mit verbundenen Augen zusammenbauen konnten.

Der Mann in der Schlachterei sieht aus, als wäre er seit Monaten unterwegs. Seine Augen sind lebendig, doch auf irgendeine Art leer. Er blickt ständig nach links und rechts, als würde er eine versteckte Bedrohung suchen. Hussein kennt den Ausdruck. Er gehört denen, die Gefechte erlebt haben.

Für gewöhnlich denkt Hussein nur an die Armee, wenn er muss. Dort gab es Männer, die an ihr Tun glaubten und sich völlig auf die Erfahrung einließen. Es war, als könnten sie unterschiedliche Persönlichkeiten überstreifen. Sie konnten ändern, wer sie waren, je nachdem, in welcher Gesellschaft sie sich befanden. Mit dem Prinzip der Takija billigte selbst Allah diese Art der Täuschung. Zu Zivilisten waren diese Männer zivilisiert, zu ihren Feinden hart und grausam, und wenn sie unter sich waren, wenn es zum Streit kam und man miteinander brach, Gott behüte, dann wurden sie mörderisch. Hussein wusste, dass er in dieser Hinsicht nicht talentiert war. Die Ansichten seines Vaters, auch wenn er sie nicht immer bereitwillig als die eigenen angenommen hat, haben die Restbestände seiner Prinzipien durchdrungen und eine Art Grundlage für sein Verhalten gebildet. Für viele der Männer, die er ausbildete, besonders für diejenigen, die unter sein Kommando kamen, als er in die Antiterroreinheit befördert wurde, war Moral nichts Festes, sondern etwas Poröses.

Die Ankunft des abgezehrten jungen Mannes in der Schlachterei bringt eine Zeit zurück, die Hussein lieber in den abgelegensten Ecken seines Bewusstseins verschlossen und vergessen hätte. Als er aus dem Militär ausschied, war er insgeheim erleichtert, dass seine Tage in der Armee ein für alle Mal vorbei waren.

»Mustafa?«, fragt er vorsichtig, als würde er aus dem dunklen Tunnel seiner Vergangenheit schauen. »Bist das wirklich du?«

Sie umarmen und küssen sich zweimal auf beide Wangen. Trotz allem, was geschehen ist, freut sich Hussein ungemein, wieder einen seiner Männer vor sich zu haben.

»*Ahlan*, Mustafa, was machst du denn hier? Zuletzt hatte ich gehört, dein Bruder sei in ...« – wieder etwas, womit sich Hussein nicht allzu vertieft auseinandersetzen möchte – »Afghanistan.«

Es war mehr als nur ein Gerücht. Erst letzten Monat war er mit seiner militärischen Vergangenheit konfrontiert worden, als ein geheimnisvoller Fremder unangemeldet in den Laden kam. Zuerst sagte der Mann, er sei dankbar für Husseins Beitrag zur Sicherheit seines Landes, dann stellte er sich als besorgter Mitarbeiter aus einem der Ministerien vor. Ohne weitere Warnung fragte er Hussein, was er über einen Ausbruch aus einer geheimen Einrichtung wisse. Hussein räumte nur ein, was er aus aktuellen Zeitungsberichten hatte zusammenklauben können, die außerhalb Jordaniens veröffentlicht worden waren und die er bereits im örtlichen Internetcafé gelesen hatte. Ihm war bewusst, dass man feindliche Kämpfer, die im Feld gefangen genommen wurden, oftmals mit Kapuzen und Fußfesseln nach Jordanien brachte. Wenngleich die CIA keine offizielle Vertretung im Land unterhielt, hatte der jordanische Nachrichtendienst, der GID, seine Nützlichkeit viele Male unter Beweis gestellt. Nicht nur sprachen seine Agenten eine schwierige Sprache, mit der sich die Amerikaner schwertaten, sie waren auch vertraut mit der einheimischen Religion und Kultur.

Dann erkundigte sich der geheimnisvolle Fremde unvermittelt nach einem von Husseins Männern und erhielt dafür vom ehemaligen Kommandanten keinerlei Reaktion. Natürliches Misstrauen hielt Hussein davon ab, Informationen preiszugeben, von denen er wusste, dass sie stimmten: Wo immer Sajid sein mochte und egal in welcher Tarnung, sein Bruder wäre nicht weit entfernt.

»Ich bin auf dem Weg nach Hause, Leutnant. Ich bin müde vom Reisen«, sagt Mustafa und berührt Husseins blutfleckigen Schlachteranzug. »Wo ich war, muss man so aussehen, aber doch nicht als Zivilist zu Friedenszeiten.« Er versucht, einen Witz zu machen, doch seine Augen sind tot.

Gutmütig klopft Hussein dem jungen Mann auf den Rücken. Er ist überglücklich, Mustafa zu sehen. Doch eine Frage will ihm nicht über die Lippen. Ein Bruder ohne den anderen wirkt unvollständig, wie ein Mann mit einem Arm. Er sagt nur: »Mustafa, du bist weit gereist. Du musst Hunger haben. Im Hof ist ein Waschbecken. Mach dich frisch, und ich mache uns was zu essen.«

Als der Soldat nach hinten gegangen ist, befiehlt Hussein Khaled, der in einer Ecke über einem Comic hängt: »Geh mal eine Zitrone kaufen, eine Zwiebel und etwas Brot. Nimm dir Geld aus der Kasse. Wenn du zurückkommst, kannst du nach Hause gehen.« Dann fügt er hinzu, falls dem Jungen nicht klar ist, dass Freitag ist: »Mach heute länger Mittagspause. Ich schließe den Laden selbst ab und komme dann abends wieder.«

Als Khaled losgezogen ist, öffnet Hussein den Halal-Kühlschrank und nimmt eine Plastiktüte mit Innereien heraus. Er wählt zwei Nieren und eine Leber aus und spült sie im Waschbecken ab. Mit einem scharfen Messer durchschneidet er das Häutchen um die Nieren, zieht es ab, teilt sie beide der Länge nach und entfernt sorgfältig Fett und Knorpel. Er ist gerade dabei, die Teile auf einem gesprungenen Teller zu arrangieren, als der Soldat wieder durch die Hintertür eintritt und sich den Oberkörper mit seinem Hemd abtrocknet.

Brustkorb, Schultern und Rücken sind von einer Henna-

Tätowierung bedeckt: »Im Namen Allahs, des Barmherzigen! Wir verheißen Euch einen glorreichen Sieg. Allah wird Euch von all Euren Sünden entsühnen, auf Erden wie im Jenseits. Der Krieg zwischen Himmel und Erde ist Sein!« Hussein hat solche Beschriftungen an den Körpern namenloser Männer in geheimen Einrichtungen gesehen, und die Buchstaben erinnern ihn an gravierte Gebetsamulette, die in alten Häusern zur Abwehr des Bösen eingemauert sind. Die Worte sind andere, doch die Bedeutung ist dieselbe. Unter Druck kollabierten die gebetsbedeckten fragilen Menschenkörper noch schneller als jene uralten Gemäuer.

Dennoch muss Hussein starren. Nie und nimmer hätte er Mustafa oder Sajid für fromm gehalten. Mustafa erwidert seinen Blick und knöpft lässig sein Hemd zu, erschrickt jedoch beim Klingeln der Türglocke. Khaled ist von seinem Botengang zurückgekehrt. Hussein nimmt ihm die Tüten ab und schickt den Jungen mit einer schroffen Handbewegung wieder weg. Er schneidet die Zitrone entzwei und träufelt den Saft über die Nieren. Nachdem er den Teller auf Kerne überprüft hat, schiebt er ihn dem Soldaten über die Theke zu und legt zwei Stücke Pita daneben.

»Iss«, weist Hussein ihn an. Er dreht sich um, schneidet die Leber in Scheiben und brät sie über dem winzigen Gasbrenner mit Zwiebel, Salz und Pfeffer in etwas Olivenöl, dann stellt er zwei Gläser auf die Theke. »Haben dir die Mudschahedin das Trinken abgewöhnt?« Er beugt sich hinter den Kühlschrank und holt das geheime Einmachglas hervor.

Der Soldat lacht. »Wir haben Tee, heiße Milch und Zucker bekommen, aber nur an guten Tagen. Als uns in den Bergen das Wasser ausging, haben wir Urin getrunken. Ich habe also alles Mögliche verkostet, nur nicht, was Sie mir jetzt anbieten. Schmeckt's immer noch so gut wie früher?«

Beim unverdünnten Arak muss er das Gesicht verziehen.

»Leutnant, wie habe ich mich hier drauf gefreut. Ich war an Orten, da ist Ihre Stadt das Paradies dagegen. Da konnte man nur Teppiche, Haschisch und Kalaschnikows kaufen; hier kann man einen trinken und rohe *kalaawi* essen. Auf die Dekadenz! Und darauf, dass Sie niemals alt werden.« Er schließt mit einem demonstrativen »Zu Befehl!«.

Hussein trinkt seinem jungen Kameraden herzhaft zu, doch seine Kehle bleibt trocken. Beim Essen wird der Soldat ernst. Er fragt: »Was haben Sie denn von Sajid gehört?«

»Ein paar Gerüchte, nichts Bestimmtes.«

»Er hat Sachen gesagt, die er vorher nie geglaubt hat«, fährt der Soldat fort, als würde er mit sich selbst sprechen. »Ich kenne ihn schon mein ganzes Leben, und auf einmal erzählt er mir, er hat seinen Glauben wiederentdeckt – nicht in einer Moschee, nicht durch unsere gläubigen Onkel, sondern während ein notorischer Fundamentalist gefoltert wird?«

Die Frage hängt in der Luft, bis Mustafa weiterspricht. »Als Sajid verschwand, dachte ich, er wäre gekidnappt worden. Aber es kam keine Lösegeldforderung. Das letzte Mal, als Ummi und ich ihn gesehen haben, hat sie uns umsorgt, wie Mütter das so tun. Er hat sie geküsst und gesagt: ›Vergiss mich nie, niemals.‹«

Hussein kann es sich gut vorstellen: eine stolze Mutter, die ein Nein als Antwort nicht gelten lässt und Besuch von ihren beiden erwachsenen Söhnen bekommt. Sie hatte über eine Verwandte von Hussein erfahren und ihn eines Morgens überrascht, als sie unangekündigt in der Kaserne auftauchte und von ihm verlangte, er solle auf ihre beiden Jungen in einer anderen Einheit aufpassen. Wie sie es an den Wachen vorbeischaffte, bleibt ein Geheimnis.

Nach ihrem Besuch ließ er Mustafa und Sajid in sein eigenes

Bataillon überstellen, und unerwarteterweise lohnte sich seine Mühe. Die Brüder sahen nicht nach viel aus, sie wirkten schmal und klein. Dieser Eindruck verstärkte sich noch, wenn sie komplette Kampfanzüge trugen. Doch vor die Wahl zwischen größeren, sichtbar raueren Männern und den beiden schmächtigen Brüdern gestellt, entschied sich Hussein immer für letztere. Eine Kindheit in einem der ärmsten und härtesten Viertel Ammans hatte sie mit überraschenden Reserven an Resilienz und List ausgestattet. Ihre Mutter hätte sich die Fahrt sparen können, die beiden wussten sich gut zu helfen.

Sajid, zwei Jahre jünger als Mustafa, war der willensstärkere der beiden. Er setzte die Ziele und betrachtete jede Übung oder Aufgabe als Test seiner Fähigkeiten. Sein älterer Bruder strengte sich an, mit ihm mitzuhalten. Auf Außenstehende wirkten die beiden, als stünden sie im Wettbewerb miteinander; für Hussein waren sie zwei Seiten derselben Münze. Die Brüder blühten in der Armee auf. Ihnen gefiel der Drill, sie nahmen zu – trotz des schlechten Essens – und hatten nichts dagegen, herumkommandiert zu werden. Sajid und Mustafa wurden zu mustergültigen Soldaten, geistesgegenwärtig, zuverlässig und tapfer. Hussein hatte sie schon fast als Ersatzsöhne betrachtet. Wenn seine eigenen Jungs später so wie diese beiden werden sollten, hätte er keinen Grund zur Klage.

Als Husseins vorbildliche Arbeit dann offizielle Aufmerksamkeit auf sich zog und er in die Eliteeinheit zur Terrorismusbekämpfung befördert wurde, empfahl er beide Männer. Doch nur Sajid wurde genommen. Aufgrund der unaufhörlichen Taktung von Überwachungs- und Aufklärungsarbeit der Einheit verlor sich Mustafa aus Husseins Sichtfeld. Er schaffte es immer vorbeizuschauen, völlig entspannt und ungezwungen, als würde er nur mal nach dem jüngeren Bruder sehen, und überspielte dabei die ganze Zeit, dass Neuigkeiten über die geheimen Aktivitäten der Einheit zu den unteren Rängen durchsickerten. Als Hussein der Terrorismusbekämpfung dann für immer den Rücken kehrte, verlor er den Kontakt zu beiden Männern, und in den Jahren danach schienen Sajid und Mustafa wie von der Erdoberfläche verschwunden. Sobald Hussein seine Gedanken wandern ließ, landete er immer wieder bei einer für ihn unverrückbaren Tatsache: Unabhängig von politischer Haltung oder Konfession, tapfere Männer waren in den vielen Kriegen und Konflikten der Region wie Goldstaub.

Mustafa reißt Hussein aus seinen Erinnerungen. »Zwischen Brüdern soll ja immer unausgesprochenes Vertrauen herrschen, aber ich schwöre, ich wusste nichts von Sajids Plänen. Am Tag, als ich die Armee verließ, schwor ich, meinen Bruder zu finden. Anfangs war's unmöglich. Alle Türen waren verschlossen«, erzählt er. »Dann hat sich ganz langsam ein Spalt geöffnet, durch den ich durchschlüpfen konnte und der mich zu einem Mann brachte, der wieder von einem anderen Ort wusste. Fast war es, als hätte Sajid Zeichen hinterlassen. Sobald ich scheinbar feststeckte, ist sofort jemand aufgetaucht, der mich weitergeführt hat. Schließlich ergab sich eine Route: nach Osten in den Irak, über Chusistan und Fars im Süden Irans und durch die Einöde von Belutschistan nach Afghanistan. Ich kam langsam voran, unbemerkt von den Obrigkeiten, habe in abgelegenen Dörfern Zwischenhalte eingelegt und bin mit Hirten und ihren Herden gewandert. Hat man mich nach dem Ziel meiner Reise gefragt, habe ich immer die Wahrheit gesagt: Ich suche meinen verschwundenen Bruder. Die unterschiedlichsten Leute haben mir geholfen, Allah sei Dank für ihre Güte. Grenzen habe ich in der Nacht überquert oder frühmorgens. Ich habe fast ein Jahr gebraucht, doch schließlich fand ich Sajid in den Bergen bei Chost nahe der Grenze zwischen Afghanistan und Pakistan, wo er gemeinsam mit den Mudschahedin kämpfte. Als er mich sah, ist er mir in die Arme gefallen und hat Gott gedankt, dass ich heil angekommen war. Er hat geweint und mich um Neuigkeiten von unserer Mutter angefleht. Es war sehr emotional ...« Die Worte des Soldaten verlieren sich für einen Augenblick, dann setzt er wieder an. »Erst als wir nachts allein waren und alle anderen schliefen, habe ich ihm zugeflüstert, dass er sich und die ganze Familie ins Verderben gestürzt hat, als er fortgerannt ist. Aber er war aggressiv und sagte, dass die Armen, wie wir, nur unter islamischer Herrschaft wirklich frei wären. Zwischendurch dachte ich, ich rede mit einem Fremden; aber es war mein Bruder.«

Er schweigt einen Moment lang und sammelt sich. »Unter dem Banner des Islams haben dreizehnjährige Jungen amerikanische Söldner ausgeweidet. Wenn du oft genug angegriffen wirst, wehrst du dich irgendwann. Die Mudschahedin haben über nichts anderes als den Märtyrertod gesprochen – aber nicht mal die Hölle kann schlimmer sein als der Dschihad.«

Hussein hat das Wort noch nie gemocht. Seine einstige Bedeutung eines »Einsatzes« für Gott ist mit den Jahren zum Kürzel für einen grenzenlosen Heiligen Krieg geworden. Die Gläubigen benutzen den Begriff nicht nur als Rechtfertigung, sobald sie sich von den Mächtigen – dem britischen, amerikanischen, israelischen oder russischen Militär – in die Enge getrieben fühlen, sondern auch gegenüber den Machtlosen: Leute, die auf einem Markt in Bagdad Gemüse einkaufen oder in einer Bäckerei in Dhaka Kuchen essen. Jede neue Gruppe auf der Liste der Verdammten wird gnadenlos angegriffen.

Doch der immer größer werdende Kreis dschihadistischer Aggression hat auch nach innen gestrahlt und Spannungen zwischen Sunniten und Schiiten geschürt. Trotz Zerstörung und

Tod hat sich nichts geändert. Die Korrupten lassen sich schmieren; Waffen und Drogen werden verkauft und gekauft; Frauen werden vergewaltigt, und das Leiden setzt sich fort. Für Hussein bedeutet Dschihad Unfähigkeit. Er ist die letzte Zuflucht von Leuten, die sich so schlecht behandelt fühlen, dass sie anfangen, ihre Jungen aufzufressen.

»Der Dschihad hat also deinen Bruder umgebracht?« Hussein hält seine Stimme bewusst neutral.

Der Soldat kaut ein Stück Brot. »Das ist eine Frage der Perspektive.« Dann fragt er: »Haben Sie schon mal Drohnen erlebt?« Er wartet nicht auf Husseins Antwort. »Gehört hatte ich natürlich von ihnen, aber zum ersten Mal gesehen habe ich sie in Afghanistan. Plötzlich, ohne weitere Warnung, sind Sajid und die Mudschahedin im Kreis rumgerannt« – bei der Erinnerung lächelt er schwach – »wie spielende Kinder.« Er erklärt die Zeitverzögerung zwischen den Aufnahmen vor Ort und dem Bild, das per Satellitenverbindung auf einem Computerbildschirm erscheint, in einer militärischen Anlage Tausende von Kilometern entfernt, in Oklahoma oder Omaha.

Mustafa nimmt sich zusammen und erzählt langsamer: »Dann kam eine Hellfire-Rakete. Vielleicht war sie gar nicht auf uns gerichtet. Noch im selben Augenblick ist ein Feuerball aus dem Himmel getreten und auf der Straße in den Lastwagen vor uns eingeschlagen. Der wurde in zwei Stücke gerissen. Eine alte Frau und ihre Teenager-Tochter sind aus den Trümmern gekrochen, ihre Burkas in Fetzen. Sie wollten um Hilfe rufen, aber ihr Schrecken und ihre Wunden waren so gewaltig, dass sie keinen Laut hervorgebracht haben. Dafür schrien alle anderen – am Straßenrand und in den anderen Fahrzeugen. Wir blieben, wo wir waren, wie festgefroren. Es war zu gefährlich, auch nur ein Stück näher ranzugehen. Sajid wusste das. Doch bevor ich ihn hätte aufhalten können, ist er zu den Opfern gerannt. Es kommt immer eine zweite Rakete – die Amerikaner nennen das den ›*double tap*‹. Innerhalb von Sekunden, vor meinen Augen, waren mein Bruder und die beiden Frauen weg. Aber ich werde nie vergessen, wie anklagend sie mich angestarrt haben. Da wusste ich, ich konnte mein Leben nicht wie bisher weiterführen.«

Mustafa wird blass. »Meine Rückreise war lang. Ich bin dahingedriftet und habe mich an manchen Orten als Hilfsarbeiter verdingt. Aber sobald ich in einen Laster oder Bus steige, wie gestern Abend, erscheinen mir die Geister der beiden Frauen.«

Eine Mischung aus Entsetzen und Faszination tritt in das Gesicht des Soldaten. Er fährt fort: »Sie sind ganz in Weiß gekleidet und sitzen still nebeneinander und sehen mich an. Ich weiß, dass mir mein Verstand Streiche spielt, aber mir kommt es so vor, als würden die Frauen etwas von mir erwarten. Was, das verstehe ich nicht.« Entsetzt blickt er auf. »Sehen Sie, ich mache mir Sorgen um meine Mutter. Einen Sohn hat sie verloren, und der andere ist *madschnun* – verrückt!« Mustafa kann das Wort kaum aussprechen, ohne sich daran zu verschlucken. Verzweifelt leert er sein Glas. »Ich traue mich nicht, nach Hause zurückzukehren und ihr zu sagen, dass Sajid tot ist. Also bin ich zu Ihnen gekommen, Hussein Sabas, weil ich sonst nirgendwohin kann. Überall herrscht Chaos. An der Grenze wollten Hunderte von Syrern nach Jordanien rein, und alle Männer, die das Pech haben, Palästinenser oder in einem gewissen Alter zu sein, ein gewisses Aussehen zu haben, wurden abgewiesen. Man wird sie abschlachten, aber die Behörden haben Angst vor dem IS. Zu Recht.« Sein Lachen klingt hohl.

»Ich musste illegal über die Grenze nach Jordanien kommen. Nicht, dass die Soldaten mich je mit offenen Armen empfangen hätten, nicht mit ...« Seine Augen wandern zu seinen abgestellten

Taschen. »Spätnachts bin ich nach Westen gegangen und bin auf ein paar arme Bauern und Jungen getroffen, wieder Syrer, dieses Mal auf dem Weg in den Norden. An der Art und Weise, wie sie vorankamen, konnte ich sehen, dass sie kaum Waffen bei sich hatten. Einige Stunden später, vor dem Morgengrauen, habe ich eine weitere Gruppe hinter mir gespürt. Dann kam der Sturm. Wenn du in der Dunkelheit in der Syrischen Wüste unterwegs bist, willst du keine Überraschungen erleben, aber dem Wind ist das egal. Wir konnten nichts sehen vor lauter Sand, und ich habe sie rufen gehört.«

Er erzählt weiter: »Mit einem von ihnen bin ich fast zusammengestoßen. Er war so nah, ich hätte ihm das Tuch vom Gesicht ziehen können. Erfahrung hatten die auf jeden Fall – das waren Männer, die in Syrien und im Irak gedient hatten. Ich musste nicht fragen, woher sie kamen oder wohin sie wollten. Das Arabische Erwachen war nur eine Ablenkung. Die Salafisten haben sich gesammelt und neu formiert und sind jetzt sehr viel entschlossener.«

Während er Mustafa zuhört, fragt sich Hussein, ob sich überhaupt irgendetwas geändert hat. Die gegenwärtigen Konflikte – Alawiten gegen Sunniten, Salafisten gegen den jordanischen Nachrichtendienst, Saudi-Arabien gegen Iran – wirken örtlich begrenzt, wurden aber durch westliche Invasion und Einmischung mitgestaltet. Zugegebenermaßen handelt es sich nicht mehr um den unverhüllten Kolonialismus aus den Zeiten seines Vaters. Heute ist ein Kniff dabei, teils bedingt durch die Weiterentwicklung von Langstreckenwaffen. Aber ob man nun von Nahem oder Weitem ermordet wird, die Botschaft an die unterworfenen Völker bleibt dieselbe: Spurt verflucht noch mal. All die Kriege, die angefangen wurden und aus denen man sich zurückgezogen hat oder die als köchelnde Militärpräsenz in die

Länge gezogen wurden, haben ein einziges Blutvergießen hinterlassen. Jedes Land ist betroffen ... oder, korrigiert sich Hussein, *befallen*. So viele Leben vergeudet, für nichts.

Er füllt das Glas des jungen Soldaten erneut und bedeutet ihm, gemeinsam zu trinken. Die beiden Männer sind durch das Wissen verbunden, dass einer der ihrigen gefallen ist. Den Wert von Sajids Leben und Tod sollen andere bestimmen. Er und Mustafa gedenken lediglich seines Ablebens. In der abgrundtiefen Stille zwischen ihnen denkt Hussein an seinen letzten Einsatz mit Mustafas Bruder. Sie hatten die Spur von Dschihadisten durch trockenes bergiges Gelände verfolgt, von wo sie ein Bericht über Menschenhandel und illegalen Waffenhandel erreicht hatte.

In der Wüste zwischen Jordanien, Saudi-Arabien und Ägypten bewegten sich die Nomadenstämme und Beduinen frei. In Husseins Land galten sie als redlich und ehrbar. Die sehr viel weniger Heldenmutigen unter ihnen legten in Touristenorten im Sinai Bomben, hinterließen verstümmelte Leichen von Muslimbrüdern an der Grenze zum Gazastreifen und griffen unterwegs militärische Außenposten an. Die Beduinen waren zu Auftragsmördern geworden und führten jeden, der ungesehen bleiben wollte, durch die Wüste. Frauen, die verzweifelt ein besseres Leben außerhalb Eritreas suchten, wurden bei der Durchquerung oftmals versklavt oder ermordet.

Die Antiterroreinheit marschierte die ganze Nacht lang einen schroffen Bergrücken hinauf. Bei Anbruch der Morgendämmerung erkannte Hussein die Landschaft aus den Geschichten seines Vaters. Im Norden reflektierte das Tote Meer die Sonnenstrahlen wie eine große Bronzeplatte, eingebettet zwischen den Bergen Moabs und Judäas. Als er die Landschaft studierte, wurde Hussein sich immer sicherer, dass die Stelle, an der seine Einheit gerade emporgekommen war, im Schatten des Dschabel Nabi Harun lag, wo während des großen Exodus der Israeliten Musas Bruder Harun getötet und begraben worden war. Hinter ihnen lag die Nabatäerstadt Petra, Stätte vieler großer biblischer Prophezeiungen. Hussein kämpfte dagegen an, sich von einer in vielerlei Hinsicht vertrauten Aussicht einlullen zu lassen, denn er wusste, wie gefährlich es war, in seiner Wachsamkeit nachzulassen. Die Beduinen bewohnten die letzten Ecken und Winkel dieses Gebiets, und die Salafisten, die ihnen folgten, waren bekannt für ihre Grausamkeit.

Es war Vormittag, als Husseins Trupp von den niedrigen Felsen und aus dem Dornengestrüpp der Berge hinabtrat auf die hügeligen Dünen von Wüste und Buschland. Hussein hätte dort normalerweise nicht Halt gemacht, doch der Befehlshaber der Mission ordnete eine Pause von zwanzig Minuten an. Plötzlich punktierten mehrere schnelle Schüsse die Luft, und ohne weitere Warnung lag der Mann neben Hussein auf dem Rücken, die Arme weit von sich gestreckt, wie um den Himmel zu umarmen. Aus seinem Mundwinkel quoll Blut, und über seinem Brustkorb breitete sich ein roter Fleck aus. Er war dreiundzwanzig.

Zwanzig Meter weiter konnte Hussein den Fernmeldeoffizier ihrer Einheit sehen, entweder bewusstlos oder tot, der ein Handfunkgerät umklammerte. Hussein wusste, wenn es nur irgendeine Möglichkeit gab, seine Männer zu retten, musste er sie ergreifen. Er stand auf und rannte geduckt hinüber, um Hilfe zu rufen. Doch noch beim Laufen wurde ihm klar, dass selbst wenn er sein Ziel erreichen sollte, die Verbindung nicht sicher war – die Amerikaner hatten den Jordaniern noch nicht die entsprechende Technologie zukommen lassen – und er vermutlich noch mehr Feindestruppen auf ihren Trupp aufmerksam machen würde. Er griff gerade nach dem Funkgerät, als etwas so schwer wie die Hand Gottes in seinen Rücken schlug und er auf den felsigen Boden stürzte.

Er blieb drei Monate lang im Krankenhaus. Während der ersten paar Tage, als er zwischen Dunkelheit und Licht schwebte, verschärfte sich der Krieg gegen den Terror, doch Hussein bemerkte nichts davon. Abwechselnd kam er zu Bewusstsein und wurde wieder bewusstlos, schwankend zwischen Schmerzen, wenn er wach war, und morphiumsatten Albträumen, wenn er schlief.

Al Dschid hatte seinem Sohn die Geschichte von Henoch und dem Feuerring erzählt. Eine Gruppe von Engeln war auf die Erde herabgestiegen und der Versuchung erlegen, sich mit Menschenfrauen zu vereinen. Dabei entstand eine Rasse unersättlicher Monster, die mit allem in Sichtweite kopulierten. Empört ersuchte der Rest der Schöpfung – Tier, Pflanze, Stein – Gott um Rettung. So schuf der Allmächtige ein von Feuer umkränztes Loch, in das die sündigen Engel und ihre entsetzliche Frucht für alle Ewigkeit gestoßen wurden.

Eines Tages schritt der Prophet Henoch dort entlang, wo auf dem Dschabel asch-Scheich Quellen entspringen, und vernahm Stimmen, die ihre ewig währende Strafe beklagten. Sie flehten ihn an, für sie zu vermitteln. Nur ein heiliger Prophet fände beim Herrn Gehör. Berührt von ihrem Leiden willigte Henoch ein, für sie zu sprechen, doch die Unkenntnis seines Dieners erzürnte den Allmächtigen: »Engel legen Fürsprache für Menschen ein. Ein Wurm kann nicht für das Göttliche sprechen!« Furchtbarer Donner wütete durch die feurige Landschaft, »wenn deine Zeit gekommen ist, welche wirbellose Kreatur wird dann für dich sprechen?« Diese Geschichte umkreiste Hussein in seinem Krankenbett und seinem Fieberwahn. Manchmal war er Henoch, meist jedoch einer der Verdammten.

Er hatte Glück. Ein Teil der Granatsplitter konnte aus seinem Rücken entfernt werden, und der Schulterknochen verheilte hinreichend. Er verließ das Krankenhaus mit einer Armschlinge. Der Arzt hatte ihm gesagt, sein linker Arm würde mit der Zeit besser werden, doch wegen der Nervenverletzung würde in der Hand ein Restzittern bleiben. Aber nicht nur sein Körper war verletzt worden. Als er zu einem dreiwöchigen Genesungsurlaub in seine Heimatstadt zurückkehrte und die Nachbarn ihn als Helden willkommen hießen, antwortete er nur: »Ihr irrt euch.« Im Haus seines Vaters zog er die Vorhänge zu, setzte sich im Innenhof in den engen Raum zwischen Tierstall und Lagerräumen und reagierte kaum auf die Worte seiner Stiefmutter oder seiner jüngsten Halbschwester. Er beschloss, die Armee zu verlassen, fühlte sich aber durch die Entscheidung nur noch schlechter. Den ganzen Tag lang saß er allein da, sprach mit niemandem und verlor sich in seinen Gedanken.

Als Al Dschid eines Abends vom Feld kam, trat er mit einer Kanne arabischen Kaffees und der Argileh zu Hussein. »Wir müssen reden«, sagte der alte Mann.

Zuerst stockend, dann immer gefühlvoller erzählte Hussein seinem Vater von gebrochenen Versprechen und seiner Desillusionierung. Die furchtbare Sinnlosigkeit trieb ihn am meisten um, das Ermorden von Arabern durch Araber. Als er fertig war, nickte der alte Mann. »Wenn irgendein Volk eines Zeichens oder eines Wunders bedarf, sind weiß Gott wir es.«

Es war völlig dunkel. Al Dschid griff nach einer Kerze und zündete sie an. Der Lichtkreis umschloss Vater und Sohn und schirmte sie von der Außenwelt ab. Selbst das Rascheln der eingezäunten Tiere in der Seriba erschien gedämpft und fern. In den Jahren zuvor war Al Dschid runzelig und schwammig zugleich geworden. Er hatte Schwierigkeiten beim Atmen und bewegte sich nur langsam, bestand jedoch darauf, weiter das Land zu bestellen. Er zündete die Wasserpfeife an und inhalierte tief.

»Im Kalifat der Abbasiden, der dritten Dynastie nach dem Tode des Propheten, lebten zwei Dichter.« Hussein war nicht in der Stimmung für die Geschichten seines Vaters, doch in der Tiefe seiner Verzweiflung sah er sich gezwungen, ihm zuzuhören.

Der alte Mann fand sich in seine Geschichte ein: »Khalaf al-Ahmar war ein bekannter Schelm mit einem Talent für Scherze. Er schrieb viele schöne Balladen, die noch heute rezitiert werden. Er unterrichtete den jungen Abu Nuwas, damals noch ein Novize der Dichtkunst, in Komposition und Philologie.

Eines Tages erbat Abu Nuwas seinen Meister um dessen Segen, seine eigenen Gedichte zu verfassen und in der Öffentlichkeit vortragen zu dürfen. Der erfahrene Khalaf al-Ahmar sagte, dass er ihm seinen Segen gerne erteilen würde, doch zuerst müsse Abu Nuwas eine Wortprobe bestehen und eintausend Verse auswendig lernen. Die Aufgabe war schwierig und dauerte lange, doch schließlich gelang sie Abu Nuwas. Zur Feier seines Erfolgs hielt er ein üppiges Fest zu Ehren seines Meisters, über mehrere Abende hinweg, an denen der jüngere Dichter die auswendig gelernten Verse rezitierte. Als Abu Nuwas erfolgreich das letzte Reimpaar vorgetragen hatte, bat er seinen Meister erneut um dessen Segen. Khalaf al-Ahmar war zweifelsohne beeindruckt, doch der werdende Dichter, dessen Leben und Werk das seines Meisters noch überragen sollten, musste eine letzte kleine Aufgabe bewältigen. Er musste jeden einzelnen Vers, den er seinem Gedächtnis anvertraut hatte, wieder vergessen.«

Al Dschid wedelte mit der Hand über dem heißen Pfeifenkopf, bis die Glut aufglimmte.

»In seiner großen Weisheit erklärte Khalaf al-Ahmar, dass

man für unsterbliche Zeilen alles wissen und alles vergessen müsse.« Der alte Mann betrachtete seinen verwundeten Sohn. »Erinnerung und Vergessen werden dir ermöglichen, dein Leben zu leben. Dann wirst auch du in deinem Herzen einen Weg finden, um weiterzumachen. Wenn du aufgibst, wird deine Zeit auf dieser Welt wahrlich vorbei sein und du wirst nie wieder inneren Frieden erlangen.«

Nach Ablauf seines Genesungsurlaubs ging Hussein zurück zur Armee. Er legte seinen Dienst in der Antiterroreinheit nieder und wechselte zu einem Schreibtischjob, von wo aus er den Krieg aus der Ferne betrachtete und sich darauf konzentrierte, dem Ratschlag seines Vaters zu folgen. Die Kombination aus monotonen bürokratischen Aufgaben und großzügigen Mengen Alkohols bewirkte einen tranceartigen Zustand der Amnesie, der, auch wenn er nicht gerade Zufriedenheit genannt werden konnte, zumindest nicht allzu schwer zu ertragen war. In dunkleren Momenten prostete Hussein trübäugig Abu Nuwas zu. Er trat ja lediglich in dessen ehrwürdige Fußstapfen. Der Dichter hatte sich in ein Kloster zurückgezogen, wo er seine tausend Verse in Vergessenheit trank.

Mustafas Rückkehr wühlt Gefühle auf, die Hussein schon lange beiseitegelegt hatte. Erst am Tag zuvor war er auf ein Buch mit irakischen Antikriegsgedichten gestoßen. Er nahm an, dass es Samira gehören müsse, weil es sonst niemand ins Haus gebracht hätte. Unaufmerksam hatte er hindurchgeblättert. Jetzt fiel ihm ein Vers daraus ein:

Abdullah mochte Autos.
Er fuhr mit ihnen durch die Stadt.
Er wurde an die Front entsandt.
Später schickte man seine Lenkhand in einer Schachtel an die Mutter.

Strahlendes Mittagslicht dringt durch die Läden der Schlachterei und wirft ein kunstvolles Muster von Dunkel und Hell auf den Soldaten, dem nichts von seinem Bruder geblieben ist, keine Schachtel, nicht einmal ein Fingernagel.

»Ich habe da was, wo du schlafen könntest.« Ein vorsichtiges Angebot. »Aber du müsstest es dir erst mal ansehen. Wenn es dir dort zuwider ist, überlegen wir uns was anderes.«

Hussein schiebt das Einmachglas in das Versteck und spült und trocknet die Gläser ab, während der nervöse junge Mann mit seinen Taschen bei der Tür wartet.

8

Normalerweise beginnt Samira den Tag nicht so spät. Eigentlich hätte sie um diese Uhrzeit gerade ihre Arbeiten im Haushalt erledigt. Sie macht ihr Bett, dann Munas, und träumt von einem perfekten Nachmittag. Am liebsten würde sie sich heimlich in die Hauptstadt davonmachen, doch unter den Umständen geht das nicht. Ihre Mutter hat gesagt, dass sie Gäste erwarten. Samiras Ansicht nach grenzen Fadhmas Pläne an Spinnerei. Schließlich wird die Familie in ihrer Stadt gemieden. Die Ankunft einer Cousine aus Amerika wird wohl kaum ausreichen, um die Leute zurückzuerobern.

Gestern Abend hat Samira Muna über den Rand ihrer überdimensionierten Zweistärkenbrille betrachtet und gedacht, dass sie außer ihrer Verwandtschaft wenig gemein haben. Sie wartete darauf, dass Muna einen Fehler machen würde. Heute Morgen war es dann so weit: Bei Munas Outfit, einem Hosenrock, der über dem Knie endet, und einer ärmellosen Bluse – dasselbe Modell, das sie Samira aus einer schicken New Yorker Boutique mitgebracht hat, nur in einer anderen Farbe –, wird Samira klar, dass sie jetzt nicht länger wegschauen kann.

»Das ist okay für drinnen, wenn wir allein zu Hause sind«, fängt sie langsam an, »aber so kannst du nicht rausgehen oder Leute treffen.«

»Gibt's da Probleme?«

Samira hatte angenommen, dass Muna es von allein kapieren würde; immerhin ist sie diejenige mit Collegebildung. Am Abend zuvor, als alle ihre Geschenke ausgepackt hatten, hielt Samira das Blusenpräsent in die Höhe, und ihre Mutter und

Laila blickten beide missbilligend drein. Es war offensichtlich, dass etwas nicht stimmte, aber niemand machte einen Kommentar, und Muna wirkte ahnungslos. Das peinliche Schweigen wurde schließlich durch die Ankunft von Samiras Freundinnen aufgelöst. Yvette und Gigi, aufgeweckte Zwillinge, deren Namen von den Flitterwochen ihrer Eltern in Paris inspiriert wurden, arbeiten als Sekretärinnen in Amman. Ihre gute Laune ist ansteckend.

»Komm, wir gehen in Samiras Zimmer.« Gigi zwinkerte verschwörerisch und nahm Muna bei der Hand. »Wir haben einiges zu bereden.«

Sobald die vier allein waren, fragten die Zwillinge Muna über New York und Liebschaften aus.

Als Hussein von der Arbeit nach Hause zurückkehrte und Laila den Gast holen kam, schloss Samira lautlos die Schlafzimmertür hinter ihr und zeigte ihren Freundinnen Munas Geschenk. Leicht verlegen sagte sie, sie wolle Muna lieber selbst herausfinden lassen, wie untragbar die Bluse war. Für ihre eigenen Begriffe hatte Samira eine völlig legitime Begründung: Ihre älteren Schwestern konnten es auch nicht ausstehen, wenn sie zu Besuch kamen und man ihnen Vorschriften machte. Sie deutete mit dem Kopf zum Wohnzimmer. »Warum sollte Muna da anders sein?«

Yvette widersprach ihr zuerst. Sie hatte in letzter Zeit öfters mit Samira gestritten. In der Woche zuvor hatte sie ihr vorgeworfen, Politik vor Familie und Freunde zu stellen, weil Samira die rebellische Opposition in Syrien unterstützte, selbst wenn das die Zerstörung der dortigen christlichen Minderheit bedeutete. »Du weißt nicht mehr, wann man an sich selbst denken sollte«, hatte Yvette gesagt.

Gestern Abend war sie wieder unbeeindruckt. »Und wenn

deine amerikanische Cousine es erst durch einen spitzen Stein gegen den Rücken rausfindet, wie sieht das dann aus mit der weiblichen Solidarität und der Fairness?«

Ihre Frage hat Samira heute Morgen verfolgt.

Sie bringt es Muna sanft bei, ist jedoch auch bestens für einen Streit gewappnet. »Ja, da gibt es Probleme. Ich könnte so nicht aus dem Haus gehen. Die Bluse, die du mir geschenkt hast, ist wirklich toll. Aber ich müsste sie immer unter einem Pullover oder einer Jacke tragen. Und diese Shorts ...«

Muna blickt an sich herab. »Das sind eigentlich keine Shorts. Short-Shorts sind grad in, aber die trag ich nie. Die hier sind eher wie ein Rock –«

»Wir sehen das so, aber manche Leute haben ein Problem damit, dass Frauen überhaupt Beine haben und sie zeigen.« Ihre Stimme wird lauter; sie teilt diese Ansicht nicht.

»Ach, es geht doch nicht um Beine«, murmelt Muna. »Es geht um *kus*.«

Samira ist sich nicht sicher, ob sie ihre Cousine richtig verstanden hat.

Muna bleibt ein Bild der Unschuld, während sie weitere Sauereien von sich gibt: »*Kus umak! Kus ocht eli nafadak aars!* ›Verflucht sei die Pussy deiner Mutter!‹ und ›Die Pussy von deiner Tante ist 'ne Schlampe‹, so was lernt man im Internet. Wenn ich's mir recht überlege, drehen sich viele arabische Schimpfwörter – und Ideen – um dieses eine Wort: *kus*.«

Samira muss laut lachen; so benehmen sich ihre amerikanischen Verwandten normalerweise nicht. Al Dschid und Fadhma bekamen ihr letztes Kind in der Alten Welt kurz vor Munas Geburt in der Neuen. Streng genommen ist Samira gar nicht Munas Cousine. Sie ist nur ein Jahr älter, aber eigentlich ihre Tante. Dank dieses Timings hatten Samiras Geschwister immer Witze auf ihre Kosten gemacht – »Da kommt die Alte!«. Doch aufgrund des geringen Altersunterschieds zwischen den beiden jungen Frauen würde »Tante« seltsam alt erscheinen, und so haben sich die beiden, ohne weiter darüber nachzudenken, für »Cousine« entschieden. Samira muss wieder kichern.

»Was denn?« Verärgert setzt sich Muna auf eines der beiden Einzelbetten. »Das war wohl blöd von mir«, fährt sie ernster fort. »Nach dem Tahrir-Platz hatte ich geglaubt, dass Frauenkleidung nicht mehr so ein Thema wäre – all die Mädchen dort in knappen T-Shirts und engen Jeans. Teenager aus der Muslimbruderschaft haben gesagt, dass den Frauen eine Entschuldigung zusteht; egal wie sie sich anzogen, Ägypten war ihnen wichtig. Ich hatte gehofft, es geht mal um was Wichtigeres als um Blusen.« Enttäuscht wendet sie sich zu dem geöffneten Koffer auf dem Fußboden. »Hättest du lieber irgendwas anderes?«

Samira, weniger modebesessen als Yvette und Gigi, schüttelt den Kopf. Weil Muna ehrlich zu ihr war, tut sie es ihr nun gleich. Was hatte Seinab vom Frauenkomitee gesagt? Das Ziel besteht nicht darin, eine Meinungsverschiedenheit nett zu beenden. Eine klare, gut argumentierte Auseinandersetzung zeigt länger Wirkung und mag sogar in gegenseitiger Freundschaft und Achtung enden.

»Manche Dinge haben sich verändert, aber nicht so, wie du denkst. Es gibt noch immer zu viele ›rote Linien‹«, sagt Samira; auch sie ist frustriert.

Nach einer Pause sagt Muna: »2011 hat Dad mir verboten, nach Jordanien zu kommen. Diesmal habe ich ihn erst gar nicht um seine Erlaubnis gefragt, sondern mir einfach ein Ticket gekauft. Der IS, Daesch, ist mir egal. Tante Magda und Tante Hind glauben, dass die ganze Region dem Untergang geweiht ist, aber das meinen sie schon seit Jahren. Als ich den Arabischen

Frühling von Weitem mitbekommen habe, habe ich mich geschämt, dass ich nicht stärker dran geglaubt hatte.«

»Als die ersten Proteste ausgebrochen sind, war das aufregend«, stimmt Samira zu, »aber mit diesem Massenschlachten nebenan in Syrien redet in Jordanien niemand mehr drüber, dass wir eine demokratische Regierung brauchen. Ich habe Facebook-Posts gesehen, wo Demonstranten in Amman von der Polizei verprügelt werden. Und Jordanier – du konntest das an den Namen sehen – haben das geliked. Die fanden, man sollte die auch gleich verhaften und foltern. Und noch was anderes.« Samira ist sich unsicher, wie weit sie gehen kann. »Daesch, die Muslimbrüder, Hisbollah und Hamas, die stehen alle im Wettbewerb miteinander. Wer ist noch islamischer? Wer hat noch mehr zu bestimmen? Und so haben bewaffnete Männer eine Revolution gekapert, bei der es mal um Freiheit und Würde ging. Araber lernen's nie. ›Widersprich mir oder guck meine Schwester an, und ich bring dich um.‹«

Normalerweise hat Samira keine Gelegenheit, innerhalb der Familie über solche Dinge zu sprechen, und so macht sie weiter. »Was ist denn schon der Unterschied zwischen einem ›säkularen‹ Staat und einem muslimischen? Beide gehen mit Gewalt gegen die politische Opposition vor. Beide foltern in Gefängnissen. Der eine ist genauso inkompetent und korrupt wie der andere. Der einzige wirkliche Unterschied ist, inwieweit sie Frauen und deren Körper kontrollieren.«

Eigentlich will Samira Muna nicht sagen, was sie tragen darf, weil sie dann klingen könnte, als würde sie die konservativen religiösen Kräfte, die sie so hasst, auch noch gutheißen. Sie kann es nicht ausstehen, sich verhüllen zu müssen. Doch seit sie politisch aktiv ist, weiß sie eine gute Tarnung allmählich, wenn auch nur widerwillig, zu schätzen. Yvette hat recht:

Lieber auf Nummer sicher gehen – oder zumindest unbemerkt bleiben. Samira wird weicher. »Zurzeit ist es wichtig, sich optisch einzufügen und nicht zu viel Aufmerksamkeit auf sich zu ziehen.«

Wenngleich in Jordanien die Lage nicht so schlimm ist wie in den Nachbarländern, bleibt Vorsicht ratsam. Einzeln betrachtet würde man die Predigten des neuen Scheichs übergehen; er ist ein Wichtigtuer. Doch seit Daesch jenseits der Grenze an Boden gewinnt und die Militanz vor Ort in die Höhe schnellt, gehören Samira und ihre Freundinnen zu den Ersten, die die Unterschiede zu spüren bekommen. In einer Stadt, die sich bislang durch eine gewisse Toleranz ausgezeichnet hatte, wurde über Nacht die Deko des Musikladens abgerissen, Poster von bauchtanzenden Sängerinnen aus den 70er-Jahren. Eine Freundin der Zwillinge, die T-Shirt, Weste und weite Jeans trug, wurde von fiesen Teenagern verfolgt und mit Steinen beworfen. Auf einmal erscheint die richtige Kleidung wichtig. Halten sich junge Frauen nicht an die immer strengere Sozialordnung, sind sie am Ende nur die Leidtragenden.

Wie als nachträglichen Einfall fügt Samira hinzu: »Wenn ich gut drauf bin, versuch ich's als Modefrage zu sehen. In den Sechzigern haben Frauen in Ägypten ja auch Miniröcke getragen.« Sie will die Frauenleben vor Ort nicht völlig schwarzmalen, weiß aber, dass ihre politische Mentorin Seinab, die vor dem »Hungern oder Niederknien« im Flüchtlingslager Jarmuk in Damaskus fliehen konnte, ihr alte Muster vorwerfen würde: das brave arabische Mädchen, das nur will, dass sich alle ein bisschen besser fühlen. Sie korrigiert sich: »Selbst in Miniröcken wurden die Ägypterinnen damals nicht so sexuell bedrängt wie heute Frauen in Schleiern und Gewändern. Was ist also los?«

Muna hat darauf keine Antwort. »Ich find einfach nicht, dass Mullahs, Priester oder Rabbis das Leben von Frauen oder ganzen Familien kontrollieren und bestimmen sollten.«

Während des Gesprächs hat sie Röcke und Oberteile hochgehalten, und Samira hat entweder genickt oder auf den wachsenden Haram-Stapel im Koffer gezeigt.

Samira verfolgt Munas Fortschritt mit wachsender Bewunderung. »Meine Geschwister in Amerika glauben, dass ihre Heimat noch genau so ist wie früher, aber das Gegenteil ist der Fall. Kriege und Revolutionen haben alles verändert. Das gebrochene Versprechen des Arabischen Frühlings ist nur eine weitere schwere Narbe für eine Region mit einer langen Vorgeschichte der Selbstverletzung. Leute wie ich sehnen sich nach was anderem, aber bis das passiert, haben ganz klar die Männer das Sagen.« In ihrer Art liegt etwas Brüchiges und Zaghaftes, als wäre sie nicht ganz von ihren eigenen Worten überzeugt.

»Genau das haben die Tanten mir immer erzählt«, sagt Muna. »Ich hätte nur nicht erwartet, dass ich es so bald nach meiner Ankunft bestätigt bekomme.«

Samira betrachtet ihre Cousine über den Rand ihrer Brille etwas genauer, als würde sie sie zum ersten Mal sehen. Vielleicht hat sie vorschnell geurteilt. Sie will es wiedergutmachen und erzählt weiter: »Ich habe das schon immer gewusst, habe es aber nie diskutiert, bis ich dann anfing, bei einer Gruppe syrischer Aktivistinnen zu arbeiten.«

Muna ist ehrlich überrascht. »Was ist das denn für Arbeit?«

»Sachen abholen und liefern; ich helfe da aus.«

Samira sagt weiter nichts und vermerkt, dass Muna den Anstand hat, nicht nachzubohren. Ihre Cousine widmet sich wieder den Kleidungsstücken und meint abwesend: »Ehrlich, Samira, ich weiß nicht, was ich mir gedacht habe.«

Als die untragbaren Stücke schließlich aussortiert sind, mag Samira ihre amerikanische Verwandte schon richtig. Sie muss nicht im Wettbewerb mit ihr stehen, und sie könnten sogar Freundinnen werden.

»Heute Nachmittag sollen wir alte Leute bespaßen, aber falls niemand auftaucht, hauen wir ab. Bei der Hochzeit heute Abend gehen wir zumindest aus«, sagt Samira. Sie knöpft die Rückleiste eines Kleids zu, das sie Muna geliehen hat. Mit dem hochgeschlossenen Kragen und den Dreiviertelärmeln ist ihre Cousine endlich angemessen gekleidet, obwohl Samira den Hosenrock und die schöne Bluse aus New York vorziehen würde.

Als sie später allein in der Küche steht, tritt Samira durch die schweren Vorhänge hinaus auf die hintere Terrasse. Die Aussicht, die einst solches Gefühlschaos in ihr auslöste, wirkt im Tageslicht hässlich und banal. Die nackten Betonwände und spärlichen dürren Bäume bergen keinerlei Romantik. Knapp fünfzig Meter weiter steht das Flachdachhaus von Walids Familie, dem Jungen, der Samiras Herz gebrochen hat. Ihre Treffen waren kurze gestohlene Momente, verstärkt durch die Angst, entdeckt zu werden. Es war ein verborgenes Werben, voller Ränke und Heimlichkeit, doch für Samira war es wahre Liebe. Weil sie glaubte, dass Walid genauso empfand, willigte sie ein, sich eines späten Abends ungeachtet des Risikos mit ihm auf der hinteren Terrasse zu treffen.

Als Mutter Fadhma die beiden zwischen den Kissen entdeckte, sprang Walid über das Mäuerchen ins Dunkel und floh für immer aus Samiras Leben. Sie wartete auf ihn, doch er kontaktierte sie nie wieder. Dann hörte sie, dass er einen Job in Dubai angenommen hatte, und es begann der lange, schmerzhafte Prozess, ihren Verlust zu akzeptieren. Während die schwere

Wunde der Zurückweisung allmählich verheilte, machte sich eine andere Sorge breit. Falls irgendjemand aus Walids Familie oder Freundeskreis etwas herausfände, könnte es einen schrecklichen Skandal geben. Samiras Schuldgefühle wurden so groß, dass sie irgendwann meinte, die Leute tuschelten über ihren Fehltritt, selbst wenn sie es gar nicht taten. Ohne ein Wort der Erklärung gegenüber ihrer Familie brach sie die Pädagogische Hochschule ab, vermied Kontakt mit jedem, der von ihrer Beziehung hätte wissen können, und verließ das Haus nicht mehr. Doch mit ihrer Mutter im neuen Haus zu bleiben, war erdrückend. Und so fuhr Samira, trotz der daraus resultierenden Streitigkeiten, was sie denn nur mit ihrem Leben anfange, immer öfter mit dem Kleinbus nach Amman. Wenn sie dort einsam und elend auf den breiten Boulevards umherzog, fühlte sie sich zumindest nicht unter Beobachtung.

Samira muss lächeln, wenn sie daran denkt, wie eine Verwechslung und ein Glas süßen Tees ein neues Kapitel ihres Lebens einläuteten. Auf einem ihrer Ausflüge in die Hauptstadt entdeckte sie in einer Gasse eine kleine Teestube, die allem widersprach, was sie kannte. Statt der üblichen Männer und Hipster war das Lokal ausnahmslos von Frauen bevölkert. Neugierig ging sie hinein, fand einen freien Platz und bestellte etwas zu trinken. Als sie später gehen wollte, erhob sich von einem Tisch in der Nähe ein schlankes Mädchen mit Mondgesicht, großen, dunklen Augen und einem Hidschab, setzte sich ungeladen zu ihr und fragte sofort, warum Samira traurig aussehe. Wie ihre Romanze gescheitert war, dass sie ihre Ausbildung abgebrochen hatte und, am allerschlimmsten, wie sie den Respekt ihrer Mutter verloren hatte, wollte Samira eigentlich gar nicht erzählen, doch wie ein Sturzbach floss die Geschichte aus ihr hervor.

Die junge Frau war Seinab. »Du hast das Gefühl, nicht dazuzugehören«, sagte sie zu Samira. »Das Schicksal hat dich hierhergebracht.«

Sie legte eine warme, weiche Hand auf Samiras Arm und bedeutete den Frauen an den anderen Tischen, ihre Stühle um sie beide herumzugruppieren. Der Trubel schüchterte Samira anfangs ein, machte sie aber auch neugierig. Manche der Frauen erinnerten sie an sie selbst und an die Zwillinge – mit oder ohne Kopftuch. Andere wirkten wie arbeitende Mütter in Lailas Alter, und ein paar ältere Großmütter hätten, im Nachhinein betrachtet, wohl die Tür besser im Auge behalten und Samira gar nicht erst hereinlassen sollen. Als den Frauen klar wurde, dass sie keine Bedrohung darstellte, machten sie weiter, wo sie aufgehört hatten. Es handelte sich um ein Treffen syrischer Flüchtlingsfrauen, darunter auch Palästinenserinnen und Kurdinnen, die nun in Amman und den umliegenden Städten und Dörfern lebten. Vor Samiras Eintreten hatten sie einem Bericht über die Zustände im Flüchtlingslager von Zaatari zugehört, das schneller denn je wuchs.

»Manchmal kommen pro Tag zweitausend Männer, Frauen und Kinder an, und wenn sie ins Lager aufgenommen werden, dürfen sie es nicht mehr verlassen.«

Später stand eine andere Frau auf und las aus ihren Notizen vor. »›Das Leben in den Lagern‹«, sagte sie, »›ist brutal. Die UNO-Zelte sind bei Hitze oder starker Kälte unerträglich. Große Familien haben nur das Allernötigste zum Leben, und die Kinder, die meisten von ihnen jünger als elf, gehen nicht zur Schule. Stattdessen arbeiten manche, um ihre Familien zu unterstützen. Das Lager ist voller krimineller Banden. Fast jeder dort hat enge Angehörige verloren. Viele Frauen flohen aufgrund der Bedrohung durch Vergewaltigung vonseiten des Regimes wie der

Oppositionskämpfer; und wo sie nun endlich meinen, sie und ihre Töchter wären einigermaßen sicher, werden die Mädchen von ihren Vätern und Onkeln an wohlhabende Araber verheiratet, die ins Lager kommen, um sich eine schöne, junge dritte oder vierte Ehefrau zu suchen.‹« Sie setzte sich.

Es folgte eine hitzige Diskussion. Die Frauen wollten möglichst viel für die Leute im Flüchtlingslager tun, doch weil sie selbst Flüchtlinge waren, war auch ihr eigenes Leben beengt. Eine andere Frau hob die Hand und beschwerte sich darüber, wie schwierig es sei, von zu Hause rauszukommen, weil ihre Familie sie immer wieder ins Verhör nehme. »Einer meiner Brüder folgt mir jetzt sogar«, sagte sie. »Er hat mich noch nicht zur Rede gestellt, weil er mich immer nur mit Frauen gesehen hat, nie mit Männern.«

Aus dem zustimmenden Murmeln zu schließen, schien es für junge wie alte Frauen immer schwieriger, von zu Hause herauszukommen. Für alle Möglichkeiten gewappnet, hatte die Wortführerin des Frauenkomitees bereits einen Plan entwickelt.

Mit erhobener Stimme sorgte Seinab für Ordnung und erklärte: »Misstrauischen Eltern, Ehemännern und Brüdern soll unsere Umm Ghalija einen Besuch abstatten. Sie ist unsere Tarnung.«

Die mondgesichtige Seinab in ihrem Hidschab legte eine Hand über den Mund, als trüge sie einen Nikab, und wies mit der anderen zu einer kräftigen Frau Ende sechzig, die bei der Tür stand. Umm Ghalijas bodenlanges Gewand und Kopftuch waren sichtbar selbst geschneidert. Mit ihrem Augenzwinkern und ihren großen, rauen Händen, an harte Arbeit gewohnt, wirkte sie überlebensgroß – einnehmend und unbezwingbar zugleich.

»Wenn es irgendwelchen Ärger gibt, *jani*, lasst mich mit euren Männern reden.« Ihre Stimme ertönte laut und entschieden.

»Zeiten wie diese erfordern außergewöhnliche Maßnahmen. Ich erkläre denen gerne, wie wir uns treffen und gemeinsam lernen. So haben wir Syrerinnen Gelegenheit, uns daran zu erinnern, wer wir sind und wo wir herkommen.« Umm Ghalija bewegte stolz ihre breiten Schultern und fügte hinzu: »Meine Schwestern und ich überzeugen selbst die Misstrauischsten. Nur die wenigsten sagen Nein zu Hexen wie uns.«

Gedämpftes Lachen ging durch die Menge. Umm Ghalija umfasste mit ihren Pranken zwei ältere Frauen an ihrer Seite. Unter der Aufsicht ihrer Schutzengel vergaßen die Aktivistinnen für einen Moment die Gefahren jenseits der Teestube.

»Versetzt euch mal in meine Lage«, sagte Seinab. »Als Palästinenserin und Syrerin habe ich meine Heimat zweimal verloren. Wegen der Israelis musste meine Familie vor der Katastrophe von 1967 fliehen, und dieses Mal sind von uns nur ein paar der Gewalt des Regimes und seiner Anhänger entkommen. Unsere erste Heimat unterliegt einer Besatzung; unsere zweite hatte kaum eine Wahl: Unterstütz Assad oder brenn. In Syrien sind 400 000 Menschen ermordet worden, die Hälfte einer Bevölkerung von 22 Millionen ist vertrieben und 117 000 Menschen wurden inhaftiert und im Gefängnis gefoltert – und noch immer gibt es unter uns welche, die glauben, Frauen wären keine mündigen Erwachsenen, die für sich selbst entscheiden und sorgen können!«

Sie spürte die Nervosität ihrer Zuhörerinnen und wurde versöhnlicher. »Ich weiß natürlich, dass ihr keine Fanatikerinnen seid. Ihr seid gottesfürchtige Frauen, die beten, hart arbeiten und sich um Familien kümmern, aber wo sind die Leute, die die syrische und palästinensische Nation aus ihrer kollektiven Tragödie reißen sollen? Ich sag euch wo! In den Flüchtlingslagern in unseren Köpfen sind sie eingesperrt. Wir kämpfen nicht für die

Zukunft von ein oder zwei Ländern. Wir kämpfen für das Überleben von uns allen!«

Samiras ganzes Leben über waren regionale Kriege und Politik eine Art Naturerscheinung, wie ein Fels oder Baum. Früher hatten sie mit ihrem eigenen Leben scheinbar so wenig zu tun wie eine Wüste mit einem Kaufhaus. Doch selbst so war sie nicht völlig immun. Wie viele andere ihrer Generation war sie aufmerksam und kritisch, doch weil diese Wut kein Ventil hatte, richtete sie sich am Ende oft nach innen oder fand, falls die Finanzen es zuließen, Ausdruck in ungezügeltem Konsum. Unter dem Einfluss ihrer neuen Aktivistinnenfreundinnen sah Samira langsam, dass sie alle sich auf einem gemeinsamen Grund von Unglück, Bitterkeit und Verrat trafen. Sie alle waren vergessen worden: die Flüchtlinge von einer apathischen Welt, die Araber von ihren eigenen korrupten Regierungen, die Muslime von den Dschihadisten und, am Ende einer sehr langen Kette abnehmender Proportionen, Samira von Walid. Jeder Einzelne von ihnen war zurückgewiesen worden, und das Ergebnis war eine Welt voller Kummer und Schmerz.

Samira machte sich nie Gedanken darüber, dass manche Mitglieder des Frauenkomitees einer anderen Religion als ihrer eigenen angehörten. Endlich fühlte sie sich unter Leuten, die sie verstanden und nicht über sie urteilten. Ihrem Vater hätte es gefallen, dass seine Tochter eine solche Toleranz zeigte. Doch während Al Dschid hoffte, Integration könne gegenseitiges Verständnis fördern, bot sie Samira eine Gelegenheit für Rebellion und Konflikt.

Als sie anfing, sich stärker in der Gruppe zu engagieren, lieh sie sich Lesestoff aus, wovon ihr der Großteil fremd blieb. Als sie schließlich gestand, die aufgetragene postkoloniale Lektüre nicht ganz zu verstehen, erwiderte Seinab: »Du musst eigentlich nur wissen, dass es auf der Welt viele Flüchtlinge gibt, Menschen, die als billige Arbeitskräfte benutzt werden und in unvorstellbarer Armut und Unterdrückung leben. Ihr Leben wird sich nie ändern, es sei denn durch Revolution, und das erfordert manchmal auch Gewalt.«

Bei ihren Treffen machten die Frauen ihrem Ärger Luft, wie Daesch ihre Erhebung vereinnahmt hatte. Über Verwandte, von denen sich manche noch immer in Rakka befanden, hatten sie von ausländischen Kämpfern gehört, die sogar aus Tschetschenien oder Malaysia kamen, um beim dschihadistischen Gerangel mitzumischen. In dem brutalen Kalifat, das errichtet worden war, ließen sie ihre Unsicherheit gegenüber der modernen Welt an Frauen aus, die im Alter zwischen neun und siebzehn zu heiraten hatten, ihren Kämpfer-Ehemännern den Haushalt führen und bereit sein mussten, ein zweites, drittes oder viertes Mal zu heiraten, wenn diese Männer als Attentäter Selbstmord begingen. Leute des Buches, wie Christinnen, wurden sexuell und als Dienerinnen versklavt, hatten also dem Hausherrn als Konkubinen und seinen vielen Ehefrauen als Mägde bereitzustehen. Frauen anderer Konfessionen, Angehörige sogenannter heidnischer Religionen wie die Jesiden, wurden zu sexueller Leibeigenschaft von Männern verdammt, die glaubten, Verkehr mit Jungfrauen sei ein ekstatisches religiöses Erlebnis, und die auch Zwölfjährige vergewaltigten.

In den von den Rebellen kontrollierten Gebieten ging das Leben dennoch weiter. Weil viele Männer an der Front oder tot waren, fiel es den Frauen zu, Essen, Brennholz und Wasser zu organisieren, um ihre Kinder zu ernähren. Trotz der Umstände war das nicht alles, was sie taten. Frauen, die im Land gefangen waren, kommunizierten mit den Aktivistinnen in Jordanien, die ihre Berichte über Internetradio verfolgten und Gelder sammelten, um Initiativen vor Ort zu unterstützen, etwa einen neuen Generator für eine Zeitung.

Unter den Aktivistinnen, in Syrien selbst wie auch in Jordanien, gab es Meinungsverschiedenheiten. Manche argumentierten verzweifelt dafür, dass man sich dem Regime ergeben müsse, um wieder zu dem Leben zurückzukehren, das zerstört worden war. Andere, wie Seinab, waren der Ansicht, dass man der wachsenden Grausamkeit vonseiten der Dschihadisten wie der Regierung nur mit roher Gewalt als einer Form der Selbstverteidigung begegnen könne. Sie machte kaum einen Unterschied zwischen den beiden und bezeichnete sie als »eine Schlange mit zwei Köpfen«.

Sie erinnerte die Frauen an das erste Jahr des Aufstands in Syrien: »Ihr wisst noch, wie sich alles geändert hat. Alle wollten eine gewaltfreie Revolution, und nach vierzig Jahren der Angst sind die Leute langsam aufgewacht. Neue zivilgesellschaftliche Gruppen haben sich gebildet, und es gab Workshops zu Gewaltlosigkeit und Bürgerjournalismus. Das hat aufgehört, als die Regierung Checkpoints errichtet hat und wir uns in Syrien nicht mehr frei bewegen konnten. Im Dezember 2011 sind dann Soldaten in die Städte und Dörfer gekommen und haben sozusagen als Regierungspolitik Frauen vergewaltigt, vor deren Vätern, Ehemännern, Brüdern und Söhnen. Wenn in deiner Straße ein Scharfschütze stationiert ist oder dein Haus fortwährend beschossen wird oder Schabiha im Dienst des Regimes deine Kinder abschlachten, kannst du dann wirklich ruhig danebenstehen? Niemand ist eine solche Heilige! Wut ist natürlich, Rache nicht! Die eigentliche Frage ist: Wie schaffen wir es, nicht genauso blutrünstig wie die anderen zu werden?«

Die Gespräche neigten zur Hitzigkeit. Während eines Treffens hielt Seinab ein leidenschaftliches Plädoyer: »Frauen sind eine Brücke in die Zukunft. Frauen sind die Esel der Tradition. Frauen pflegen und betreuen andere und sind völlig von sich selbst eingenommen. Sie ersticken andere und lieben sie. Sie missbrauchen und sie leiden. Killer oder Opfer, was von beiden bist du?«

Samira schrieb Seinabs Worte in ein frisch angefangenes Notizbuch.

Seinabs Offensive sorgte für solche Unruhe, dass selbst die stolze Umm Ghalija ausrief: »Es geht doch nicht um dieses *oder* jenes; sondern um dieses und *noch mehr*!« In der Aufregung trillerte jemand gellend, als Umm Ghalija ihren eigenen Ruf zu den Waffen verkündete: »Tropfen um Tropfen, wie Wasser, schmelzen wir Stein!«

Auch solche Wendungen notierte Samira in ihrem Heft, das sie zu Hause achtsamst unter der Matratze versteckte. Andere Lektüren, wie die irakischen Antikriegsgedichte, ließ sie offen herumliegen. Sie dachte, ihre Mutter würde sie fragen, wo das Buch herkam, doch Fadhma machte keinerlei Kommentar. Samira wusste, ihre Mutter war auch erleichtert, dass sie nicht mehr schlecht gelaunt im Haus herumhing.

In Kombination mit einem spätabendlichen Regime heimlichen Lesens und Lernens zeigte Seinabs Tutorium die erwünschte Wirkung. Samira machte sich langsam mit den Theoretikern des gewaltfreien Aufstands vertraut, etwa Gene Sharp, wie auch mit palästinensischer und kurdischer Geschichte. Doch am liebsten mochte sie die gemeinsamen Momente nur mit Seinab, wenn die ihr Handy herausnahm, durch ihre Fotos scrollte und von Familie und Freunden im Flüchtlingslager und ihrer aller Leben zu besseren Zeiten erzählte. Allmählich erfuhr Samira, was jedem Einzelnen von ihnen widerfahren war: Seinabs Freund war verhaftet worden und unter der Folter gestorben; ihren Onkel hatte man beim Verlassen einer Bäckerei erschossen. Und dann war da noch ihre Cousine. Die Mutter von drei süßen kleinen Mädchen war auf einem der Boote nach Ägypten aus Syrien geflohen, und als es kenterte, ertranken ihre Töchter, alle unter acht. Seinab selbst hatte das große Glück gehabt, aus dem Lager geschmuggelt zu werden. Mitglieder ihrer erweiterten Familie, die dort während der fortdauernden Belagerung zurückgeblieben waren, starben einer nach dem anderen – durch Hunger, Fassbomben oder Scharfschützen. Samira kam zu dem Schluss, dass die arabischen Regime und Daesch gleichermaßen alles Menschenleben als wertlos erachteten.

Das Foto der drei kleinen Mädchen mit ihren großen braunen Augen war Samiras Antrieb bei ihrer politischen Arbeit. Schüchtern standen die drei beisammen, in identischen, von ihrer Mutter gestrickten Pullovern und Leggings, stolz darauf, fotografiert zu werden. Sie hätten auch Kinder aus Samiras eigener Stadt sein können, oder die Mädchen ihres Bruders Butros, als sie klein waren. Der Tod der kleinen Mädchen war grausam. Doch Tod, Schmerz und Ungerechtigkeit waren der Realpolitik gleichgültig. Samira hatte das dringende Bedürfnis, sich für eine Seite zu entscheiden. Sie glaubte, dass sie eher noch den Aktivistinnen und anderen Kindern helfen könne, als für sich selbst und ihre Mitbürger einzutreten. Sie war enttäuscht, dass die Proteste in den anderen arabischen Ländern scheiterten, noch bevor sie in ihrem eigenen hätten Fuß fassen können.

Sie sehnte sich danach, eine aktivere Rolle einzunehmen, war sich jedoch unsicher, wie sie das anstellen sollte. Dann, nach einem Treffen, bat Seinab sie, noch kurz zu bleiben. Sie hatte eine Bitte an Samira. Die Mutter einer Genossin musste ins Krankenhaus, und sie habe sich gefragt, ob wohl die Neue im Frauenkomitee sie dorthin begleiten könne. Eine jordanische

Staatsangehörige könnte praktisch sein. Das Komitee wurde in der gesamten syrischen Flüchtlingsbevölkerung aktiver, und Samira konnte ihnen helfen. Weil sie gefallen wollte, sagte sie zu.

Ab da wurde Samira regelmäßig einbestellt. Sie fuhr allein mit dem Bus oder Sammeltaxi und beförderte Geld, Nachrichten oder Lesematerial zwischen den diversen syrischen Bündnissen. Die Oppositionsbewegung war gespalten, und manche Gruppen schienen unnötig isoliert oder uneinig. Wenn Samira Umschläge und Päckchen mit ihr unbekanntem Inhalt abholte und ablieferte, hatte sie es als Außenseiterin manchmal leichter mit den Leuten. Sie wusste nicht mehr, als dass sie ein winziges Glied in einer langen Kette war, die sich in beide Richtungen erstreckte: über die jordanische Grenze nach Damaskus, Homs, Hama, Idlib und Aleppo, hinüber in den Libanon und zu den dortigen syrischen Aktivisten und wieder zurück. Diese Verbindung wurde immer problematischer – nicht nur wegen des Feindes, sondern auch wegen sogenannter Freunde. Die arabischen Regierungen wollten die Flüchtlinge in den Lagern einpferchen, Pulverfässer, die nur auf einen Funken warteten.

Bei einem Trip riss das dünne, braune Paketpapier ein wenig ein, und Samira sah, dass sie oppositionelle Zeitungen transportierte. Würde sie damit erwischt, könnte das Ärger für sie bedeuten oder schlimmer eine Gefängnisstrafe. Die jordanische Regierung hielt zwar hitzköpfige Sunniten nicht davon ab, die Grenze zu überqueren und für Syrien zu kämpfen, doch bei ihrer Rückkehr wurden sie festgenommen und angeklagt. Hin und wieder startete ein Vater einen öffentlichen Aufruf, in der Hoffnung, dass sein Sohn, der ein paar hundert Kilometer weiter kämpfte, vielleicht Nachrichten schaute und nach Hause käme. Die Jordanier würden jedoch keinerlei grenzüberschreitenden Warenverkehr dulden, aufrührerisches politisches Material inbegriffen. Im Bus kam Samira einmal in eine brenzlige Situation: Zwei Polizisten stiegen ein und durchsuchten Flüchtlinge. Samira stieg still und leise vor ihrer eigentlichen Haltestelle aus. Als sie dem Mann, dem sie das Päckchen überbrachte, von ihren Ängsten erzählte, erwiderte der: »Mach dir keine Sorgen. Sag der Polizei, dein Bruder ist ein pensionierter Leutnant; dann lassen sie dich in Ruhe.«

Sie war überrascht, dass ein völliger Fremder über Hussein Bescheid wusste, und ihr erster Gedanke war, den Kontakt zum Revolutionären Wandel in Syrien, der Dachgruppe des Frauenkomitees und anderer kleinerer Initiativen, sofort abzubrechen. Doch der politische Sprecher, der sich als ein Herr Ammar auswies, überging einfach den Schreck in Samiras Gesicht und bat sie in ein Büro voller alter Computer, Schreibmaschinen, Bücher und Papiere. Von den Wänden blätterte Farbe und in der Raummitte standen zwanzig oder mehr Holzstühle um einen ramponierten Tisch. Samira setzte sich ans äußerste Ende, aber es war egal, wo sie sich hinsetzte. Herr Ammar stellte sich direkt vor sie und überragte sie. Es schien unwahrscheinlich, dass dieser schüttere, schnurrbärtige Mann einer der stattlichen Kämpfer für ein Freies Syrien war, von denen Seinab gern erzählte. Dass es viele von ihnen gab, hatte sie Samira versichert und vorgeschlagen, einmal gemeinsam zu Besuch nach Nordsyrien zu fahren – von Amman aus mit dem Auto nur etwa vier bis fünf Stunden. Der übergewichtige Herr Ammar in seinem karierten Hemd und ausgeleierten Pullunder war natürlich keiner von ihnen.

Er sagte Samira, das Büro, in dem Naturzeitschriften für Kinder hergestellt wurden, diene der Gruppe als Tarnung für ihre Aktivitäten. Er sei von Seinabs Arbeit und der des Frauenkomitees beeindruckt und in der Gruppe, die übrigens in ganz Syrien und in den Aufnahmeländern viele Zellen habe, einer ihrer größten Unterstützer. Selbstzufrieden erklärte er, dass aus strategischen Gründen die linke Seite nicht wisse, was die rechte tue. Die rasche Lieferung des Pakets habe Samira Zugang bis fast zur Spitze der Gruppe verschafft.

»Sei nicht überrascht, dass wir mit dir und deiner Familie vertraut sind«, fügte er hinzu, »einschließlich des, na sagen wir mal, *unkonventionellen* Berufszweigs deines Bruders. Von unserer Perspektive aus müssen wir Sicherheitsmaßnahmen ergreifen und unsere Freunde genauso gut kennen wie unsere Feinde.«

Dann erörterte er den Entscheidungsfindungsprozess zu Anfang des Aufstands, als beim Revolutionären Wandel jeder mitreden durfte. Sobald einer widersprach, war die Gruppe gelähmt. »Das hat sich geändert, als die Kämpfe intensiver wurden und wir schneller reagieren mussten. Wenn du so lange in einer Diktatur gelebt hast, misstraust du jedem, der eine Entscheidung für dich fällt, ganz gleich wie redlich seine oder ihre Motive anfangs auch erscheinen mögen.«

Unsicher, wie sie reagieren sollte, blickte Samira aus einem der schmutzigen Fenster: staubtrockenes städtisches Grau, dazwischen glänzende Hochhäuser aus Glas und Stahl. In Zeiten des Krieges, vorzugsweise solcher in anderen Ländern, erlebte Jordanien stets einen Bauboom. Samira verabschiedete sich so rasch und höflich, wie sie gekommen war. Als sie mit Seinab das nächste Mal allein war, sprach sie das Thema Herr Ammar an. Wenn sie eine Erklärung erwartet hatte, wurde sie enttäuscht. Seinab sagte nur: »Er taucht gerne unerwartet auf. Du weißt nie, wo er gerade ist. Ich zähle auf ihn, und das solltest du auch tun.«

Also verdrängte Samira ihre Bedenken und machte weiter. Während der letzten Wochen hatte sie bemerkt, dass Seinab mit wichtigeren Aufträgen als sie selbst betraut war. Einmal ließ sie Samira gegenüber etwas durchblicken, als sie sagte, ihr züchtiges Tuch sei die beste Tarnung: »Alle denken, ich bin still und brav – die liebe, liebe Muslima.« Samira wusste, dass sie ein seltsames Paar abgaben, sie selbst immer herausgeputzt und daneben die tiefernste Seinab mit nacktem Gesicht und in düsterem Schwarz. Von Seinab lernte Samira, wie trügerisch erste Eindrücke sein konnten.

Am schwierigsten war, sich niemandem anvertrauen zu können. Ihre Familie stand außer Frage, und obwohl sie die Zwillinge wie Schwestern liebte und mit ihnen manchmal über Politik diskutierte, gab es auch dort Grenzen. Weder ihnen noch sonst jemandem erzählte sie je vom Frauenkomitee oder ihrer Arbeit. Als Samira von Munas Besuch erfuhr, sah sie ihre Cousine lediglich als Mittel zum Zweck, eine neue Entschuldigung, um das Haus zu verlassen. Nach so vielen Monaten gingen ihr allmählich die Ausreden aus. Ihre Familie, wenn auch weniger streng als viele andere, bedrängte sie allmählich, wo sie denn hingehe und mit wem sie denn ihre Zeit verbringe. Doch ihre Mutter oder Laila hätten sicherlich nichts dagegen, wenn sie Muna die vielen historischen Stätten zeigen würde, und unterwegs könnte Samira leicht ihre politischen Botengänge erledigen.

Noch einmal betrachtet sie die Aussicht von der Terrasse. Früher hätte der Anblick von Walids Haus sie geschmerzt; jetzt streift ihr Geist darüber hinweg, als würde es gar nicht existieren.

Der Sturm in der Nacht zuvor hat aus der Wüste, von den Feldern, Trampelpfaden und den Straßen Sand und Splitt mit sich genommen und einen dünnen Staubfilm auf Möbel und Fußböden gelegt, selbst in den Zimmern mit verschlossenen Fenstern und Türen. Ob nun Gäste kommen oder nicht, Samira muss putzen. Vor ihrer politischen Arbeit ging sie die Hausarbeit eher langsam an, verlor mittendrin das Interesse und wurde erst fertig, wenn Laila sie zurechtwies. Mittlerweile putzt sie ganz fokussiert; ihre Dienste könnten später noch benötigt werden. Obwohl das Frauenkomitee Hausarbeit als eine weitere Form der Sklaverei betrachtet, behält Samira Seinabs Beobachtungen immer im Hinterkopf: »Ein Dienstmädchen ist so wichtig wie ein Politiker. In den meisten Ländern erledigen sie auch mehr Arbeit.«

Sie summt abwesend und holt im Flur Besen und Staubwedel aus dem Schrank. Laila und ihre Mutter sind von Natur aus penibel und räumen hinter sich auf, ihre Zimmer sind die einfachsten. Das Zimmer ihrer beiden Neffen ist schon weniger ordentlich. Sie sammelt schmutzige Socken auf und stellt Spielsachen auf die Kommode, damit sie ihrem Wedel und ihrem Besen nicht in die Quere kommen. Ihr eigenes Zimmer lässt sie aus. Sie fände es irgendwie unhöflich, Munas Sachen anzurühren, und hat das Gefühl, sich schon genug eingemischt zu haben. Nachdem sie im Wohnzimmer das Geschenkpapier und die Schleifen vom Vorabend weggeräumt hat, kann sie wischen.

Egal wie viel Wasser noch übrig ist, auf das Wischen besteht Laila ausnahmslos, und wenn es nicht ordentlich gemacht wird, kann sie besonders unangenehm werden. Samira ist inzwischen versiert darin, das Ganze mit minimalem Wasserverbrauch zu bewerkstelligen. Sie schöpft etwa einen halben Liter Wasser aus einem der Kanister im Bad, geht in Lailas Zimmer, sprenkelt ein paar Spritzer auf den Boden, verteilt sie mit einem Schrubber und nimmt das schmutzige überschüssige Wasser mit einem alten Handtuch auf. Als sie mit den anderen Schlafzimmern fertig ist, klaut sie noch mal Wasser aus dem Vorrat unter der Badewanne und fängt mit dem Wohnzimmer an.

Eben hat sie den Boden benetzt, als durch ein offenes Fenster ein laut knirschendes Getriebe und das Rasseln eines unfassbar alten Motors tönen. Bei dem Lärm kommt Baby Fuad aufgeregt ins Zimmer gekrabbelt, dicht gefolgt von Muna, die zu spät merkt, dass der Boden noch feucht ist. Sie bleibt mitten im Gehen stehen, während Samira den Kleinen hochhebt, seine klebrigen Hände aus ihrem Haar zieht, ihn Muna überreicht und ruft: »*Ta'ali*, Mamma, komm schnell!«

Samira rückt ihre Brille zurecht, geht ans Fenster, wirft die Läden auf und lehnt sich weit hinaus. »Wo waren Sie denn die ganze Zeit? Was dachten Sie denn, was wir machen sollen, etwa Matsch trinken?«

Der Fahrer klettert aus dem Wasserlaster und zuckt müde mit den Schultern, was Samira nur noch mehr aufbringt. Bevor sie ihn wüster beschimpfen kann, ist Mutter Fadhma an ihrer Seite und zieht sie zurück ins Haus.

Grob gepackt und gefesselt lässt sie die kleinste Anstrengung – sogar das Atmen selbst – fast ersticken. Hilflos auf dem Rücken, ihr praller Bauch bewegt sich, und wieder durchlebt sie ihr Trauma: die Verbrennungen und Quetschungen zarter Haut, ihre Gefangenschaft und Angst. Kein Verlust von Kontrolle, sondern eine völlige Abwesenheit von Kontrolle: Wie sie sich in der Hitze vollmacht, die tiefe, bleibende Scham, als Durchfall zwischen ihre Beine platscht, bis unter ihren Bauch ansteigt und langsam die Bretterkiste füllt, in die man sie gestopft hat. Schmutzige Lumpen sind eng um ihren Kopf gezogen. Unmöglich, sich zu bewegen, aufgedunsen, ekelhaft – sie kann nichts tun, außer sich zu hassen, hassen, hassen.

Umm al-Chanasir erinnert sich an alles: ihre Entführung und Gefangenschaft; das Beben jeder Kurve; der jähe Satz, wenn der klapprige Kleinlaster zum Stillstand kommt, gefolgt vom Röcheln tintenschwarzer Auspuffgase eines launischen Motors.

Die erste Etappe der Reise bestimmen unregelmäßige Zwischenhalte: Größere Stücke verwertbaren Elektroschrotts werden achtlos abgeliefert, und der Laster fährt weiter. Der Gestank ihrer geliebten Sabbalin nimmt ab, und sie lässt eine ganze Sippe zurück, gemästet mit den Müllmassen Kairos, vom Rohen – den Schalen und Kernen tropischer Früchte – bis zu gekochten Körner- und Nudelresten, verfeinert mit der Baharat-Mischung aus Gewürznelken und Kardamom, Koriandersamen, Zimt, schwarzem Pfeffer, Räucherpaprika, Muskatnuss und Kreuzkümmel. Die fehlenden Gerüche verraten ihr, dass die menschliche Besiedlung spärlicher wird, je weiter sie und der Laster nach Süden rumpeln. Sie ist völlig allein, meilenweit die Einzige ihrer Art, eine neue Erfahrung für eine junge Sau, die bislang jeden wachen Moment ihres Lebens damit verbracht hat, in einer Herde neugieriger Schweine umherzurennen.

Ohne Vorwarnung ein weiterer Zwischenhalt, wo es nach Diesel, ranzigem altem Falafel und Menschenpisse stinkt. Ein rascher Fahrzeugwechsel findet statt. Sie wird auf den Boden eines rasenden Kombis gequetscht, versteckt unter schweren Kisten und überfüllten Taschen, der Straße mit einer solchen Fliehkraft entgegengedrückt, dass ihr schlecht wird. Ihr Räuber murmelt halbe Flüche und unvollständige Sätze, sie ziehen zu ihr nach hinten und verlieren sich im Donner der Straße – Klänge, die genauso gut vom Mond kommen könnten.

Sie verliert das Zeitgefühl. Nach einer halben Ewigkeit halten sie endlich wieder und sie wird aus der Kiste geholt. Ihr wird die Kapuze vom Kopf genommen und eine ganze Flasche Wasser ins Maul gesteckt. Sie hustet, verschluckt sich, würgt und ertrinkt fast. Sie scheißt sich voll, kann sich losmachen und so weit schleppen, wie es ihre Fesseln erlauben, dann wird sie ohnmächtig. Als sie wieder zu Bewusstsein kommt, hungert sie, unfähig, sich in der Kiste zu bewegen.

An einem weiteren Rastplatz dringt kehliges Arabisch wie ein Messer durchs Fenster, eine Mahnung an ein kommendes böses Ende. Ungeachtet ihrer Qualen werden Bestechungsgelder entgegengenommen, wird die weitere Route geplant. Kein Weg führt zurück.

Markerschütternde Musik scheppert von Radio Tel Aviv in ihr Gehirn, bis an einem Knopf gedreht wird und klassische Viertelnoten von unendlicher Traurigkeit die Luft erfüllen. Sie tragen die Gefangene in eine gütigere, sanftere Zeit, in der eine Frau melancholische Liebeslieder sang, während sie den Tieren in ihrer Obhut aus dem Müll gesammeltes Futter gab.

Einmal wird sie zurückgelassen (Geschäfte, die sie nichts angehen) und an einen Pferch für Kamele gebunden, gewissermaßen Vettern aufgrund einer entwicklungsgeschichtlichen Panne. Sie beide sind Paarhufer, doch da hört die Ähnlichkeit schon auf. Schweine sind von Natur aus empathisch, während Kamele, missgünstig ob ihrer langen Knechtschaft durch den Menschen, sich gegenseitig kaum zur Kenntnis nehmen, geschweige denn eine arme Verwandte in ihrer Mitte. Die Verachtung der Kamele bestärkt nur noch ihr eigenes Minderwertigkeitsgefühl, genauso wie der wässrige Schleimbrei, der außerhalb ihrer Reichweite bleibt, egal wie sehr sie an ihren Stricken zieht.

Gleißender Sonnenschein grillt das zarte Fleisch hinter ihren Ohren. Dehydrierung macht ihre wenigen verbleibenden Schritte langsam und todesgleich. Als der Fahrer zurückkehrt und sie japsend vorfindet, beschimpft er die Kamelhalter für ihre Unfähigkeit.

Er gießt Wasser aus einer Flasche, damit sie sich in einer Pfütze waschen kann, und als sie sich nicht bewegt, macht er einen Lappen nass und betupft die Blasen auf ihrer Haut. Dann trägt er auf die schlimmsten Stellen Sonnencreme auf. Nachdem sie so lange misshandelt wurde, weiß sie nicht mehr, ob die Hand des Täters Erlösung bringt oder diese nur vorgibt. So oder so sind sie zu einem Einverständnis gekommen. Sie wehrt sich nicht mehr, als ihr die Lumpen um den Kopf gebunden werden und sie wie ein Kissen zurück in die Kiste gefaltet wird.

In der Dunkelheit, jenseits der Wachtürme, wurde klammheimlich eine schwimmende Brücke errichtet, ein Floß und Seile, die vor dem Anbruch der Morgendämmerung wieder verschwunden sein werden. Immer wechselt Geld die Hände. Niemals hetzen, wenn man den Jordan überquert, hat man ihren Begleiter informiert – in der tiefen Nacht ist Lärm weit zu hören. Nachdem die Ladung sicher verstaut ist, wird ihre Kiste von den restlichen getrennt und der Deckel aufgestemmt. Mit befreitem Kopf darf sie sich nun umsehen.

»Es dauert nicht mehr lange«, verspricht ihr Folterer.

Als das Floß von den Seilen gezogen über das Wasser gleitet, muss sie fast weinen. Das Martyrium der Reise und die körperlichen Veränderungen haben Spuren hinterlassen. Auf dem Weg hat sie daran gezweifelt, ob sie und ihre Kinder je ein Zuhause finden würden, doch trotz allem, was ihr und ihnen angetan worden ist, kommt es ihr unerklärlicherweise so vor, als kämen sie einer Heimat näher.

In den süßen Gräsern entlang der Ufer und in den Wogen der Strömung kann sie es fast schmecken. Der Mann an ihrer Seite ist so still und aufmerksam wie sie selbst. Zusammen erleben sie einen Augenblick der elementaren Zeitlosigkeit unter den Sternen. Sie hatte vergessen, dass es Sterne gibt. Als sie aufwacht, fühlt sie sich ausgeruht und friedvoll.

9

In der Schule geht Laila an einem der größeren Klassenzimmer vorbei, wo Reihen von Schülerinnen und ein paar Lehrerinnen kniend beten. Statt den Unterricht fortzusetzen, solange ein Teil der Klasse fehlt, legen Laila und die meisten anderen Kolleginnen eine Mittagspause im Lehrerzimmer ein, wo ein einzelner Deckenventilator vor sich hin klappert.

Normalerweise sitzt Laila allein, doch heute fühlt sie sich isoliert, auch wenn sie sich selbst kaum um Anschluss bemüht. Weil sie sich ein nettes Wort oder Gespräch wünscht, setzt sie sich zwischen Kolleginnen auf einen leeren Platz und wird sogleich daran erinnert, dass die neue Direktorin vom Kollegium erwartet, über jeden Tadel erhaben zu sein. Husseins Name ist bis jetzt noch nicht gefallen.

Sie schließt die Augen. Einige Kolleginnen bringen sich ein Sandwich von zu Hause mit oder kaufen sich eine Kleinigkeit in der Schulkantine, doch Laila isst nicht gerne in der Öffentlichkeit. Mehrere Tässchen extrastarken arabischen Kaffees von Amina, verantwortlich für die Heißgetränke des Kollegiums, müssen ihr reichen, bis sie wieder zu Hause ist. Sie nimmt Übungsblätter von Schülerinnen aus ihrer Mappe und fängt an zu korrigieren. Als das Stimmengewirr um sie abnimmt, weiß sie, ohne aufzuschauen, dass die Direktorin Frau Salwa das Lehrerzimmer betreten hat. Als sie von den Blättern auf ihrem Schoß aufblickt, spürt sie die schlaffe Brise vom Deckenventilator auf dem Gesicht und sieht, wie Frau Salwa direkt auf sie zusteuert.

Laila steht sofort auf, die Papiere noch in der Hand. Sie ist überzeugt, dass der gefürchtete Moment gekommen ist. »Frau

Salwa.« Laila wirft einen Blick auf ihre Armbanduhr, doch die Zahlen verschwimmen.

Die Direktorin, eine stämmige Frau Anfang fünfzig, lächelt freundlich, was Laila nur noch mehr durcheinanderbringt. »Ich wollte nur sagen, dass ich heute Nachmittag zu den Matrubs gehe, um der Braut einen Besuch abzustatten.«

Laila fängt sich wieder und lächelt. »Aber ja, natürlich.« Immer wieder wandert ihr Blick zu ihrem Handgelenk. Es ist einfacher hinunterzusehen als Frau Salwa in die Augen. Jetzt sind die Ziffern klar und deutlich. Laila würde es der Direktorin mit ihrer unbekümmerten Art gerne nachtun, platzt aber nur hervor: »Ich muss nach der Schule noch ein paar Dinge erledigen und werde wohl nicht lange bleiben können. Ich hoffe, wir verpassen uns nicht.«

»Ich freu mich, bis später.« Auf dem Weg nach draußen spricht die Direktorin noch kurz mit anderen Lehrerinnen.

Benommen korrigiert Laila weiter. Sie würde gerne bei den Matrubs vorbeischauen, wenn auch nur, um ihr Gesicht für ein paar Minuten zu zeigen, während die Nachbarinnen der Braut Ratschläge erteilen. Auf eine perverse Art und Weise mag sie solche Veranstaltungen, doch es gibt ein Hindernis: Sie ist nicht eingeladen. Unter normalen Umständen könnte das ein Versehen sein, denn Laila und die Brautmutter, Warda Matrub, sind enge Freundinnen. Alle wissen das, sogar die Direktorin, die nur der Form halber eingeladen wurde.

Warda ist zwar neun Jahre älter als Laila, kam mit ihrer Familie aber zur gleichen Zeit in die Stadt, als Hussein seine frisch angetraute Gattin nach Hause brachte. Wardas Mann hatte als Baustatiker in Dschidda gearbeitet und die ungewöhnliche Entscheidung getroffen, seine Ehefrau, statt sie in Jordanien zurückzulassen, dorthin mitzunehmen. Warda hatte somit den

Großteil ihrer Ehe völlig zurückgezogen verbracht. In einem strenggläubigen Land wie Saudi-Arabien durften Frauen nicht einmal Auto fahren, und so verbrachte Warda, die aus einer großen, lauten muslimischen Familie in Amman stammte, die meiste Zeit mit englischsprachigen Liebesromanen. Ihr Überleben in der kulturellen Wüste schreibt sie den Kassenschlagern von Jackie Collins und Barbara Cartland zu, ergänzt durch zahlreiche Nachmittagstees in den hermetisch abgeschlossenen, marmornen Empfangszimmern anderer abgeschotteter Frauen. Als sie mit ihrer Familie schließlich in die Geburtsstadt ihres Mannes zurückkehrte, erzählte sie Laila, sei sie in ihren Gewohnheiten so festgefahren gewesen, dass sie ihre Nachmittage nur noch mit Empfängen habe verbringen wollen. Doch die weibliche Verwandtschaft ihres Mannes und die Frauen der Stadt fand sie gleichermaßen mühsam. Als sie Laila vorgestellt wurde, hängte sie sich also sofort an die moderne christliche Lehrerin, die an der staatlichen Schule Englisch unterrichtete. Sie sagte zu ihr, dass sie beide viel gemeinsam hätten, weit mehr als ihre Verehrung von Emily Brontës *Sturmhöhe*.

Die Fremdheit, die sie beide gegenüber der konservativen Kleinstadt empfanden, bildete die Grundlage ihrer Freundschaft. Laila und Warda haben immer offen miteinander gesprochen, selbst als Husseins wachsendes Geschäft einigen in Wardas Kreisen missfiel. Da borgte Warda etwas aus dem Klappentext eines ihrer romantischen Schmöker und gelobte, Laila gegenüber stets »ungeschminkt und vollkommen ehrlich« zu sein. Trotz ihres Paktes ist sich Laila sicher, dass Umm al-Chanasir etwas mit ihrem Ausschluss aus der Frauenrunde zu tun hat.

Wardas Tochter Anna, die zukünftige Braut, hatte zufällig gehört, wie die beiden Frauen über die Fruchtbarkeit des Schweins redeten, und ihr war so übel geworden, dass sie in die

Kloschüssel hatte würgen müssen. Während sich die beiden um Anna kümmerten, machte Warda sich lustig: »Ganz ehrlich, Laila, viele Frauen wären begeistert, wenn sie so produktive Schwiegertöchter hätten – gleich acht oder zwölf Kinder auf einmal – am besten alles Jungen!«

Angewidert hatte Anna gerufen: »Oh, Mamma!«

Mitfühlend hatte Warda zu ihrer Tochter herabgeblickt und dann gegenüber ihrer Freundin die Augen verdreht. Laila musste so sehr lachen, dass sie sich ein Handtuch vors Gesicht hielt.

Laila hofft, dass Anna – und nicht deren Mutter – für die fehlende Einladung verantwortlich ist. Warda würde vor dem wachsenden Misstrauen in der Stadt nie einknicken. Woran es nun auch gelegen haben mag, Laila weiß, dass ihr Status für Frauen wie Frau Habasch – die Art von müdem, blindem Geist, vor dem sie ihre Schülerinnen und deren Eltern immerzu warnt – durch ihre Abwesenheit weiter sinkt. Gegenüber Warda besitzt Laila zu viel Takt, als dass sie unangekündigt vorbeischauen würde. Das wäre zu peinlich. Eisern erledigt sie ihre Benotung und blättert dann durch den Unterrichtsplan für die nächste Stunde, das Schreiben eines Briefs auf Englisch. Sobald das Mittagsgebet vorbei ist, begibt sie sich in den Strudel der Schulflure.

Landkarten, Fotos und Projekte bedecken die Wände des Klassenzimmers, das genauso aussieht wie alle anderen Räume im Schulgebäude. An dreißig Tischen warten vierzehnjährige Mädchen. Schule hat sich seit Lailas eigener Schulzeit verändert. Unterrichten beinhaltet nicht mehr einen zackigen Schlag auf die Knöchel – die Strafe für eine verkehrte Antwort. Laila ist streng, aber sie würde ihre Schülerinnen nie schlagen. Sie findet ein spitzes Wort oder einen missbilligenden Blick zweckdienlich genug. Manchmal fragt sie sich, ob ihre Schülerinnen braver geworden sind oder sie selbst intoleranter.

Sie schreibt gerade »*Dear*« auf Englisch und Arabisch an die Tafel, als eine Hand hochschnellt. Rima gehört zu Lailas altklügeren Schülerinnen. In letzter Zeit ist sie recht forsch. »Fräulein, wir fangen Briefe doch an mit ›Dank sei dem Herrn!‹«, sagt sie. »Haben die Briten oder Amerikaner denn keine ähnliche Grußformel?«

Die Atmosphäre im Klassenzimmer ist plötzlich aufgeladen. Nicht nur Rimas Freundinnen, die gemeinsam beten und lernen, achten genau darauf, wie ihre Lehrerin reagiert. Auch die Mädchen, die nicht sonderlich religiös sind, aber den Druck spüren, sich den Lehren des Scheichs anzupassen, sind jetzt neugierig.

»Manche Menschen, egal welcher Konfession sie angehören, beginnen einen Brief mit *alhamdulillah* und andere eben nicht«, erklärt Laila. »In Großbritannien und in den USA fängt man normalerweise mit ›*Dear*‹ an. Das liegt an der jeweiligen Kultur des Briefeschreibens und an sozialen Konventionen, genau wie beim Anfang eines Briefs bei uns. Unser heutiges Thema ist Englisch, nicht Religion.«

Rima meldet sich wieder. »Fräulein, warum befassen wir uns mit einer dekadenten Kultur?«

»Wenn ihr Englisch lernt und beherrscht, könnt ihr eine bessere Arbeit finden«, entgegnet Laila geduldig. »Ich denke, dass Gott auch in diesen Ländern wichtig ist, aber in der Regel nicht als Einstiegszeile ihrer Briefe.«

Solche Wortwechsel sind zu einem laufenden Bestandteil des Englischunterrichts in dieser Klasse geworden, und Rima ist die Anstifterin. Aber sie ist nicht die einzige Schülerin, die neuerdings vom Glauben angespornt ist. Auch andere, normalerweise zurückhaltende Mädchen sind forscher geworden. Sie schäumen über vor einem – Laila will es fast nicht so beschreiben – neu gefundenen Selbstvertrauen, das Fragen von Schülerinnen oftmals zu offenen Meinungsverschiedenheiten mit ihren Lehrerinnen ausarten lässt. Laila glaubt, dass Rima und andere wie sie ihre Ansichten so nachdrücklich kundtun, weil sie sich in der Pflicht sehen, eine ältere Generation zu belehren, von der sie sich im Stich gelassen fühlen. Diese moralische Selbstgerechtigkeit grenzt für viele von Lailas hauptsächlich christlichen Kolleginnen an Ungezogenheit, doch sie selbst nimmt sie bewusst nicht persönlich. Zusammenstöße wie dieser sind eine willkommene Abwechslung von der gewöhnlichen Apathie des Auswendiglernens. Laila findet, dass sie eine Gelegenheit bieten, wissbegierige Köpfe zu kultivieren. Die Zeit wird kommen, und das versteht sie durchaus, wenn Rima und andere Schülerinnen sich gegen sie wenden werden. Bis dahin darf das Mädchen seine Fragen stellen. Wenn Rima das tut, leitet Laila ihre Kritik ab und hofft, der Klasse alternative Denkanregungen zu bieten.

Schon in wenigen Jahren werden Lailas Schülerinnen mit ihren spärlichen Zukunftsaussichten konfrontiert werden. Rimas Altklugheit wird sie nicht davor schützen, mit jemandem verheiratet zu werden, den sie nicht kennt oder mag, oder davor, insgesamt als Mensch zweiter Klasse behandelt zu werden, das Ergebnis des religiösen Konservatismus von Islam wie Christentum. Doch das ist eine andere Diskussion, die vermutlich nie stattfinden wird. Fürs Erste hat sich die Aufregung gelegt, und Laila widmet sich wieder der Funktion von Absatz- und Zeichensetzung. Während sie ihre Schülerinnen dabei beobachtet, wie sie minutiös mitschreiben – das hat sie ihnen beigebracht und sie besteht darauf –, geht sie zwischen den Tischreihen auf und ab und blickt durch die Fenster an der Rückseite des Raums.

Die Schule, eigentlich gebaut, um Kühle zu speichern, beherbergt dreimal so viele Schülerinnen und Personal wie ursprünglich geplant. Die Unterrichtsstunde schreitet fort, die Luft wird schal, und Laila merkt, wie sie abschlafft. Fast muss sie gähnen, kann sich aber noch fangen – das Gähnen würde wie eine Infektion durch die Reihen ziehen. Sie besteht darauf, die Unterrichtseinheit noch einmal durchzugehen, und zwingt sich so in eine alerte Wachsamkeit. Oft unterrichtet sie am besten, wenn sie mit gutem Beispiel vorangeht. Wenn sie sich völlig konzentriert, tun es ihre Schülerinnen auch.

Die Schülerinnen beantworten ihre Fragen zur schriftlichen Ausarbeitung. Beim Buchstabieren einfacher Wörter, die sie schon auswendig können sollten, sind sie weniger erfolgreich. Laila will nicht die Beherrschung verlieren, doch als das schlauste Mädchen der Klasse »*sincerely*« falsch buchstabiert, knallt sie ein Lineal auf den Tisch. Der Aufprall klingt so hart wie ihre Enttäuschung. Sie hat keine Lust mehr, unzufrieden zu sein, mit sich, ihrer Familie und ihren Schülerinnen. Gereizt befiehlt sie der Klasse aufzupassen und erklärt noch einmal die englischen Wörter an der Tafel. Sie ist gerade dabei, Hausaufgaben zu erteilen, als es klingelt. Sie sammelt ihre Papiere und Bücher zusammen, um am anderen Ende des Baus ein Klassenzimmer voller Mittelstuflerinnen zu unterrichten.

Die Schülerinnen unterliegen einem strengen Stundenplan. Nach intensiven Lernphasen dürfen sie sich für ein Wahlfach entscheiden: Kunst, Musik oder Sport. Wann immer Eltern Laila um ihre Meinung bitten, was für ihre Töchter geeignet sein könnte, empfiehlt sie für all jene ohne künstlerische oder musische Veranlagung unbedingt Sportunterricht. Sie hat bemerkt, dass Mädchen, die die Chance nutzen, Volleyball zu spielen, mit neuem Elan ins Klassenzimmer zurückkehren. Sie sind körperlich ausgeglichen und geistig agil. Manchmal finden traditionelle Eltern Sport unziemlich. Es besteht die unausgesprochene Angst, dass in irgendeiner Weise die Unschuld der

Tochter, und somit ihre Heiratsfähigkeit, bedroht sein könnte. Um diese Eltern zu überzeugen, zitiert Laila üblicherweise ein Hadith, einen Ausspruch des Propheten Mohammed: »Erfrische Deinen Geist von Zeit zu Zeit, denn ein ermatteter Geist wird blind.« Mit dieser Handreichung beeindruckt sie muslimische Eltern mit ihrem breiten Wissen und erinnert christliche daran, dass an einer staatlichen Schule eine gesamtheitliche Ausbildung großgeschrieben wird. Heute spürt Laila, dass sie gut daran täte, ihrem eigenen Ratschlag zu folgen, und so schüttelt sie ihre Benommenheit ab und geht energisch zum nächsten Klassenzimmer.

10

Vor der Schlachterei öffnet Hussein die Hecktüren des Lieferwagens und besieht sich das Innere. Nach dem Markt am Morgen hat Khaled das Stroh herausgenommen, doch im sonnig geparkten Wagen stinkt es noch immer nach Tierangst. Als Hussein Mustafas Taschen verstauen will, hält der Soldat sie fest. »Leutnant, ich kümmere mich schon um die.« Ein strenger Blick von Hussein sagt ihm, dass er keine Wahl hat.

Hussein wägt das Gewicht des großen, rauen Seesacks ab und schiebt ihn so weit wie möglich in den Laderaum. Er merkt, dass der Inhalt einen Gewehrlauf und irgendeinen Kolben umfasst. Die andere, kompaktere Tasche ist schwerer als gedacht und enthält wohl hauptsächlich Kleidung oder weiches Füllmaterial, das um weitere Metallstücke gewickelt ist – noch eine zerlegte Waffe. Als der Soldat seinen kleinen Rucksack vorsichtig zwischen die Taschen schiebt, bemerkt sein ehemaliger Kommandant trocken: »Souvenirs von deinen Reisen?«

Die beiden Männer quetschen sich in die winzige Fahrerkabine, kaum größer als ein Käfig in einem Geheimgefängnis, und Hussein lässt den Motor an. »Kein Wunder, dass du vorsichtig warst, wenn du über Grenzen bist. Wie bist du rübergekommen? Die Taschen verstecken, eine Route auskundschaften, zurückgehen und die Taschen holen?«

Mustafa starrt aus dem Fenster. »Ich wollte nicht ohne Schutz reisen. Eine falsche Bewegung in einer schiitischen oder sunnitischen Gegend im Irak, und niemand hilft dir. Vom IS und den Peschmerga habe ich mich ferngehalten. Da drüben ist ein Sumpf wütender Religion.«

»Wie überall.«

Hussein will gerade losfahren, als am Schaufenster des Schnäppchen-Emporiums ein Schatten entlanghuscht. Innerhalb von Sekunden ist Abu Satar über den geteerten Teil der Hauptstraße gezischt, schneller als ein Falke auf zwei Täubchen. Der Fledderer winkt dem Schlachterwagen hektisch zu und verrenkt sich den Hals, um den bärtigen Fremden auf dem Beifahrersitz besser zu sehen. Bevor er das Auto erreicht, lehnt sich Hussein aus dem Fenster, lächelt gezwungen und wedelt ihn mit der Hand weg: »Amo, wir sehen uns später.«

Er fährt los. Jetzt ist nicht die Zeit, um einander vorzustellen. Hussein hat selbst noch ein paar Fragen an Mustafa.

Hussein behält den Blick auf der Straße und bemerkt beiläufig: »Uns wurde gesagt, dass die Taliban alles benutzen, was die Sowjets in den Achtzigern dagelassen haben, zusätzlich zu den antiken Gewehren der Briten und Russen, als die im neunzehnten Jahrhundert um den Chaiber-Pass gekämpft haben. Eventuelle Lücken füllen kopierte ›Made in Peschawar‹-Sturmgewehre und -Granatwerfer.« Unglaublich, wie viele Informationen er aus den Antiterrorbriefings behalten hat.

»Afghanistan ist von Waffen überschwemmt«, bestätigt Mustafa. »Die Lage ist echt gefährlich, aber irgendwie auch komisch. Jedes Mal, wenn die Regierung eine Amnestie für Waffenbesitz erlässt, sammeln die Stammesführer von ihren Männern alte, neue und automatische Gewehre ein und verkaufen sie an die Taliban. Die Waffenbasare sind überflutet von Ausrüstung aus Serbien und Kroatien. Aber die Amerikaner sind noch mal eine Klasse für sich.«

»Warum denn?«, fragt Hussein.

»Stellen Sie sich das mal vor, die kaufen mit amerikanischen Steuerdollars moderne Munition aus russischer Produktion und verteilen sie an ihre Verbündeten. Die afghanische Armee und Polizei verkaufen diese Waffen dann an die Taliban.« Der Soldat kann es selbst kaum glauben. »Der Kreis schließt sich jedes Mal. Unter den Kämpfern gibt es einen Witz: Brauchst du oder willst du irgendwas? Kauf's online. Es wird geliefert, wohin du willst, als würde man Pizza bestellen. Die haben da noch kein Amazon, werden sie aber bekommen. Mittelmännern geht's in dem Land ziemlich gut.«

»Krieg dauert nur wegen der Schiebergeschäfte so lange.« Hussein denkt an Abu Satars Trucks.

»Aber nicht jeder wird reich dabei«, sagt Mustafa. »Afghanische Askari-Soldaten werden von ihren westlichen Auftraggebern schlecht bezahlt und müssen große Familien unterstützen, an sich schon kleine Armeen. Also verkaufen Askaris und Polizisten alles Mögliche: Munition, Benzin und richtig gute Stiefel.« Er sieht an sich hinab, doch die Beengtheit des Wagens begrenzt seinen Blick auf das robuste Schuhwerk, das sein ehemaliger Kommandant heimlich bewundert und das ihn die fünftausend Meilen zur Schlachterei getragen hat. »Wahrscheinlich von einem toten US-Soldaten.«

Hussein war davon ausgegangen, dass jemandem, der schon so lange unterwegs ist, jedes Transportmittel recht sein müsse. Doch der Soldat rutscht unbehaglich auf seinem Sitz hin und her und stößt sich fast den Kopf am Wagendach. Hussein wird klar, dass Mustafa nicht daran gewöhnt ist, so exponiert zu sein. Er hat vermutlich den Großteil seiner Reise nachts zurückgelegt und sich tagsüber versteckt.

Hussein scherzt: »Ich weiß ja nicht, was du gerade denkst, aber glaub mir, ich kann mir gut vorstellen, wie du dich fühlst. In den Wagen hier passt ja kaum eine Büchse Sardinen, geschweige denn wir zwei.«

Er war nie gut darin, seine Männer zum Lachen zu bringen, doch früher wussten sie zumindest seine Bemühungen zu schätzen. Er klatscht laut auf das Armaturenbrett, und tatsächlich löst das Geräusch die Stimmung. Mustafa lehnt sich zurück, macht es sich auf seinem Sitz bequem und fängt an zu erzählen.

»Als Sajid und ich klein waren, kamen uns die Männer in unserem Viertel wie Riesen vor. Wir haben unseren Vater früh verloren. Und bei aller Not hat unsere Mutter uns verwöhnt. Wir waren so was von verwöhnt! Sajid war egoistisch. Wie konnte er uns so verlassen, ohne ein Wort? Ich mach dafür die Männer verantwortlich, die wir so bewundert haben. Wir wollten ihnen nacheifern, komme, was wolle. Als wir schließlich die Wahrheit über sie erfahren haben, war es schon zu spät.«

»Selbst wenn eure Helden ganz ehrlich ihre Fehler zugegeben hätten, du und Sajid hättet das doch eh völlig ignoriert.« Hussein manövriert den Lieferwagen durch enger werdende Straßen und erinnert sich an die beiden jungen Männer, die einst unter seiner Obhut standen, daran, wie leicht sie zu beeindrucken waren. »Die Werte deiner Kindheit nutzen heute nichts mehr. Sieh dir doch Afghanistan an. Die Spannung zwischen Alt und Neu zerreißt ein Land, das sich von seiner letzten Verwüstung noch gar nicht erholt hat. Dann kommen noch Drohnen dazu, und die Zeitbombe explodiert ganz schnell. Aber sag doch mal«, fährt Hussein fort, aufrichtig neugierig, »was können Repetierbüchsen aus dem neunzehnten Jahrhundert, russische Mosin-Nagants oder britische Lee-Enfields denn gegen eine Armee ausrichten, die kurz vor Biochips und Robotern steht?«

»Alle denken, Krieg wäre Hightech, aber eigentlich geht es nur um Körper gegen scharfe Gegenstände – Bajonette und Messer – und Sprengsätze«, bemerkt Mustafa. »Die Afghanen haben nicht zu schlecht vom Schrotthaufen der Geschichte gelebt. Die Taliban halten sich wacker, trotz uralter Waffen und selbst gemachter Geschütze. Wenn sie verlieren, sammeln sie ihre Toten ein und lassen nichts zurück. Kein Angreifer hat sie aufgehalten.«

Die Zeit arbeitet für sie, da stimmt Hussein zu. Wenn die Afghanen erst einmal genug davon haben, von einer korrupten Regierung ausgenommen zu werden, werden sie ihr Seelenheil in den Armen derjenigen suchen, die genauso bestechlich sind, aber ein Lippenbekenntnis gegenüber Gott ablegen. Es wird ein weiterer Versuch sein, ein Leben zurückzufordern, das mit den Briten, Russen und Amerikanern verloren ging.

Doch Hussein hat noch immer den Eindruck, dass Mustafa nicht ganz offen zu ihm war. Sajid verschwand zusammen mit einem bekannten Terroristen namens Al Bilal, der offensichtlich ein doppeltes Spiel betrieb. Nach der Folter wurde Al Bilal zu einem Agenten des GID, des jordanischen Nachrichtendiensts. Hussein erinnert sich, wie er damals in den Nachrichten zwischen den Zeilen las. Welche Identität auch immer der Mann vorgab, er spazierte problemlos ins Camp Chapman, eine schwer bewachte, von der CIA genutzte Einrichtung in Chost. Nicht einmal die wachhabenden US-Soldaten hielten ihn an oder befragten ihn, denn alle wussten, dass er eben *ihr* Informant in der Gegend war. Sobald Al Bilal drinnen war, zündete er den Sprengstoffgürtel unter seiner Kleidung und tötete seinen Führungsoffizier, ein Mitglied der jordanischen Königsfamilie.

Das Selbstmordattentat trug alle Merkmale eines Anschlags von Al-Kaida, deren Mitglieder keine einfachen Frontsoldaten wie die Taliban waren. Sie hatten eine höhere Berufung; ihre Gehirne waren kurzgeschlossen. In Gruppierungen wie Al-Kaida oder dem IS bewirkt der Bombenbauer mehr als ein charismatischer Anführer. Doch die Kämpfer der Taliban lernen schnell.

Jedes Frühjahr, wenn sie aus einem harten Winter mit wenigen oder gar keinen Gefechten zurückkehren, gibt es aufsehenerregende Bombenanschläge gegen die Amerikaner, Sprengfallen, die unter Hauptverkehrsrouten vergraben und asphaltiert werden, bereit zur Explosion in jenem Sekundenbruchteil, der die meisten Todesopfer fordert. Kein Wunder, dass Sajid vom GID gesucht wird.

»Für wen haben du und dein Bruder also gekämpft?«, fragt Hussein schließlich direkt.

»Ich war bei Sajid, der bei Al Bilals Leuten gelebt hat. Aber ich hatte nicht die Fertigkeiten, die sie brauchten, und so bin ich nach dem Tod meines Bruders von ihnen weggedriftet. Als ich die Taliban gefragt habe: ›Meine Brüder, könnt ihr mir helfen?‹, haben sie als gute Muslime alles mit mir geteilt, was sie hatten – einschließlich ihrer Feinde. Ich hätte den hohen Preis ihrer Gastfreundschaft hinterfragen sollen, habe ich aber nicht.«

Der Wagen hält sich an den Rändern des Ostviertels, und der Soldat deutet auf die tief verschleierten Frauen und Männer in traditionellen Gewändern. »Das sieht vertraut aus, arm und fromm.« Sobald sie langsamer fahren, starren bärtige Männer durch die Fenster, zuerst auf Hussein, dann auf Mustafa.

»Die sind schockiert, mit wem du dich rumtreibst«, murmelt Hussein. Er hätte direkt zum Hof fahren können, aber er will noch ein bisschen länger allein mit dem Soldaten sprechen. Anstatt in die Berge zu fahren, biegt er also beim Markt ab und nimmt eine andere Strecke aus der Stadt hinaus. Es ist an der Zeit, ein schwieriges Thema anzusprechen, das ihn seit Mustafas Ankunft beschäftigt.

»Ein Mann hat Sajid gesucht.« Obwohl er sich auf die Straße konzentriert, jetzt nur noch ein gewundener Feldweg, spürt Hussein wieder Mustafas Unruhe. »Er hatte wohl eine ungefähre

Vorstellung, wo dein Bruder sein könnte, und hat mich gefragt, ob ich irgendwas wüsste. Er wollte Hinweise von mir.«

»Was haben Sie gesagt?«, fragt der Soldat.

»Nichts.«

»Wo kam er her?« Mustafa beobachtet ihn scharf.

»Er hat gesagt, aus einem der Ministerien, aber ich tippe auf den GID. Dich hat er nicht erwähnt. Er hat drauf gewartet, dass ich das tue. Aber ich spreche nicht über die Aktivitäten von Männern unter meinem Kommando, erst recht nicht mit Fremden. Genauso, wie ich keine Dschihadisten verstecke.«

Hussein ist abrupt auf ein leeres Feld gefahren und hat den Motor ausgestellt. Trotz der engen Fahrerkabine dreht er sich zu Mustafa hinüber, sein Gesicht ein paar Zentimeter vor seinem.

»Leutnant, ich war nie ein großer Killer«, sagt der Soldat und blickt starr an Mustafa vorbei, »aber das waren meine dunkelsten Tage. Töten ist nicht einfach. Dann sagen dir Leute, die dir zu essen geben und gut zu dir sind, dass ihre Kinder jeden Tag von amerikanischen Soldaten vergewaltigt werden.« Mustafa wendet sich ab und fährt fort. »Mir ging es vor allem um meinen Bruder. Als er gestorben ist, war auch mein Leben vorbei. Meine Erfahrungen haben mir gezeigt, dass es eigentlich nichts mehr gibt auf der Welt, wofür es sich zu kämpfen – oder zu sterben – lohnt.«

Einige Minuten sitzen die beiden Männer still beieinander. Ringsum liegen die versengten gelben Felder trocken wie Feuerholz. Von ihrem Aussichtspunkt aus können sie eben noch die Stadt unter sich sehen und westwärts, wo sich die Landschaft steil erhebt, den Dschabel Musa, den Berg des Propheten.

Hussein spricht zuerst: »In meiner Kindheit waren nicht die Männer die Riesen. Sondern das hier« – er breitet die Hände aus – »das *Land*, von Jung und Alt gleichermaßen vergöttert. Als ich ein kleiner Junge war, wurden uns immer wieder Geschichten erzählt, von einer lang vergangenen Zeit, als die Berge von Kiefern und Fichten bedeckt waren; die Täler und die Ebenen waren voller Johannisbrotbäume, Oliven- und Pistazienbäume. Ein Bauer, so hieß es, soll sogar zufällig auf einen abgeschiedenen Hain tropischer Reben und Palmen gestoßen sein, ein Urwald voller Weihrauch- und Myrrhebäume. Aber den Namen des Bauern oder die Stelle seiner fantastischen Entdeckung hat man uns nie verraten.

Mein Vater und andere Männer wie er«, erzählt er, »waren so besessen vom Potenzial der Erde hier, dass jede erfolgreiche Ernte mythische Ausmaße annahm. Die seltenen guten Jahre, wenn eine ganze Kamelherde die schweren Jutesäcke voller Weizen transportierte, verhießen jedes Mal die lang ersehnte Wende. Doch die nächste Anbausaison erfüllte nicht die Erwartungen, und wir hatten Glück, wenn wir überhaupt ein paar krumme Auberginen und Tomaten zum Einlagern bekamen. Überfluss und Wohlstand waren immer nur eine gute Ernte oder einen ordentlichen Regenguss entfernt. Leicht hätte ich mein Leben lang genau dasselbe glauben können.«

Als kleiner Junge genoss Hussein die seltenen Zeiten des Überflusses: Wenn ihn riesige Okra-Hügel überragten; oder der Sommer, als er so viel Melone aß, dass ihm schlecht wurde. Doch etwas in ihm wollte nie recht daran glauben.

»In solchen obsessiven Liebesbeziehungen gibt es zu viele Parallelen – die Bauern mit ihrem Land und dein Bruder mit der Religion. Beide erfordern einen unerschütterlichen Glauben, dass mit nur noch einem Opfer oder Mord mehr alles anders wird. Doch wo bleiben wir nach all den schlechten Ernten unseres Lebens? Immer nur in einem Traum von einem Leben im Morgen, nie im Hier und Jetzt.« Er kehrt zurück zu den Fragen, die ihn am meisten beschäftigen. »Deine Reiseandenken, für wen sind die?«

Mustafa setzt sich gerade auf und sagt: »Man muss sich für alle Notfälle absichern.« Er ist wieder ganz Soldat und Hussein sein Kommandant. Nüchtern fügt er hinzu: »Zumindest das hat mein Bruder bei der ganzen Antiterrorausbildung wohl gelernt.« Dann sagt er: »Ich konnte die wenigen Sachen, die ihm so viel bedeutet haben, nicht einfach zurücklassen.«

Hussein bringt den Motor wieder auf Touren, blickt in den Rückspiegel und reißt den Wagen herum. Als sie zurück auf den Feldweg in die Berge und zum Hof fahren, obwohl sie nicht weit vom neuen Haus entfernt sind, sind nur das leise Motorenrumpeln und Reifenknirschen zu hören.

Hussein hat eine Idee. Sie ist nicht weltbewegend, aber nützlich. In den Wasserkanistern zu Hause ist nicht mehr viel, aber ein Mann, der in den Bergen seinen eigenen Urin getrunken hat, könnte sich wohl auch mit ein paar Millilitern Wasser rasieren. Dann könnte Mustafa sich allmählich wieder an etwas wie ein normales Leben gewöhnen. Die Resozialisierung kann nur in kleinen Schritten stattfinden – das hat Hussein nicht bei der Armee, sondern ganz allein gelernt. Und falls der GID den Soldaten sucht, könnte er einen sauber rasierten jungen Mann durchaus übersehen, jemanden, der vielleicht mal auf dem Tahrir-Platz demonstriert hat, es nun aber besser weiß und sich einzuordnen versteht.

Ruhig schlägt Hussein vor: »Wie wär's, mal den Bart loszuwerden.«

II

»Wie sollen Menschen nur überleben ohne *na' bat ma'*?«, fragt Mutter Fadhma den Fahrer des Wasserlasters, während sie das Tor aufschließt.

Sie hat ihre Worte sorgfältig gewählt. Wie die Beduinen Hunderte von Namen für die Wüste haben, wissen Bauern, die nach den Jahreszeiten leben und scheitern, um den geheimen Wortbau des Wassers. Hätte sie korrekt sein wollen, hätte sie nicht *na' bat ma'* gesagt, reines Quellwasser, sondern *ma' raked*, abgestandenes Wasser. Die Flüssigkeit aus den Tankfahrzeugen schmeckt so metallisch, als hätte man sie in einem Eisentopf in der Sonne stehen lassen. Während der letzten Wochen hat Fadhma sogar mit noch schlechterem, übel riechendem Wasser gelebt, die letzten Reste aus der Zisterne. Unvermittelt erinnert sie sich an Wasser, das kühl und frisch sprudelt – *ma' dschari* – oder sich in hypnotischen Bächlein dahinzieht – *salsabil ma'*. Ihre Erinnerungen sind so lebendig, dass sie es fast schmecken kann. Nur allzu gerne würde sie in das Unterholz klettern und nach dem Bergpfad zu den alten Quellen suchen. Als sie klein war, dauerte ein solcher Weg einige Stunden. In ihrem jetzigen Gesundheitszustand bräuchte sie wahrscheinlich anderthalb Tage. Zu ihren Lebzeiten war das Dorf zu einer Stadt angewachsen und damit auch der Wasserbedarf, den weder Quellen noch die öffentliche Zisterne befriedigen konnten. Und so wurde jeder Haushalt und jede Flüchtlingshütte zum Opfer der Schakale, denen die Wasserlaster gehören.

»Wir haben kleine Kinder«, fügt sie hinzu, in der Hoffnung, dass der Fahrer ihr mit dem Herzen zuhört. Auf keinen Fall möchte sie klingen, als würde sie seine Dienstleistung kritisieren, aber gleichzeitig muss sie ihm die Tragweite der Situation klarmachen. Sie hofft, dass er die Sabasens in guter Erinnerung behält und das Wasser zukünftig pünktlich liefert.

Seine schmutzige Kefije hat um den Hals des Mannes einen speckigen Ring hinterlassen. Er wirft seine Kippe auf den Boden und hakt ruppig den Schlauch aus dem Laster. Als er den Schlauch durch den Hof zur Seite des Hauses zerrt, teilt er Fadhma mit: »Wenn Sie sich beschweren wollen, rufen Sie die Firma an. Wenden Sie sich nur an die, dann sehen Sie, wie lange es dauern kann.«

Fadhma lässt sich ihre Enttäuschung nicht ansehen. Sie hätte gleich erkennen sollen, was für eine Sorte Mann er ist – höchstwahrscheinlich ein Tyrann im eigenen Heim, ein Kleinmacher von Frauen. Seine Drohung gegen ihre Familie lässt sie kalt, und sie bezieht auf der vorderen Terrasse Position, um ihm zuzusehen, wie er über die Metallleiter auf das Dach klettert. Trotz der unmöglichen Art des Mannes sind Fadhmas heutige Wasserquerelen gar nichts verglichen mit denen von früher. Sie erinnert sich an Dürreperioden und Hungersnöte. In ihrer Kindheit gab es Zeiten, als ein paar Schluck Wasser der einzige Inhalt des riesigen Tontopfes waren, der, ständig kondensierend, im Haus ihres Vaters in einer Ecke stand. Die Mühe und Enttäuschung, den Topf vor dem völligen Austrocknen zu bewahren, prägten ihr Leben. Irgendwie hat sie es geschafft, allen Widrigkeiten zum Trotz, genau wie andere Frauen seit Tausenden von Jahren. Die Spur von Wasserkrügen ließe sich zurückverfolgen bis zu jenem genialen Moment, als Gott dem Propheten Moses sagte, gegen welchen Felsen er mit seinem Stab schlagen solle, und die Kinder Israels gerettet wurden.

Die wunderbare Ajun Musa, benannt als Quelle des Propheten, lag sieben Kilometer vor dem Dorf. Zu einer Seite der Felsspalten, aus denen Grundwasser hervortrat, wuchsen auf terrassierten Parzellen Weinreben. Die andere Seite bot eine klare, atemberaubende Aussicht über die trockenen braunen Hügel und Berge bis zum Flusstal, das sich an Jericho vorbei bis zum Toten Meer erstreckte. In Fadhmas frühesten Erinnerungen wurde sie vor Tagesanbruch geweckt und ging mit ihrer Mutter und ihren Tanten Wasser holen. Selbst als Kleinkind hatte sie einen kleinen Ziegenlederbeutel tragen müssen, der einen muffigen Geruch absonderte und grob auf ihrer Haut rieb. Als sie weinte und bettelte, getragen zu werden, lachten die Frauen: »Nur Vögel fliegen zu den Quellen.«

Als ihre Fußsohlen härter wurden, beschwerte sie sich nicht mehr. Dank der ungezwungenen Kameraderie ihrer weiblichen Verwandtschaft und ihrer Freundinnen wurde eine lästige Pflicht zu einem Vergnügen. Egal wie früh sie an die Quelle kamen, andere Frauen waren schon dort, dunkle Konturen vor dem heller werdenden Himmel. Es war eine ungewöhnliche Lernstätte, doch im Halbdunkel, entspannt vom Klang fließenden Wassers, sprachen die Frauen offen. Zwischen Fadhmas christlicher Verwandtschaft und den muslimischen Nachbarinnen gab es grundsätzlich Meinungsverschiedenheiten zu allen möglichen Themen, von den relativen Kräften christlicher Heiliger – denn auch Muslime beteten an manchen Pilgerstätten – bis zu den besten Brotbacktechniken. Doch über einen Punkt herrschte Einigkeit: die unterschiedlichen Standards, wie sich Männer und Frauen benehmen durften. Diese Gewissheit ließ sich das junge Mädchen durch den Kopf gehen, wenn sie ihrem gemeinen kleinen Bruder Satar dabei zusah, wie er über das bescheidene Geschäft ihres Vaters regierte. Noch schlimmer, er durfte aus dem Haus, wann immer er wollte, während sie, durch ihre Familie abgeschottet und beschützt, nur dem einen Pfad folgen durfte, der aus dem Dorf hinaus und zu den Quellen führte, und wenn sie einmal wirklich Glück hatte, blieben ihre Mutter und ihre Tanten etwas länger in den Bergen, um frische Kräuter für das Satar zu sammeln.

»Frei zu sein!« Die Klage schallte durch die Felsklüfte von Ajun Musa, wenn Frauen beider Religionen Kleider und Kopftücher richteten, um ihre schwere Last zurück ins Dorf zu tragen.

Jahre vergingen, und noch immer floss das Wasser. Die Ziegenlederbeutel wurden durch Blechkanister ersetzt und dann durch Plastikeimer. Schließlich gab es einen Plan, Rohre von den Quellen bis ins Dorf zu verlegen. Viele hatten Angst, Ajun Musa könnte durch das Wasserrohr austrocknen. Moderner Komfort würde Gottes reichlichen Gaben vielleicht ein Ende setzen. Doch als das letzte Rohrstück verlegt war, lief das Wasser so frei wie das Blut des geopferten Lamms, mit dem das Projekt geweiht wurde. Der neue Wasserzulauf war die größte Veränderung, die das Dorf je erlebt hatte. Die Frauen trafen sich nun an der modernen, gemauerten Zisterne, doch noch immer sagten sie gerne das Wetter des anbrechenden Tages anhand der frühen, gemäßigteren Stunden voraus. In der morgendlichen Kühle war zudem Zeit für Nachrichten.

»Am heißesten am Vormittag.« Eine alte Frau schnupperte in die Luft und sprach mit der Überzeugung einer erfahrenen Meteorologin.

Niemand antwortete, doch das Wasser, die Seile, Eimer und raschelnden Gewänder erzeugten Geräusche, die Fadhma noch immer in ihren Träumen hört.

Eine andere, jüngere Frau sprach. Sie hatte Angst: »Habt ihr sie letzte Nacht im Tal gehört?«

Es folgte leises zustimmendes Gemurmel.

Wasser und Essen – das waren stets Fadhmas unmittelbare Sorgen, nicht Gefechte jenseits des Flusses. Sie alle hatten die

Flüchtlinge gesehen und ihre Geschichten gehört, doch das Dorf hatte inmitten einer Dürre seine eigenen Probleme. Ohne Weideland hungerten die Schafe und Ziegen. Nachdem man den Kadavern die Felle abgezogen und das wenig verbleibende Fleisch herausgeschnitten hatte, wurden sie verbrannt, und der Gestank von versengtem Haar und Horn klebte in den Gewändern des ganzen Dorfs.

Glücklicherweise waren die umliegenden Hügel und Berge wie ein Schwamm. Selbst zu den trockensten Zeiten sammelte sich das wenige Wasser in unterirdischen Quellen. Das Rinnsal zur Zisterne setzte irgendwann ganz aus, doch die Frauen kannten andere geheime Quellen. Für Fadhma hatte die Naturkatastrophe Vorrang vor der menschengemachten. Der Krieg war wie ein ferner Sturm, ein uneingelöstes Versprechen, das nur anderen nutzte. Seine Folgen erreichten das Dorf nur indirekt, wenn überhaupt. Doch es war nicht an ihr vorübergegangen, was die Worte der Frau bedeuteten, und sie sind ihr bis heute geblieben.

»Unsere einzige Hoffnung sind unsere Kinder.« Gedankenverloren beugt sich Mutter Fadhma vor und tätschelt Fuads Babykopf. Sein Erscheinen auf der vorderen Terrasse holt sie aus ihrem Tagtraum. Sie verrenkt sich nach hinten gegen den Zaun und überprüft, wie der Mann auf dem Dach vorankommt. Dann gibt die alte Mutter Muna ein Zeichen, auf den kleinen Jungen aufzupassen, und bewegt sich schwerfällig durch das Haus zur Küche. Als Samira Fadhma am Herd vorfindet, wo sie Tee zubereitet, bittet sie inständig: »Mamma, der Mann hat das überhaupt nicht verdient. Die Wasserunternehmen machen Profit mit etwas, das wir alle brauchen.«

Fadhma bereitet weiter das traditionelle Glas der Einigung und Gastfreundschaft zu, was ihre Tochter nur noch mehr aufregt.

»Früher oder später gibt es Krieg drum, wer den Fluss kontrolliert, und dann hauen dieser schreckliche Mann und seine Blutsaugerfirma uns wieder übers Ohr. In der Zwischenzeit sterben alle vor Durst. Ist das vielleicht gerecht? Außerdem« – sie kann jetzt nicht mehr aufhören – »ist er wirklich zu jedem in der Straße unverschämt, und überall bietet man ihm Tee an. Wir können ihm ja auch gleich eine Hochzeitstorte backen! Man belohnt jemanden, wenn er pünktlich ist, nicht, weil er uns als Geiseln hält.«

Mutter Fadhma wedelt mit der Hand, als wollte sie eine Fliege verscheuchen, und antwortet aus einem Vorrat an Sprichwörtern, den sie zu Gelegenheiten wie dieser einsetzt: »Ist Deine Hand voller Mehl, mische Dich nicht ein in die Geschäfte von Männern.«

Doch während sie das Tablett richtet, platzt sie fast vor Stolz. Ganz allein, ohne Zuspruch von außen, am allerwenigsten von ihrer Mutter, ist Samira zu einer wahren Tochter der Ajun Musa herangewachsen. »Vielleicht sollte ich uns allen was Gutes tun und statt Zucker Rattengift reintun«, denkt Fadhma laut und rührt im süßen Tee.

Samira antwortet nicht; sie hat bereits wütend die Küche verlassen.

Als die Wassertanks voll sind und der Fahrer den Schlauch auf den Laster zurückkurbelt, erscheint Mutter Fadhma mit dem Tablett und dem Teeglas. Noch untertäniger als zuvor trägt sie ihre Bitte vor: »Lassen Sie uns nicht wieder so lange ohne darben. *Jani*, ich bin alt und unwichtig, aber denken Sie an meine Enkel.«

Der Fahrer nimmt das heiße Glas entgegen. »Haben Sie die Gerüchte gehört? Falls die um den Jordan kämpfen, wird das Wasser teurer! Teurer und teurer! Wer weiß, wie oft dann überhaupt noch geliefert werden kann ...« Er grinst anzüglich zu Samira, die

die beiden aus dem Fenster beobachtet, hebt sein Glas zum Gruß – »*Alhamdulillah,* Lob sei Gott« – und ruft, laut genug, damit die Nachbarn es hören können: »Früher mal hätte Ihre Tochter mir den Tee gebracht.« Er schüttelt den Kopf. »Diese jungen Frauen heutzutage, so emanzipiert!«

Wortlos blickt Mutter Fadhma vorbei an dem schmierigen kleinen Mann und seinem verfluchten Laster. Sollte sich jemals die Gelegenheit ergeben, wird sie – nicht Samira – diesem Vollidioten eine Tracht Prügel verpassen.

12

Im Labyrinth des Schnäppchen-Emporiums, zwischen den Gängen, Kämmerchen, Umkleidekabinen und Auslagen mit Sonderangeboten, bleiben zwei Orte für neugierige Blicke tabu. Den Schlüsselbund in der Hand, überprüft Abu Satar, ob auch niemand durch die Schatten schleicht, dann schlüpft er hinter ein Quastenseil, an dem ein rot-weißes Dreiecksschild vor Bauarbeiten warnt. Er schließt eine schwere Doppeltür auf, tritt hindurch und zieht sie mit einem dumpfen Hall hinter sich zu. Ein Schalterknipsen, und Neonlicht beleuchtet einen großzügigen Raum. Abu Satar wirft einen prüfenden Blick auf die Herrenbekleidung, die entlang der Wände an Stangen, in Regalen und in Glasvitrinen geschmackvoll arrangiert ist. Daneben wartet ein Ganzkörperspiegel. Hier bleibt immer alles gleich. Das Emporium mag ungezügeltes Unternehmertum mit den gewohnten Obsessionen von An- und Verkauf zelebrieren, doch diese eine Schwelle überschreiten diese niederen Instinkte nicht.

Hätte er nicht einen Blick auf den Fremden mit seinem Neffen erhascht, müsste er nun nicht durch einen Stapel frisch gereinigter und gestärkter Oberhemden wühlen. Khakifarbenes und Dunkelbraunes, alles mit Epauletten fliegt beiseite: zu militärisch. Freche Karo- und Streifenmuster würden den falschen Eindruck erwecken, und Taubenblau ist normalerweise Finanzierungsgesprächen bei der Bank vorbehalten oder seinen eigenen Auftritten als Kredithai. Melancholisch sehnt sich Abu Satar nach dem, was hätte sein können. Würde er seine Kunden und Zulieferer mehr achten, müsste er sein wahres Gefieder nicht unter einem schmuddeligen Hemd und einer abgetragenen

Schürze verstecken. Doch eben für diese Leute gibt er sich am wenigsten Mühe. In einem Moment der Erleuchtung zieht er ein todsicheres Weiß hervor. Er wählt eine neutrale braune Hose und zieht sich um. Eine Krawatte wird aus einem immensen Gestrüpp von Krawattenhaltern entwirrt, und statt eines seidenen Einstecktuchs, das nur irreführen würde, entscheidet er sich für ein blütenweißes Baumwolltaschentuch, ein altbewährtes Must-have. In einer anderen Vitrine drängen sich weitere maskuline Accessoires: Ringe und Halsketten, flaschenweise Eau de Toilette und Aftershave, Haarfärbestifte gegen graue Stellen, Rouge für etwas Farbe und Zigarettenetuis mit Prägemuster. Auch sie wirken zu dieser Gelegenheit unpassend. Er legt ein Paar mattgoldene Manschettenknöpfe von mittlerer Qualität an und einen einfachen schwarzen Ledergürtel – nichts allzu Auffälliges oder Aufdringliches. Beim Ankleiden spürt Abu Satar, wie er schon in seine Rolle schlüpft.

Im Ganzkörperspiegel lassen die Kleidungsstücke seinen altersgeschrumpften Körper klein wirken. Doch auch Magerkeit hat ihre Vorteile; sie wird eher bemitleidet als beneidet. Ein modisches Accessoire, das sagt ihm sein Instinkt, wird den Handel besiegeln. Seine Sandalen, die er über bunten Ringelsocken trägt, schüttelt er ab. Er gibt der Versuchung und Laune nach und entscheidet sich statt für ein Paar Budapester oder Desert Boots für Blockabsätze, die ihn ein paar Zentimeter wachsen lassen, nur falls er noch jemanden zur Schnecke machen muss.

Für Abu Satar ist dies eine Bewährungsprobe seiner persönlichen Rüstkammer. In Anbetracht all der gediegenen und hochwertigen Artikel in den Regalen und entlang der Wände überprüft er noch einmal seine Auswahl. Er hätte etwas Eleganteres wählen können. Doch häufig ruiniert zu viel Chic eine Stimmung. Er glaubt zwar fest daran, dass es im Leben immer nur um Verführung geht, aber dieses Mal muss er sich nur einschmeicheln und dafür sorgen, dass sich andere wohl genug fühlen, um sich ihm anzuvertrauen, selbst wenn es gegen ihre eigenen Interessen geht. Noch einmal inspiziert er sein Spiegelbild, jetzt seitwärts und von hinten. Der letzte Touch ist ein großes, unförmiges Sakko, am Rücken tailliert, was Ehrgeiz jenseits der Fähigkeiten des Trägers suggeriert. Seine Verwandlung in einen wohlwollenden, etwas konfusen Verwandten ist vollbracht. Die Vorstellung ist so grotesk, dass er spöttisch lächeln muss.

Er betrachtet sich ein letztes Mal, steckt die Schlüssel in die Hosentasche und greift in das Geäst des Krawattenwaldes. Wie bei einer Runde Blinde Kuh, das Gesicht voller Schlipse und Halstücher, ertastet er schließlich eine verborgene Täfelung. Als er sie aufschnappen lässt, wird der Krawattenhalter zu einer dreidimensionalen Skulptur mit einer ausreichend großen Lücke, um hindurchzutreten. Er stellt sich immer vor, er werde durch ein Flaggenmeer begrüßt. Drinnen erleuchten Bewegungsmelder einen höhlenartigen Raum.

Auch hier sind entlang der Wände Gegenstände zu ihrer bestmöglichen Geltung ausgestellt. Die Gedenkmünze an einem Silberkettchen, die Abu Satar die »Schande der Araber« nennt, von den Israelis nach dem Sechstagekrieg geprägt, muss er gar nicht erst genauer betrachten. Er kennt das Motiv in- und auswendig: Mosche Dajan, mit Augenklappe, vor der Klagemauer in der Altstadt. Auf der Rückseite auf Hebräisch *Im eschkachech Jeruschalaim tischkach jemini* – »Wenn ich dich je vergesse, Jerusalem«, aus Psalm 137:5, »dann soll mir die rechte Hand verdorren« – eine vorausschauende Inschrift. Arabische Finesse und Jerusalem waren innerhalb weniger Tage dahin. Zu Dajans Rechter hängt die Antwort der Araber, eine mit tausend Schleifchen verzierte Medaille von 1973, herausgegeben von der syrischen Regierung anlässlich des Ramadan-/Jom-Kippur-Kriegs. Daneben eine weitere Rarität, eine Erkennungsmarke mit dem Bild des schiitischen Märtyrers Imam Hussain, ehemals im Besitz eines persischen Basidschi, der im Ersten Golfkrieg in den 1980er-Jahren gegen die Iraker kämpfte.

Das waren die genialen Anfänge einer sorgsam kuratierten Kollektion, die mehr als nur militärische Orden enthält. Besonders reizvoll an seiner Sammlung von Pistolen, Karabinern, Sturmgewehren, leichten, mittleren, schweren und Universal-Maschinengewehren, Granaten und Granatwerfern findet Abu Satar die internationalen Verbindungen. Zwei der historischen Maschinenpistolen, die Port Said und die Akaba, von den Ägyptern nach schwedischen Plänen nachgebaut, wurden gegen die Briten während der Sueskrise eingesetzt und von US Navy Seals gegen die Vietnamesen.

Mit dem Scharfschützengewehr, einer jugoslawischen Zastava M91, eingesetzt von Syriens Nationalen Verteidigungskräften, war ein syrischer Flüchtling an Abu Satar herangetreten. Noch bevor Geld erwähnt wurde, hatte der Mann sein Smartphone gezückt und Abu Satar ein YouTube-Video gezeigt. Bei einer der Massendemonstrationen in Hama hatte jemand einen Scharfschützen der syrischen Armee gefilmt, der mit einer Zastava auf einem Balkon postiert war. Das Video endete abrupt damit, dass die Kamera ihren eigenen klappernden Fall zu Boden filmte, als der Scharfschütze den Kameramann erschoss. Abu Satar feilschte erst gar nicht und bezahlte dem Flüchtling dessen Preisforderung. Die Zastava erhielt einen Ehrenplatz in der Sammlung, zumindest, bis der Mann ins Schnäppchen-Emporium zurückkehrte und behauptete, er könne Gaddafis Pistole besorgen. Abu Satar, der nicht gerne zum Narren gehalten wurde, verlor fast die Contenance. »Da können Sie mir ja gleich Scheherazades Schlüpfer versprechen! Denken Sie sich was Besseres aus!«

Neben einem aufwendig ausgestatteten Roboter auf Rädern, passenderweise »Adlerklaue« genannt, hält der Fledderer inne. Dank ihrer Fähigkeit, sich mit Hochgeschwindigkeit in alle Richtungen zu bewegen, kann man mit der Adlerklaue die Panzerfahrzeuge von Aufständischen mit einem einzigen Mausklick zerstören. Bevor Abu Satar selbst einen besaß, recherchierte er den Roboter im Internet. Als er das Stück erworben hatte, ging er wieder ins Internetcafé, um die Seriennummern zu überprüfen. Die Informationen waren gesperrt worden. So selten und gefährlich war das Gerät.

Aber war es epochemachend?

Ein unscheinbares Metallstückchen, das die Menschheit für immer veränderte, hatte ein anderer syrischer Flüchtling Abu Satar in die Hand gelegt. Eine siebentausend Jahre alte Kupfer-Ahle oder, wie es sich der Händler gern ausmalt, ein Minispeer zum Stechen, Furchen, Forschen und Flicken. Vier Zentimeter lang und mit einer millimeterdünnen Spitze, hatte man es aus dem Grab einer Frau gehoben, bei archäologischen Ausgrabungen im Nachbarland, die vom Krieg unterbrochen wurden. Ihr Skelett, behangen mit einem Perlengürtel aus Straußeneierschalen, entdeckte man in einer Handelsstadt aus dem sechsten Jahrhundert, wo die Metallverarbeitung wohl schon ein Jahrtausend früher anfing, als Historiker ursprünglich angenommen hatten. Der Mann war vielleicht ein Flüchtling, doch er hatte den Geist und das Auge eines Professors.

In Abu Satars Sammlung war für die Ahle und zu Ehren der hoch entwickelten Metallurgie einer Frau des Altertums ein spezieller Schrein angefertigt worden. Leicht hätte er den ganzen Nachmittag damit verbringen können, über eine Zeit zu sinnieren, als Werkzeuge überlebenssichernde Waffen waren und Frauen, wie die im Grab, kein Hausrat. Er bewunderte uralte Traditionen und erwog, manche ihrer Verhaltenskodexe zu übernehmen, wie etwa Frauen zu respektieren und ihnen bessere Chancen zu verschaffen, doch die Vorzüge des traditionellen und modernen Patriarchats waren einfach zu attraktiv, als dass ein einzelner Mann hätte widerstehen können. Abu Satar schließt die Geheimtür hinter sich und steigt einen Gang zu einer weiteren verriegelten Tür hinauf, die auf der anderen Seite sorgsam durch einen Vorhang verdeckt ist und ins Schnäppchen-Emporium führt.

Er bahnt sich seinen Weg durch die Gänge und schiebt dabei all die Kunden, Bummelanten und Kleptomanen in Richtung Ausgang. Bei den Holzsplittern, die entweder von Moses' Stab oder dem Kreuze Jesu stammen sollen – hergestellt von unterschiedlichen Produzenten in Guangzhou –, wird er von einer Gruppe Evangelikaler festgenagelt. Sie haben tausend Fragen, doch seine majestätische Haltung lässt sie verstummen.

»Ja«, sagt er, »eigentlich schließen wir mittags nie. Aber meine amerikanische Nichte ist gerade angekommen, und ich muss sie willkommen heißen.«

Auch die Evangelikalen werden zur Tür hinausgeschoben.

An der Kasse stopft sich Abu Satar zwei billige, üppig verpackte Amulette in die Tasche und entscheidet sich gegen einen spontanen Umweg über das Diebesnest. In einem so frühen Stadium der Geschehnisse will er seine Pläne nicht noch verhexen. Gewissenhaft hängt er das Gleich zurück-Schild ins Fenster, richtet seinen Schlips und schreitet nach draußen, um das gefürchtete Zusperren hinter sich zu bringen.

Im dumpfen Zuschnappen der fünf Doppelbolzen liegt eine furchtbare Endgültigkeit, ein Handgriff, den er üblicherweise, wenn er für eine schnelle Surf-Session ins Internetcafé flitzt, zu vermeiden versucht. Sobald die Riegelschlösser eingerastet sind, kommt er sich vor, als hätte er sich selbst die Tür vor der Nase zugeknallt. Fast wehmütig betrachtet er die ungeheure Masse an Produkten, Artefakten und Secondhandartikeln, die aus den Schaufenstern auf die Straße zu platzen droht. Mit seinen meterlangen flotten Leuchtreklamen, die matt in der heißen Nachmittagssonne blinken, ist und bleibt das Schnäppchen-Emporium in seiner vulgären Attraktivität einfach eine absolute Wucht. Wenn er es zu lange bewundert, wird er sich nicht mehr losreißen können.

Trotz seiner Bedenken manövriert er sich bis zum letzten Stückchen geteerter Fläche und tritt dann behutsam auf den ungeteerten Teil der Hauptstraße, die erste von vielen kleinen Trotzhandlungen. Mit jedem Klacken seiner Blockabsätze verbessert sich seine Stimmung. Die Aussicht auf die Jagd und die Möglichkeiten einer großen Belohnung, vermischt mit der Antizipation neuer Eindrücke und Klänge, könnte selbst den Fledderer zu einem Höhenflug bewegen.

Er winkt ein Sammeltaxi heran, bricht seine eigene Knausrigkeitsregel und handelt mit dem Fahrer aus, der einzige Fahrgast zu bleiben. Seine Gründe haben weniger mit stilvollem Reisen zu tun: Er muss sich seinen nächsten Zug überlegen. Während sie an den abgelegeneren Geschäften der Stadt vorbeifahren, nickt er freundlich und möchte den Leuten fast zuwinken; sicherlich wollen sie seinen seltenen Anblick nicht achtlos vorüberziehen lassen, ein Gedanke, der ihn nur noch aufgedrehter macht. Als der Wagen schließlich am Ostviertel vorbeifährt, erinnert sich Abu Satar ruckartig, vielleicht ist es auch ein Schlagloch, dass er nicht aus lauter Jux und Tollerei unterwegs ist. Sein Verstand fokussiert sich, sobald das Taxi die Brachen hinter den bröckelnden Häusern und Bauernschuppen erreicht hat, leeres Land, das sich in die Ferne erstreckt und in einem weiten Bogen von Nichts verschwindet. So hätte sein Leben sein können – trocken und ereignislos. Seine Gedanken flitzen zurück zum regen Habitat seines geliebten Schnäppchen-Emporiums und zu einer äußerst seltenen Sammlung, die sich anscheinend an all den richtigen Orten einen Namen macht.

Ein weiterer Ruck schleudert ihn gegen die Sitzbank. Aber es geht ihm doch um mehr als nur um sich selbst. Wenn die Leute ihm nur glauben würden. Er möchte sie vor sich selbst bewahren. Gütig lächelt er dem Fahrer zu, der so beschäftigt damit ist, im Rückspiegel die geistigen Höhenflüge seines Fahrgasts zu beobachten, dass er immer wieder in Schlaglöcher fährt. Mit seinen Motiven im Reinen, entspannt sich Abu Satar trotz der holprigen Fahrt. Wenn Yoga ihn eines gelehrt hat, dann, dass Haltung die Quelle guter Ideen ist. Er muss lediglich tief einatmen und warten, bis sich die Logistik von selbst ergibt.

Fünfzehn Minuten später steigt Abu Satar durchgerüttelt aus dem Taxi. Die Hitze hilft nicht sonderlich, und beim Glanz seiner schicken, aber engen Blockabsatzschuhe auf dem staubigen Feldweg fühlt er sich nur unangenehm albern, eine neuartige Emotion für jemanden, der so von sich selbst eingenommen ist. Er lehnt sich an eine bröckelige Wand und tupft sich die schweißüberströmte Stirn mit dem Must-have. Normalerweise begibt er sich nicht auf Husseins Seite der Stadt. Wann immer er und sein Neffe Geschäftliches besprechen müssen, treffen sie sich im Schnäppchen-Emporium, in der Schlachterei oder, falls notwendig, auf der Farm.

In der Ferne rollt auf einem der Feldwege langsam eine Staubwolke heran. Abu Satar kümmert sich nicht weiter darum, bis die Farbe des Autos – ein blaues Aufblitzen – und dann seine

Konturen sichtbar werden. »Ah, Husseins Wagen!« Er hatte ihn und seinen Freund nicht ganz so früh erwartet. Seine Empfindungen haben nun kaum noch etwas von seiner üblichen Kühnheit; er hat noch keinen Plan entworfen, ob plausibel oder sonst wie. Er könnte sagen, dass er gerade zufällig in der Gegend war – vielleicht ein überraschender Notfall, etwas mit Fadhma, wobei die ihn verraten würde. Oder er könnte seinem Instinkt folgen: ein paar weitere kostbare Minuten stehlen, um sozusagen eine Vogelperspektive zu erlangen, vor dem unausweichlichen Angriff. In anderen Worten: sich verstecken.

Der Fledderer huscht in einen nahen Garten, in dem unter üppigen Weinreben ein Diwan steht. Laubdächer sind immer beruhigend. Während er seine Gedanken durch das Grün streifen lässt, stolpert er fast über einen schwarzbraunen Streunerhund, der dort von der Hitze ermattet auf dem Bauch liegt. Abu Satar, kein Freund von Hunden, will ihn gerade treten, da rauscht der Schlachter-Van vorbei und sein schicker Blockabsatz verharrt mitten in der Luft. Als der Van sechs Meter weiter in einer dünn gekiesten Einfahrt hält, die beiden Männer einen kleinen Rucksack hinten aus dem Wagen holen, zweimal überprüfen, ob er abgeschlossen ist und rasch ins Haus gehen, kann Abu Satar, noch immer in seiner Pose erstarrt, Husseins Worte nicht ganz verstehen.

Ein dünnes Stimmchen zerstört Abu Satars Illusion seiner Unsichtbarkeit. »Es ist Jahre her, dass du von Tür zu Tür gegangen bist. Die Geschäfte laufen wohl schlecht.« Die ganze Zeit über wurde er aus dem Steinhaus neben dem Garten beobachtet.

Abu Satar lässt seinen Fuß sinken und realisiert, dass die Aussage einer gewissen realen Grundlage nicht entbehrt. Das Haus, der Garten, der Köter und die Stimme – auch wenn das Alter sie in seinen Ohren weniger melodiös gemacht hat – sind nicht unvertraut. Als er jung und voller Energie war, zog er regelmäßig durchs Hinterland und bot einsamen Frauen wie dieser hier Stoffe und Nähnadeln feil.

»Ich mache keine Runden mehr, stehe aber in der Stadt für kostenlose Beratungen zur Verfügung, mit Termin«, prahlt er schwach, abgelenkt davon, wie sich Kopf, Fuß und Zeit gegen den Unaufmerksamen verschworen haben. Der Form halber winkt er dem schattigen Umriss hinter der Gardine adieu; es kann gut sein, dass sie sich einst nahestanden. Als er wieder auf dem Feldweg steht, wird er den Eindruck nicht los, dass ihn mehrere Augenpaare bis auf die Calvin-Klein-Boxershorts ausziehen.

Hinter Husseins Wagen bückt er sich beiläufig und tut so, als würde er einen senkellosen Absatzschuh schnüren. Er erhebt sich langsam und begutachtet eingehend die Ladefläche. Wie erwartet wimmelt es vor Hinweisen. Übertrieben wischt er sich die Stirn – neben seinem praktischen Nutzen findet das Must-have auch eindeutig theatralische Verwendung – und geht die Stufen zu Husseins neuem Haus hinauf. Er blickt sich noch einmal um, um sicherzustellen, dass er gut sichtbar ist, und betritt das Haus, ohne anzuklopfen, ganz der alte, vertraute Verwandte.

Drinnen bewegt sich Abu Satar vorbei am leeren Wohn- und Empfangszimmer. Er tritt leise auf den Fliesenboden und lugt in eine Reihe dunkler und stiller Schlafzimmer, in denen die Gardinen zugezogen sind. Bei der verschlossenen Badezimmertür hört er gedämpfte Geräusche von drinnen, doch das Gluckern des Wassers in den Leitungen macht ihm mehr Eindruck; die Unzuverlässigkeit der Wasserlaster lässt in der Stadt niemanden kalt. Zentimeter um Zentimeterchen schleichen seine Blockabsätze den Flur hinunter, hin zu Klängen von Fröhlichkeit und Kochen. Gegen die Wand gepresst hält er ein kleines Stückchen vor der Küchentür an und erlaubt sich für den Bruchteil einer Sekunde einen Blick hinein, um sich noch einmal zu vergewissern, dass keiner der Hausbewohner ihn gesehen hat.

An der Arbeitsfläche würfelt Mutter Fadhma Tomaten, Gurken und Frühlingszwiebeln und kippt sie in eine Schüssel. Neben ihr warten dunkelgrüne Petersilienpuschel auf das Hackmesser. Samira rettet ein Sträußchen und stolziert damit durch die Küche. »Wie bei der Hochzeit heute Abend!« Sie lächelt und will das Sträußchen Muna oder Fuad zuwerfen, als sie plötzlich »Amo!« ruft und es ihm zuschmeißt.

Betont gut gelaunt tritt Abu Satar ins Licht und steckt schmunzelnd die Nase in das Sträußchen.

»Unser größter Plagegeist«, ruft Samira Muna zu und sagt zu ihrem Onkel: »Ich habe mich schon gefragt, wann du auftauchen würdest.«

»Was, ich, ein Plagegeist?« Ergänzend zu seinem präzise kalkulierten Outfit versteckt ein breites, blödes Grinsen seine wahren Absichten. »Ich bitte um Vergebung, dass ich das Familienessen gestern Abend versäumt habe, aber Samira, du hast doch wohl *uns* verlassen! Du kommst gar nicht mehr ins Schnäppchen-Emporium – immer hin und her, ständig unterwegs.«

Das Mädchen zwinkert ihm zu, legt einen Finger auf die Lippen und sieht zu Fadhma, die das Getue ihrer Tochter und ihres Bruders demonstrativ ignoriert, indem sie auf die Tabbuleh-Zutaten einhackt.

Der Fledderer bemerkt nichts und aalt sich in der Aufmerksamkeit seiner Nichte. Es ist so erfrischend; junge Menschen nehmen alles einfach unbesehen hin. Samira würde ihn nie fragen, was er hier eigentlich tut, noch würde es sie kümmern. Zwischen den beiden herrscht ein stillschweigendes Verständnis, ähnlich wie mit Hussein in diesem Alter.

Als Muna ihm die Hand schüttelt, übergibt Abu Satar ihr das Petersiliensträußchen und eines der beiden Geschenkschächtelchen. »Willkommen, mein Kind, ich habe deinen Vater gekannt.« Dann raunt er: »Er war weise, abzuhauen.«

Er überreicht das zweite Geschenk Samira und flüstert »Friedensangebot«, meint aber eigentlich »Bestechung«.

Die beiden jungen Frauen packen ihre Geschenke aus und bewundern die dünnen Silberhalsketten mit einer einzelnen türkisfarbenen Glasperle.

»Gegen den bösen Blick«, erklärt Abu Satar und ruft Fadhma vergnügt entgegen: »Ochti – meine Schwester!«

Er öffnet seine Arme zu einer Umarmung, die niemals kommen wird. Trotz der Unfähigkeit seiner Schwester, seine Zuneigung zu erwidern, geizt er bewusst nie damit zu zeigen, wie wichtig sie ihm ist. Es erstaunt ihn immer wieder: Hier ist eine Frau mit der Tapferkeit und Stärke von zehn Männern. Und sie tut noch immer so, als würden sie einander nicht brauchen?

Mutter Fadhma mustert ihren Bruder argwöhnisch. Welchen feindlichen Kommentar sie auch gerade machen will, er wird unterbunden, als Hussein durch den Vorhang von der hinteren Terrasse hereintritt. Mit Zigarette und leerem Teeglas in einer Hand nickt er ungläubig, als er mit der anderen die seines Onkels umgreift: »Ach was, du listiger, alter Vogel.«

»Ich bin einfach nicht loszukriegen.« Abu Satar wendet sich wieder an Samira: »So selten bekommen wir Gäste, und plötzlich so viele auf einmal. Was soll man nur tun?«

Hussein weist die Mädchen an: »Macht eurem Amo einen Kaffee.«

Während Muna mit dem Messingtopf auf dem Herd herumhantiert, will Samira Abu Satar auf die hintere Terrasse hinausführen, doch ein Blick ihres Halbbruders lässt sie die Richtung wechseln, und rasch schlägt sie vor: »Im Wohnzimmer haben wir es doch bequemer.« Schäkernd verschwinden die beiden den Flur hinunter.

Mit Blick auf Al Dschids Porträt macht Abu Satar es sich auf dem Sofa bequem. Er hat jetzt genug von der Verfolgungsjagd und beginnt die nächste Stufe: das Verhör. »Hast du schon Husseins Freund kennengelernt? Wenn ich mich nicht irre, kommt er von weit her.«

Samira scheint seinem Wink nicht zu folgen. »Die weiteste Anreise hatte wohl Muna, aus New York«, antwortet sie und konstatiert das Offensichtliche.

»Das ist die bekannte Welt.« Er spricht geduldig, wie mit Salim oder Mansur. »Was unseren anderen Gast anbetrifft, wurde seine Herkunft noch nicht verraten. Hast du gesehen, dass er all seinen Besitz in ein paar Stoffbeuteln trägt? Das sollte doch wohl ein Warnzeichen sein.«

Samira verrät noch immer nichts. »Wahrscheinlich ist er aus Amman, also nicht gerade, was man als ›Ausland‹ bezeichnen würde.«

»Ach wirklich.« Abu Satar ist nicht überzeugt und beginnt sich ein wenig zu langweilen. »Hussein hat nichts zu dir gesagt? Woher kennt er ihn denn, vom Markt oder von der Farm?« Er greift jetzt nach Strohhalmen und hofft, dass Samira ihm zu Hilfe eilen wird. Als sie es nicht tut, sagt er frei heraus: »Der Mann könnte gefährlich sein. Wer weiß schon, was er vorhat?«

»Duschen Leute etwa, bevor sie ein Verbrechen verüben? Stell dir mal vor«, sagt Samira, »zum ersten Mal seit Wochen haben wir Wasser im Haus, und es wird gleich für einen Fremden verplempert. Ich kann nur für uns alle hoffen, Laila kriegt das nicht raus.«

Als Muna ein Tablett mit Kaffee und Süßigkeiten ins Wohnzimmer bringt, neckt Samira ihn wieder: »Muna, wenn du je was brauchst, was du sonst nirgendwo kriegst, findet's unser Lieblingsonkel bestimmt in dem monströsen Durcheinander, das er als Laden bezeichnet.« Sie spielt mit dem Geschenk ihres Onkels, dem Glücksbringer um ihren Hals.

Abu Satar würde lieber nicht das Thema wechseln, fühlt sich aber verpflichtet, sie zu korrigieren. Er räuspert sich und sagt: »Du meinst das Schnäppchen-Emporium.« Samira tut desinteressiert, während er fortfährt: »Sie beleidigt mich immer nur vor Gästen ... Aber egal. Ich bin ihr bester Freund und Unterstützer. Wenn alle anderen sich gegen sie stellen, bleibe ich ihr treu.«

»Ja«, sagt Hussein, der Muna ins Wohnzimmer gefolgt ist. »Loyal ist Onkel Abu Satar. Mädchen, ich muss mit ihm ein paar Dinge besprechen – wärt ihr bitte so gut.«

Als die beiden hinausgehen, greift Hussein Samiras Hand und drückt sie. Sachte schließt er die Tür hinter ihr und wendet sich zu seinem Onkel. »Ich wollte heute Morgen schon bei dir vorbeikommen.«

Abu Satar ist entzückt. In all der Aufregung hat sein Neffe ihn nicht vergessen. Es besteht noch immer eine Verbindung zwischen ihnen, und wer weiß, was für Pläne sie gleich aushecken werden. Ungeduld steigt in ihm auf, wie wenn man sich verliebt. Doch Husseins Worte bringen nur Enttäuschung.

»Ich wurde heute angegriffen, bei der Moschee.«

Verblüfft weiten sich die Augen des alten Mannes. Das hatte er nun nicht erwartet.

»Die haben auf mich gewartet, und ich war so idiotisch, da vorbeizufahren. Die wollen mich einschüchtern.«

»Nein« – Abu Satar schüttelt den Kopf und hofft, dass dies nur der Auftakt zum eigentlichen Thema ist – »die wollen wissen, wie jemand Erfolgreiches Geld verdient.« Er nimmt sich Kaffee vom Tablett.

»Noch was ist passiert«, sagt Hussein.

Abu Satar blickt zu ihm auf. Unter seiner äußeren Gelassenheit brodelt er.

»Ich hatte heute besonderen Besuch im Laden«, sagt Hussein.

Na, endlich etwas. Abu Satar dankt seinen Glückssternen für seine Langmut, unterdrückt aber gleich allen Eifer in seiner Stimme: »Ach ja, ich habe ihn gesehen und wollte –«

»Besucher im Plural«, unterbricht ihn Hussein und erzählt, wie plötzlich der Scheich und seine Männer in der Schlachterei aufgetaucht sind. »Sie finden, wir seien zu weit gegangen.«

Abu Satar bemerkt, dass auch er selbst den Verdammten zugerechnet wird, obgleich er Hussein gegenüber immer darauf bestanden hat, dass aufgrund seiner Rolle als stiller Teilhaber sein Ruf und der des Schnäppchen-Emporiums über jeden Tadel erhaben bleiben müssten. Doch vielleicht ist jetzt nicht der richtige Zeitpunkt, um die feineren Details ihrer vertraglichen Abmachung zu diskutieren. Er lässt seinen Neffen ausreden.

»Natürlich ist Umm al-Chanasir nicht verantwortlich für alle Gewalt in der Welt. Aber sie haben mich gewarnt, dass ich mich auf ernsthafte Folgen einstellen muss.«

Abu Satar ist zu Tode gelangweilt. Warum vergeudet Hussein Zeit damit, sich um diesen Unsinn zu sorgen, wo er doch alle Voraussetzungen für einen viel größeren Erfolg ausgerechnet im eigenen Badezimmer hat? Eine beträchtliche Belohnung hat der geheimnisvolle Fremde mit der Visitenkarte Abu Satar in Aussicht gestellt. Aber es wäre unhöflich, das aktuelle Thema zu ignorieren. »Immer dasselbe Argument. Fällt denen nicht mal was Neues ein?«

Er möchte zu einem angenehmeren Thema übergehen,

kehrt dann aber zum eigentlichen Grund seines Besuchs zurück. »Und Abds Tochter?« fragt er. »Ich kann froh sein, dass ich es überhaupt mal rausgeschafft habe. Weißt du, Ärger bringt ja auch zahllose Freuden ...« Er reibt sich die Hände, und sein Gesicht verzerrt sich zu einem angespannten Lächeln, das bei jedem anderen nach chronischem Schmerz aussähe.

Hussein macht nur »Hmpfh«.

Jetzt ist Abu Satar aber befremdet von Husseins Reaktion. Mit ein klein wenig Ermutigung hätte er eine weitere Geschäftsidee bekannt gegeben, an der er in letzter Zeit gefeilt hat: Statt Schweinefleisch mit Bohnen hat er ein interessantes Fusion-Gericht entwickelt – Schweinefleisch mit Freekeh-Weizen, serviert mit Bull Dog, dem japanischen Pendant der Worcestersauße. Eine internationale Geschmackssensation. Aber Hussein ist zu nachdenklich, um über Rezepte zu plaudern. Einst hätte er, wie Samira, regelrecht an Abu Satars Lippen gehangen. Irritiert stellt der Händler seine leere Kaffeetasse zurück aufs Tablett.

Hussein setzt sich erst, dann fragt er gereizt: »Und, was machen wir jetzt?«

»Weswegen?« Abu Satar ist zuerst aufrichtig überrascht, dann erinnert er sich schlagartig an ihr Thema. »Ich habe dir doch gesagt: Nicht nachgeben, keinen Zentimeter, oder die nutzen das aus. Man sollte seine Ware lieber die ganze Woche über verkaufen, aber du hast ja drauf bestanden. Ich kann's dir nur noch mal sagen: Wenn du den Freitag für die Muslime opferst, den Samstag für die Juden und den Sonntag für die Christen, dann bist du zu allen nett und gehst bankrott! Jetzt kommst du heulend bei mir an, weil ein paar Hitzköpfe und ein Scheich einen Rappel kriegen. Hussein, ganz ehrlich, wenn du wirklich erfolgreich sein willst, dann musst du ein paar kleinere Unannehmlichkeiten mal aushalten können!«

Es ist eine seiner allzu vertrauten Taktiken. In brenzligen Situationen kreiert Abu Satar eine Nebelwand, hinter der seine eigene Verantwortung verschwindet. Aber Probleme, die im Grunde Husseins sind, will er trotzdem nicht zu seinen eigenen machen. Keiner von beiden hätte erwartet, wie erfolgreich sich ein Großteil ihrer gemeinsamen Arbeit entwickeln würde. Von ihren anhaltenden Gewinnen hat die gesamte Familie profitiert. Wie ließe sich Erfolg denn besser messen?

»Bei jedem einzelnen Schritt habe ich dir geholfen.« Abu Satar hat keine Freude daran, seinen Lieblingsneffen zu tadeln, fährt aber fort: »Deine Frau und deine Kinder haben reichlich zu essen. Meine eigene Schwester genießt einen Lebensstandard, den dein Vater« – verächtlich deutet er auf Al Dschids Porträt – »ihr nie und nimmer geboten hätte. Ich setze alles aufs Spiel, um dir eine wichtige Chance zu verschaffen, und was ist mein Lohn? Respektlosigkeit und Undank!« Er droht mit dem Finger. »Das erinnert mich an all die wichtigen Veränderungen, die ich in dieser Stadt angestoßen habe, für die mir niemand irgendwelche Anerkennung gibt!«

Das erneute Aufzählen der Anfeindungen, mit denen er sich als Agent des Progressiven Wandels konfrontiert sah, bringt sein fragiles inneres Gleichgewicht durcheinander. »Als ich das Schnäppchen-Emporium gründete, habe ich Waren und Dienstleistungen angeboten, vor denen hatten die Abergläubischen damals Angst, und heute können sie nicht mehr ohne sie leben. Verglichen mit den supermodernen Shoppingmeilen und Kaufhäusern der Golfinvestoren in Amman ist es vielleicht nicht mehr derselbe Trend-Tempel wie früher. Aber unsere kleine Stadt hat dadurch etwas wie keine andere.«

Bei Husseins noch tieferem Stirnrunzeln verliert Abu Satar endgültig die Contenance. »Fortschritt, mein Junge, ist immer schwierig für all jene, die unbedingt in der Vergangenheit leben wollen. Wenn Allah nicht wollte, dass sich die Welt verändert, allmächtig und allwissend, wie er ist, wären das Internet und das Satellitenfernsehen nie erfunden worden. Die Araber waren einst die Väter der Wissenschaften und Mathematik. Hätten sie keine alten Schriften gehortet, hätte nie irgendwer erfahren, dass ein irrer griechischer Philosoph das Atom entdeckt hat. Heute haben wir Globalisierung? Die gab es damals schon – es waren doch unsere Ideen und Vertriebs- und Handelssysteme, die die Welt verändert haben!«

Er fuchtelt wild herum. »Mit den einfachsten Werkzeugen der damaligen Zeit – ein Zelt, ein Speer, ein Pferd – haben unsere Leute Länder bis nach Europa hin erobert. Und was ist dann passiert? Nicht innovative Ideen haben sich durchgesetzt, sondern religiöses Dogma – die Besiegten wollten keine Steuern dafür zahlen, dass sie einem anderen Glauben anhingen. Sie lernten also lieber unsere schöne Sprache, prägten sich den Koran ein, machten ihre Herren nach, und es entstand eine religiöse Bürokratie. Aber Bürokratien geben der Welt keine neuen Impulse. Statt Scharia-Recht zu fordern, warum nicht mal Quantenphysik unterrichten? Die ist ja wohl offensichtlich eine von Gottes geheimen Sprachen! Statt sich um die Ehre von Frauen zu sorgen, warum nicht mal ihre Körper vergessen und ihren Verstand beanspruchen? Gemeinsam könnten die Saudis und Kataris jedes Haus in der Region mit einem Laptop *und* einer Klospülung ausstatten. Pleite würden sie bestimmt nicht dran gehen. Aber lieber kaufen die Reichsten und die Frommsten in London ganz Covent Garden auf, rasen mit ihren Ferraris übers Kopfsteinpflaster und nerven Mädchen auf Rollerblades. Oder sie exportieren fleißig religiösen Extremismus.

Das Leben«, psalmodiert er, »ist kein Kampf zwischen Gut und Böse. Sondern ein Kampf mit Zähnen und Klauen zwischen Unternehmertum und Stagnation!« Auf Touren gebracht, könnte Abu Satar jetzt stundenlang weiterzetern. Sein Ehrgeiz, nie auch nur um ein Iota einzulenken, bläht alles unverhältnismäßig auf und drängt sich wie ein aufsteigender Heißluftballon vor den eigentlichen Grund, warum er überhaupt ins Haus geschlichen ist.

13

Samira hat noch nie erlebt, dass ihr Bruder das Kommando übernimmt. Es ist, als wäre der betrunkene Idiot vom gestrigen Abendessen durch jemand Wachen und Entschlossenen ersetzt worden. Hussein schob den jungen Mann, den er als Mustafa vorstellte, sofort ins Haus und wies Samira an, saubere Kleidung, eine neue Rasierklinge und eine Schere aus der Kommode im Schlafzimmer zu holen. Sobald ihr Gast ins Bad geschafft war und sein Rucksack auf die hintere Terrasse, nahm Hussein Samira und Fadhma beiseite und erklärte ihnen, dass nur ihre Diskretion einem verirrten Soldaten helfen könne, wieder nach Hause zu finden.

Samira glaubt, dass ihr genügend Zeit bleibt, und geht zurück auf die Terrasse, fasst den Rucksack dann aber doch nicht an. Sie würde ja verstehen, wenn etwas wie das hier mit syrischen Aktivisten passieren würde; ständig tauchten unerwartet Fremde auf. Aber im Haus ihres Bruders geschieht so etwas nie. Sie wartet schon neben der Badezimmertür, als Mustafa herauskommt, das Gesicht vom Rasieren gerötet.

»Gut siehst du aus.« Samira spricht leise.

Mustafa, der einen sauberen Baumwollpullover und Hosen von Hussein trägt, erwidert das Kompliment schüchtern: »Du auch.«

Ein beiläufiger Kommentar, der nichts bedeutet, aber Samira wird trotzdem rot. Verlegen nimmt sie seine gefaltete alte Kleidung. Die schweren Stiefel trägt er in der Hand und folgt ihr auf Socken.

Mutter Fadhma bittet den benommenen jungen Mann in

die Küche. Samira würde gerne bleiben und den beiden zuhören, legt jedoch rasch Mustafas Kleidung ab und geht noch einmal zurück. Im Bad ist alles ordentlich. Das Handtuch ist zum Trocknen aufgehängt, das Waschbecken ausgespült und abgewischt. Wo auch immer er herkommt, er hat gute Manieren. Fast wäre sie wieder hinausgegangen, ohne den Müll mitzunehmen, dann erinnert sie sich an Seinabs Rat: Es sind die Details, auf die man achten muss. In der Küche wirft Samira die Beweisstücke weg. Als sie die alten Anziehsachen des Soldaten in einen schwarzen Müllsack schmeißt, kommt ihre Mutter von der Terrasse herein und bindet den Vorhang zur Seite. Kurz darauf geht Samira mit einem Glas Wasser auf einem Tablett nach draußen zu Mustafa.

»Heimat schmeckt gut«, sagt er leise und blickt von dem Teller Tabbuleh auf seinem Schoß auf.

»Wir sind bestimmt ganz ähnlich wie deine Familie.« Samira will ihn aus der Reserve locken, ihn dazu bringen, mehr von sich zu erzählen.

Wieder sieht Mustafa sie aufmerksam an. Er hat braune Augen und Haare, und seine Haut ist dunkel von der Sonne. Doch sein Gesicht ist offen und klar. »Besser«, sagt er.

Sie übergeht sein schüchternes Lächeln und probiert es wieder: »Wann warst du denn das letzte Mal bei ihnen?«

»Schon zu lange nicht mehr.«

Samira ändert die Taktik. »Hussein hat uns gar nicht erzählt, wo deine Familie wohnt. Ich nehme an, in der Hauptstadt.« Sie will nicht so wirken, als hätte sie allzu lange darüber nachgedacht. »Du siehst so aus, als wärst du eine ganze Weile gereist.« So viel hatte ihr wortkarger Bruder gar nicht verraten, ihr neugieriger Onkel aber schon.

»Ja.« Mustafa nimmt das Wasserglas vom Tablett.

»Man kann so weit wegfahren, wie man will, aber was los ist, kriegt man doch immer ziemlich leicht mit.«

»Als ich gestern über die Grenze kam, habe ich Flüchtlinge gesehen, die auch reinwollten.« Er stellt das Glas ab.

Samira wirft einen Blick in die Küche, um zu sehen, ob Fadhma noch dort ist; ist sie nicht. »Ich habe am Zaun vom Flüchtlingslager von Zaatari gestanden. Man hört so oft, dass die Lager Dreckslöcher sind – was auch stimmt –, aber die Leute überleben. Sie heiraten, kriegen Kinder, und du kennst ja die Syrer; das sind gute Geschäftsleute. Trotz allem, was schiefgelaufen ist, ein Teil des Lebens geht weiter.«

»Syrien ist ein einziges Chaos – da wird einfach seit zu langer Zeit zu viel gekämpft.«

Sauber rasiert und in normaler Kleidung verrät die Erscheinung des Soldaten nicht viel, aber darum geht's wohl auch. Samira beschließt, dass sie nur an das bisherige Gespräch anknüpfen kann. »Ja, das hilft bestimmt niemandem. Es sei denn, du denkst, dass ein Scharia-Staat all unsere Probleme lösen würde.«

»Das habe ich nicht gesagt.«

Samira ist es leid, um den heißen Brei herumzureden, und fragt geradeheraus: »Und wo genau warst du?«

»Afghanistan«, sagt er schließlich leise. »Mein Bruder war zum Kämpfen dort, und ich wollte ihn zurückholen, aber er hat's nicht geschafft. Man könnte sagen, er wurde einer Gehirnwäsche unterzogen, und ich wohl eine Zeit lang auch.«

»Und jetzt?«

Als er nicht antwortet, versucht Samira, einen leichteren Ton anzuschlagen. »Das haben unsere Familien gemeinsam – uns hat man doch allen irgendwie das Gehirn gewaschen.«

Mustafa blickt starr, aber nicht zu ihr, sondern auf den Fußboden.

Etwas leiser fährt sie fort: »Jemand mit deiner Erfahrung könnte viel bewegen, wenn er sich mit den richtigen Leuten zusammentut.« Sie muss nicht lange auf seine Antwort warten.

»Ganz ehrlich, ich bin nicht mehr nützlich, nicht mal für mich selbst.«

Seine sichtliche Hilflosigkeit regt sie auf. »Du meinst«, flüstert sie scharf, »wir müssen gegen die Amerikaner und Israelis kämpfen, aber wenn Araber Araber abschlachten, schauen wir zu und tun nichts?«

»Wer kämpft? Schon wieder die bösen Amis?« Muna kommt mit einem Tablett heißen Tees auf die Terrasse und setzt es ab. Als sie Samiras und Mustafas Gesichtsausdruck sieht, zieht sie demonstrativ den Vorhang hinter sich zu.

»Er hat gekämpft« – Samira zeigt auf Mustafa – »in Afghanistan.«

Muna ist so erstaunt, dass sie vergisst, dem Soldaten ein Glas Tee anzubieten. »Bist du wirklich ein Dschihadist?«

»Ein Gelegenheitsdschihadist«, antwortet Samira an seiner Stelle.

Der Soldat sieht seine Gastgeberinnen missbilligend an und sagt nichts.

»In den USA könnte man mich festnehmen, allein, weil ich mit dir rede«, sagt Muna.

»Wenn das nicht was über die Redefreiheit in deinem Land aussagt«, erwidert Mustafa düster.

Muna fallen ihre Manieren ein, und sie bietet ihm und Samira Tee an. »Manche meinen ja, dass sich bestimmte Freiheiten unmöglich schützen lassen, schon gar nicht für diejenigen, die einen ermorden wollen.« Dann fügt sie schlitzohrig hinzu: »Ich versteh schon, du willst mich umbringen, weil ich Amerikanerin bin. Aber wir sind jetzt die Guten. Die USA bombardieren den IS in Syrien. Ich meine, es ist ja nicht so, als würde mich die Regierung je wegen ihrer Außenpolitik um Rat fragen. Wie kann man mich also dafür verantwortlich machen?«

Mustafa knurrt. »Das ist mein Problem. *Umbringen* will ich niemanden.« Er greift nach seinen Stiefeln und zieht sie an.

»Genau das meine ich«, sagt Samira. »Es ist so verkehrt. Warum Amerikaner umbringen, wenn doch gleich hinter der Grenze diese Arschlöcher sind?«

Mustafa sieht wieder Samira an. »Und was hat dich nach Zaatari gebracht? Ich glaube nicht, dass ein Flüchtlingslager ein Ort ist, an dem dein Bruder dich gerne sehen würde.«

Jetzt ist Samira wirklich sauer. Wenn sie sich schon von ihrer Familie nicht vorschreiben lässt, was sie tun und lassen darf, dann erst recht nicht von diesem Gelegenheitsdschihadisten. »Deine Mutter hätte wohl auch nicht gewollt, dass ihre Söhne als Kämpfer nach Afghanistan ziehen«, patzt sie zurück und bereut es sofort tief, als sie den unglücklichen Gesichtsausdruck des Soldaten sieht. Etwas sanfter erklärt sie: »Ich mache politische Arbeit.« Sie richtet sich auch an Muna. »Ich bin stolz, dass ich Leuten helfen kann, die mich brauchen.« Vorsichtshalber fügt sie hinzu: »Ich glaube nicht daran, im Namen der Religion unschuldige Zivilisten abzuschlachten.« Dann fordert sie Mustafa wieder heraus: »Und wie steht's mit dir?«

Er beantwortet die Frage nicht, denn in diesem Moment tritt Hussein durch den Vorhang. »Mustafa, *imschi*, auf geht's!« Zu Samira und Muna sagt er: »Mutter Fadhma braucht euch. Wir haben gerade Gäste bekommen.« Er kann es selbst nicht glauben: »Abu Satar hat recht, auf einmal haben wir so viele, wir wissen gar nicht, wohin mit ihnen.« Ihn beschäftigt noch etwas anderes: »Falls irgendwer nach dem Van fragt«, weist er seine Schwester an, »sag einfach, dass er kaputt ist und der Mechaniker ihn wahrscheinlich abholt, während die Gäste hier sind – dann fragen sie sich später nicht, wo er hin ist.« Er wendet sich an Mustafa: »Wir gehen hinten raus, dann kriegt nicht die ganze Stadt mit, was du so treibst.« Hussein wirkt fast so, als hätte er Vergnügen an der Sache.

Als Mustafa seinen Rucksack nimmt, sagt Muna im Gehen: »Denk nicht so schlecht über die Amerikaner, dass du uns gleich umbringen willst.« Sie strahlt ihn wieder an, dann geht sie ihrer Großmutter helfen.

In der Küche erwartet ihn Samira mit seinem Kleidungsbeutel, den sie ihm beim Abschied in die Hände drückt. Sie will ihm nicht zusetzen, kann sich aber nicht verkneifen zu sagen: »Denk mal drüber nach. Manche Leute fordern deine Hilfe, und andere sind zu traumatisiert, um dich überhaupt drum zu bitten. Wo stehst du?«

Von ihren Worten verschreckt, folgt er Hussein durch die Hintertür nach draußen.

An der Haustür begrüßt Abu Satar bereits zwei schnurrbärtige Männer, einer trägt Anzug und Krawatte, der andere einen Bauernkittel. »Schön, Sie zu sehen, kommen Sie doch herein!« Als die Mädchen dazustoßen, macht er sie herzlich miteinander bekannt: »Das ist Abds Tochter. Muna, Abu Omar und Abu Salih sind Kindheitsfreunde deines Vaters. Abu Salih ist mit deinem Vater nach Amerika gegangen. Abu Omar ist hier bei uns zu Hause geblieben und wie ein Sohn für uns geworden.«

Warum muss ihr Onkel immer übertreiben? Samira führt die Gäste durch das neue Haus, am Wohnzimmer vorbei und ins Empfangszimmer.

Draußen auf der Treppe steht eine gut sechzigjährige Frau. Umm Omar, Abu Omars Ehefrau. Sie hat ihre beiden Enkelkinder mitgebracht. Mutter Fadhma heißt sie willkommen. »Umm Omar, ihr seht ja alle gut aus!«

»Unser Land wirft nicht viel ab. Aber wenn man weiß, wo man suchen muss, liegt auf dem Dschabel Musa Gold.« Umm Omar überreicht Fadhma eine Tüte voll frischer grüner Blätter.

Fadhma zerreibt die weichen Blättchen und Blüten des wilden Satar-Thymians zwischen den Fingern. Mit kindlicher Freude atmet sie tief ein und hält ihre duftenden Fingerspitzen Abu Satar unter die stolze Schnabelnase. Geradezu betört von dem raren Moment der Zweisamkeit vermeldet er: »Köstlich – erinnert uns doch alle an Zuhause und an ein gewisses Emporium!«

Die Kinder werden ins Wohnzimmer gebracht, wo sie ungestört spielen können. Samira kehrt aus dem Empfangszimmer zurück, doch bevor sie Umm Omar richtig begrüßen kann, blickt die ältere Frau sie finster an. »Sag bloß nichts Schlechtes über Assad.«

Ihre Feindseligkeit ist erschreckend, aber das hindert Samira nicht daran, ihr Paroli zu bieten: »Der Mann ist ein Schlachter.«

»Und du das Kind einer Hure, *kus umik*«, sagt die Bauersfrau außer Hörweite der Männer.

Muna hat den Wortwechsel mitbekommen, legt den Kopf schräg und macht mit Zeige- und Mittelfinger heimlich ein V für Vagina. »Siehst du! Egal ob Krieg, Diktatur, selbst Lebensmittelvergiftung – wir wissen ja, wer dran schuld ist.« Sie und ihre Cousine fangen an zu kichern. Ein einziger Blick von Mutter Fadhma bringt sie zum Schweigen.

»Bitte, Bruder.« Fadhma bietet Abu Satar einen Platz an.

Als er sich triumphierend niederlässt, flüstert er ihr zu: »Lange wollte niemand was mit uns zu tun haben. Und sieh sie dir jetzt an, wie sie sich darum reißen, uns zu besuchen. Meine Güte, Ochti, du bist wirklich bemerkenswert! Wie man aus Scherereien einen Segen macht, hast du wohl von mir gelernt!«

Fadhma sieht zu ihrer Tochter und hebt eine Augenbraue. »Das hält den alten Staubwedel erst mal bei Laune. Und unser *anderer* Freund?«

Mutter und Tochter spähen über den Flur und durch die noch immer offene Haustür. Husseins Wagen, der mit abgeschaltetem Motor leise losgerollt ist, springt jetzt an und wird schneller. Bei aller Neugier hütet Samira sich, ihre Pflichten zu vernachlässigen, und sieht nach dem siedenden Wasser auf dem Herd.

Als sie zurückkehrt, erzählt Abu Salih Muna gerade von der Anfangszeit mit ihrem Vater in Amerika. Er erinnert sich daran, wie er ihr Milch brachte, als sie noch winzig war und ihre Eltern arme Doktoranden. Samira stellt ein riesiges Silbertablett auf den langen, niedrigen Marmortisch, beladen mit Lailas bestem Kaffeegeschirr, einem Teller Süßigkeiten und einer Obstschale, und fängt an, den Kaffee einzuschenken.

Umm Omar hat derweil Muna ins Kreuzverhör genommen. »Es war sicher nicht leicht für deinen Vater, dich in so unruhigen Zeiten nach Jordanien zu schicken. Dieser Arabische Frühling ist eine einzige Talfahrt in den Irrsinn. Wir hätten die Diktatoren behalten sollen.«

»Dad hat mich nicht geschickt.« Muna stockt und fängt noch einmal höflicher an. »Manche Leute finden, dass gerade nicht die beste Zeit für einen Besuch ist, aber das hat mich nicht abgehalten. Die Aufstände 2011 waren die einzige sinnvolle politische Bewegung, die der Nahe Osten seit Jahrzehnten hervorgebracht hat.«

Abu Satar entschuldigt sich bei den Gästen für sie und fächelt sich mit der Hand Luft zu. »Sie müssen der Jugend vergeben. Sie glauben, sie wären die ersten Rebellen. Aber es gab schon so viele Kommunisten, Linke, Sozialisten, Trotzkisten, Pan-Arabisten, die alle irgendeiner Bewegung angehörten, benannt nach allen möglichen Daten, der achte März, der vierzehnte März ... Wenn sie nicht unter Folter im Gefängnis gestorben sind, bekamen sie es mit Armut, Depression und der Einsamkeit des Exils zu tun, alles einem glorreichen Ideal zuliebe: dem Systemwechsel. Und wenn der vielgerühmte Wechsel dann tatsächlich kommt, ist der neue charismatische Anführer – zweifelsohne ganz und gar dem Wohl seines Volkes verschrieben – schlimmer als der vorherige. Wir können also nur mit der Instabilität leben, und, um ganz ehrlich zu sein« – er betrachtet sein Publikum andächtig – »fürs Geschäft war's nicht so schlecht.«

Samira merkt, dass ihr Onkel sich zügelt, um nicht noch ewig weiterzuschwadronieren. Abu Omar fühlt sich in dem formellen Ambiente des Empfangszimmers offensichtlich unwohl, so steif, wie er auf der Kante von Lailas maßlos opulentem Sofa hockt. Er ist direkt vom Feld gekommen, und an seiner Arbeitsmontur kleben noch Pflanzenreste und Erde. Seine Ehefrau, die neben ihm sitzt, hat genügend Anstoß für sie beide zusammen genommen.

»Früher«, sagt sie, »waren Amerika oder Russland große Länder für uns; wir haben sie respektiert. Jetzt sehen wir, dass sie nicht nur unfähig sind, sondern auch gefährlich. Wir sollten uns lieber allein behaupten, ohne dass sie sich einmischen. Der IS ist es, um den wir uns Sorgen machen sollten.«

»Aber hier hat es schon immer Marodeure gegeben, die getötet und geplündert haben. Die Zerbrecher«, sagt Mutter Fadhma und gibt dem IS den Namen, den sie selbst sich ausgedacht hat, »sind doch nichts als Kriminelle – schlicht und einfach. Hier geht's nicht um Religion, sondern um Macht. Gut, vielleicht sind sie noch blutrünstiger –«

»Und noch besser darin, uns Angst einzujagen«, unterbricht

sie die Bauersfrau. »Das Video von dem Piloten, den sie bei lebendigem Leib verbrannt haben, war furchtbar. Schlimm genug, dass wir hier so viele Flüchtlinge haben, aber jetzt müssen wir uns auch noch Sorgen machen, dass sich Terroristen unter ihnen verstecken.« Sie wendet sich an Muna. »Da hast du bestimmt nicht dran gedacht, als du deinen Urlaub geplant hast.«

Abu Satar ist dem Gespräch nicht gefolgt und setzt sich jäh in seinem Sessel auf. »Hussein?« Sein gutes Auge ruckt von einem Gesicht zum anderen.

»Ist ja gut.« Mutter Fadhma tätschelt ihn wie einen aufgeschreckten Zwergpapagei. Beschwichtigend sagt sie: »Abu Salih erzählt gerade eine Geschichte.«

»Als die Flüchtlinge hier ankamen, haben sie anfangs Walnüsse verkauft; sie hatten die Ernte von zu Hause mitgebracht. Ein anderer Mann hat Äpfel verkauft und mir erzählt, dass sie zwar wegen der Bombardements nicht in ihren Dörfern bleiben konnten, aber nachts immer dorthin zurückkehrten, um ihre Obstgärten zu gießen. Als die Äpfel und Walnüsse dann ausgingen, haben die Kinder angefangen zu betteln. Das Ostviertel ist mittlerweile ein kleines Damaskus. Irgendwann werden diese Leute zu Assad zurückgehen müssen.«

»Ich frage mich immer« – wieder Umm Omar – »warum Baschar al-Assad zehn Jahre lang sein Land aufgebaut haben sollte, um es dann zu zerstören. Ich gebe den dreckigen Saudis und Kataris die Schuld, die die islamischen Terroristen bezahlt haben. Und jetzt schaut euch an, was dabei rausgekommen ist.«

Samira braucht nicht von Umm Omar gesagt zu bekommen, dass sie es sich anschauen soll. Sie hat die Aufnahmen gesehen, die verkohlten Reste von Homs und dem antiken Aleppo und die verwundeten Kinder in provisorischen Feldlazaretten. Während Fadhmas Gäste ihren Kaffee trinken, regnen Streubomben auf ein oppositionelles Dorf oder auf hungernde Menschen, die auf Lieferungen von UN-Lebensmitteln warten, die es nie bis zu ihnen schaffen. Umm Omar sollte sich schämen. Doch Samira weiß, dass jegliche Kritik ihrerseits ihre Mutter empören würde. Stattdessen bietet sie allen eine Serviette, ein Tellerchen und ein Stück Baklava an. Als sie Muna ihres reicht, flüstert sie, sodass nur ihre Cousine sie hören kann: »Bla bla bla.«

Natürlich hat Samira Verständnis für alle, die sich vor diesem Krieg fürchten. Und natürlich will jeder, dass alles wieder so wird wie früher, und will sich fühlen, als ob die Hunderttausenden von Menschen nie gestorben wären. Und die fast fünf Millionen syrischen Flüchtlinge in der Türkei, im Libanon, in Jordanien, Ägypten und Irak und natürlich die über eine Million Asylsuchenden, die nach Europa geflohen sind, sie alle sollten in ihr Land zurückgezwungen werden, um dort gemeinsam mit ihren Mördern zu leben. Araber haben schon immer mit ihren Mördern und Folterern gelebt; der syrische Staat weiß das nur zu gut. Seinab hat Samira von den gruseligen Anrufen erzählt, die sie und andere wie sie von der syrischen Geheimpolizei erhalten haben. »Alles ist vergeben«, hatte eine leise Männerstimme am anderen Ende der Leitung sie sanft informiert. »Es ist Zeit, nach Hause zu kommen und *dein* Land wieder aufzubauen.«

Und Fadhmas Gäste finden, dass sich nichts ändern muss? Wenn diese Leute hier die Familie wegen Umm al-Chanasir sozial ausgegrenzt haben, dann sollten sie sich lieber auch weiterhin fernhalten. Samira spürt nur Verachtung. Glücklicherweise bietet die leere Kaffeekanne ihr eine ideale Entschuldigung. So unauffällig wie möglich nimmt sie ihr Tablett und zieht sich in die Küche zurück, wo sie mehr Wasser aufsetzt, die Flamme jedoch bewusst niedrig hält. Sie will sich möglichst lange Zeit lassen und nach Fuad sehen, der den älteren Kindern in den

Hinterhof gefolgt ist. Alle drei sind in ein Spiel vertieft, bei dem sie Kiesel in eine Bodensenke rollen. Samira steht an der Hintertür und sieht ihnen zu.

Gelangweilt geht sie auf die hintere Terrasse zurück und setzt sich zwischen die Kissen. Es hat zu viel Aufregung gegeben in letzter Zeit: Munas Ankunft, eine schlaflose Nacht, der Wasserlaster, das Auftauchen von Mustafa und dann ihrem Onkel, gekrönt vom Getue ihrer Mutter. Täuschungsmanöver sind untypisch für Fadhma – Samira lächelt, als sie daran denkt, wie sie beide Hussein und den Soldaten davonfahren sahen. Wenn sie ehrlich ist, hätte sie noch mehr Zeit mit Mustafa verbringen wollen. Er schien nicht von Natur aus schlecht zu sein, auch wenn er ihr vorschreiben wollte, was sie zu tun habe. Sie gähnt, und die Nachmittagshitze umhüllt sie wie eine weiche Decke. Als die leiseste Brise den Staub im Hof aufwirbelt und die Windspiele am Rand der Terrasse zart klimpern, lehnt sie sich zurück und schließt langsam die Augen.

Rüssel, Gehirn, Bauch und Hintern – in der Nacht, als man sie aus dem Haus holte und wegbrachte, sagten ihr sämtliche Organe, dass eine Veränderung von großer Tragweite stattfand. Als der Schlachterwagen schließlich anhielt und die Hecktür aufschwang, wartete sie erst gar nicht auf den neuen Aufpasser, den Traurigen, der nach Alkohol oder billigem Eau de Cologne roch – sie kannte ihn nicht gut genug, um die beiden Düfte zu unterscheiden. Noch bevor man sie hätte aufhalten können, sprang sie quiekend aus dem Wagen und galoppierte geradewegs hinaus in die Dunkelheit.

Sie witterte Raubtiere nahebei, hatte aber keine Angst. Sie hatte schon alle möglichen gefährlichen Zwangslagen überlebt, einschließlich der Fahrt aus Ägypten und der folgenden seltsamen Intermezzi: das labyrinthartige Kaufhaus, in dem es nach Schießpulver und Metall roch, oder das leere Zimmer in dem Haus, wo die grantige alte Frau herrschte.

Das hier war etwas anderes. Die frische Bergluft rüttelte sie wach, und ihre tierischen Instinkte übernahmen die Kontrolle. Mithilfe eines inneren Kompasses steuerte sie direkt auf das alte Stallgebäude zu und suchte sich eine passende Ecke aus. Zum Erstaunen ihres neuen Halters arrangierte sie Stroh und Papierstückchen, wie es ihr genehm schien, und legte sich bequem zur Ruhe. Auch der Mann verbrachte jene erste Nacht bei ihr, unter einer Decke aus Zeitungen. Während er schnarchte, erhob sich die Sau von ihrer Schlafstätte und schnüffelte weiter, erst rings um Hussein, dann um eine nahe stehende Flasche, bis sie schließlich die gesamte Länge und Breite der Scheune erkundet hatte. Glücklicherweise waren die dünnen Wände nicht Wind und Wetter ausgesetzt. An Ritzen und in Ecken verweilte sie ein wenig länger und suchte nach Feldmäusen oder Spinnen. Ein tropfender Schlauch, der sich unter einer Schiebetür hindurchzog und dort kleine Pfützen gebildet hatte, deutete auf eine Reihe möglicher Nassstellen hin, doch bevor sie sich das Vergnügen der Körperpflege erlaubte, wollte sie noch einen anderen privaten Ort nach draußen verlegen, sodass sie sich nach Belieben würde erleichtern können.

Als die Morgendämmerung einsetzte, spürte sie, wie sie allmählich ankam. Sie hatte jetzt einen Überblick über ihre neue Umgebung. Ihre Sicherheit überraschte den Mann, der sie anfangs viele Stunden lang allein ließ, doch immer rechtzeitig zurückkehrte, um ihr Futter und Wasser zu geben, manchmal tagsüber oder auch spätabends. Wann immer er in dem Pritschenwagen vorfuhr, der auch sie hierhergebracht hatte, wirkte er geistesabwesend, tief in sich versunken – sie erkannte die Zeichen –, doch waren sie beide allein, spürte sie, wie er allmählich aufklarte. Wenn ihn nicht schon frische Luft und körperliche Beschäftigung auflockerten, entdeckte sie, dass sie selbst es vermochte.

Auf ihre eigene Überzeugungskraft stieß sie rein zufällig. Ihr neuer Halter zwang sie in keine Bretterkiste oder Scheune, und er schien gerne umherzuspazieren. Sooft sie gemeinsam losgingen, hielt er sie an einem Strick um den Hals und ging weit hinter ihr, um ihr ausreichend Laufweite zu geben, sodass sie nach Belieben ihre Umgebung erkunden konnte. Blieb er für eine Weile stehen, klemmte er die Leine unter einen Felsen oder band sie an einen Busch und bearbeitete dann den Boden, auf dem ein bewirtschafteter Hof entstehen sollte. Eines Nachmittags war er beschäftigt, und sie, gelangweilt vom sauber abgefressenen Boden ringsum, schlüpfte aus ihrer Schlinge. Schwangere Säue beharren darauf umherzustreifen. Hussein hatte die schlaffe Leine nicht bemerkt, und als er es doch tat, rief er laut aus. Ungesehen schlich sie leise hinter ihn. Als er sich umdrehte und fast über sie gefallen wäre, wurde er nicht wütend, sondern musste laut lachen. Ihre Belohnung war ein ausgedehntes Rückenkraulen. Vertrauensaufbau: Nichts mochte sie lieber.

Als die Bauarbeiten richtig begannen, ging sie weiter an seiner Seite, aber nur, wenn sie beide allein waren. Kamen Fremde auf die Farm, blieb sie von sich aus in der Scheune verborgen, bis die Leute wieder gegangen waren. Bei Hussein genoss sie ihre Freiheit, sie inspizierte die neuen Bauten, lief durch sie hindurch oder an ihnen entlang, schnüffelnd, immerzu schnüffelnd. Roch etwas besonders reif, ging sie laut grunzend ein paar Schritte zurück und widmete sich noch ein paar Minuten länger der verzückten Nachforschung. Mit mütterlichem Stolz verfolgte sie, wie kleine Gebäude, Anbauten und Verschläge hochgezogen und fertiggestellt wurden.

Nur wenn Hussein völlig in seiner Arbeit versunken war, erlaubte sie sich, etwas weiter hinauszustromern. Sie war von Natur aus argwöhnisch, besonders vor Einbruch der Dämmerung. In den länger werdenden Schatten spürte sie eine bedrohliche Anwesenheit, war aber auch neugierig. Je ungeschützter ein Ort, umso geeigneter war er zum Buddeln und Graben. Mit der Zeit beruhigte ihre Vertrautheit mit der Umgebung ihre schwachen Nerven und entwickelte sich zu einer ungesunden Faszination. Vorsichtig war sie immer, doch ein offenes Gelände fern vom Stallgebäude, umgeben von Felsen, ließ ihr keine Ruhe. Gelegentliche Besuche, anfangs Stippvisiten, einmal morgens und einmal nach ihrem Mittagsnickerchen, wurden bald zu langen Stunden, in denen sie bei der Quelle und der Pumpe zwischen Klumpen schwammiger Erde und Gras herumschnüffelte, wie auch etwas weiter, wo die zäheren unter den krautigen Pflanzen feuchtigkeitssuchende Wurzeln tief in den Boden schickten, ein fein abgestimmtes Mikroklima, das selbst der wilden Schwarzen Iris Genüge tat. Wo das Wasser nie hinkam, waren Sand und Gestrüpp. Innerhalb eines recht überschaubaren Gebietes standen ihr Sumpf, Weideland und Wüste zur Verfügung. Alle boten eigene Wonnen. So gründlich ihre Erforschungen auch wurden, ganz befriedigt war sie nicht. Zu unterschiedlichen Tageszeiten, doch merklicher in jenem Moment, wenn sie in den Stall zurückkehren und sich für die Nacht zurückziehen sollte, roch die Erde kräftiger und pilzig, duftete nach geliebten Geschmäckern.

Bei ihrer ersten Begegnung mit dem Großen Geruch hielt sie ihn fälschlicherweise für Knollen in siebeneinhalb Metern Tiefe, doch fleißiges Graben führte zu nichts. Die Quelle war nichts tief Rottendes. Erst als sie mit ihrer beweglichen Rüsselscheibe am Boden entlangglitt, explodierte es in ihrem Maul und Gehirn vor lauter Möglichkeiten. Der schlichte Speiseplan der Farm und der rokokoartige Stadtmüll ihrer Jugend hatten sie ultra-sensibel gemacht, insbesondere im Reich der Düfte.

Eher aus Wissbegierde denn aus Hunger drehte sie Steine um und wühlte Erde auf. Sie hatte einen hoch entwickelten Gaumen, geprägt durch Erfahrung und Reisen. Doch von allen ihr vertrauten Nahrungsmitteln wusste sie noch immer am meisten über Dreck. Generationen von Schweinen vor ihr hatten den Staub der Pharaonen sauber geputzt und ihn mager und öd hinterlassen. In Palästina hatte sie, trotz Gefangenschaft und Magenbeschwerden, eine ausgeprägte saure Note in der Erde bemerkt, als wäre eine einstige Güte ausgelaugt worden. Menschendichte hinterließ Spuren, die meisten davon unangenehm.

Nicht hier. Gewiss, kurzzeitig war sie durch einen Fitzel eines alten Mantels abgelenkt. Doch ihr Geruchssinn witterte die großartigsten Möglichkeiten. Hin und her und hin und her suhlte sie sich im Dreck, während all ihre Sinne drauflosfeuerten. Geisterhafte Spuren verfestigten sich sofort, mischten sich in ein sensorisches Bombardement und verdichteten es. Tief einatmend war sie umwoben vom Großen Geruch und eins mit der Vergangenheit.

Sie hatte Pistazien in Baklavakrümeln gekostet und Streuselreste aus saurem Milchpudding, doch versteinerter Pollen von einem der Bäume des Großen Geruchs war eine völlig neue Erfahrung. Die Nachrichten, die ihr sensibelstes Organ ihr übermittelte, verstand sie in ihrer Gänze schließlich instinktiv. Ihre Augen waren nicht die besten, doch ihr Gespür war eindeutig. Ringsum hatten einst uralte Wälder gestanden, Zedern, Pinien und Eichen. Als die Geschmäcker ihrer Kindheit – Zimt, Johannisbrot und die göttliche Dattel – zu ihr zurückströmten, verstand sie, dass dies nur Teil einer größeren Geschichte war. Der Wald war gerodet worden. An seine Stelle waren üppige Gärten voller Obst- und Nussbäume und Blumen gepflanzt worden und waren gediehen, bewässert von einer Quelle, die in ihrer Jugend stärker gesprudelt hatte.

Sobald sich ihr das Paradies gezeigt hatte, war es auch schon wieder verschwunden. Erschrocken schnupperte sie in die leere Luft. Statt des Großen Geruchs wehte ihr der Wind die Pheromone eines Wolfs zu, der sich in einer der Höhlen über ihnen streckte.

Fortan blieb sie wie ein Hund bei Hussein und war auch nicht abgeneigt, Tricks vorzuführen. Bewusst oder unbewusst nahm sie Besitz von ihm. Gerade waren sie von einem ihrer Bummel zurückgekehrt. Er starrte in die Ferne, und sie stellte sich ihm gegenüber. Als er einen Schritt vorwärts machte, legte sie behutsam einen Huf auf seinen Fuß, was der traurige Mann kaum glauben konnte. Er setzte den anderen Fuß nach vorne und traf auf den korrespondierenden Huf. Mit jedem Schritt machten Mann und Schwein Fortschritte. Mit der Zeit perfektionierten sie ihren ganz privaten Tanz.

Sie brauchte keine Aufforderung und wiederholte den Trick, sobald er sie rief. Auch wenn der alte Exzentriker aus dem Laden auf den Hof kam und Unterhaltung auf ihrer beiden Kosten forderte, zeigte sie sich weder schüchtern noch dumm. Es machte ihr überhaupt nichts aus, denn dies war ihr Zuhause und sie hatte das Kommando. Falls Hussein dachte, sie habe nicht gemerkt, dass die Veränderungen auf dem Hof allein ihr zuliebe waren, hatte er sich geirrt.

Ihr erster Wurf acht perfekt geformter Ferkel überlebte trotz der Reise. Solange sie frei nach Futter stöbern, buddeln und schnuppern durfte, war ihre Milch nahrhaft. Natürlich konnte sie sich nicht darauf verlassen, dass die Ferkel nah bei ihr blieben, und zur Quelle führte sie sie nie aus. Manche Geschmäcker entwickelte man erst mit einer gewissen Reife. Als die Kleinen mit jedem Tag größer und stärker wurden, verspürte sie eine tiefe und bleibende Befriedigung.

Bald erhielt Hussein Verstärkung durch Ahmad, der fürsorglich die tägliche Versorgung von ihr und ihren Kindern übernahm, doch dem traurigen Mann blieb Umm al-Chanasir unerklärlich zugetan. Alle drei Monate, drei Wochen und drei Tage war sie wieder trächtig, und der Vater war Hussein, die Inseminations-Katheter stets griffbereit. Sie war ein Studienobjekt, ein Geschöpf großer Fruchtbarkeit. Sie war zu einer vorbildlichen Vertreterin des Tierreichs herangewachsen.

14

Mädchen strömen aus den Klassenzimmern und verwandeln den Korridor in eine laute Flut. Aus einer Türöffnung taucht Laila in den Sturzbach ein und wird mit davongetragen. Eigentlich haben Lehrerinnen vor Schülerinnen den Vortritt, doch in den beengten Verhältnissen der Schule ist es schwierig, die Regel durchzusetzen. Trotzdem, als ihr zwei schwatzende Teenager im Weg stehen, schiebt Laila sie beiseite.

Nach einem weiteren Arbeitstag ist sie erleichtert, draußen zu sein. Heute Nachmittag freut sie sich mehr als sonst darauf, gemeinsam mit ihren Söhnen nach Hause zu gehen, und sucht zwischen den Gesichtern der Kinder nach ihren eigenen. Nach ein paar Minuten blickt sie ungeduldig auf ihre Armbanduhr und geht in strammem Tempo allein los. Sie wird erst langsamer, als die Wasserspeicher auf dem Dach des neuen Hauses in Sichtweite kommen. In ihrer Eile, ins Haus zu gelangen, nimmt sie die Stufen vor der Haustür doppelt.

Im Wohnzimmer tauscht sie ihre Schuhe gegen Pantoffeln aus und wirft sich aufs Sofa. Als der kleine Fuad im Türrahmen erscheint, gefolgt von Muna, Samira und Mutter Fadhma, fragt Laila: »Sind die Jungs schon da?« Sie hat gehofft, dass sie schon vor ihr losgegangen sind.

»Noch nicht«, sagt Fadhma. Wie morgens kann Laila auch nach der Schule empfindlich sein. Also sagt die alte Frau nur das Nötigste.

»Ich habe gewartet.« Laila hilft ihrem jüngsten Sohn auf ihren Schoß. »Sie sind wohl mit Freunden los.« Dann fragt sie Samira und Muna: »Was habt ihr denn gemacht? Das Haus ist ja blitzblank!«

Es ist ungewöhnlich, dass sie sich zu Samiras Putzen äußert, bevor sie nicht jede Ecke überprüft hat, doch Muna, blind gegenüber den feineren Nuancen der Beziehungen im Haushalt, antwortet für sie beide. »Wir sind zu Hause geblieben. Wir hatten Gäste.«

Laila lockert ihren Griff um Fuad kurz und blickt zu Mutter Fadhma auf. Schlimm genug, wenn etwas vorfallen sollte, aber nicht auch noch vor der amerikanischen Verwandten. Fast blitzen Lailas Kopfschmerzen wieder auf.

»Kindheitsfreunde von Abd.« Fadhmas schnelle Antwort beschwichtigt die Befürchtungen ihrer Schwiegertochter. Beste Freundinnen sind die beiden vielleicht nicht, aber sie zählen aufeinander. Fadhma spürt, dass Laila mehr hören will, und fügt hinzu: »Es war nett. Das heißt, solange die hier höflich geblieben ist« – sie blickt finster zu Muna – »und die da nicht eingeschlafen ist.« Sie starrt Samira an.

Laila findet eine gewisse perverse Befriedigung darin, sich die Situation vorzustellen, doch dann verfinstert sich ihr Gesicht. »Niemand hat was gesagt?« Noch immer erwartet sie Ärger. Auch wenn er ausbleibt, fühlt sie sich nie ganz sicher. Es gab eine Zeit, als nicht ständig Unheil über ihr schwebte, aber sie weiß nicht mehr, wie sich das anfühlt; heute erscheint ihr jede Verzögerung schlechter Nachrichten eher wie ein gemeiner Trick als eine Begnadigung.

Mutter Fadhma nickt rasch und wechselt das Thema. »Wir können auf die Jungen warten oder jetzt gleich essen. Was möchtest du lieber? Hussein kommt nicht –«

»*Naam*, lass uns essen.« Laila trägt ihren Sohn in die Küche. Sie spürt, dass es noch mehr über den Nachmittag zu erfahren gibt, aber sie kann nicht warten.

Nachdem sie ihren Sohn in dem Hochsitz festgeschnallt hat,

greift Laila nach einem der leeren Kanister beim Spülbecken. Es sieht ihrer Schwiegermutter nicht ähnlich, dass sie vergisst, sie aufzufüllen, doch bevor Laila wütend werden kann, dreht Fadhma einen der Hähne auf, und Wasser spotzt heraus. Ein gutes Zeichen. Dankbar wäscht sich Laila die Hände und trocknet sie ab.

»Fuad, wir essen was. Schau mal, was Dschadda gemacht hat.« Sie löffelt Tabbuleh in ein blaues Plastikschüsselchen und stellt es vor ihn. Der kleine Junge wartet schon mit einem passenden Löffel.

Mutter Fadhma stellt Brot auf den Tisch. »Ich habe nicht viel gekocht, weil wir heute Abend ja ausgehen.«

Normalerweise würde Laila Mutter Fadhmas Bemerkung – wie unschuldig sie auch gemeint sein mag – als Stichelei interpretieren; heute wäre der Anlass die Frauenrunde, von der Laila ausgeschlossen ist. Doch ihr amerikanischer Gast hat die üblichen Spannungen im Haus etwas gelöst, und alle möchten Zwietracht vermeiden. Laila fragt Muna nach den Freunden ihres Vaters.

»Die waren nett, und sobald wir nicht mehr über Politik geredet haben, war alles okay«, erwidert das Mädchen. »Ich sollte nicht immer meinen, dass ich eh schon weiß, was die Leute sagen wollen. Ich habe die ganze Zeit drauf gewartet, dass Umm Omar mich fragt, was in unserer Kirche alle alten Frauen irgendwann fragen. Warum hat mein Vater keine Söhne bekommen? Ist er traurig, dass er nur Mädchen hat? Das lag wohl nicht in seiner Hand.«

Laila fällt ein weiteres Hadith ein, das sie für die Eltern in der Schule gelernt hat. »›Woraus besteht der Mensch?‹«, rezitiert sie aus dem Gedächtnis. »Der Bote Allahs erwiderte …: ›Der Mensch wird erschaffen aus der Vereinigung des Tropfens des Mannes und des Tropfens der Frau. Die *nutfa* des Mannes ist dickflüssig, und aus ihr entstehen die Knochen und die Nerven. Und die *nutfa* der Frau ist dünnflüssig, und aus ihr bilden sich das Fleisch und das Blut.« Sie erklärt: »Im mittelalterlichen Islam haben die Menschen geglaubt, das Geschlecht eines Babys hinge davon ab, welcher Elternteil den stärkeren ›Samen‹ hat. Heute glaubt das niemand mehr, aber manche Leute meinen, dass ein Mann ohne Söhne sich einfach nicht genug angestrengt hat. Würde er wirklich Söhne wollen, sollte er so viele Kinder wie möglich bekommen oder eine neue Frau heiraten, die bereit und gewillt ist, Söhne zu produzieren. Irgendwann wäre die Wahrscheinlichkeit dann auf seiner Seite, selbst wenn's die Genetik nicht ist.«

Muna ist nicht überzeugt. »Was ist mit Onkel Butros? Tante Dallah konnte doch nicht ewig Mädchen bekommen. Was hätten die denn tun sollen, wenn sie tatsächlich einen Jungen bekommen hätten? Die Mädchen weggeben?«

»Diese Frage«, sagt Samira, »treibt den gesamten Nahen Osten und indischen Subkontinent um, von Fernost und Zentral- und Südamerika ganz zu schweigen. Was macht man nur mit all den Mädchen?«

Laila zieht eine Grimasse. »In dieser Stadt gibt's keine einzige Frau, der nicht mal gesagt wurde, sie hätte als Junge zur Welt kommen sollen.«

Bei allem »Oh nein!«-Rufen und Ächzen sind die Frauen um den Tisch fröhlich. Fuad schaukelt in der Aufregung in seinem Hochstuhl hin und her.

»Als ich aufgewachsen bin«, sagt Laila, während sie sich Salat auftut, »war der Ratschlag meiner Mutter: ›Sieh Jungen nicht an, sprich nicht mit ihnen und geh nicht in ihre Nähe; sei niemals allein mit einem Mann. Sei immer wachsam, denn deine und meine Ehre stehen auf dem Spiel.‹ Dann war es auch schon an der Zeit zu heiraten.«

»Und warum glaubst du, ist das so?«, fragt Muna. »Wegen der Religion?«

»Es sieht schnell so aus, als wäre die Religion schuld«, überlegt Laila. Seit Religion die Stadt immer mehr einnimmt, interessiert sich Laila weniger dafür, wie sich Religion im Leben von Frauen ausdrückt, als vielmehr, wie sie sich verschiebt. Sie war überrascht, von ihrer Freundin Warda zu erfahren, dass der Islam gegenüber Sex unverblümt ist und Frauen rät, ihre Ehe zu genießen, ihrem Mann und sich selbst Vergnügen zu bereiten. Laila kommt es so vor, als wären sie und andere Christinnen vergleichsweise prüde.

Jesus war ein viel zu großer Heißsporn für eine dauerhafte Beziehung mit einer Frau. Immer nur Sohn, nie Ehemann oder Vater, waren seine Erfahrungen mit Frauen begrenzt und er verstand sie nie ganz. Die Anzahl von Mohammeds Ehefrauen, Sklaven-Gefährtinnen, geheirateten Cousinen und sonstigen Frauen, die sich ihm hingaben, schwankte derweil laut Schriftgelehrten zwischen elf und einunddreißig. Während der großen Eroberung des Nahen Ostens durch den Islam waren viele Frauen Witwen geworden. Aus Mit- und Pflichtgefühl nahm sie der Prophet zu Ehefrauen und rief seine Anhänger auf, es ihm gleichzutun. Im Grunde sozialisierten solche großen Haushalte die Region. Außerdem wurden Frauen so zu einem Studienobjekt unter Sunniten wie Schiiten. Schockiert hatte Laila erfahren, dass ein ganzer Literaturkanon ausschließlich über weibliche Anatomie, Sexualität und Psychologie existierte, aus dem manchmal in Moscheen gelehrt wurde. Das zeigte einen Mangel an Zimperlichkeit gegenüber Frauen vonseiten des Islams, ordnete sie aber auch ein: Biologie als Schicksal. Die Ehe ist die einzige Beziehung zwischen Männern und Frauen, die sowohl der Koran als auch die Bibel sanktionieren.

Doch Laila erschien Wardas Innenleben zutiefst befriedigend, trotz der Bedeutung, die in ihrer Religion der Unterwerfung zukam, zuerst gegenüber Gott und dann gegenüber dem Ehemann. Selbst nach dem Tod werden im Islam Männer bevorzugt. Im Paradies werden den wahren Gläubigen jungfräuliche *huriyat* versprochen, die nach dem Sex ihre Hymen sofort wieder neu bilden. Diese gazellenäugigen Gefährtinnen der Getreuen sind nicht wie versprochen rein und unberührt – lediglich recyclebar.

»Die *huriyat*«, sagt Laila zu Muna, »sind im Grunde nicht merkwürdiger als die unbefleckte Empfängnis.« Sie will nicht missverstanden werden und sagt: »Es ist nichts Neues, dass Religion und Staat darüber bestimmen, wie Frauen zu leben haben. Dass Frauen mehr Rechte bekommen, ist nichts Gefährliches. Wie Männer darauf reagieren, das ist gefährlich.« Sie nimmt sich eine frische Feige aus der Obstschale. »Das Essen des Paradieses.« Ihre Lippen bedecken die weiche grüne Haut. »Es ist immer dasselbe – was Männer genießen, das müssen Frauen ertragen. Ganz egal, welcher Religion sie angehört, vor ihrer Hochzeit muss eine Frau für ihren Ehemann leiden. Muna, kennst du *Sugaring*?«

Das Mädchen sagt, dass sie es schon oft genug gesehen hat: Ihre Tanten in Amerika kochen Zitronensaft und Zucker zu einem dicken Karamell, schmieren es sich auf Arme und Beine und reißen es dann ab, um Haare zu entfernen.

»Vor ihrer Hochzeit enthaart ein Mädchen so ihren gesamten Körper«, sagt Laila.

»Das haben meine Cousinen mir erzählt«, sagt Muna und zieht eine Grimasse. »Ich habe nie verstanden, warum sie sich nicht einfach rasieren.«

»Alles außer Wimpern, Augenbrauen und Kopfhaar«, sagt Samira und lacht. Sie findet Munas Reaktion lustig. Weil ihre Mutter Ausländerin ist, wurde sie wohl nicht in arabischer Femininität unterrichtet.

Laila pflichtet Samira bei und schält eine Feige für Fuad. »So kann ihr Ehegatte sehen, dass sie rein und jungfräulich ist.«

»Genau wie amerikanische Teenagerjungs, die im Internet Pornos gucken und dann keine Schamhaare mehr mögen«, erzählt Muna den Frauen. »Aber mit ›haarigen‹ Mädchen haben sie dann trotzdem Sex. Später machen sie sich auf Facebook über sie lustig und nennen sie ›*dirty*‹. Wenn es drum geht, Haare aus dem Ehebett zu verbannen, waren die Araber ihrer Zeit offenbar voraus.«

»Na super«, stöhnt Samira.

»Nun ja«, sagt Laila geduldig, »das ist nun mal das Schicksal der Braut. In diesem Moment stoßen Frauen auf das Glück eines jungen Mädchens an, das heute Abend heiratet. Sie erzählen ihr denselben Unsinn wie meine Mutter mir vor meinem Hochzeitstag. ›Sei wie ein Juwel in der Hand deines Meisters, oder wie ein Parfüm, ein lockender Duft. Du musst gefallen, aber niemals fordern. Wenn du zu eifrig bist, wird er sich nur schämen. Schließ die Augen und bete zu Gott, dass es schnell vorbei sein wird.‹«

Gäbe Laila der Braut Ratschläge zu ihrer Zukunft, würde es nicht um Sex gehen. Sie würde sie warnen, nicht dem sozialen Druck nachzugeben und zu schnell eine Familie zu gründen. Inmitten der Aufregung, ihren Ehemann kennenzulernen und bei den Schwiegereltern einzuziehen, sollte sich die junge Braut zumindest ein bisschen vergnügen. Sie fügt hinzu: »Nicht der Sex in der ersten Nacht ist schwer zu ertragen, sondern dein restliches Leben mit deinem Ehemann.«

Obwohl Mutter Fadhma und Samira anwesend sind, klingt Laila hart und spöttisch. Schnell lenkt sie die Aufmerksamkeit von sich und sagt zu Muna: »Deine Dschadda kennt viele alte Sprichwörter über die Ehe.«

Fadhma überlegt und reibt sich das Kinn. »Das sind alte Redensarten, vielleicht kein guter Ratschlag für so moderne Mädchen.«

»Dschadda, komm schon«, bettelt Muna.

Ihre Großmutter gibt nach. »›Ein alter Mann nimmt eine junge Ehefrau, und die jungen Männer der Stadt frohlocken.‹« Die Stimmung am Tisch hat sich gewandelt, und alle lächeln. »›Je kleiner die Frau, umso jünger erscheint sie ihrem Verlobten.‹ Oder wie wär's mit: ›Sei gut zu deiner eigenen Frau‹« – Fadhma reißt ihre kleinen Augen auf – »›und du kannst die deines Nachbarn haben.‹« Sie warnt die Mädchen: »Erzählt das nicht in gesitteter Gesellschaft.«

»Aber wir sind halt ungesittet«, ärgert Samira ihre Mutter.

Fadhma legt einen Finger an die Lippen. »Für jede nur vorstellbare Situation gibt's ein Sprichwort: ›Hast du das Gesicht deiner Zukünftigen nicht gesehen, betrachte das ihres kleinen Bruders.‹ Aber mein Lieblingsspruch ist dieser: ›Die Ehe ist wie eine Wassermelone; du weißt nicht, was drin ist, bis du –‹« Sie stockt.

In der Tür stehen völlig verdreckt Mansur und Salim. Mansur blutet aus der Nase, und auf seinem Gesicht bildet sich ein blauschwarzer Bluterguss. Er hat sich geprügelt. Laila unterdrückt einen Schrei und springt auf, um ihn in die Arme zu schließen.

»Mama, fünf Jungs haben uns angegriffen«, erzählt er ihr. »Die wollten Salim wehtun, aber ich habe sie nicht gelassen.«

Sie nimmt ihn noch fester in den Arm. »Du hast dich für deinen Bruder geprügelt?« Sie streckt Salim einen Arm entgegen, und der Junge kommt mit ernstem Gesicht zu ihr.

Fuad hat seine Mutter und Brüder von seinem Hochstuhl aus beobachtet. Als er versucht herauszuklettern, nimmt Samira ihn auf den Arm. Zu ihrer Schwiegermutter sagt Laila: »Ich wusste, dass so was passieren würde.«

»Das Gefühl hatte ich auch die ganze Zeit, aber mein Bruder hört ja auf niemanden.«

Fadhma drückt Laila ein Küchentuch in die Hand, und diese wischt ihren Söhnen die Gesichter ab. Sofort will Laila Hussein von dem Vorfall erzählen. Fadhma packt schon Essen für den Weg zur Farm in eine Plastiktüte. Es ist erstaunlich, wie sie vor Laila selbst weiß, was diese braucht. Vielleicht zeugt es von einer bleibenden Verbindung zwischen Frauen, die schon so lange miteinander leben und streiten.

Eine halbe Stunde später geht Laila mit den Jungen den kurzen Weg vom Haus zu einem nahe gelegenen Platz, wo Wolken von Autoabgasen und die Fettdämpfe stinkiger offener Grillstellen in der stillen Luft stehen. Laila wischt sich den Schweiß von der Stirn und wechselt die Essenstüte von einem Arm zum anderen. Ein Straßenhändler kommt auf sie zu: »Feuerzeuge? Taschenlampen? Schnürsenkel?« Laila weist ihn mit einem knappen Kopfschütteln ab und dirigiert die Jungen zum Taxistand.

In den meisten Autos haben die Fahrer es sich bequem gemacht und schlafen halb. Diejenigen, die wach sind, sind in der Regel auf Langstrecken spezialisiert und fahren durch das ganze Land. Im Gegensatz zu den Einheimischen, die den Nachmittag verdösen, sind diese Männer vom Straßenfieber gepackt. Sie sind nur zufrieden, wenn sie fahren, und das möglichst schnell. Sich den Lebensunterhalt zu verdienen, ist eine Ausrede, ein Mittel zum Zweck.

Ein ungepflegter Halbstarker lehnt sich aus seinem Fenster und winkt: »Wo soll's hingehen, die Dame? Ich mach Ihnen einen guten Preis.« Laila ignoriert ihn. Die Farm ist in den Bergen vor der Stadt. Sie und die Jungen könnten die Stunde dorthin auch zu Fuß gehen, aber die Straße führt geradewegs bergauf, und keiner von ihnen ist zu einer Wanderung aufgelegt. Wegen des Schlachtereiwagens kommt die Familie so gut wie nie auf den Taxiplatz. Laila hofft, dass ein Taxi ihre Söhne aufheitern wird. Salim und Mansur sollten eigentlich schon darum streiten, wer das beste Auto aussuchen darf.

»Welches denn nun?« Laila will die Jungen aus der Reserve locken, aber die beiden sehen sie nur schweigend an. Also entscheidet sie nach ihren üblichen Kriterien. Bislang haben sie neuere Fahrzeuge gemieden und schwer Verbeulte ausgesucht, Kampfesnarben als Beweis für Verkehrstüchtigkeit. Einige der Autos sind unvermutet luxuriös, wie der Mercedes, der aus einem Kriegsgebiet geschmuggelt und an der jordanisch-irakischen Grenze spottbillig erstanden wurde. Doch den getriebefeindlichen Bergstraßen hält selbst die beste Ingenieurstechnik nicht lange stand, und unabhängig von Alter und Modell bieten die Taxis ein einheitlich schäbiges Schauspiel.

Ein Teenager wäscht ein Taxi, das wie eine Patchworkdecke aussieht. Türen, Spoiler und Kühlerhaube, alle von unterschiedlichen Herstellern und in unterschiedlichen Farben, wirken, als wäre das Auto zusammengeklebt. »Ist Mikhail da?«, erkundigt sich Laila.

Der Junge schmeißt seinen Lappen in einen Eimer und pfeift zweimal auf den Fingern. Aus einer billigen Imbissbude tritt ein korpulenter Mann und wischt sich Essenkrümel aus dem Mundwinkel.

»Die Frau des Schlachters«, sagt er und putzt sich die Hand an der Hose ab, bevor er sie ihr gibt. »So oft singen wir ein Hohelied auf Ihren Mann und seine ausgezeichnete Ware. Umm

Salim« – er bemerkt die Gesichter ihrer Söhne – »das sieht aber ernst aus.« Als er sich bückt, platzen ihm fast die Knöpfe vom Hemd. »Wer auch immer das war, die haben mit harten Bandagen gekämpft.« Er zieht die beiden Jungen näher zu sich. »Sollen wir die mit dem Auto suchen und ihnen eine Lektion erteilen?«

Mansur tritt einen Kiesel in den Rinnstein und sagt kaum hörbar: »Nein, Herr Mikhail. Die hol ich mir selbst.«

Mikhail fragt Laila: »Was ist passiert?«

Laila versucht, unbekümmert zu wirken, doch sie kann ihre Söhne und den Fahrer kaum ansehen, ohne gleich zu weinen. »Ich weiß nicht genau, eine Schlägerei nach der Schule.«

Mikhail öffnet der Frau des Schlachters die Tür zum Rücksitz. Als die Jungen hinter ihr ins Auto klettern wollen, winkt der Fahrer sie auf den Vordersitz. »Ihr Jungs gehört zu mir nach vorne. Mein Auto ist euer Auto, aber bevor wir losfahren, müssen wir noch die üblichen Vorkehrungen treffen«, und er geht zu einem Limonadenstand unter einem struppigen Essigbaum, wo er vier Flaschen lindgrüne Brause von einer alten Frau kauft, die den Inhalt jeder Flasche in einen Plastikbeutel umfüllt, einen Strohhalm hineinsteckt und das obere Ende verknotet. Mikhail überreicht allen einen Beutel und setzt sich hinters Steuer. »Alle startklar?« Salim und Mansur nicken über ihren Strohhalmen. Er lässt den lauten Motor an, und sie brausen davon.

Laila sinkt in ihren Sitz und rührt ihr Getränk kaum an. Mit ihren verprügelten Söhnen durch die Stadt zu gehen, hat sie völlig entkräftet. Sie ist berührt von der Liebenswürdigkeit des Fahrers, und ihre Wut gilt nur sich selbst, ihrem Ehemann und der Situation.

Mikhails Taxi scheint das einzige auf der Straße zu sein. Selbst die Rufe der draußen spielenden Kinder klingen schwach, als kämen sie aus weiter Ferne. In einer Stunde wird die gesamte

Stadt, selbst der Taxiplatz, stillstehen, wenn alle, unabhängig von Alter, Geschlecht oder Konfession, vor der Nachmittagshitze nach drinnen flüchten, um dort nach dem Essen zu schlafen oder zu arbeiten.

Auf dem Rücksitz ist Laila allein mit ihren Gedanken. Sie und Hussein müssen nun entscheiden, was zu tun ist, und es wird nicht einfach sein. Die ganze Familie hängt mit drin, und ihr Lohn ist das wundervolle Haus, in dem sie leben. Sie korrigiert sich – nicht der Lohn der anderen, ihr eigener. Sie hat Hussein dazu angespornt, das Haus zu bauen und es einzurichten. Die anderen mussten mitziehen, ob sie wollten oder nicht.

Plötzlich sieht sie klar, worüber sie sich bislang belogen hat: Mit ihr zusammenzuleben, ist nicht so einfach. Etwas in ihr will ihren Ehemann einfach nicht in Ruhe lassen, und sie hat ihn bei jeder Gelegenheit geprüft. Wen liebt er mehr, seine Frau oder seine Schwester? Wer führt den Haushalt besser, seine Frau oder seine Stiefmutter? Sie war so sehr auf ihre kleinlichen Streitereien fixiert, dass sie gar nicht bemerkt hat, wie egal es ihrem Ehemann inzwischen ist. Ständig setzt sie ihm zu, ob er auch seinen Teil der Abmachung einhält, was er minutiös getan hat. Unbehaglich rutscht sie auf ihrem Sitz hin und her. Sie hat das als Anerkennung missverstanden, als ob nur Besitz gelten würde.

Während sie wie besessen kaufte und bestellte, hielt er sich mit Trinken beschäftigt. Bei einem Familientreffen zur Feier des neuen Hauses verlor Laila die Beherrschung und fuhr Abu Satar an. Er habe ihren Mann in zu viele Nachtclubs und auf spätabendliche Trinkgelage mitgenommen. Aber der alte Geier ließ sich nicht einschüchtern. »Sie dich doch mal um«, sagte er. »Du kannst dich nicht beschweren. Wahrer Luxus erfordert wahre Opfer.«

Kurze Zeit später wetterte Laila dann gegen Mutter Fadhma

und beschuldigte sie, einen Trinker großgezogen zu haben. Die beiden Frauen redeten wochenlang nicht miteinander. Nun, da die Ereignisse sie einholen, kann Laila nicht länger über ihre eigene Schuld am Niedergang ihres Mannes hinwegblicken. Angeekelt von ihrer Wut und Gier ballt sie eine Faust und hält sie sich vor den Mund. Sie brauchen einen Plan. Die Faust wird fester. Immer und überall will sie, dass ihr nichts nahegeht oder sie irgendwie treffen könnte. Bislang haben Indifferenz und Entschlossenheit sie geschützt; ihre eigenen Abwehrkräfte sind undurchdringlich, so viel weiß sie. Ihre einzige Schwachstelle sind ihre Kinder. Für sie würde sie alles tun.

Sie versucht, dem Gespräch auf dem Vordersitz zu folgen. Nach einem von Mikhails Witzen erklingt Salims helles Lachen. Eigentlich sehen sie recht normal aus, zwei Schuljungen – einer von beiden etwas lädiert – auf einem besonderen Ausflug. Laila zupft sanft an Mansurs Ohr und fragt: »Schon besser?«

Er dreht sich um und blickt verschmitzt. »Oh Mama, wenn wir diese Jungs jetzt finden würden, Herr Mikhail und ich würden denen aber was flüstern!«

Laila zwingt sich zu lächeln. Mikhail sieht in den Rückspiegel und fügt beschwichtigend hinzu: »Den beiden geht's gut, Umm Salim, machen Sie sich keine Sorgen.«

Sie lehnt sich zurück und sieht aus dem Fenster. Die vorbeiziehende Landschaft ist wie ein Narkotikum. Als das Auto an Höhenmetern gewinnt, kann sie die Wüste überblicken, wo hin und wieder unerwartet Wasser den Sand nährt und sich ein grüner Fleck breitmacht. Sie halten an, um eine Schafherde über die Straße zu lassen.

»Warum sind Schafe die dümmsten Geschöpfe der Welt?«, fragt der Fahrer die Jungen. Als Salim antwortet: »Weil ihre Eltern Gras fressen«, muss Mikhail laut lachen.

Die Schäferfamilie kommt in Sichtweite, unverkennbar bäuerlich gekleidet. Ein kleiner Junge trägt eine Strickmütze, und ein Mädchen, nur ein wenig älter, hat die großen dunklen Augen mit schwarzem Kajal bemalt und die Händchen mit zartem Henna. Salim und Mansur winken den schüchternen Kindern, die am Straßenrand dicht bei ihrer Herde stehen bleiben, der einzigen Einkommensquelle ihrer Familie.

»Lasst uns Musik hören!«

Mikhail steckt eine Kassette in den ramponierten Rekorder im Armaturenbrett, und libanesische Volksmusik erfüllt das Auto: »*Salaam alaikum, salaam alaikum, bahi salaam, mini alaikum* …«

Er redet über die Musik hinweg: »Wenn wir nicht grad im Auto säßen, würden wir die Dabke tanzen. Dann tanzen wir halt heute Abend auf der Hochzeit.«

Er bringt die Jungen zum Mitsingen, ganz schief mit ihren hohen Stimmchen. Auch Laila singt mit, kann aber dem einfachen Refrain nicht folgen. Bald werden sie die Abzweigung zur Farm erreicht haben.

»Mikhail, könnten wir kurz einen Stopp machen, um die Aussicht zu genießen?« Laila braucht ein paar Minuten für sich, um ihre Gedanken zu ordnen. Sie halten ein Stückchen weiter beim Pfad zur Ajun Musa.

Alle steigen aus. Während Salim und Mansur mit dem Taxifahrer üben, zur Musik zu tanzen, lehnt sich Laila ans Auto und überblickt die Szenerie unter ihnen: die Häuser und Gebäude der Stadt in Miniatur, umgeben von trockenen braunen Feldern und Steppe, in der Ferne Gipfel, die inmitten der Landschaft in eine dramatische Kluft abbrechen, und ein geheimnisvoller Fluss, glänzend wie ein Spiegel, der sich nur hier und da zeigt. Auf der anderen Seite erheben sich die grünen Hügel des Westjordanlands. Die Luft riecht nach Tieren und aufgewühlter Erde, und es ist so friedlich. Fast könnte sie glauben, alles wäre in Ordnung. Dann schilt sie sich bitter. Wenn sie sich selbst so leicht belügen kann, darf sie von anderen kein Mitleid erwarten. Sie hat genug von ihrem Selbstbetrug, steigt ins Taxi und wartet auf die anderen.

15

Mächtige Holztüren öffnen sich, und eine gebeugte Gestalt in einem Umschlagtuch betritt die Kirche. Vorne beim Altar schwenkt ein orthodoxer Priester ein schweres Räuchergefäß, und die Luft füllt sich mit dichten, süßlichen Weihrauchwolken. Der Rauch dämpft das Licht der Kronleuchter und verwirbelt sich in den breiten Sonnenstrahlen des Nachmittags zu fantastischen Mustern. Die Stimme des Priesters, die für »Zärtlichkeit und Fürsorglichkeit im Überfluss« betet, verschränkt sich mit der eines Sängers, der vierzig Mal »Herr, erbarme Dich« ausruft.

Mutter Fadhma ist früh dran. Normalerweise legt sie ihre Ankunft in der prächtigen Kirche des Mosaiks akribisch auf die Minuten, wenn das Gebet zur Neunten Stunde vorbei ist und die Vesper begonnen hat, sodass die Anwesenden bereits sitzen. Ihr ganzes Leben lang hat sie in dieser Kirche gebetet, die ihr mehr als ein zweites Heim ist; an diesem Ort ist sie unfähig, sich und andere zu belügen. Deshalb möchte sie auch so ungern den anderen Kirchgängerinnen begegnen. Verglichen mit den alten Frauen der Stadt ist Gott eher sekundär. Doch der Angriff auf Mutter Fadhmas Enkel verlangt nach einer Änderung ihrer Routine, und heute ist sie nicht nur zum Beten hier.

Im Kirchengestühl beugen sich die Schwerhörigen vor, um auch ein paar Gebetsfetzen des Priesters zu erhaschen. »Dein Volk verzweifelt. Oh Gütiger, erlaube Deiner Mutter, Theotokos, Fürbitte für uns zu leisten, und errette die Unseligen und Unwürdigen ...« Ein oder zwei Mitglieder der betagten Gemeinde haben den Kampf aufgegeben und die Köpfe vornüber geneigt, eher aus Gründen des Schlafes als der Andacht. Andere sind in weltlichen Gedanken versunken. Dieselben Frauen trafen sich einst an der Zisterne. Auch wenn sie heute kein Wasser mehr zu ihren Familien heimtragen, hoffen sie nun in der Kirche, etwas Kostbares mitzunehmen, jeden Tag. Viele der Frauen sind entfernt miteinander verwandt, und die Mehrheit ist über siebzig. Grundlage ihrer Gemeinschaft ist die geteilte Erfahrung von Armut. In Zeiten der Not legten sie all ihren Besitz zusammen, und schließlich gedieh das bettelarme Dorf und wuchs zu einer Stadt. Heute werden ihre gemeinsamen Anstrengungen nicht mehr beachtet, und sie verkörpern die letzten Spuren einer verschwindenden Kultur. Eher aus Notwendigkeit als aus Trotz pflegen sie ihre Erinnerungen so stur, wie ihre Männer einst die Felder bestellten.

Mutter Fadhma durchschreitet das nördliche Seitenschiff. Gerne würde sie sich vor der Statue Theotokos' niederknien, der Gebärerin Gottes des Schöpfers und Christus seines Sohnes, doch der Schmerz in ihren Beinen hält sie davon ab. Steif klammert sie sich an ein günstiges Geländer. Im Gegensatz zu der Ikone auf dem Templon, die Mariä Verkündigung zeigt, die erste Begegnung einer gertenschlanken jungen Maria mit dem Erzengel, ist diese Figur der Christusmutter auf dem Höhepunkt ihres Frauseins. Die Arme zum Segen ausgestreckt, verbreitet ihr gemaltes Gesicht eine gelassene Abgeklärtheit. Wie groß Fadhmas eigener Kummer auch sein mag, nie erreicht er das Leiden der verehrten Gottesgebärerin, die Kreuzigung und Wiederauferstehung erlebte. Fadhma bekreuzigt sich und betet: »Oh, Mutter, wie brauche ich Dich.«

Der benachbarte Kerzenständer ist beinahe voll. Die Alten der Stadt haben alle ihre Last zu tragen. Fadhma nimmt Kerzen aus einem nahen Behälter und zündet eine Kerze an der Flamme einer anderen an, schabt an dem wächsernen Strunk und befestigt sie in einem der Metallständer. Jedes wichtige Ereignis in ihrem Leben wurde von Kerzenlicht erleuchtet. Bei den Taufen all ihrer Kinder wurden Kerzen ausgetauscht; jetzt wird über ihnen gebetet, um die Schikanen des Alters zu mildern.

Fadhma sinniert über eine Familie in Schwierigkeiten: der tapfere kleine Mansur, der seinen Bruder beschützt hat, und Salim, der in künftigen Jahren den Druck spüren wird, der Älteste zu sein. Werden diese Kinder es schaffen? Ihr Instinkt sagt Ja. Fadhma zündet eine dritte Kerze für Fuad an. Die Kinder sind am einfachsten. Schwieriger findet sie die Gebete für Familienmitglieder, die Sünder sind wie sie selbst.

Ihre üblichen Sorgen hatten sich am Nachmittag durch das Eintreffen Husseins mit dem traurigen Soldaten multipliziert. Sobald sich Abu Satar wie ein Kuckuck ins Haus geschlichen hatte, übernahmen ihre mütterlichen Reflexe. Sie würde nicht zulassen, dass ihre Lieben missbraucht und zu weiteren Opfern ihres Bruders gemacht würden.

Aber sie ist nicht zu Theotokos gekommen, um sich nur zu beschweren. »Ich möchte Dir für meine Enkeltochter Muna danken.«

Sie ist dankbar, dass das Mädchen heil angekommen ist, aber Samira und sie lachen zu verschworen miteinander. Sosehr sie sich auch anstrengt, Fadhma kann nur mit wachsendem Unbehagen an ihre Tochter denken. Wenn sie selbst Samira nicht vertraut, »wer soll es dann tun, Mutter Christi, Gottes und aller Kreaturen?« Der Gesang des Priesters – »Oh Göttlicher, Allmächtiger, verlass uns nicht ganz und gar …« – umhüllt sie, als sie die Statue anstarrt, aus deren Augen Mitgefühl strahlt wie die Liebe einer besorgten Mutter.

Fadhma schlägt das orthodoxe Kreuzzeichen und denkt an

ihre Schwiegertochter. Sie hätte lieber in Ruhe mit Laila gesprochen, um sozusagen ihrer beider Eindrücke zu vergleichen, aber Laila versucht einfach mehr zu kontrollieren, als gut für sie ist. Sie bewältigt ihre Arbeit, sogar eine unbefriedigende Ehe – Fadhma ist nicht blind –, aber die Prügelei der Jungen hat sie erschüttert. Normalerweise würde Fadhma in der Kirche die langjährige Feindschaft zwischen den beiden Frauen aufgreifen, die begann, als ihre Schwiegertochter einst in einem Anfall von Zorn und Unsicherheit schrie: »Das ist *mein* Haus, hier bestimme ich!«, und Fadhma zur Haustür hinausschubste. Doch jetzt, da die alte Frau eine weitere Kerze anzündet, betet sie für den Mut, ihre Antipathien beiseitezulegen. Nur ihr gemeinsamer Wille kann die Familie schützen.

Der Mensch, der am meisten gelitten hat, liegt ihr zweifelsohne am meisten am Herzen. Mit größter Achtsamkeit handhabt Fadhma eine siebte Kerze. Heute hat sie gesehen, wie Hussein ihren Bruder herausfordert. Ein gutes Zeichen, und zur Bestätigung schaut sie zur Statue, doch deren bleiern unbeirrter Blick lässt Fadhma allein mit ihren Kümmernissen. Die alte Frau spürt, wie ihre Entschlossenheit verebbt. Wo ist das Mitleid der Geheiligten Mutter? Sich der eigenen Gebrechlichkeit bewusst, packt Fadhma das Geländer und zündet noch eine letzte Kerze an, für ihren Ehemann. Nur sein Glaube an Gott und die Familie kann sie jetzt noch stärken. Sein Vorbild wird ihr sicherlich einen Weg leuchten.

Während weiter die Nachmittagsmesse gesungen wird, wendet sie sich von der Statue ab. Statt ihr übliches Versteck im hinteren Teil der Kirche anzusteuern, fühlt sich Fadhma von einer der Kirchenbänke im Zentrum angezogen, zum Wohle ihrer Enkelkinder. In Zeiten echter Not bedarf sie der Seelenstärke ihrer Nachbarinnen, und entgegen ihrem eigenen besseren Wissen appelliert sie tapfer an jede einzelne von ihnen: Manche starrt sie an, anderen bereitet sie einen echten Platz in ihrem Herzen. Durch die Bandbreite an Reaktionen – manche ignorieren sie schlicht, andere schenken ihr ein kleines Augenzwinkern oder zerknittertes Lächeln – fühlt sie sich widerwillig willkommen geheißen. Befriedigt gleitet sie in die Bankreihe, in der sie und ihr Mann immer saßen, als sie noch gemeinsam über die Mysterien der Ikonen nachsannen.

An der Vorderseite des Templons befindet sich das ganze Spektrum des Heiligen. Zwischen lebensgroßen Malereien der Erzengel – ein schwertschwingender Mikhail und der Bote Gabriel – befinden sich mittelgroße Abbildungen Henochs im Flammenwagen, ein Christus mit Heiligenschein, das Alpha und Omega haltend, Mariä Verkündigung sowie ein früher Erzbischof in einer Pelzstola, die den Barte Haruns symbolisiert. Eine winzige Malerei, fast wie ein nachträglicher Einfall, ist in einer der unteren Ecken platziert. Sie zeigt den Schutzheiligen von Fadhmas Familie. In ein schäbiges Löwenfell gehüllt, bückt sich ein ausgemergelter Sankt Sabas, sein Rücken noch nicht gebrochen von der schweren Last des Kreuzes.

In einer Landschaft, die vor Weissagung und Offenbarung überkochte, war der Wüstenvater nur einer von vielen. In kargen Einöden, abgelegenen Höhlen oder bewehrten Bergklöstern schirmten sich die Seher esoterischen Wissens vor Frauen ab, von anonymen Eremiten bis zu den Headlinern der Bibel. Konfessionsunabhängig wurden sie gleichermaßen und nach Belieben von Christen, Muslimen und Juden konsultiert, doch nie gab es genug von ihnen, um die Nachfrage zu decken. Wie wilde Hunde wurden die monotheistischen Religionen immer territorialer. Bei der geringsten Provokation entstanden Spannungen um ein Stückchen Knochen oder eine düstere Prophezeiung.

Von ihrer Kirchenbank aus blickt Fadhma nun auf den Platz, wo die erinnerungswürdigste Mediation ihres Mannes einst einen religiösen Krieg verhinderte. Im ältesten Teil der Kirche hatten Bauarbeiter ein paar kaputte Dielen entfernt. Unter dem Schutt von fast anderthalb Jahrtausenden wurde ein antikes Mosaik entdeckt und das Dorf kurz darauf eine Pilgerstätte für religiöse Fanatiker wie für Archäologen.

Vom Libanon bis zum Nildelta, vom Mittelmeer bis zur Östlichen Wüste zeigte die älteste noch existierende Karte des Heiligen Landes Orte der Antike in winzigen farbigen Steinfliesen. Hier waren die Säulengänge der Straßen Jerusalems und die Grabeskirche; dort symbolisierten Palmen Wasser rings um Jericho und eine weise Eiche Hebron. Griechische Inschriften benannten Bethlehem, Gaza, Be'er Scheva und Askalon. Auf den blauen Fliesen des Jordans waren Fische schlau genug, vom Toten Meer wegzuschwimmen, wo zwei Fischerboote erfolglos vor sich hin dümpelten. Der Fischer und ein auf dem Wasser wandelnder Jesus waren entstellt worden, und Brücken überquerten das Wasser zum Westjordanland und zu einer Kirche, in der Johannes der Täufer seinen Herren taufte.

Die Karte zeigt ein Land ungeteilt von menschgemachten Grenzen. Ihre Schöpfer lebten zu einer Zeit, als die Region das Zentrum der zivilisierten Welt war, eingefasst von den vier Flüssen des Paradieses, lange bevor Kolumbus und Vasco da Gama hinaus aus der geheiligten Geografie der Bibel segelten und Karten mit neuen Kontinenten und geheimnisvollen Ozeanen füllten. Die neue Welt verdrängte die alte so komplett, wie einst der Kirchenboden das Mosaik verdeckte.

Eine alte Schäfersfrau stieg vom Dschabel Musa herab, um sich das Kuriosum in der Kirche anzusehen. Als sie hineinging, erschien sie noch recht ausgeglichen, doch nach wenigen Minuten verließ sie die Kirche hysterisch. Als sie schließlich wieder sprechen konnte, sagte sie, in den Gewässern des Mosaiks fließe Blut. Sobald Mutter Fadhma davon erfuhr, holte sie Al Dschid vom Feld, und er setzte sich mit dem Priester zu einem Notfallgespräch zusammen.

Die beiden Männer zogen sich für mehrere Stunden in die Kirche zurück. Sie diskutierten den vorherrschenden Lichteinfall zur jeweiligen Tageszeit und die Auswirkungen von Temperaturschwankungen. Auf Knien inspizierten sie die Karte mit einer von Abu Satar bereitgestellten riesigen Lupe. Dann befragten sie die Frau mit der Vision. Unweigerlich kamen sie zu unterschiedlichen Schlüssen.

Vor der draußen versammelten Menge sprach zuerst der Priester: »Das Zeitalter gewaltiger Wunder ist vorüber. Ich bestreite nicht, dass das Heilige Haus der Gottesgebärerin Theotokos vor sarazenischer Schändung bewahrt werden konnte, indem es in Jerusalem losflog und in Süditalien Stein um Stein wieder auftauchte. Aber unsere Welt hat sich verändert. Heute können wir höchstens auf kleine Wunder hoffen, dass Kranke wieder gesund oder Familienfehden beigelegt werden. Diese Dinge habe ich selbst erlebt.«

Al Dschid konterte leidenschaftlich. »Gott waltet noch immer in geheimnisvoller Weise. Vollbringt er keine Wundertaten mehr, dann nur, weil wir sie nicht mehr sehen können. Blinder Glaube ist eine von vielen Lösungen. Lest die Zeichen um euch achtsam.« Er lehnte ab, dass der rosafarbene Schimmer in den Mosaik-Gewässern zwangsläufig eine optische Illusion sein müsse.

Zu welchem Schluss man auch kam, das Mosaik war nun nicht mehr ein mittelinteressanter archäologischer Nebenschauplatz, sondern wuchs sich zu einem veritablen religiösen Phänomen aus. Als sich die Nachricht über die Vision der Schäferin verbreitete, drängte ein unablässiger Strom von Pilgern ins Dorf. Manche behaupteten, sie sähen die Karte bluten; andere fielen in ekstatische Trancen, sobald sie in ihre Nähe kamen. In der aufgeladenen Atmosphäre reifte religiöser Eifer. Die Frage, wem das Wundermosaik gehöre, erlangte eine ungeheure Wichtigkeit.

Unter den Menschen, die in der Kirche zusammenkamen, brach sporadisch Gewalt aus. Eine militante Minderheit drängte auf ein Kirchenverbot für alle Nichtchristen, denen mystisch offenbart worden war, das Gebäude solle zur Moschee erklärt werden. Dem wurden vage Drohungen entgegengesetzt, dass man sich das Mosaik auch gewaltsam zurückholen könne. Beide Seiten verschanzten sich immer mehr. Gerüchte kursierten, es würden Waffen gehortet. Die Bedrohung der öffentlichen Ordnung war so groß, dass der König eine Gruppe Beamter in Anzügen entsendete, um in dem Disput Recht zu sprechen.

Die Dorfbewohner und zahlreichen Dritten, die sich vor ihnen versammelten, wurden gebeten, ihr Anliegen vorzutragen. Im Laufe der öffentlichen Sitzung verleumdeten die unterschiedlichen Fraktionen durchweg den Gott der anderen, und es ertönten Rufe, alle Christen sollten aus dem Land geschmissen werden. Langsam kippte die Stimmung. Als Al Dschid an der Reihe war, erstarben die Rufe. Zuerst sagte er, er wolle niemandes Geduld strapazieren. »Doch wenn es jemanden gibt, der für das Fortbestehen der Christen in der islamischen Welt verantwortlich ist, dann ist es Umar ibn al-Chattab, der zweite Kalif nach dem Propheten Mohammed, Friede sei mit ihm. Kalif Umar erließ, dass Christen und Juden ihren Religionen nachgehen durften, und so ist es noch heute.«

Die Beamten sagten nichts, was Al Dschid als Zeichen las fortzufahren: »Selbst nach der Eroberung ließen die muslimischen Soldaten Anhänger der beiden anderen Konfessionen in Ruhe. Sie waren geschützt, *ahl al-thima*. Sie mussten nicht zum Islam konvertieren; ihre Eroberer wollten das gar nicht. Es war profitabler, von den Besiegten Steuern einzunehmen, als sie die Religion wechseln zu lassen. Und später, als im fünfzehnten Jahrhundert die Juden aus Spanien vertrieben wurden, wer gewährte ihnen Zuflucht, wenn nicht die muslimische Türkei? Sie würden noch immer unter uns leben, hätte nicht Israel sie für sich beansprucht.«

Die wenigsten trauten sich, die Nation auf der anderen Seite des Jordans beim Namen zu nennen. In den Zeitungen war noch immer die Rede vom »geraubten Land«, und wenn der offizielle Name genannt werden musste, schwärzten staatliche Zensoren ihn aus. Propagandatechnische Erwägungen machten es erforderlich, niemals die richtige Bezeichnung zu verwenden – mit etwas Namenlosem Mitgefühl zu empfinden, war schwieriger. In der Menge wurden schockierte Stimmen laut, doch die Funktionäre blieben ungerührt.

Al Dschid setzte wieder an: »Die Geschichte hat uns gelehrt, dass der Islam Nichtmuslime akzeptiert hat, und manchmal war die Lage auch umgekehrt. Der Prophet selbst, möge Gott uns allen vergeben, floh während der Hidschra aus Mekka und lebte bei den arabischen und jüdischen Stämmen Medinas. Gewiss erzählt der Koran von späteren Streitigkeiten mit ebendiesen Stämmen, doch weise und allwissend, wie der Prophet war, rief er seine Anhänger nicht ein einziges Mal auf, sie sollten den ›*ahl al-kitab*, den Leuten des Buches, das Lebensrecht und ihre Gottesverehrung verweigern‹.«

Al Dschids Stimme erhob sich über das zustimmende Gemurmel in der Menge. »Der Islam ist eine große Religion, die durch ihre Toleranz und Liebe zu den Armen, ungeachtet deren religiöser Überzeugung, noch größer wird.« Seine nächsten Worte richtete er an die eigene Gemeinde. »Sollten nicht unsere christlichen Stämme sich dessen erinnern und den Gefallen gütig erwidern? Ist unser Nachbar bedroht, sollten wir ihm nicht zu Hilfe eilen? Widerfährt ihm Böses, ist es doch nur eine Frage der Zeit, bis es auch an unsere Tür klopft. Wir haben mehr gemeinsam, als wir denken.«

Später wurde ihm von allen Seiten gratuliert. Fünfzig Lämmer wurden geschlachtet, und Mutter Fadhma und die Frauen des Dorfes kochten und servierten ein Festmahl, zu dem sie nicht geladen waren. Das Problem wurde ignoriert und damit gelöst.

Während Mutter Fadhma in ihrer Erinnerung kramt, fällt ihr ein anderes Mosaik ein. Sie selbst hat es nie gesehen, doch als die christlichen Stämme aus der Festungsstadt im Süden gekommen waren und um die bröckelnden byzantinischen Ruinen in den Bergen kämpften, hatte Sabet, Al Dschids Mutter, damals eine junge Witwe, einen Blick darauf erhascht. Kurz vor ihrem Tod beschrieb sie es ihrer zweiten Schwiegertochter in allen Details.

Das farbenfrohe Mosaik zeigte eine schöne Frau, barbusig, mit dunkler Mähne. Sie ruhte auf einem opulenten Bett, eine Hand anmutig an die Stirn gelegt. Trotz eines langen fließenden Rocks sah man ihre *fitna* – sexuelle Gefahr. Kühn folgten ihre Augen jedem Betrachter im Raum. Sabet hatte darauf beharrt: In den Ruinen byzantinischer Paläste und Häuser hatten die christlichen Stämme weitere Mosaike von Frauen mit juwelenverzierten Brüsten zutage gebracht. Jene Bilder, ähnlich dem des Christus im Kirchenmosaik, galten als so gefährlich, dass eine entrüstete männliche Hand sie entstellte, scheinbar, um eine unschuldige Welt vor ewiger Verdammnis zu bewahren.

Sabet spricht auch noch mit Fadhma über die Schwelle zwischen Leben und Tod hinweg, und ihre Ratschläge sind gradliniger als die ihres Sohnes. In der Kirche kommt sie häufig zu Fadhma, und heute ist keine Ausnahme: »Glaub, was du willst, aber ein Heiliger findet sich doch im Stammbaum von jedem Omar, Abdullah oder Ahmad, wo der Nachwelt nur die Männernamen überliefert werden. Wo sind die Mütter, Töchter, Großmütter, Schwestern, Tanten und Cousinen? Unsere Familiengeschichte ist wie so viele andere. Fünf muslimische Brüder verließen Ägypten. Um zu essen, zu leben, zu überleben, wechselten manche von ihnen die Religion. Die Leute müssen irre sein, wenn sie meinen, Gott merkt das oder es kümmert ihn.«

Fadhma hat ihrer forschen Schwiegermutter noch nie widersprochen, weder in dieser Welt noch in der nächsten. Aber gerade jetzt, wo sie so viele eigene Kümmernisse hat, würde sie eigentlich lieber in Ruhe und allein um ihr Seelenheil beten.

16

»Nie im Leben!«

Muna will nicht ständig wie die blöde Amerikanerin klingen, aber ihre Reise entwickelt sich seltsamer als gedacht. Sie und Samira sind auf der vorderen Terrasse ins Gespräch vertieft, während Fuad zu ihren Füßen mit einem kleinen Auto spielt.

»Okay, das mit der ärmellosen Bluse kapier ich, auch wenn's mir nicht passt. Aber Schweine?«, fragt Muna ungläubig. »Das Gesetz stammt doch aus einer Zeit, als es noch keine Kühlschränke gab. Die waren nicht ›unrein‹; man hätte dran sterben können, wenn man sie gegessen hätte. Was sollten denn etwa die Filipinos ohne Schweinefleisch machen?«

Beinahe kann sie ihre Mutter verächtlich lachen hören. »Warum willst du denn nach *Jordanien?*« Sie gab sich keine Mühe, ihre Missbilligung zu verbergen, als Muna ihr am Telefon von ihren Reiseplänen erzählte. »Um Himmels willen, fall da bloß nicht auf«, sagte sie. »Die hassen schon ihre eigenen Leute. Wer weiß, wie die auf Fremde reagieren.«

»Mom, ich bin keine Fremde.«

»Da können wir noch mal drüber reden, wenn du wieder da bist.«

Munas Mutter war noch nie erpicht auf die große Familie ihres Mannes gewesen. Bis Muna fünf Jahre alt war, wusste sie gar nicht, dass es sie gab. Eines Tages gruppierte sie gerade hübsche Steinchen beim Wohnheim für verheiratete Studenten. Ein Mann mit Anzug und Krawatte kam auf sie zu und sagte: »Ich bin dein Onkel Butros.«

»Ich habe noch nie einen Onkel gehabt.« Sie nahm seine Hand und führte ihn in die Wohnung ihrer Eltern.

Ihr Vater war stolz. Als es Schlafenszeit war und Munas Haare mit Klemmen zu festen kleinen Löckchen zusammengesteckt wurden, drohte ihre Mutter, den neuen Onkel zu vergiften.

Sonntags, wenn seine Frau lernte, lieh Abd sich häufig das Auto eines Freundes, fuhr mit seiner Tochter durch die flache Landschaft des Mittleren Westens und hielt hin und wieder am Straßenrand, um wilde Tigerlilien zu pflücken. Einmal stellten sie das Auto versteckt auf einem Weg ab und gingen in ein Weizenfeld. Ihr Vater rief, sie solle ihm nachkommen. Zwischen den großen Pflanzen kaum zu sehen, sammelte er zwei Armvoll Weizen, und langsam gingen sie durch die länger werdenden Schatten zurück.

Am Auto erwartete sie ein alter Bauer in Jeans-Latzhose und Strohhut. Er beschuldigte Abd, Weizen gestohlen zu haben, beruhigte sich aber, als Munas Vater ihm die ausgedorrten Felder seiner Kindheit beschrieb. »Ich wollte meinem kleinen Mädchen einfach nur zeigen, wie gut sie es hat.«

Der Bauer spuckte aus, was auch immer er gerade kaute. »In Amerika kriegt man immer mehr als erwartet.« Seine Stimme knisterte wie die Weizenhalme später zu Hause über dem Feuer, das ihr Vater in einer Mülltonne machte. Während die Stängel in Alufolie rösteten, lenkte er Muna von der Hitze ab, indem er die Halme zum Singen brachte. Gegen den Mund gelegt und hineingepustet, erzeugten die beiden Grashalme zwischen seinen Daumen ein trompetendes Geräusch. Als sie es schließlich schaffte, das nachzumachen, waren die Stängel im Feuer schon schwarz. Sie wurden aneinander gerieben, und ein weiteres Pusten ihres Baba verstreute die Spreu. Die verbleibenden Körner schmeckten verbrannt und knusprig.

Abends wurden zwei zerkratzte LPs unter den automatischen Arm eines Secondhand-Plattenspielers gelegt. Zuerst gab es eine Auswahl von Fairuz, dann Rimski-Korsakows *Scheherazade*. Die laut krachenden Becken machten Muna immer Angst – derselbe Schrecken, der sie überkam, sobald sie ihre Eltern streiten hörte –, doch das romantische Zwischenstück der Violinen danach wiegte sie ausnahmslos in den Schlaf.

Als ihr Vater eine Stelle bei einem großen Plastikunternehmen im Nachbarstaat fand, zog die Familie um. Das neue Haus hatte nach vorne eine Veranda mit einem rostenden Freischwinger und einen Zaun in Form einer Tonleiter, deren Noten bis zum Bürgersteig hinunterliefen. Vor dem Haus standen zwei Pflaumenbäume und eine Garage, die an eine Mauer hinter einem christlichen Jugendtreff grenzte, wo Muna und ihre Freundinnen freitagabends Teenager beim heimlichen Knutschen nach Tanztreffs beobachteten. Immer mehr von Abds Geschwistern zogen mit ihren Ehepartnern und Kindern nach Ohio, in verbaute, abgewohnte Häuser im selben Arbeiterviertel. Aus den Haushalten ihrer Verwandtschaft drang Babygeschrei und zu lautes Fernsehen und ein starker Geruch nach kochendem Fleisch.

Es war eine harte Gegend. An ihrem ersten Tag in der Junior High School freundete Muna sich mit dem dicksten, gemeinsten Mädchen der Klasse an, um es durch das informelle Segregationssystem zu schaffen, das die Schüler selbst eingeführt hatten und in dem sie getrennte Eingänge für Schwarze und Weiße etablierten. Mittlerweile war Muna zu alt für Märchen, und ihre Schwester wurde zur Hauptbegünstigten der Gutenachtgeschichten ihres Vaters. Mit den Jahren bewegte sich sein Augenmerk weg vom Land seiner Kindheit und hin zur strengen, aber gütigen Figur Al Dschids. Abd bedauerte, dass seine Töchter den alten Mann nie kennengelernt hatten, und so wollte er ihn mit einer mythischen Version seines Daseins, einer ohne Mühsal, für sie zum Leben erwecken. Als verdruckste Vorpubertäre versteckte sich Muna im Schatten der Tür ihrer Schwester und hörte zu, halb bezaubert, halb skeptisch. Die Landschaft in der Vorstellung ihres Vaters war schwierig zu vereinbaren mit den gemeineren Kommentaren ihrer Mutter und den schonungslosen Bildern des Irakkriegs in den Fernsehnachrichten. Als Hind, die Halbschwester ihres Vaters, bei ihnen einzog und wegen ihres Englisch eine Klasse zurückgestuft wurde, weigerte Muna sich, mit ihr zusammen den Schulweg zu gehen.

Die Familien ihrer Tanten und Onkel waren anders als ihre eigene. Munas Tanten verwöhnten ihre Männer und Söhne. Muna vermutete, dass ihrem Vater eine ähnliche Behandlung lieb gewesen wäre, doch ihre Mutter, eine Soziologin, wollte nicht zu Hause bleiben, um Baklava zu backen. Bei ihrer Verwandtschaft kollidierten die Reglementierung der Töchter, das Misstrauen gegenüber Außenseitern – einschließlich Munas Mutter – und das rituelle Schlachten von Lämmern in der heimischen Garage mit der amerikanischen Kultur. Obwohl das die Brüder einander hätte näherbringen können, hielten Missverständnisse in Geldangelegenheiten und sich bekriegende Gattinnen sie auseinander. Vor den verdutzen Augen von Schwestern, Ehefrauen und Kindern flogen bei den seltenen Zusammenkünften der gesamten Familie manchmal die Fäuste.

Munas Mutter konnte Abds Familie nicht ausstehen. Alle Brüder außer ihrem eigenen Ehemann hatten Cousinen aus der alten Heimat geheiratet, eine Sitte, die sie als rückständig empfand. Weil sie kein Arabisch sprach, langweilte sie sich in ihrer Gegenwart. Sie selbst war Immigrantin und in die Staaten gekommen, um ebenjene familiären Verpflichtungen zu vermeiden, die ihr Gatte anscheinend so gerne pflegen wollte. Die Chance, veraltete Werte abzustreifen, würde sie für ihre Töchter und sich selbst auf keinen Fall vertun. Als sie und Abd in ihren jeweiligen Berufen weiter aufstiegen, widmete sie sich ganz dem amerikanischen Traum, zog aus der Innenstadt in einen Vorort, gab Dinnerpartys und wählte die Republikaner, selbst nach dem Beginn des Irakkriegs 2003.

Trotz der Fassade blieb Munas Familienleben turbulent. Gefangen zwischen dem Alten und dem Neuen hätte ihr Vater seine älteste Tochter niemals in eine arrangierte Ehe gezwungen, doch entfernte Cousins standen irgendwie trotzdem immer im Angebot. Ohne die Unterstützung ihrer Mutter hätte Muna es nie nach New York geschafft. Als ihr Vater erfuhr, dass sie dort einen Platz an einem liberalen College mit Kunstschwerpunkt bekommen hatte, warf er einen Stuhl durchs Terrassenfenster. Mit einem einzigen Zuzwinkern zeigte Munas Mutter ihrer Tochter, dass Unabhängigkeit ein Verhandlungsprozess war, in dem sie selbst die Oberhand behielt. All die Zeit über hatte sie wie Stacheldraht um Muna und ihre Schwester gestanden und sie vor dem Konservatismus ihres Vaters geschützt.

Der beengenden Atmosphäre ihrer Familie entflohen, war Muna in New York beschäftigter damit, ihre neue Freiheit auszukosten, als sich mit Vergangenem zu identifizieren. Doch als sie neue Freunde fand und mit der Stadt vertrauter wurde, fragte man sie zwangsläufig auch, woher sie kam. Viele der antiarabischen Vorurteile, denen sie begegnete, gründeten auf einem vorgefertigten Bild von ihr, und sie wurde, manchmal unangenehm, über ihre arabische Familie, den Islam und Terrorismus ausgefragt. Da verstand sie ihren Vater besser. Er hatte sein altes Leben idealisiert, weil er sich in Amerika beizeiten unwillkommen gefühlt hatte. Mit seinen blumigen Beschreibungen von Land und Familie – teils Liebe, teils Verleugnung – nahm er ein aufgegebenes Erbe wieder in Anspruch. Ihr Vater war sentimental – sie schwor sich, nicht genauso zu werden.

Als der Arabische Frühling auf den Fernsehbildschirmen ausbrach und Muna obsessiv die Nachrichten verfolgte, schämte sie sich, nie an die Region geglaubt zu haben. Sie bettelte ihren Vater an, nach Jordanien zu dürfen, doch als er Vorsicht walten ließ, begann sie eigene zaghafte Nachforschungen und ging sogar zu einem Treffen des Muslimischen Studentenwerks. Ihr war es egal, dass sie keine Christen wie ihre eigene Familie waren. Ihre jüngeren Cousinen, die jeden Sommer ins orthodoxe Kirchenlager fuhren, hätten sie nicht verstanden, aber Muna wollte zumindest einmal hingehen.

Bei einer groß angekündigten Veranstaltung sprach ein ausländischer Gelehrter zum Muslimischen Studentenwerk über Autorität und Authentizität der Hadithe. Muna war schon früh im Auditorium und setzte sich auf die linke Seite. Nach und nach wurden die Sitze ringsum von männlichen Studenten belegt, von denen ein paar sie wütend anstarrten. Auf der anderen Seite des Ganges nickte ihr lächelnd eine junge Frau zu und hieß sie anscheinend willkommen. Erst nach der Vorlesung bemerkte Muna ihren Fehler: Im Publikum saßen Männer und Frauen getrennt voneinander, und sie saß auf der falschen Seite. Sie hätte sich einen Platz unter den Frauen suchen sollen, von denen die Mehrheit Kopftuch trug. Muna trug ihr übliches Outfit für den Unterricht – dick aufgetragener purpurner Lippenstift und Skinny Jeans.

Ihr hoher Gast, ein Experte in islamischer Jurisprudenz,

erklärte, dass die Hadithe verglichen mit der direkten Offenbarung Gottes im Koran zwar als zweitrangig gälten, doch gleichzeitig die Grundlage islamischen Familienrechts bildeten. Während seiner Lebzeiten habe der Prophet unter ständiger Beobachtung gestanden. Nach seinem Tod seien seine Worte und Taten gesammelt worden, zuerst mündlich, dann schriftlich. Die Authentizität jedes Hadiths werde durch den *isnad* geprüft, eine Kette von Überlieferungen, die sich über zweihundert Jahre hinweg bis zu einer verlässlichen Quelle nachverfolgen ließen, entweder bis zu Mohammeds Ehefrauen oder seinen Gefährten. Während der Gelehrte die unterschiedlichen Sammlungen des Imams Malik Ibn Anas und Muhammad al-Bukharis erörterte sowie Al-Tabaris *Geschichte der Propheten, Könige und Kalifen*, machte sich Muna Notizen.

Am Ende gab es eine Fragerunde. Nach mehreren unverfänglichen Wortwechseln sagte ein Student aus Südostasien: »Als der Prophet Mohammed gefragt wurde, ob man eine Schüssel Suppe noch essen dürfe, wenn eine Fliege darin war, sagte er ja, da in einem ihrer Flügel die Krankheit säße und im anderen die Heilung. Das ist wissenschaftlich falsch.«

Der Gelehrte war unbeeindruckt. »Im Gegenteil, muslimische Wissenschaftler haben ihre eigene Forschung angestellt. Der Prophet hat recht.«

Die aufrecht Gläubigen stimmten dem murmelnd zu; weniger Engagierte überzeugte ein solcher Triumph von Glauben über Logik nicht.

Muna drängte sich der alte Witz auf – »Herr Ober, in meiner Suppe schwimmt eine Fliege« –, und sie fragte sich, ob Gelehrter wie Student nicht an der Sache vorbeiredeten. Dem Hadith ging es nicht um Insekten, sondern um Hunger im Arabien des siebten Jahrhunderts und um Lebensmittelverschwendung. Beim

Hinausgehen stand Muna plötzlich vor dem bärtigen Gelehrten, der sie finster anschaute – die Frau, die es gewagt hatte, zwischen Männern zu sitzen.

Nervös entschuldigte sich Muna. »Ich wollte mich nicht noch mal umsetzen und dadurch die Vorlesung unterbrechen.«

»Was weiß jemand wie du schon über unsere Religion und Kultur?« Seine Stimme war voller Abscheu. »Bleib bei deinen eigenen Leuten.«

»*Chalik maana schaabunah* – meine eigenen Leute?« Munas rudimentäres Arabisch war verständlich genug. Sie ging hinaus, aufgewühlt von seinem Urteil, dass sie nicht dazugehöre und sich das auch nie ändern würde.

Draußen wartete die Frau, die im Auditorium zu Muna hinübergeblickt hatte. Am Ende lachten sie beide über die Fliege. Als sie Munas Geschichte erfuhr, insistierte sie: »Du musst unbedingt mal nach Jordanien.« Muna gefiel die Offenheit ihrer Begleiterin, und sie fing an, innerlich eine Reise vorzubereiten, auf die sie seit der Besetzung des Tahrir-Platzes gewartet hatte. Ein Besuch würde ihr zeigen, ob ihre Mutter recht hatte, dass der Nahe Osten engstirnig und ewiggestrig war, oder ob die Lage vielleicht doch komplexer war. So oder so, Muna wusste, es würde nicht einfach werden.

Ihre Zweifel wuchsen, als sie in Amman landete und aus dem Flughafengebäude trat, wo sie von großen Gruppen wartender, schauender Männer empfangen wurde. Manche trugen Uniform, andere T-Shirts und Sakkos, die meisten jedoch traditionelle Gewänder. Ein paar wenige Frauen in Abayas waren in der Menge verstreut. Eingeschüchtert versteckte sich Muna hinter einer Katzenaugen-Sonnenbrille.

Ein freundliches Gesicht löste sich aus der Menge und kam auf sie zu. Ein Mann mittleren Alters in Anzug und gestärktem weißem Hemd gab ihr höflich die Hand und stellte sich als Herr Ibrahim vor. Sie war sich nicht sicher, ob sie ihn richtig verstanden hatte, obwohl er perfekt Englisch sprach, wenn auch mit schwerem Akzent.

»Muna, ich war letzte Woche bei deinen Eltern in Cleveland und habe versprochen, dich vom Flughafen abzuholen und zum Haus deines Onkels zu bringen.«

Benommen folgte sie ihm zu einem wartenden Auto. Herr Ibrahim erzählte, dass er ihren Vater schon seit Schulzeiten kenne. Nachdem Abd ausgewandert war, hatten sie den Kontakt verloren. Mit der Zeit begann Herr Ibrahim, dienstlich in die Vereinigten Staaten zu reisen, und ein gemeinsamer Freund hatte die Verbindung wiederhergestellt. Munas Vater hatte den Mann nie erwähnt, doch seine umgängliche Art und seine Vertrautheit mit ihrer Familie entspannten Muna.

Während sie durch die Hauptstadt fuhren, betrachtete sie aus dem Autofenster die engen Gassen voller Geschäfte und Teestuben. An manchen Straßenecken verhökerten Jungen Feuerzeuge und Zigarettenstangen. Es war Nachmittag, und viele Leute eilten nach Hause, wie in New York zur Rushhour. Unvermittelt bog das Auto in eine Gegend ohne Fußgänger ab, totenstill, außer Hunden, die am Straßenrand im Müll wühlten. Das Viertel, voller Stände und Garagen, die ganz auf Ersatzteile und Altmetall spezialisiert waren, hatte sich bereits zur Mittagspause zurückgezogen. Sie fuhren eine Straße hinunter, in der nur Scheinwerfer verkauft wurden, wechselten auf die Fernstraße und ließen die Stadt hinter sich.

Als sie an einem antiken römischen Meilenstein vorbeifuhren, beschriftet mit Städtenamen und den jeweiligen Entfernungen, heute so präzise wie vor zweitausend Jahren, fragte Herr Ibrahim sie nach dem Grund ihres Besuchs.

»Ich möchte die Heimat meines Vaters sehen und die Familie kennenlernen. Alles andere weiß ich auch nicht.«

»Leute kommen mit vorgefassten Meinungen hierher.« Er riet ihr: »Lass dir Zeit, und was du brauchst, wird dich finden.«

Muna konnte nicht ahnen, dass diese Prognose unter anderem die Gestalt eines Schweins annehmen sollte.

»Ob bescheuert oder nicht«, sagt Samira zu ihr, »die Stadt ist sauer auf Hussein, aber meinen Freundinnen ist das egal. Wir haben wichtigere Sorgen. Stell dir mal vor, für manche Leute sind sexuelle Versklavung und Mord akzeptabler als Schweine und Unverschleierte. Umm al-Muharramat, Mutter aller Verbote!«

Muna erzählt von dem Taxifahrer, der sie in New York zum Flughafen brachte. »Es ist komisch, was als Affront gilt. Als ich ihm erzählt habe, dass ich in Jordanien Verwandte besuche, hat er gesagt, er sei Afghane, verheiratet mit einer Cousine und mit zwei kleinen Mädchen im Kindergarten. Dann hat er seine größte Angst gebeichtet: der Tag, an dem seine Töchter von der Highschool nach Hause kommen und sagen, dass sie einen Freund haben.

Er meinte, lieber würde er nach Kabul zurückgehen und seine Töchter abgeschottet aufwachsen lassen. Das Leben seiner Töchter war ihm weniger wichtig als ihre Jungfräulichkeit.« Sie formt mit den Fingern ein U für Unschuld. »Zumindest vor dem Krieg sind sie in Sicherheit. Man sollte doch meinen, dass er dafür dankbar wäre.«

»Wie dankbar soll er denn sein, wenn nacheinander die Briten, Russen *und* die Amerikaner sein Land zerstört haben?«, fragt Samira.

»Du hast ja recht. Nicht jeder kann aus Afghanistan raus. Aber bei diesem Taxifahrer sind gar nicht die Töchter das Problem. Der hat Schwierigkeiten mit dem amerikanischen Traum aufgrund seiner eigenen Wahrnehmung von Frauen. Jedes Mal, wenn wir an einer Blondine vorbeigefahren sind, sah er so aus, als würde er gleich aus dem Auto springen und sie bei lebendigem Leibe auffressen. Wenn ich so was sehe, denke ich dran, wie Baba als Teenager in den USA ankam, mit fünf Dollar in der Tasche und einem Stipendium fürs College. Eigentlich hätte ich Abu Salih gerne wegen der Kondome gefragt. Aber wenn Mutter Fadhma so schon dachte, dass ich unhöflich bin, wäre sie wohl völlig durchgedreht.«

»Kondome?!« Jetzt ist Samira überrascht.

»Als sie in New York angekommen waren, haben Baba und Abu Salih einen Greyhound-Bus nach Greenville in Illinois genommen.« Muna erzählt, wie ihr achtzehnjähriger Vater pinkeln musste und Salih, der besser Englisch sprach, einem Handlungsreisenden, der in ihrer Nähe saß, die missliche Lage seines Freundes beschrieb. Der Mann gab Abd ein Gummi, sagte ihm, er solle nach hinten gehen, wo ihn niemand sehen könne, sich darin erleichtern, es zuknoten und aus dem Fenster schmeißen.

»Baba und Abu Salih hatten noch nie ein Kondom gesehen und wussten nicht, wozu es gut war. Der Händler erklärte es ihnen und ließ sie das Wort wiederholen, bis sie es richtig aussprechen konnten. *Welcome to America!*«

Muna lässt gleich noch eine Bombe platzen. »Als er mir diese Geschichte erzählt hat, meinte Baba zu mir, dass irgendwas falsch laufen würde, wenn ich mit zweiundzwanzig noch Jungfrau wäre. Und das, wo er mich jahrelang wegen Jungs gewarnt hatte – genau wie bei Laila und ihrer Mutter. Kulturell sind meine Eltern eine halbe Ewigkeit voneinander entfernt. Mom war Kinderkriegen immer ziemlich egal, besonders, ob's Jungen würden. Sie ist da katholisch light, was aber nicht heißt, dass sie Scheidung oder Abtreibung unterstützen würde. Aber meine Ehre und Ehrbarkeit sind der eine Punkt, wo meine Eltern immer einer Meinung waren. Als Dad dann also von meiner Jungfräulichkeit anfing, war ich echt sprachlos.«

Samira ist baff. »Du meinst, mein korrekter Bruder befürwortet vorehelichen Sex?«

»Und das von dem Typen, bei dem ich immer dachte, er begräbt mich im Garten, falls die Verhütung nicht funktioniert und ich, Gott bewahre, schwanger nach Hause komme.« Muna ist genauso perplex wie ihre jordanische Cousine. »Was glaubst du, was er mir sagen wollte?«

»Dass er noch ein geheimes Leben führt?«

Die beiden Frauen überdenken die Implikationen, als Muna abrupt das Thema wechselt; vielleicht sollte man manche Dinge nicht mit der Verwandtschaft besprechen. Sie fragt: »Samira, warum bist du eigentlich nie in die USA gezogen? Du hast doch bestimmt mal drüber nachgedacht.«

Ihre Cousine macht einen halbherzigen Witz: »Ich konnte einfach die beiden großen Lieben meines Lebens nicht verlassen – meine Mutter und mein Land.« Es gibt noch einen anderen Grund, über den sie nie spricht, aber Muna ist nicht wie die anderen. »Als Mamma mit mir schwanger war, bekam Al Dschid einen Brief von einem der Brüder, da stand drin, es sei eine Schande, dass Fadhma noch immer Kinder bekomme, wo er und seine Frau selbst schon eine Familie gründeten.«

»Du meinst, sie hatten was dagegen, dass ein altes Ehepaar immer noch Sex hat?« Muna zieht wieder eine Grimasse. »Nach deren Standards muss ich ja sexverrückt sein. Ich find diese doppelte Moral gegenüber Frauen furchtbar. Wir kommen aus so einer verklemmten Familie.«

Wann immer Fadhma ihrer Tochter diese Geschichte erzählte, war die Moral, dass Samira dankbar für ihre Existenz sein sollte. Die Anekdote hatte noch eine subtilere Wirkung. »Du siehst also, warum ich nie nach Amerika bin. Meine Familie hätte mich nicht unbedingt willkommen geheißen.« Samira lächelt, ist aber betrübt. Sie beschäftigt sich nicht gern mit dem Thema.

Muna schiebt gerade das Spielzeugauto zu Fuad, als aus Samiras Handy »Zuruni« von Fairuz dröhnt.

»Ein Wunder, dass überhaupt mal ein Anruf durchkommt!« Als Samira die Nummer nicht erkennt, entschuldigt sie sich sofort – »Da muss ich kurz ran« – und eilt ins Haus. »Hallo?«

Am anderen Ende der Leitung fragt eine Frau namentlich nach ihr. Samira erkennt die Stimme nicht, aber sobald sie bestätigt, dass sie selbst am Apparat ist, kommt die Frau auf den Punkt: »Du musst einen Brief abholen.«

Nur eine Mindestmenge an Information wird übermittelt: eine bestimmte Uhrzeit und ein Ort. Ungewöhnlich sind die Vorkehrungen, wie der Brief später überreicht werden soll. Normalerweise trifft sich Samira mit jemandem vom Frauenkomitee oder liefert an einen zuverlässigen Ort. Doch die Anruferin sagt, dass jemand, den sie nicht näher beschreibt, abends mit ihr in Kontakt treten werde. Die Details sind frustrierend vage.

Sie spricht ihre Vorbehalte nicht aus. »*Naam* – ja«, sie verstehe. »Natürlich ... kein Problem«, bestätigt sie noch einmal. Als sie aufgelegt hat, schaut sie auf ihr Handy; sie hat noch Zeit, bis sie aus dem Haus muss. Wegen Fuad muss sie warten, bis ihre Mutter oder Laila wieder da sind. Oder sie könnte Muna bitten zu babysitten. Sofort entscheidet sie sich dagegen. Ihre Cousine kann besser eingesetzt werden. Sie ist der Deckmantel, der Bewegungsfreiheit gewährleistet. Als Samira anfing, für das Komitee zu arbeiten, riet Seinab ihr: »Geh nach links, wenn du nach rechts willst, und wenn du sicher bist, dass dich niemand beobachtet, kehr um.« Mit Muna kann Samira gehen, wohin sie möchte, ohne sich sorgen oder erklären zu müssen. Sie muss sich nur sicher sein, dass ihr Bauchgefühl sie nicht täuscht und ihre Cousine zuverlässig ist.

Samira kehrt auf die Terrasse zurück. »Ich muss heute Abend was Politisches erledigen. Willst du mitkommen?«

»Klar.« Muna ist für alles zu haben; sie kann sich nicht vorstellen, dass ihre jordanische Cousine in irgendetwas allzu Gefährliches involviert sein sollte. »Für was für eine Gruppe arbeitest du denn?«

»Ein Frauenkomitee«, setzt Samira langsam an, »das zu einer größeren Organisation gehört, die in Jordanien arbeitet. Sie sind nicht die Aktivsten, was die humanitäre Krise anbelangt, aber sie sind politisch wirksam und sie helfen Frauen. Weißt du noch, als die syrische Revolution anfing? Das war mal eine friedliche Bewegung.«

Muna ist neugierig. »Und warum hat sich das geändert?«

»Das habe ich meine Freundin Seinab auch gefragt«, sagt Samira. »Sie meinte, Soldaten seien in die Städte und Dörfer gekommen und hätten die Frauen vor ihren Männern und Söhnen vergewaltigt. Manche der Frauen in unserem Komitee sind vergewaltigt worden, oder ihren Töchtern wurde Vergewaltigung oder Zwangsehe angedroht.«

Sie wird gerade erst warm. »Ich versteh nicht, wie die Leute auf die Hunderttausenden von Toten und auf die Millionen von Syrern reagieren, die ihr Land verlassen. Allein die Zahlen wären schon genug, um die Gewalt zu verurteilen, aber stattdessen hast du nur Leute wie –«

Muna unterbricht sie: »Umm Omar.«

»Warum verstehen sie oder andere Leute wie sie nicht, dass syrische Sunniten unbedingt Hilfe brauchen und dass sich manche von denen deshalb den besser bewaffneten islamischen

Fronten zukehren? Nicht jeder Muslim, der um sein Überleben kämpft, begeht gleich einen Genozid an Christen. Das hat Assad anfangs getan. Alle, die sich ihm entgegengestellt haben, ob mit oder ohne Waffe, wurden als Terroristen bezeichnet.«

Muna hebt kritisch eine Augenbraue. »Das Chaos da wird nicht so verschwinden wie anderswo.«

»Millionen von Menschen«, sagt Samira, »geben doch nicht grundlos ihre Häuser auf und rennen davon. Und wenn sie selbst nicht fliehen können, dann schicken sie ihre Kinder auf eine viertausend Meilen lange Reise nach Europa. Hat das denn gar kein Gewicht?«

»Doch, hat es«, sagt Muna. »Aber in meinem Teil der Welt schalten die Leute ab, besonders wenn's um die Regierungen im Nahen Osten geht. Das Internet hat uns alle zu isolierten Konsumenten gemacht. Die Leute gucken und laden runter, was ihnen gefällt, und ignorieren den Rest. Aha, eine Flüchtlingskrise – oh, ich könnte ja einen Bikini kaufen.«

Samira ist von der Erklärung nicht beeindruckt und sagt verächtlich: »Zumindest manchen von uns ist es nicht egal.«

»Ich frage mich, wo jemand wie ich reinpasst.« Muna betrachtet das hölzerne Vordach nebenan, das die Kissen und Stühle vor der Sonne schützt. »Die meiste Zeit meines Lebens war ich für die Araber zu gemischt, und bevor in den USA ethnische Vielfalt schick wurde, war ich denen auch zu seltsam.«

Samira kann nicht fassen, dass sie von der verzweifelten Lage in Syrien erzählt und Muna dabei gleich an sich selbst denkt. Es ist genau, wie Seinab die ganze Zeit gesagt hat: Die Privilegierten fühlen sich immer am ungerechtesten behandelt. Sie versucht, ihre Verärgerung nicht zu zeigen.

Nach einer Pause erwidert Muna: »*Ana mish gharibeh* – ich bin keine Fremde.« Sie zeigt auf sich selbst. »Das hier ist das Gesicht des modernen Nahen Ostens – innerlich wie äußerlich durcheinander.«

»Innerlich und äußerlich durcheinander? Versteh ich nicht.«

»Ich bin die Araberin, die lieber Tochter als Sohn ist«, sagt Muna. »Ich weigere mich, auf dem Altar der Familie geopfert zu werden. Kurz gesagt – ich bin meine eigene Befreierin.«

Ihre Worte lösen die Spannung auf, und Samira antwortet: »Äußerlich bin ich nicht gemischt, aber, um ganz ehrlich zu sein, innerlich steh ich kopfüber.« Zum ersten Mal seit einer gefühlten Ewigkeit lachen die beiden jungen Frauen miteinander.

Ihre üblichen Pflichten – die Kleinen füttern, pflegen und auf Trab halten, herumlaufen, die Perimeter erkunden – verliefen ohne Malheure, trotz eines Unbehagens, das mit jeder Stunde wuchs.

Am Abend verweigerte sie ihre letzte Fütterung. Nicht einmal die verwilderte Katze, die unverhofft auf der Farm aufgetaucht war und um Umm al-Chanasirs liebste Mäuselöcher pirschte, durfte in ihre Nähe. Normalerweise, wenn Umm al-Chanasir nachts auf der Seite lag, schmiegten sich die beiden aneinander. Die Katze ließ sich auf die enorme Masse des Schweins fallen und rollte sich dann in einem beidseitig befriedigenden Austausch sanft an ihrer Seite zusammen.

Obwohl sie ihre Ängstlichkeit vor ihren Kindern hatte verbergen können, war es schwieriger, sie vor Ahmad zu verstecken, der beobachtete, wie sie Heu in ihrem Verschlag umherbewegte, als ob sie sich nicht entscheiden könnte, welcher Heuhaufen der bequemere war. Mit einer Flasche warmer Milchnahrung ging er von Baby zu Baby. Er kannte die Sau gut. Er wusch und desinfizierte sie. Er half ihr bei der Geburt und gab ihr ihre Vitamine und Laxativa. Später rief er wieder Hussein an. »Ihr geht's nicht so gut.« Er hatte seit dem Nachmittag versucht, ihn zu erreichen. »Vielleicht geht's ihr morgen wieder besser. Ich bleibe vielleicht lieber, nur um auf Nummer sicher zu gehen.«

Die menschlichen Besucher des Hofs schliefen nun nicht mehr in der Scheune; im Verarbeitungsblock stand eine Ausziehpritsche, und so begnügte Ahmad sich damit, draußen ein kleines Feuer zu schüren, eine von seiner Frau gewebte Wolldecke um sich zu schlagen und hin und wieder in die Scheune zu gehen. Sobald er sah, dass Umm al-Chanasir sich endlich hingelegt hatte, zog er das Tor zu und ging schlafen.

Sie hatte wieder einen jener Träume; ihre eigene Fäulnis und Abscheu waren unverwechselbar. Vor Anbruch des Morgengrauens spähte sie durch die Stäbe des Verschlags nach draußen und erwartete beinahe, dort ihren alten Feind zu sehen, die Bretterkiste. Warum fühlte sie sich so? Dann witterten ihre Nervosität und Furcht ihn, noch bevor sie ihn sah. Als das Tor aufgeschoben wurde, kauerte sie sich nieder und wollte sich verstecken. Als er gefährlich nah an einer Bucht voller Jungsauen vorbeiging, verdreifachte sich ihre Herzfrequenz, und ihr standen die Borsten zu Berge. Quiekend und kreischend stürmte sie umher und ließ die Gitter ihres Verschlags erbeben. Bei dem furchtbaren Lärm kam Ahmad von der Arbeit angerannt.

»Fremde dürfen hier nicht rein!« Dann sah er noch einmal hin. »Sie sind doch Hani, oder? Abu Satars Freund?«

Die beiden Männer gaben sich die Hand.

»Das ist mein Mädchen«, sagte der Folterer und zeigte auf die Sau.

Das Schwein lief auf und ab und wandte seine schwachen Augen nicht von ihm ab. Als Ahmad die Luke nach draußen öffnete, wartete sie, bis jedes einzelne ihrer Babys, selbst das kleinste Ferkel, im offenen Gelände war. Kein einziges würde mit diesem Killer mitgehen. Glücklicherweise hatte Hani zu tun. Nach der Ankunft von Hussein und Abu Satar widmeten sich die drei ganz dem Equipment auf Hanis Laster. Zum feierlichen Anlass seiner langjährigen Freundschaft mit Abu Satar hatte Hani neue Maschinerie für die Farm mitgebracht. Während des Aufbaus und Testlaufs der Wurstmeister tauchte Hani immer wieder an ihrem Zaun auf, und jedes Mal musste Umm al-Chanasir ihre Ferkel zusammentreiben und hinter sich versammeln. Nicht eines würde sie aufgeben. Geld wurde übergeben, Hani fuhr wieder den Berg hinunter, und Umm al-Chanasir feierte, indem sie mit der Familie auf dem Hof auf und ab stolzierte. Die Siegesparade sollte von kurzer Dauer sein.

Eine Mutter erkennt ihre Kinder am Geruch, egal wie viele es sind. Immer mehr umgaben sie, und sie liebte jedes einzelne von ihnen. Manche waren bedürftiger als andere, andere wiederum gerieten außer Kontrolle. Je größer die Eber wurden, umso aggressiver wurden sie, zumindest vor der Kastration. Der launische Nachwuchs konnte nicht länger bei seinen Brüdern bleiben, und wurden sie bei ihr oder den Mädchen untergebracht, waren sie furchtbare Plagegeister mit nur einem Ding im Kopf – Kopulation. So lebten sie und ihre Töchter allein, manchmal in den anderen Buchten mit den kleineren Ferkeln, die sich immer weiter multiplizierten. Der Stall war zu einer kleinen Stadt angewachsen. Vor der Ankunft von Hani und seiner Maschine waren ein paar verloren gegangen, was normalerweise nur im Vorfeld einer Geburt passierte, wenn Hormone ihre Aufmerksamkeit nach innen lenkten. Jetzt waren die leeren Koben nicht mehr zu übersehen, wo viele der älteren Eber, ihre Jungs, einst gehalten worden waren.

Ahmads ältester Sohn kam nun regelmäßig auf den Hof. Seine Arbeit schien sich auf die hinteren Gebäude zu beschränken, und wenn er Werkzeuge aus der Scheune holte, beachtete er sie kaum. Er war nur an den Ebern interessiert und für Umm al-Chanasirs Geschmack etwas zu freigiebig mit dem elektrischen Viehtreiber. Da bemerkte sie seine lange Gummischürze und die scharfen, großen Messer in seiner Tasche. Die Eber, die er mit sich nahm, kehrten nie zurück. Beim ranzigen Geruch seiner blutbefleckten Schürze musste sie würgen. Ihr Misstrauen war erregt, doch noch immer war sie unsicher warum.

Auf die Ansammlung niedriger Bauten hinter der Scheune achtete sie gar nicht; sie waren außerhalb ihres Sichtfelds, und zusätzlich wurde ringsum eine Mauer gebaut. Doch eines Tages kam der verantwortliche

Bauherr, Abu Satar, zu ihr in die Scheune und blickte, während er durch einen Stapel von Internet-Ausdrucken las, kurz zu ihr herab.

»Ich verstehe jetzt, warum Schweinefleisch, so zart und süß es auch sein mag, nie ein großer Hit wurde«, sagte er zu Umm al-Chanasir. »Als die frühen Araber deine Vorfahren geschlachtet haben, dachten sie, die Tiere wären dumm. Aber Schweine sind schlau: Wenn sie sehen, wie ein Artgenosse getötet wird, schüttet das ein Stresshormon aus und das Fleisch wird vergiftet.« Er hänselte sie: »Den Leuten macht's nichts aus, was zu essen, das schlauer ist als sie selbst, aber gut schmecken muss es.«

Die Mauer, die sie vor einem furchtbaren Wissen bewahren sollte, machte die Dinge nur noch schlimmer.

Der Stress ihrer ermordeten Söhne erreichte schließlich Umm al-Chanasirs Herz und wanderte von dort weiter ins Gehirn, bis sie nichts anderes mehr riechen konnte als handgefertigte Schinken, gewürzte Würstchen und die blutigen Leichen ihrer ermordeten Kinder. Ein liebenswürdiges Schwein wurde launisch und feindselig. Die Anforderungen an ihren Körper wurden zu groß. Bei all den Babys ringsum, die ihrer Aufmerksamkeit bedurften, ihr das Lebensblut aussaugten, blieb nicht eines, von dem sie glaubte, es könnte Ahmads Sohn und den elektrischen Viehtreiber überleben. Vor ihren Fütterungszeiten zeigte sie sich gereizt, und ihre Reinlichkeit, auf die sie einst stolz war, ließ nach. Nichts verschaffte ihr Vergnügen oder Ruhe. Ob tags oder nachts, wach oder schlafend, es plagten sie schreckliche Albträume. Nur Hussein, der sie künstlich befruchtete, und Ahmad, der sie aufopfernd pflegte, wunderten sich über den Wandel in ihrem Verhalten.

17

Das letzte Stück von Al Dschids Erbe liegt am Ende eines Feldwegs in einer Senke zwischen drei Hügeln. Der abgelegene Ort ist ideal für die Schweinezucht. Dass irgendjemand hier hinaufkommt, ist unwahrscheinlich, aber Hussein hat sich nicht aus diesem Grund entschieden, diesen Teil des väterlichen Landes zu behalten. Das Grundstück ist etwas Besonderes wegen der winzigen Quelle, die in einer Felsspalte am Fuß der Hügel emportritt.

Die Quelle war schon immer dort, nur wusste Hussein nichts davon. Kurz nachdem er die Armee verlassen hatte, beauftragte er einen Wünschelrutengänger. Hussein hatte sich noch nicht dazu durchgerungen, das Ackerland seines Vaters zu verkaufen, und suchte verzweifelt nach Möglichkeiten, es rentabler zu machen. Fünf Tage lang ging er einem verhutzelten Alten hinterher, der systematisch jeden Quadratzentimeter Boden ablief und dabei zwei Enden eines y-förmigen Stockes hielt. Mehrere Male zuckte der Stock, doch es war falscher Alarm. Am letzten Tag stiegen sie hinauf zu Al Dschids unwirtlichster Parzelle. Sobald sie ankamen, erstrahlten die Augen des Wünschelrutengängers. Ohne sein Werkzeug auch nur zu greifen, ging er zielstrebig zu einem niedrigen Fels- und Geröllhaufen. »Graben Sie hier«, befahl er und zog sich in den Schatten eines Busches zurück, wo er mit verschränkten Armen sitzen blieb.

Hussein schob die Felsblöcke zur Seite. Nur wenige Zentimeter unter der Erdoberfläche sammelte sich Wasser in einer flachen Mulde, und als er ein Becken von knapp einem Meter ausgehoben hatte, füllte sich die Grube schon rasch. Sorgsam legte er Steine rings um das Loch und betrachtete es mit der Zeit als einen Schrein zum Gedenken an seinen Vater. Als er den Großteil von Al Dschids Ländereien verkaufte, dachte er kein einziges Mal daran, die siebzig Dunam um die Quelle loszuwerden.

»Mein Vater hätte das hier schlichtweg als Wunder betrachtet.«

Jetzt steht Hussein mit Mustafa bei den Steinen um das Rinnsal. Sie haben die Taschen des Soldaten zu zweit getragen und sind über den Pfad auf der anderen Seite des Hofs über eine abseits gelegene Geröllfläche gegangen. Die Zivilkleidung steht Mustafa noch nicht so recht, aber er wird bestimmt in sie hineinwachsen, denkt Hussein, als sie den immer steiler werdenden Pfad erklimmen. Bei dem einsamen Pistazienbaum, unter dessen spindeldürrem Geäst Husseins Vater einst während einer Dürre Wache hielt, machen die beiden schließlich Rast. Damals flehten Freunde und Familie Al Dschid an, mit dem Fasten aufzuhören und zumindest etwas Wasser zu trinken, doch seine Antwort blieb stets dieselbe. Das ausgetrocknete Land war eine Prüfung, von Gott allein gestellt. Al Dschid zitierte den hitzigen Sankt Sabas, der seine Hände gen Himmel ausgestreckt hatte, und aus jedem Finger war wie durch ein Wunder eine Flamme geschossen.

»Mein Vater glaubte wirklich, es sei eine Frage der Überzeugung. Wenn er nur stark genug betete, würde es regnen. Und das tat es dann auch.« Egal wie oft Hussein sich die Geschichte durch den Kopf gehen lässt, jedes Mal ist er weniger über das Geschehen selbst erstaunt als über die Niederträchtigkeit der Natur. »Über dem Dschabel Musa entlud sich ein Gewitter und wurde zu einem heftigen Wolkenbruch. Al Dschid tanzte vor Freude, aber das Hochwasser, das dann folgte, demütigte ihn.« Einen

Augenblick lang ist Hussein verwirrt. Die Geschichte lässt ihn immer ohne Antwort zurück.

Die beiden Männer lassen den Blick über die terrassierten Felder unter sich schweifen, die Al Dschid einst pflügte; bald werden seine brachliegenden Hektare am Stadtrand den Bulldozern der Bauunternehmen zum Opfer fallen. Nah und fern, im hellen Sonnenlicht und in den Schatten, wechseln die öde Steppe und die Berge entlang des Flusstals die Farbe, von Braun zu Grau, zu Purpur und Gold. Mustafa lässt die idyllische Ruhe auf sich wirken und holt tief Luft. »Er klingt wie ein tief und treu gläubiger Mann.«

Doch das, denkt Hussein, ist nie genug. »Man könnte sagen, er hat sein ganzes Leben lang gegen Ungerechtigkeit gekämpft. Mein Vater war der Überzeugung, wenn es ein Gelobtes Land gäbe, müsse es auch ein verwehrtes Land geben.«

Hussein muss nicht deutlicher werden. Der Kontrast zwischen dem gebirgigen Gestrüpp und den vereinzelten Vegetationsflecken am Ostufer und den satten Weiden auf der anderen Seite wirkt wie eine Kränkung oder Herausforderung. Angesichts solcher Widrigkeit hätten die meisten Männer vor der Natur kapituliert. Doch der Realist Al Dschid war in vielerlei Hinsicht auch ein Narr.

»Mein Vater empfand es als seine Mission, dass diese Seite des Flusses sich erinnern sollte.«

Ausnahmslos jeden Tag verließ Al Dschid das Haus vor Anbruch der Morgendämmerung und kehrte erst in der Dunkelheit zurück. Oftmals bis zum Zusammenbruch erschöpft, gab er niemals völlig auf. In dem Jahr, als sich sein Schicksal schließlich kehrte, kam der Regen früh. Er hatte oft erlebt, wie vielversprechende Anfänge in Katastrophen endeten, und so machte er weiter wie üblich, in Erwartung des Schlimmsten. Die ganze Saison über blieb das Wetter milde und die Felder wurden grün, doch noch immer ruhte er sich nicht aus. Als die Erntezeit kam, wurde ihm klar, dass er nach lebenslangem Festkrallen am Existenzminimum endlich genug hatte, um seine Familie zu ernähren, und dazu noch einen kleinen Rest für den Verkauf. Dinge, für die er das Geld hätte ausgeben können, gab es reichlich – die Kleidung der Kinder war abgewetzt, und das alte Haus aus Lehmziegeln und Stein musste dringend ausgebessert werden – doch Al Dschid hatte eigene Pläne.

Bildung war seine lebenslange Leidenschaft. In einem Anfall von Selbstverbesserung brachte er sich das Lesen und Schreiben bei. Er kam zu der Ansicht, dass alle Straßen, ob die der Karawane oder die des Kolonisten, durch den Nahen Osten führten. Die Region hatte die frühesten Regungen von Zivilisation genährt und Religionen entstehen lassen, die die Welt beherrschten. Glaube, die Grundlage moralischen Verhaltens, trugen die Menschen in ihren Herzen, und er überlebte nur aufgrund einer Landwirtschaft, die vor Tausenden von Jahren in den umliegenden Feldern und Ebenen ihren Anfang genommen hatte, als Tiere zusammengetrieben und die ersten Samenkörner gesät worden waren.

Al Dschid war stolz auf sein Bildungswissen zu Religion und Geschichte, wenngleich er verstand, dass seine Söhne, um jemals frei von der Tyrannei des Bodens zu sein, eine pragmatischere Weisheit benötigen würden. Die europäischen Mächte, die seit dem Niedergang des Osmanischen Reichs bestimmt hatten, zogen sich zurück, und es ließ sich nicht genau voraussagen, wie sich die politische Landkarte ändern würde. Die Gebildeten mochten es schaffen, doch die Unwissenden würden weiterhin leiden. Nicht die Erde, die der alte Mann bekämpfte und bändigte, war die Rettung der Familie, sondern die Kinder, die er großzog und bei denen er darauf bestand, sie ins Ausland zu schicken.

Hussein hatte sich nie allzu vertieft mit den Motiven seines Vaters auseinandergesetzt; er war zu beschäftigt damit, sich gegen sie aufzulehnen. Jetzt, in Gegenwart des vaterlosen Soldaten, fühlt er sich genötigt, über Al Dschids Leben zu sprechen.

»Für ihn stand fest, dass all seine Söhne erfolgreich sein sollten. Als meine Brüder und ich volljährig wurden, wählte er unsere jeweiligen Berufsfelder aus – Wissenschaft, Wirtschaft, Ingenieurswesen, Medizin, Militär, Finanzwesen, Immobilien und Kleinhandel. Um ehrlich zu sein, hatte ich keine große Lust auf die Armee, aber gute Männer wie du und dein Bruder waren die Zeit wert.« Schwitzend stellt er den Seesack des Soldaten ab; so sehr ist er aus der Form geraten. »Und als ich aus dem Dienst ausschied, habe ich mir geschworen, keinen der Kämpfe meines Vaters aufzunehmen.«

Der Pfad verläuft zu einem entfernten Hohlweg hinab, von wo es noch ein paar weitere steile Meilen bis ins Tal und zur Stadt sind. Hussein stemmt Mustafas Seesack in die Höhe, schiebt ihn auf einen Felsvorsprung über sich und krabbelt hinterher. Ein paar Schritte weiter klettert er durch eine enge Öffnung im Felsen und wartet, bis Mustafa die Taschen zu ihm durchgeschoben hat. Sobald das Gepäck auf der anderen Seite ist, klettert auch Mustafa durch die Lücke, die auf eine weitere Felsnase führt. Hussein hat seine eigenen Gründe, den Soldaten mit dem Terrain rings um die Farm vertraut zu machen, und sagt: »Du weißt ja von deiner Zeit an der Front, Vorbereitung ist die erste Verteidigungslinie.«

Sie legen die Taschen neben eine Reihe unregelmäßiger Löcher im Felsen, manche von der Größe eines Kaninchens, andere breit genug für vier Männer. Sie treten durch eine der größeren

Öffnungen, drinnen ist die Luft still und trocken. Hussein zündet sich eine Zigarette an. »Wir sind gar nicht weit weg vom Dschabel Musa und dem Kloster. Als sie da irgendwann mehr Eremiten als Zellen hatten, kamen manche von ihnen in die Höhlen hier. In einer habe ich mal eine Schüssel und einen Löffel aus Holz gefunden; kein großer Lohn für ein Leben, das man im knienden Gebet zubringt.«

Er zeigt ins dunkle Innere der Höhle. »Wenn du dort immer weitergehst, immer nach unten, gibt's einen Weg, der führt zurück auf den Pfad, über den wir eben gekommen sind. Der führt dann zurück zum Hohlweg. Wenn du nicht vom Pfad abkommst, erreichst du nach zwölf Kilometern die Stadt. Keine Strecke, die ich im Dunkeln gehen würde, wäre aber nicht unmöglich.«

Hussein macht wieder einen seiner traurigen Witze. »Das ist das Problem mit der Armee, sie macht dich bereit oder sie macht dir Angst. Ich habe hier ein paar Sachen gelagert, nur für den Fall der Fälle.« Er rollt einen Stein beim Eingang beiseite und zeigt Mustafa den Inhalt eines Stoffsacks: eine funktionierende Taschenlampe, ein Seil, ein Feuerzeug, eine Kerze und eine Plastikflasche Wasser. »Und ich bin nicht der Einzige«, sagt er. »In einer der anderen Höhlen habe ich einen Haufen Frauengewänder gefunden und sie auch hier hingelegt.« Er leuchtet mit der Taschenlampe ins Innere. Das Licht fällt auf einen Haufen Steine, hinter dem ein weiteres Bündel liegt.

Der Soldat nickt. »Man weiß nie, was noch nützlich sein könnte.«

Sie verstehen einander. Im nachmittäglichen Licht, das durch den Höhleneingang strahlt, verstecken sie die Taschen wieder hinter den Felsen. Draußen trifft ein felsiger Horizont auf einen grellblauen Himmel. Ein majestätischer Anblick, der einst Propheten und Wüstenväter inspirierte.

»Man kann Gott spüren«, sagt Mustafa.

»Gewiss.« Hussein bleibt unverbindlich, wenngleich er sich fragt, was wohl wunderlicher ist, die entflammenden Finger eines Heiligen oder eine Wünschelrute, die standardmäßig Wasseradern entdeckt. Er wirft seine Zigarette zu Boden und bugsiert sich durch die Felsöffnung, dann den Vorsprung entlang und hinunter. Während sie denselben Weg zurückgehen, formuliert Hussein einen Plan: Er wird den Soldaten mit in die Scheune nehmen und ihm zeigen, was ihn entweder auf ewig verprellen oder ihm als bunte Anekdote für seine Heimreise dienen wird.

Bei der Quelle auf dem Weg zur Farm hört Hussein plötzlich, wie sich ein Automotor den Berg heraufschleppt. Er kann fast bis auf die Sekunde genau sagen, wann der Wagen den glatten Asphalt verlässt und auf den groben Feldweg zur Farm abbiegt. In der zweiten Kurve, bei den Flachbauten, die sich in dem engen Tal dicht an dicht zwischen den Steilhängen drängen, erscheint eines der klapprigen Taxis aus der Stadt.

Ahmad ist schon vor der Scheune und ruft nach ihm. Als Hussein die unvermuteten Insassen des Wagens erblickt, werden seine Schritte schneller. »Nimm Mustafa mit rein«, befiehlt er seinem Betriebsleiter. Der Soldat wird nun allein zu einer Entscheidung kommen müssen. Sein Ex-Kommandant wird anderweitig benötigt.

»Mikhail, willkommen!« Hussein greift durch das offene Taxifenster, um dem Fahrer die Hand zu geben. Er muss gar nicht erst fragen; er spürt, dass etwas los ist. Laila kommt so gut wie nie zum Hof. Er wartet, dass sie oder die Jungen etwas sagen, doch die drei bleiben völlig still sitzen. Als er die Vordertür öffnet, fallen ihm seine zerrauften Söhne in die Arme. Er sieht seine Frau an.

»Sie haben sich geprügelt«, sagt sie.

Hussein inspiziert Mansurs blaues Auge. »Sieht ganz danach aus.«

Als sie die Stimme ihres Vaters hören, fangen die Kinder an zu schluchzen. Während Hussein sie tröstet, steigt Laila aus dem Taxi aus und bezahlt Mikhail. Bevor er davonfährt, gibt Hussein ihm über die Köpfe seiner Söhne hinweg ein Zeichen zu warten. Er löst sich aus den Armen der Jungen und geht in den Verarbeitungsblock, wo Ahmad und Mustafa zusammen Tee trinken. Der Soldat sieht gut aus. Dschihad ist wohl übler als die rumpelnde *Wurstmeister*. Mit einer Kette Würstchen, eingewickelt in Wachspapier, kehrt Hussein zum Taxi zurück. »Für Ihre Frau, Mikhail. Diese hier mag sie besonders gern.«

Der Fahrer, offensichtlich erfreut, verabschiedet sich von Hussein und seiner Familie: »*Ma' al-salameh*.«

Hussein sieht seine Söhne streng an. Er erwartet die angemessene höfliche Antwort, egal wie schlecht sie sich fühlen. »Und was sagt man da?«

»*Bi salam Allah*«, antworten die Jungen respektvoll durch ihr Schniefen hindurch.

Als das Auto auf dem Feldweg zur Teerstraße zurückfährt, winken ihm Hussein und die Kinder nach. Dann setzt er sich mit ihnen auf einen flachen Felsen. Vorsichtig untersucht er die weiche, zarte Haut in Mansurs Gesicht. »Ging's um die Farm?«

Sie antworten nicht. Er fragt noch einmal, doch Mansur und Salim weichen seinem Blick aus. Hussein wendet sich an seine Frau. »Ehrlich, Laila, sag ihnen, dass man sich wegen Schweinen nicht prügeln muss.«

Sie wirft die Hände in die Luft. »Warum denn nicht? Scheinen doch alle zu wollen!«

In ihrer Stimme liegt eine Spur Panik, die Hussein beunruhigt. Er legt seinen Söhnen eine Hand auf die Schulter und sagt:

»Jungs, geht mal Ahmad suchen – er ist bei der Wurstmaschine. Fragt ihn mal, ob Umm al-Chanasir schon ihre neuen Ferkel bekommen hat.«

Die Kinder gehen erst zögerlich los, doch als sie den Verarbeitungsblock erreicht haben, rennen und lachen sie zugleich. Laila setzt sich auf den Felsen neben ihren Mann und öffnet die Essenstüte. Es gibt Tabbuleh und geschnittenes Bratenfleisch in einer Plastikdose, in eine Serviette eingewickeltes Brot und etwas Obst. Sie bietet Hussein davon an. »Deine Mutter kann besser mit einer Krise umgehen als ich. Wenn du dich auf mich verlassen müsstest, gäb es nur Gras zu essen. Dann«, fügt sie verdrossen hinzu, »wären wir alle dumm wie Schafe, wenn wir das nicht eh schon sind.«

Hussein, von ihren Worten etwas verwirrt, nimmt einen Apfel, doch nachdem er ihn ein paar Sekunden lang in den Händen umhergerollt hat, legt er ihn zurück in die Tüte. »Ich habe keinen Hunger. Heute ist noch mehr passiert als das mit den Jungen.« Ausführlich beschreibt er die letzten zwei Stunden, einschließlich Mustafas Auftauchen. Als er von Abu Satars Schrullen erzählt, bringt er Laila sogar zum Lachen. »Alles in allem« – er schüttelt den Kopf – »war es wirklich erhellend.«

»Das ist aber kein Wort, das du normalerweise benutzt.« Laila blickt ihn scharf an, aber er weiß, dass seine Augen klar sind und sein Atem nicht so stark riecht wie sonst am späten Nachmittag.

»Mir kommt es so vor, als wollte mir jemand was sagen, und es ist nicht Frau Habasch«, scherzt er. Er will die Stimmung aufhellen, um seiner selbst wie um ihretwillen.

Sie erwidert sarkastisch: »Gatte, ich kann dir genau sagen, wer's ist. Rat mal.« Mit einer Hand zwirbelt sie unter ihrem Kinn wie an einem Bart, mit der anderen zeichnet sie sich einen Turban um den Kopf. »Hat heute die Chutba in der Moschee abgehalten.«

Bei allen Problemen muss Hussein lächeln. »Nein, das meine ich nicht. Es gab einfach zu viele Zeichen in letzter Zeit. Mir ist klar geworden, wenn ich weitermache wie bisher, führt das ins Unglück, aber es geht nicht nur um mich: die Familie, die Farm, alles muss sich ändern.«

Beeindruckt von der Nüchternheit und Ernsthaftigkeit ihres Mannes nickt Laila zustimmend. »Unabhängig voneinander sind wir beide zum selben Schluss gekommen. Hussein, was tun wir jetzt?« Sie legt eine Hand auf seine, aber er macht keine Anstalten, sie zu umfassen.

»Ich weiß es nicht. Ich muss noch drüber nachdenken, aber früher oder später muss ich eine Entscheidung treffen. Ich hoffe nur, dass genügend Zeit bleibt, um die für uns richtige zu treffen.« Er nimmt die Hand seiner Frau und streicht mit dem Daumen über die weiche Haut. »Laila, sag ehrlich, haben wir alles, was wir brauchen? Fehlt uns irgendwas? Das Haus ist voll, die Kinder haben gut zu essen. Viele Leute könnten das nicht von sich behaupten. Sieh dir nur Mikhail an.« Er hofft, dass sie gleich begreift, mit wie wenig viele Familien in ihrer Stadt über die Runden kommen. »Kannst du mit dem, was wir haben, glücklich sein und nicht noch mehr erwarten?«

Er hat noch nie so ehrlich mit ihr gesprochen, und sie ist berührt von der Aufrichtigkeit seiner Sorge. Bislang war sie stets davon ausgegangen, dass seine Motive genauso egoistisch seien wie ihre. Jetzt wird ihr klar, dass er die ganze Zeit an sie und die Familie gedacht hat. Er hat sie sogar über sein eigenes Glück gestellt. Durch ihre Achtlosigkeit war sie schlecht zu dem einen Mann, der sie gut behandelt hat. Alles, selbst der grässliche Gestank der Farm, schwindet dahin. Sie sieht nur noch Husseins Gesicht. Zum ersten Mal seit vielen Monaten begehrt sie ihren Ehemann, und sie beugt sich vor und küsst ihn zart auf den Mund.

Er legt einen Arm um sie, und sie lehnt sich an ihn. »Wir sind gesund und haben unsere Kinder«, sagt er. »Was wollen wir noch mehr?«

Laila denkt, dass sie beide trotz allem lernen könnten, einander wieder zu lieben. Still sitzen sie nebeneinander. Langsam schiebt sich die Sonne hinter eine der Hügelspitzen. In der Stadt und auf Teilen des Berggipfels wird es noch ein paar Stunden länger hell bleiben, doch aufgrund der Lage der Farm setzt die Abenddämmerung hier früh ein. Laila war lange nicht auf dem Hof. Nach den ersten Gewinnen hatte sie das Interesse verloren. Wann immer die Familie hinausfuhr, blieb sie demonstrativ zu Hause, um ihren Mann zu bestrafen. Hin und wieder erkundigte sie sich, wie es Umm al-Chanasir ging, doch nie mit großem Interesse.

Hussein bricht das Schweigen. »Ich will Mustafa bitten, auf dem Hof zu helfen, bis er bereit ist, wieder nach Hause zu gehen. So hat er Zeit, sich wieder ans Leben zu gewöhnen, bevor er zu seiner eigenen Familie zurückkehrt. Dass er gerade jetzt zu uns kommt, ist Gottes Wille. Bei all dem Druck weiß ich nicht, wie lange Ahmad es noch schafft.«

Indem er weiterhin mit den Schweinen arbeitet, handelt der Betriebsleiter gegen den Willen der jüngeren, radikaleren Elemente seiner Gemeinde. Dass er so lange durchgehalten hat, zeugt von seiner Loyalität zu Hussein. Sooft jemand dem alten Mann seinen Arbeitgeber vorwirft, erwidert er: »Ich beuge mich Allah genau wie du. Wenn es sein Wille ist, dass ich meine Familie und meine kranke Frau durch Arbeit für einen Ungläubigen ernähre, dann soll es so sein. Wie alle gläubigen Muslime gebe ich zehn Prozent meiner Einkünfte für wohltätige Zwecke. Kritisiert mich nicht für Notwendigkeiten.« Bis jetzt hatte das ausgereicht, doch bei den täglich wachsenden Spannungen weiß er, dass er und seine Söhne letzten Endes keine andere Wahl haben werden, als zu gehen.

Laute Rufe reißen Laila aus ihren Gedanken. Ahmad kommt aus dem Ferkelstall gelaufen und winkt aufgeregt.

In der Scheune stehen Mustafa und Ahmads Söhne vor Umm al-Chanasirs Verschlag. Als Hussein hereintritt, kommen Mansur und Salim auf ihn zugerannt. Er drängt sich an ihnen vorbei. Als Laila ihren Ehemann einholt, schnappt sie nach Luft. »Mein Gott, was für ein Berg ...«

Die zahllosen Schwangerschaften haben das Tier ähnlich mitgenommen, wie es bei einer Frau der Fall wäre, wenngleich wenige Frauen über dreihundert Kilo erreichen. Von den Vorderläufen des Mutterschweins tropft Blut aufs Stroh. Um ihre Hufe liegen wie zertrampelte Blumen die Überbleibsel ihres jüngsten Wurfs. Nur Stunden nach der Geburt wurden sie unter dem enormen Gewicht ihrer Mutter zerdrückt. Sie ist einfach über sie hinweggerollt, als hätten sie nie existiert.

Doch das erklärt nicht das Blut, das aus dem Maul der Sau rinnt. Da begreift Hussein, und ihn überkommt Ekel. Nichts auf der Welt sollte dazu gezwungen werden, sich unablässig fortzupflanzen. Der Stress war zu groß, und wie er seinen Onkel wiederholt gewarnt hat, war es nur eine Frage der Zeit, bis sich seine schlimmsten Ängste erfüllten. Umm al-Chanasir frisst das Hinterbäckchen eines Ferkels und zermalmt es in einem riesigen, kräftigen Kiefer wie einen Apfel. Sie macht den Anschein, als würde sie es genießen. Die einst neugierige Schnauze ist mit Blut und Knochenstückchen verschmiert. Entsetzt schiebt sich Hussein an seiner Frau und seinen Söhnen vorbei und läuft rasch nach draußen. Sekunden später ist zu hören, wie der Wagen des Schlachters vom Hof fährt.

18

Eine laute körperlose Stimme schallt durch das blaue Himmelszelt: »*Allahu akbar, Allahu akbar!*«, »Gott ist groß!« Die Worte hallen zwischen den Bergen wider und vermischen sich mit den Gebetszeilen danach. »Es gibt keinen Gott außer Gott.« »Ich bezeuge, dass Mohammed Allahs Gesandter ist.« »Eilt zum Gebet.« »Eilt zur Seligkeit.« »Allah ist größer als alles.« »Es gibt keine Gottheit außer Allah.« Die Botschaft fällt wie Regen auf die Stadt.

Im Ostviertel legen manche Menschen sofort die Arbeit nieder und knien gen Mekka. Andere nehmen die Einladung an und begeben sich zur Moschee. Für die christliche Gemeinde hat der Ruf zum Gebet um sechs Uhr eine andere Bedeutung. Für all jene, die tagsüber religiös die Hitze meiden, ist er ein Ruf zum Leben. Betagte Großmütter, Haar und Haut blass durch Alter und selbst auferlegte Abschottung, treten hinaus in ummauerte Gärten, um Gehwege zu fegen. Straßen und Gassen füllen sich mit Verwandten und Freunden, die einander besuchen. Bauern grüßen sich auf dem Weg zu ihren Feldern, um noch einen letzten Blick darauf zu werfen, bevor sie sich im Kaffeehaus und Internetcafé zu Backgammon, Kaffee und Tratsch zusammensetzen. Die dumpfe Schwüle, die den ganzen Tag lang über ihnen hing, ist nun langsam auf dem Rückzug.

Auf der gegenüberliegenden Straßenseite vom Haus der Sabasens tritt eine Nachbarin auf den Hof, als wäre sie gerade aus einem langen Schlaf erwacht. Samira und Muna haben sich den späten Nachmittag auf der vorderen Terrasse vertrieben. Samira merkt, dass sie bald losgehen sollten, wenn es noch so aussehen soll, als würden sie nur einen kleinen Spaziergang machen. Sie muss am verabredeten Ort sein, bevor die Straßenlaternen eingeschaltet werden. Auf dem Fußboden stapelt Fuad gewissenhaft Bauklötze. Mit einem launischen Handgriff wirft er sie um. Genauso einfach verpasst man Termine – ruckzuck sind sie dahin. Wieder lässt Samira den Blick über die Straße gleiten. Drei Umrisse tauchen auf. Laila und die Jungen.

»Lass uns losgehen«, drängt sie Muna. Mit Fuad auf dem Arm eilt sie die Eingangstreppe hinunter. Auf der staubigen Straße reicht sie Laila den Kleinen und sagt, dass Muna ein bisschen durch die Stadt bummeln möchte. »Es wäre doch schön, ihr ein bisschen was zu zeigen, solange es noch hell ist. Wir haben den ganzen Tag drinnen gehockt.«

Wäre Samira allein, würde Laila ihr was erzählen. Doch die Schwägerin schließt nur still ihren Jüngsten in die Arme. Auch Mansur und Salim sind schweigsam, die Gesichter verschmiert und dreckig; offensichtlich war der Nachmittag anstrengend.

Im letzten Steinhaus an der Staubstraße – das mit dem Garten – wohnt eine Witwe, die die ganze Straße überwacht. Als die beiden jungen Frauen dort vorbeigehen, ruft es aus einem offenen Fenster: »Immer unterwegs! Wo willst du denn hin, mein Kind?«

Durch eine Lücke greift Samira nach Fingern voller Goldringe und ruft: »Tantchen, ich sitze doch immer zu Hause und sehe dich aus meinem Fenster. Ich verspreche, bald komme ich mal zu Besuch.« Samira und Muna gehen weiter über unbefestigte Straßen und offene Höfe. Fünfzehn Minuten später stoßen sie auf eine teils geteerte größere Straße, auf der Teenagermädchen in Zweier- und Dreiergruppen auf und ab gehen. Irgendetwas an der Stimmung legt nahe, dass sie nicht einfach nur frische Luft schnappen.

Am anderen Ende der Straße, bei einem Kreisel, warten Jungen im Teenageralter. Ein ramponierter Mustang fährt vorbei, der Fahrer ruft: »Hey, Wafika!«, und hupt mehrmals. Die beiden Geschlechter bleiben scheinbar auf ihrer jeweiligen Straßenseite.

Samira schaut auf ihr Handy und geht langsamer. Die Uhrzeit macht ihr keine Sorgen. Außerdem sind noch andere Mädchen auf der Straße, ein klares Zeichen, dass sie und Muna nicht hetzen müssen. Als sie sieht, wie ihnen die Zwillinge entgegenkommen, weiß sie, dass sie ihren Freundinnen nicht aus dem Weg gehen kann, ohne unhöflich zu sein.

»Willkommen in der Lovers' Lane«, begrüßt Yvette Muna. Ein Stück vor ihnen löst sich ein Junge gerade aus der Gruppe seiner Freunde. Pfeifend, die Hände in den Hosentaschen, flitzt er über den Verkehrskreisel und landet wie zufällig hinter einer Gruppe Mädchen. Er hält diskret Abstand, verlangsamt jedoch sein Schritttempo und folgt ihnen.

»Der hat Nerven!« Yvette klingt eher bewundernd als vorwurfsvoll.

Samira würde gerne weiter, doch weil ihr keine gute Ausrede einfällt, sagt sie nur schwach: »Ich glaube, Muna interessiert das nicht.«

Yvette hakt sich bei Muna ein und deutet mit dem Kinn auf den Jungen. »Nicht interessiert an Liebe auf Arabisch? Komm schon. Er macht seine Absichten doch absolut deutlich.«

»Was für Absichten denn?« In Munas Augen ist jemand über die Straße gegangen.

Die Zwillinge nicken sich zu. »Ich seh schon, wir müssen ihr das Schritt für Schritt erklären.« Yvette sagt: »Wenn man die feineren Nuancen nicht erkennt, kann der Schein trügen.«

Gigi flüstert Muna zu: »Er läuft hinter dem Mädchen, das ihm gefällt.«

Als die Gruppe an ihnen vorbeigeht, verstummt sie. Der Junge pfeift noch immer.

Yvette kichert und singt ein paar Takte seines Liedes mit: *»Deine Augen machen mich begierig, ich bin schwach vor lauter Hunger!«*

Samira muss laut lachen. Yvette ist großartig. Bei politischen Treffen schweifen Samiras Gedanken manchmal zurück zur Lovers' Lane. In der Hauptstadt nehmen sie sich zu ernst. Sie vermisst die Späße ihrer Freundinnen. Als sie den Verkehrskreisel erreichen, muss sie auf einmal an Walid denken. Einst stand er auf der anderen Straßenseite und sah sie an. Sie schüttelt ihr langes dunkles Haar, um ihn aus ihren Gedanken zu vertreiben. Sie hatte so wenig Ahnung. Warum sollte sie jetzt wegen ihrer damaligen Blödheit sentimental werden.

»Komm schon!« Yvette stampft mit dem Fuß, damit sie aufholt.

Eines der Mädchen fällt hinter ihren Freundinnen zurück, bis der Junge sie eingeholt hat. Während die beiden ein paar Worte wechseln, hält Yvette ihre kleine Gruppe an. Dann rennt der Junge zurück auf die andere Straßenseite, und das Mädchen holt wieder ihre eigene Gruppe ein.

»Jetzt haben sie ein Date ausgemacht«, sagt Yvette.

»Dania«, ruft Samira, »wart nur, bis ich das deiner Mutter erzähl!«

Erschrocken dreht sich das Mädchen um. Als sie Samira sieht, kommt sie herübergehüpft und umarmt sie.

Samira blickt über den Rand ihrer Brille und verdreht die Augen. »Das ist das Problem mit verliebten Mädchen – sie umarmen wirklich jeden.«

Dania legt den Kopf an Samiras Schulter und nimmt ihre Hand. Sie laufen ein Stück zusammen. »Meine Mutter mag ihn nicht.«

»Und, überrascht dich das etwa?«, sagt Yvette und beobachtet weiter das Treiben.

»Ich will sie nicht enttäuschen.«

Yvette ist verständnisvoll, aber streng: »Enttäuscht werden sollte niemand.«

»Am wenigsten du selbst«, sagt Samira sanft. »Du musst deinem Herzen folgen.«

»Meinst du wirklich?«

Samira nickt weise.

Das jüngere Mädchen hüpft zurück zu ihren Freundinnen.

»Die Stimme der Erfahrung.« Yvette drückt Samiras Arm. »Klingt, als wäre dir mal das Herz gebrochen worden.«

Selbst wenn Yvette sie nur ärgern will, weiß Samira, dass sie neugierig ist. Seit Walid einen Job am Golf gefunden hat und kein fester Bestandteil der Lovers' Lane mehr ist, findet er keine Erwähnung mehr. Vor nicht allzu langer Zeit behauptete Samira noch, sie würden einander E-Mails schreiben, aber der Schwindel ist ihr inzwischen zu anstrengend.

»Was Dania auch tut, für sie wird sich nichts ändern. Immer wird sie sich danach sehnen, abends rauszugehen, wie wir alten Frauen. Wisst ihr« – Samira hakt sich bei Yvette und Gigi unter – »irgendwann mal wird man uns hier nicht mehr gerne sehen. Dann sind wir keine Kummerkastentanten mehr, sondern ...«, sie flüstert schelmisch, »Spioninnen.«

Sie hat Muna und die Zwillinge zu einem vernünftigen Tempo bewegt, und sie erreichen die Reihe von Ladengeschäften. Als sie an der Schlachterei vorbeigehen, winkt Samira Khaled zu, der hinter der Theke Kunden bedient, und fragt sich, wo Hussein ist. Das Geplauder ihrer Freundinnen verdrängt den Gedanken.

»Wenn wir alt sind, werden wir Kopftücher tragen«, verspricht Gigi und schüttelt ihr langes lockiges Haar.

»Und dann gehen wir jeden Tag in die Kirche. Aber bis dahin« – Yvette steht neben der geöffneten Tür eines kleinen Musikgeschäfts – »können wir noch Spaß haben.«

Samira zögert und sieht wieder auf ihr Handy. Sie hat noch genügend Zeit. Gern wäre sie zu früh dort, aber Yvette verstellt ihr den Weg. »Was ist denn los? Komm doch ein paar Minuten mit rein, Laila macht das schon nichts aus. Außerdem muss Muna mal unser einziges Laster sehen und hören.«

Samira gibt klein bei und folgt ihr nach drinnen. Überall stapeln sich Kassetten, alte Schallplatten und CDs, an den Wänden, auf Regalen, in Schachteln und auf Tischen. Manche haben Bilder auf ihren Hüllen, doch die meisten sind außer einer einzigen Zeile auf Arabisch blank. Das Lädchen gehört Abu Satars jüngstem Sohn, Sammy. Gegründet hat er es mit einem Pappkarton voll Kassetten vor dem Schnäppchen-Emporium. Sein Vater, kein großer Musikliebhaber, außer als er dachte, Sammy würde ein Vermögen mit dem Erfinden von Klingeltönen verdienen, hatte kein Verständnis für die Obsession seines Sohns. Das änderte sich dramatisch, als die Menge von Jugendlichen um Sammy und seinen CD- und Kassettenspieler immer größer wurde. Der Fledderer verlor keine Zeit, für das Geschäft seines Sohnes eine winzige Ladenfront zu sichern. Sammy, am Sammeln von Musik interessierter als am Verkaufen, hatte andere Vorstellungen und beschaffte sich über die Beiruter Kleinanzeigen ein gebrauchtes Mischpult und zwei Plattenteller. Um den Laden zu subventionieren, erledigt er Gelegenheitsjobs für das Schnäppchen-Emporium und hat bis spätabends geöffnet. Wird er nach seinen Öffnungszeiten gefragt, ist seine Antwort stets dieselbe: »Wir schließen nie. Wo sollten die gebrochenen Herzen nach der Lovers' Lane denn sonst hin?«

Sammy, in Kapuzenpullover und mit einem Gesicht, das

von Akne und schlechter Ernährung gezeichnet ist, beweist, sobald ihm Muna vorgestellt wird, die Jagdinstinkte seines Vaters.

»Eine amerikanische Verbindung könnte ich gut gebrauchen.« Er umreißt seine Vorlieben: »Rap, Hip-Hop, Dub und Grime. Ich freu mich über alles, was du mir verschaffen kannst.« Er schließt mit einer kurzen, aber wirksamen Verbeugung. An ein Regalbrett hinter ihm ist ein Artikel über Michael Jackson gepinnt, aus einer Zeitschrift herausgerissen. Die Überschrift erzählt von Medikamenten und der letzten Tour.

Sammy bemerkt Munas neugierigen Blick und sagt: »Die eine Geschichte, die zielsicher alle Generationen unterhält: tragischer Ruhm.«

»Weißt du, was wirklich tragisch ist?«, unterbricht ihn Yvette. Mit gerümpfter Nase erzählt sie, wie Vandalen das Musiklädchen überfielen und die Sammlung von Vintage-Postern abrissen.

»Außer Michael. Er hat uns gerettet!« Sammy gibt Yvette High five. »Hätten da Liberace, Sylvester oder die Village People gehangen, die hätten den ganzen Laden abgefackelt.«

»Und wer genau war auf den Postern?«, fragt Muna.

»Glamouröse Sängerinnen und Bauchtänzerinnen, die zu tiefe Einblicke gewährt haben ...« Sammy zieht mit einem Finger sein T-Shirt hinunter, um ein Dekolleté anzudeuten, dann reckt er die Hände in die Luft und schwingt seinen dürren DJ-Hintern. »Stell dir mal vor, die toben wegen Frauen, die deine Oma sein könnten. Aber im Geschäftsleben hat der Kunde immer recht.«

»Du hörst dich an wie Abu Satar.« Gigi durchstöbert eine Kiste mit Kassetten, die frisch angekommen sind, und ist dem Gespräch nur vage gefolgt. »Sammy, warum gibt's bei dir eigentlich nie mal was Neues? Manche von den Sachen sind uralt. Die

Plattensammlung von meiner Mutter aus den Siebzigern ist ja aktueller als das hier!«

»Das ist das Problem bei Raubkopierern, ihre Kleinkariertheit«, erklärt der junge Kaufmann Muna. »Die kopieren immer nur weltweite Hits. Und warum soll ich denn denselben Müll wie alle führen?« Er wendet sich an Gigi. »Wenn du nichts findest, was dir gefällt, dann hast du meinen Segen, woanders hinzugehen.«

»Es gibt keinen anderen Laden.« Gigi reicht ihm eine Kassette mit dem Bild einer eleganten Frau mittleren Alters, mit perfekt frisiertem Haar und großer Sonnenbrille. Muna erkennt die Sängerin: »Umm Kulthum!«

Yvette stellt sich zu ihnen und sagt: »Wenn sie sang, verstummten selbst die Nachtigallen, um ihr zu lauschen. Zu ihrer Beerdigung in Kairo kamen vier Millionen Menschen. Bei der von Abdel Nasser kam zwar noch eine Million mehr, aber bei Umm Kulthum wurde wenigstens niemand vom ägyptischen Militär erschossen.«

Sammy gähnt, legt die Kassette ein und drückt auf Play. Eine Fülle klagender Glissandi erhebt sich. Gelangweilt stützt der frustrierte Musikfan den kapuzenverhangenen Kopf in die Hände, Ellbogen auf der Theke.

Yvette sagt zu Muna: »Unerwiderte Liebe und Brutalität sind die Themen unseres Lebens. Es stimmte damals und es stimmt noch heute.« Sie greift hinter Sammy und dreht die Lautstärke auf. Ohrenzerreißende Geigen erschüttern die Lautsprecher.

Gebannt bleiben alle still stehen, bis schwermütiger Gesang einsetzt: »*Mein Herz, frag nicht, wo die Liebe ist. Sie war ein Luftschloss, nun ist es eingestürzt. Schenk ein, dass ich auf ihre Trümmer trinke ...*« Das Lied prallt gegen die Ladenwände und schwappt auf die

Hauptstraße hinaus. Von draußen starren abendliche Einkäufer durch die geöffnete Tür. Die Aufmerksamkeit ist zu groß.

»Wir müssen gehen«, sagt Samira zu Yvette, die sie wegen der Musik nicht hören kann. Samira greift Munas Arm, und die beiden schlüpfen aus dem Geschäft, während ihnen Traurigkeit und Verrat nachklingen: »*Und über mich erzähle, solang die Tränen laufen* …«

Die Straße hinunter, in einer Gasse unter der Klimaanlage des Hotels zum Heiligen Land, verflüchtigt sich der Gesang im monotonen Rotieren der Maschinerie. Nach der Gasse weht ihnen wieder ein Strang Melodie und abgerissener Text entgegen – »*Lös meine Hände* …«. Samira schlägt einen Pfad ein, der entlang der Rückseite des Kaffeehauses und Internetcafés zu einem alten Garten führt. Dort sind die beiden hinter einer unfertigen Mauer in einem Gewirr blühenden Jasmins und Geißblatts verborgen. Durch die Fenster erleuchtet das blaue Schimmern vieler Bildschirme die Gebäuderückseite. Stimmen vermischen sich mit klatschenden Backgammon-Steinen, Gläserklimpern und dem Klang von Computerspielen. Rings um Samira und Muna füllt sich die Luft mit dem Abendduft von Blumen. Im Garten ist jemand.

Die schemenhafte Figur sieht nicht aus wie eine von Samiras üblichen Kontaktpersonen. Jung, etwas Bartwuchs, doch nicht furchtbar viel, soweit sie das in dem Licht beurteilen kann. Weite Tunika, helle Hose und gewebte Gebetsmütze. Sie glaubt, ihn schon einmal gesehen zu haben, vielleicht mit dem Scheich. Manche der Leute, mit denen sie bislang zu tun gehabt hat, waren religiös, aber nach eigener Aussage nicht fundamentalistisch. Soweit sie weiß, pflegen das Frauenkomitee und seine Schirmgruppe keinen Umgang mit Extremisten. Das ginge gegen alles, woran Seinab glaubt, religiös, aber gemäßigt, wie sie ist.

Für den Bruchteil einer Sekunde hat Samira wieder Bedenken wegen ihrer Verbindung zu den syrischen Frauen. Vielleicht soll sie gar nicht diesen Burschen treffen, aber er ist der einzige Anwesende. Der ungeduldige Ausdruck auf seinem glatten Gesicht zeigt ihr, dass er auf sie wartet. Samira tritt mit Muna hinter der Mauer hervor. Sie gehen auf ihn zu.

»Es hieß, du würdest allein kommen.« Er mustert Samira.

»Das ist meine Cousine«, sagt sie und macht einen Schritt nach vorne. »Ich kann für sie bürgen.«

Der Jungspund wirkt nicht überzeugt. Dennoch greift er in seine Tunika und zieht einen sauberen braunen Umschlag hervor. Spöttisch sagt er: »Verlier ihn nicht.«

Samira steckt den Umschlag in ihre Rocktasche. Es ist fast dunkel. Ein junges händchenhaltendes Paar kommt in den verlassenen Garten, doch als sie sehen, dass dort schon jemand ist, gehen sie schnell wieder. Samiras Kontaktmann sieht sie an, als hätte sie etwas falsch gemacht, doch sie lässt sich nicht einschüchtern und starrt zurück.

»Wenn du den Treffpunkt ausgesucht hast, muss dir das klar gewesen sein.« Ihr Ton ist sachlich: Jeder, ob in ihrem Alter oder jünger, weiß, dass der Garten als inoffizieller Anhang der Lovers' Lane dient. Verabredungen treffen die romantisch Veranlagten in aller Öffentlichkeit. Bis ins Gebüsch schaffen es nur die Festentschlossenen. Nun klingt Samira gereizt. Als sie hinzufügt: »Tu also nicht so«, klingt sie in ihren eigenen Ohren zu schrill. Seine ungerechtfertigte Schärfe geht ihr wirklich an die Nerven.

Auf der anderen Seite der Gartenmauer summt jetzt eine Straßenlaterne. In einem Moment wird das Licht angehen. Dann werden die Geliebten und die Ungeliebten, die Einsamen und die Diebe auf die Uhr blicken und nach Hause gehen.

Die inoffizielle Sperrstunde für junge Herzen wird durchweg respektiert.

»Wann wird der Brief übergeben?«, fragt der Bursche forsch.

»Heute Abend.« Samira merkt, dass er keinerlei Vertrauen in sie hat. In der Laterne flackert ein schwaches gelbes Licht auf.

Aus Provokation streckt sie ihm die rechte Hand entgegen, um seine zu schütteln. Er geht abrupt davon, die Arme starr am Körper.

»Gruselig«, ist Munas Urteil.

Die Begegnung hat Samira aufgewühlt, doch sie spielt sie herunter. »Vergiss nicht, wir sind unanständig angezogen. Kein Kopftuch heißt, dass wir genauso gut splitternackt vor ihm stehen könnten. Stell dir mal vor, wir hätten gesagt, dass du gerade aus Amerika gekommen bist – er hätte uns noch Vorträge über Kriegsverbrechen gehalten!«

Selbst wenn Samira seiner Einschätzung amerikanischer Außenpolitik vermutlich zustimmen würde, seine Haltung ihr gegenüber kann sie nicht hinnehmen. Nervös überfliegt sie mit den Fingern ihre Rocktasche und fragt sich, was so wichtig sein könnte, dass man es nicht per E-Mail senden kann. Nur selten kennt Samira den Inhalt der Botschaften und Pakete, und in aller Regel will sie ihn auch gar nicht erfahren. Doch bei ihren bisherigen Botengängen hatte sie nie mit jemand so Fragwürdigem zu tun, noch dazu aus ihrem unmittelbaren Umfeld. Sie bringt ihre Nervosität unter Kontrolle, indem sie an Seinab denkt. Wie würde sie unter solchen Umständen handeln? Wie würde sie eine unnötige Konfrontation vermeiden? Seinab behält auch unter Druck einen kühlen Kopf, eine Fähigkeit, die Samira gerne erlernen möchte. Sie hofft, dass sie mit etwas Übung im Laufe der Zeit von selbst kommt. Die Anruferin hat ihr zugesichert, dass sie noch am selben Abend angesprochen würde. Die Frau wusste nicht, wann es geschehen würde, warnte Samira jedoch, ihre Pläne nicht zu ändern und zur Hochzeitsfeier zu gehen. Wer auch immer beauftragt ist, sie zu finden, wird wissen, wo er nach ihr suchen muss; die Stadt ist so klein. Sie muss lediglich die Augen offen halten und aufpassen.

19

Hussein sitzt zusammengequetscht im Van und atmet schwer. Er ist vor dem Desaster davongestürzt wie ein Mann, der sich vor seinem eigenen Schatten fürchtet. Bei der Abzweigung auf die geteerte Straße ist er nicht in die Stadt abgebogen, sondern in die entgegengesetzte Richtung. Auf der glatten Straße, die für die Sightseeing-Reisebusse ins Heilige Land unterhalten wird, hat er schwarze Bremsspuren hinterlassen. Er biegt in eine Einfahrt bei einem Kreuz, die zu Kirche, Kloster und Museum führt. Mit einem Ruck kommt sein Lieferwagen auf einem Parkplatz zum Stehen, Zentimeter vor einem Steinmäuerchen, hinter dem sich nichts als der Himmel befindet.

Ringsum erleuchten die letzten Reste des goldenen Lichtes den Himmel, aber Hussein bemerkt es gar nicht. Er hätte bleiben und Laila und die Jungen trösten sollen, doch zusammen mit den Drohungen des Scheichs hat Umm al-Chanasirs Kindesmord einen Kurzschluss in ihm ausgelöst, in dem sein Gehirn vor lauter Bildern seiner Frau und seiner Kinder auf einer Folterbank fast explodiert ist. Er dachte, er hätte Opfer für seine Familie erbracht, doch tatsächlich hat er sie nur in die Schusslinie gerückt. Die Erkenntnis erschüttert ihn. Zitternd tastet er nach dem Lenkrad; er spürt nichts als Scham und Selbsthass.

Nichts Gutes entsteht aus der Religion. Weder spürt Hussein Gott noch gibt er ihm die Schuld. Falls es Gott gibt, muss er böswillig sein. Müde klettert Hussein aus dem Wagen. Auf den Dschabel Musa zu kommen, an den Ort, den sein Vater so sehr liebte, ist ein gemeiner Scherz. Wenn die Touristen in der Kirche fertig gebetet haben, können sie sich ihren Weg durch die Klosterruinen zum Museum bahnen, um dort ihre Namen einem Mosaik der ganzen Welt hinzuzufügen.

Husseins Vater war der Auffassung, dass Musa Gottes Wort lehrte, indem er die Menschen etwas über sie selbst lehrte. Nach dem Philosophen Ibn Sina waren die Propheten nicht nur Spiegel des Göttlichen, sondern verkörperten Gottes Größe. Ohne ihre Fürbitte ließ sich kein Verständnis zwischen dem Weltlichen und dem Himmlischen erlangen.

Es gab eine Sure, die auch dem Christen Al Dschid sehr lieb war: »Allah; es gibt keinen Gott außer ihm; ihm stehen die schönsten Namen zu.« Jedem, der sich die Mühe machte, ihm zuzuhören, erklärte er, dass manche Namen wohlbekannt waren, etwa der Erhalter, der Bleibende, der Ewige, der Erhabene oder der Wächter. Andere waren bestimmte Aspekte der Trinität, und dann gab es noch die geheimen Namen. Voller Verehrung sprach Al Dschid von zwei Tatsachen der Schöpfung: dass es nicht nur die eine Wahrheit gebe, sondern viele Pfade zur Erleuchtung, und Gottes geheimnisvolle Kräfte nicht ihm allein gehörten; sie zeigten sich auch in außergewöhnlichen Männern und Frauen. Wann immer Hussein nach Zeichen suchte, schaffte er es nie so ganz. Doch für seinen Vater zeigten sie sich überall, in der Landschaft ringsum und in der Luft, die sie atmeten.

Al Dschid erzählte seinem Sohn, Musa habe seine uralten Heilkünste in der Wüste gelernt. Islamische Gelehrte des Mittelalters glaubten, der Prophet habe Kranke geheilt, indem er ihnen auf einer magischen Flöte ein Ständchen darbrachte. Wie beim Geschichtenerzählen muss man für den Glauben die Skepsis suspendieren. Musa hätte durchaus mit einem Popsong seiner Zeit das Rote Meer teilen und sein Volk erretten können.

Pilger auf dem Dschabel Musa fanden Al Dschid, nachdem er von seinem Pferd gefallen war und einen Schlaganfall erlitten hatte. Da die meisten seiner Kinder fort waren, war sein einst belebtes Haus nun totenstill, bis auf das Singen seiner kleinen Tochter Samira, die wie Zenobia von Palmyra durch leere Räume wackelte. Hussein, sein einziger noch im Lande weilender Sohn, war in militärischem Geheimauftrag unterwegs, oder so dachte die Familie, aber tatsächlich befand er sich auf einer sagenhaften Sauftour. Als Hussein schließlich wiederauftauchte, war es zu spät. Der alte Mann war tot und begraben.

Mutter Fadhma ist eine Frau, die nur selten andere ausnutzt, aber hier tat sie es. Sie nutzte die Gewissensbisse ihres Stiefsohns, um ihm ein unwiderrufliches Versprechen abzuringen. Die Aufgabe war schwer, doch Fadhma würde noch aus dem Jenseits darauf bestehen. Selbst als fast alle ihre Kinder ins Exil verschwunden waren, hatten Al Dschid und seine zweite Frau noch immer einer großen Familie vorgestanden. Im Tod wie im Leben hatten die beiden nie irgendjemanden abgewiesen, und so war das Familiengrab allmählich mit entfernten Vettern und dreisten Angehörigen überbelegt.

»Wenn meine Zeit einmal gekommen sein wird«, instruierte sie Hussein, »hol die Knochen von Al Dschid und den großen Lieben seines Lebens, von Großmutter Sabet und von meiner Schwester, deiner Mutter Nadschla. Begrabe sie mit mir. Lass uns wieder eine Familie sein und lass die Frauen nicht zwischen Fremden liegen, mit verletzter Ehre.«

Wann immer Hussein an sein Versprechen denkt, kann er den Dreck und den Staub aus verkalkten Knochen beinahe schmecken, eingewickelt in Musselinfetzen, tief in einem sandigen Grab. Er wird diese Arbeit verabscheuen. Erinnerung und Tod lassen ihn spüren, dass er gerade eine einzige Empfindung hat: Brand. Sein Durst nach Vergessen ist wie die Tugend seines Vaters, tief und beständig. Er will jetzt nicht mehr mit den Gottheiten anderer Leute Zwiesprache halten, sondern bei seinen eigenen Trost suchen.

20

Mit vorgezogenen Gardinen und ohne Beleuchtung wirkt das neue Haus trist und ungeliebt. Mutter Fadhma bewegt sich die Eingangstreppe stückchenweise hinauf, eine Stufe nach der anderen. Die verriegelte Haustür bestätigt ihren Verdacht, dass niemand zu Hause ist, und sie greift auf ihren Schlüssel zurück. Als sie drinnen ist, vernimmt sie das Flüstern ihrer Enkel im Dunkeln. Gewöhnlicherweise sind sie nur so achtsam, wenn ihre Mutter eine schlimme Migräne hat. Fadhma wagt sich den Flur hinunter, vorbei an Wohn- und Empfangszimmer, zu einer halb geöffneten Tür und späht hinein. Aus dem Schlafzimmer sehen Salim und Mansur sie verzagt an. Als Fuad zu ihr krabbeln möchte, packen seine Brüder ihn sanft, und die drei wenden sich wieder einem stillen Spiel zu. Mutter Fadhma denkt sich ihren Teil und geht den Flur hinunter.

Samiras Zimmer ist leer, ebenso Lailas; die alte Frau hat erwartet, die Tür ihrer Schwiegertochter verschlossen vorzufinden. Dennoch ist es ungewöhnlich, dass die Jungen allein im Haus gelassen werden. Vielleicht hat sie einen Zettel auf dem Tischchen neben der Haustür übersehen, sie geht nachschauen, aber dort liegt nichts. In ihrem eigenen Zimmer lässt sie sich in die Weiche ihres Bettes sinken und zieht ihr Kopftuch ab. Sie ist erleichtert, dass sie es sturzfrei nach Hause geschafft hat. Sie beugt sich vor und kann sich kaum die Schuhe aufschnüren. Sie weiß, dass es nicht mehr lange dauern wird, bis sie auch das nicht mehr schafft, aber noch ist es nicht so weit. Als sie aufzustehen versucht, ächzt die Matratze. Schließlich gelingt es ihr, und sie setzt ihre Suche im Rest des Hauses fort.

Schon in der Küche wird sie fündig. Laila sitzt zusammengesackt am Tisch, den Oberkörper auf der Tischplatte. Als Fadhma ihr eine feste, aber tröstende Hand auf die Schulter legt, wimmert die jüngere Frau: »Es war furchtbar.«

Fadhma beugt sich zu ihr. »Ist ja gut«, flüstert sie. Durch die Kirche ermutigt, will sie die Kraft ihres Glaubens an Laila weitergeben, doch die schüttelt mutlos den Kopf.

»Umm al-Chanasir, groß wie ein Haus, und sie hat ihre Babys gefressen ... Hussein war so aufgelöst. Er hat uns auf der Farm zurückgelassen und ist verschwunden. Ich weiß nicht, wo er ist oder ...« Ungewissheit hängt in der Luft.

»Wie bist du mit den Jungen nach Hause gekommen?« Mutter Fadhma übertüncht ihre Enttäuschung mit einer Frage. Was auch vorgefallen sein mag, das ist ein neuer Tiefpunkt für ihren Stiefsohn, der seine Frau und seine Kinder früher niemals hätte sitzen lassen. Aber völlig untypisch ist es auch nicht. Wenn er wirklich betrunken ist, hat Hussein Schwierigkeiten, irgendeinen von ihnen wiederzuerkennen. Was Laila vom Schwein erzählt, lässt Fadhma nicht los, doch Laila spricht schon weiter.

»Ahmad konnte uns nicht fahren. Er war mit der Arbeit fürs Wochenende hinterher, also haben wir Mikhail angerufen und sind ihm auf der Straße zur Stadt runter entgegengelaufen, mit einem von Husseins Männern. Ein Soldat – Mustafa?«

Mutter Fadhma ist sofort dankbar; der junge Mann hat ihre Gastfreundschaft erwidert und ihre Familie beschützt.

»Ohne ihn hätte ich es nicht geschafft.« Laila atmet langsam. »Er hat die Jungs praktisch vom Berg runtergetragen. Wir sind also gemeinsam runtergelaufen, und er hat ihnen gesagt, sie dürften nicht dem Schlechten nachhängen. Sie sollten nur daran denken, dass ihr Vater sie liebt und alles für sie tun würde. Er wisse, dass das wahr sei, weil Hussein ihm und seinem Bruder in der Armee selbst wie ein Vater war. Dann hat er uns von seinen Reisen erzählt. Die Jungen waren gern mit ihm unterwegs, aber ich habe mir immer noch Sorgen um Hussein gemacht …« Sie wird wieder leiser. »Dann hat Mustafa aufgeschrien. Er hat sich auf der Erde zusammengekauert, zuerst dachte ich vor irgendeinem Angriff. Ich habe so was noch nie gesehen. Als die Jungs zu ihm stürmten, weil sie ihm helfen wollten, hat er sie angeschrien, sie sollten ihn alleine lassen. Er hat uns gesagt, wir sollten verschwinden, solange wir können.« Laila blickt so ungläubig und wild drein, als würde sie selbst bezweifeln, was als Nächstes passierte. »Aber er hat gar nicht nur uns angeschrien. Er hat mit Leuten geredet, die gar nicht da waren – die waren für ihn so echt wie du und ich.« Ihre Augen weiten sich. »Da sind wir losgerannt, zurück. Kurz darauf hat uns schon Mikhail eingeholt und uns ins Auto geladen. Als wir kehrtgemacht haben, stand der Soldat immer noch am selben Fleck. Oh Fadhma, was geschieht denn nur?«

»Ich weiß es nicht.« Weil Mustafa ihren Enkeln versichert hat, dass ihr Vater sie liebt, empfindet Mutter Fadhma für den Soldaten eine wachsende Verantwortung. Schon hat sie ihn nebst ihren Lieben in einen schützenden Ring von Kerzenlicht miteingeschlossen. Im Halbdunkel erblickt sie noch eine andere Silhouette, schmerbäuchig und schnuppernd. Speziesismus war nie Fadhmas Ding, und so betet sie, dass wirklich alle die kommenden Schrecken heil überstehen werden.

21

Samira fühlt sich zu rastlos, um nach Hause zu gehen. Sie will nichts sagen, was ihre Mutter unnötig beunruhigen oder, noch schlimmer, Lailas Argwohn erregen könnte. »Lass uns ins Internetcafé gehen«, schlägt sie Muna vor. »Du hast dich doch beschwert, ganz ohne Netz zu sein. Das ist deine Chance.«

»Super.« Ihre Cousine nickt dankbar. »Endlich E-Mails checken und Freunden sagen, wo ich bin.«

Die beiden durchqueren den Garten und gehen zu dem gedrungenen Anbau, in dem sich das Internetcafé befindet, Teil des größeren Kaffeehausgebäudes. In einem Raum mit Neonröhren an der Decke sind Computer möglichst platzsparend arrangiert, manche Bildschirme stehen sich gegenüber oder sind gegen die Wand gerückt, andere stehen Rücken an Rücken. Nach dem Ansturm am frühen Abend sind jetzt viele Rechner frei. An den restlichen sitzen ein paar Flüchtlinge aus Syrien oder Jemen. Samira sieht bewusst nicht auf die Bildschirme der anderen Kunden. Eine einfache Höflichkeit, die sie von jedermann erwartet.

Sie redet mit dem Burschen, der gerade Dienst hat. Sie kennt Salamehs Familie. Er betreibt das Café seit der Eröffnung. »Wir wollen fünfzehn Minuten an zwei Computern.« Während sie auf die Zugangscodes wartet, fragt sie: »Sollen wir uns an irgendeinen bestimmten Platz setzen?« Der unbeständige Zugang des Cafés zum Cyberspace hängt vom Wind und den Launen der Geheimpolizei ab. Salameh antwortet mit einem schroffen Kopfnicken und zwei Papierstreifen. Samira führt Muna nach hinten, die, sobald sie den Zugangscode hat, munter drauflostippt.

Samira ruft ihre E-Mails ab, aber es gibt nichts außer Spam. Weil sie arabische Zeitungen und politische Traktate liest, zeigen ihr Websites Werbung für syrische Wohlfahrtsverbände und eine Doku über Edward Snowden.

Beeindruckt schielt Muna auf Samiras Bildschirm. »Ich krieg immer nur Sale-Angebote für T-Shirts mit hässlichen Rhinozerossen drauf.«

Samira ruft Facebook auf. »Heutzutage merkt man, wer religiös ist und wer nicht, selbst wenn's die Leute selbst gar nicht direkt sagen.«

»Und wie?« Muna blickt wieder auf den Bildschirm ihrer Cousine.

»Anhand ihrer Reaktionen. Manche Sunniten mögen zum Beispiel L+U+V+Surie.« Samira zeigt Muna eine Facebook-Seite mit einem Bild von Astro Boy mit Kefije und islamischem Bart. »Er ist gegen das syrische Regime, aber ein treuer Fan der bahrainischen Königsfamilie.«

»Ach ja«, sagt Muna etwas abgelenkt, konzentriert sich dann aber. »Ich habe einen Artikel gelesen über die Neubauten für Bahrains jüngste Rekruten, Sunniten vom indischen Subkontinent – die werden angeworben, um Dissidenten zu überwachen.«

»Dann gibt's noch die Schiiten«, sagt Samira. »Auf Twitter bedauern Iraner, dass ihr Land in regionale Kriege verstrickt ist – Syrien, Irak, Jemen –, aber eigentlich ist es den Teheranern egal, wenn ihr Land auf Krieg aus ist. Denn je mehr Revolutionsgardisten im Ausland sind, umso weniger können sie zu Hause Frauen wegen lockerer Kopftücher oder enger Kleidung kontrollieren. Religiöse Selbstgerechtigkeit scheint doch immer zu Gewalt zu führen. Einer wirklichen Revolution sollte es um Toleranz und Mitgefühl gehen, sie sollte nicht nur für die Gläubigen sein, sondern für alle.«

»Ich frag mich immer«, sagt Muna und wendet sich wieder der eigenen Tastatur zu, »was eigentlich mit dem guten, alten Säkularismus passiert ist. Vor nicht mal einer Generation dachten die Leute doch, es könnte eine politische Lösung geben.«

Samira blickt durch den Raum und hört nicht mehr zu. »Einen Augenblick.« Sie bahnt sich einen Weg durchs Café und fragt sich, ob sie richtig gesehen hat. Neben einem Computer bleibt sie stehen. »Du solltest nicht hier sein.«

Mustafa blickt zu ihr auf. Er sieht noch verstörter aus als bei ihrem letzten Treffen, und das war erst vor ein paar Stunden.

»Hey«, antwortet er leise. Der Bildschirm vor ihm zeigt eine grelle Website mit fettgedruckter arabischer Schrift und Hunderten von Fotos.

»Ich dachte, du wärst bei Hussein.« Samira will locker klingen und aussehen.

»War ich auch.«

Er wendet sich wieder dem Bildschirm zu, und sie sieht, dass sein Baumwollpulli, den er bei ihnen zu Hause angezogen hat, schweißdurchnässt ist. Der Soldat muss was durchgemacht haben.

»Was guckst du da an?«

Nach einer langen Pause zeigt Mustafa auf ein Foto in der Ecke der Website und vergrößert es. »Meinen Bruder.«

Samira beugt sich näher heran. Die Fotografie zeigt eine Gruppe bärtiger Männer und Jungen in traditioneller Kleidung in den Bergen Afghanistans. Sie blicken in die Kamera, als wäre sie eine Zumutung. Alle, selbst die jüngsten, sind bis auf die Zähne bewaffnet.

»Das ist Sajid.« Ein junger Mann, etwas schmaler als Mustafa, hält eine altmodische Lee-Enfield. Der Mann zu seiner Rechten umklammert einen Boden-Luft-Raketenwerfer.

Samiras Finger fährt leicht über den Bildschirm. »Bist du das?«

Bevor er antworten kann, kratzen laut Stuhlbeine, und eine joviale Stimme ruft: »Mein Liebling …!« Samira greift nach unten, drückt die Beenden-Taste, und die Website verschwindet ins blaue Nichts des Desktops. Gefasst und mit einem breiten Lächeln dreht sie sich um und tritt ihrem Onkel Abu Satar entgegen.

»Amo, dich hätte ich hier am allerwenigsten erwartet. Was treibt dich denn her?«

»Recherche.« Hektisch versucht er, an ihr vorbeizusehen, um einen Blick auf den Computerbildschirm zu erhaschen. »Und dein Freund hier?« Er lächelt Mustafa zu. »Ich glaube, wir kennen uns noch nicht.«

Mustafa steht auf, damit Samira ihn vorstellen kann. »Ali und ich kennen uns von der Hochschule.«

»Sie haben also auch die Lehrerausbildung gemacht, an der Hochschule für Frauen, ja?«

Da wird Mustafa energisch eine weitere Hand entgegengestreckt. Muna drängelt sich in die kleine Gruppe. »Hi! Ich glaube, wir kennen uns noch nicht.« Sie zwinkert ihm zu. »Ich bin Samiras Cousine aus Amerika. Frisch angekommen aus dem Land des Großen Satans!«

Dann richtet sie ihre ganze Gunst auf Abu Satar und bedrängt ihn: »Komm doch kurz mit zu meinem Rechner!« Auf dem Weg zurück zu Munas Platz beginnen die beiden eine angeregte Diskussion über die dunklen Künste des Online-Bietens.

Wieder allein, stellt Samira Mustafa zur Rede. »Laut meinem Bruder müsstest du dich versteckt halten. Du solltest hier weg.« Als er nicht reagiert, sagt sie: »Du gehst zuerst raus. Muna und ich kommen nach.«

Gelassen gesellt sie sich wieder zu ihrer Cousine und ihrem Onkel. »Ich will ja nicht unterbrechen, Amo. Aber Mamma und

Laila warten auf uns. Wir sehen uns später beim Hochzeitsbankett, ja?«

Beide Mädchen geben Abu Satar ein liebevolles Küsschen auf die Wange und gehen dann schnell. Draußen finden sie Mustafa im Garten hinter dem Gebäude. Niemand sagt etwas, bis das Café außer Sichtweite und die Straße leer ist.

Samira fragt Muna: »Warum bist du uns denn zu Hilfe gekommen?«

»Ich konnte sehen, dass du Unterstützung brauchst«, antwortet Muna. Sie wendet sich an Mustafa. »Was ist denn mit dir passiert?«

Der Soldat blickt zu Boden: »Ich habe wohl ...« Er fährt nicht fort.

»PTBS.« Muna leiert die Buchstaben runter, als würde sie aus einer medizinischen Fachzeitschrift zitieren, dann merkt sie es. »Oh, sorry. US-Soldaten, die in Afghanistan und Irak gedient haben, haben Posttraumatische Belastungsstörung. Zu Hause ist das ständig in den Nachrichten.«

Den Blick noch immer auf den Boden gerichtet, beschreibt Mustafa Samira und Muna seinen Spaziergang mit Laila und den Kindern. »Ich hatte einen ...« Wieder verstummt er.

Muna, die ihn beobachtet hat, beendet seinen Gedanken: »Einen Schub?«

Samira versteht nun, warum Laila und die Jungen so mitgenommen waren.

»Ich gehe jetzt.« Er nimmt Samiras Hand und hält sie behutsam – seine Wärme gegen ihre natürliche Kühle. »Danke. Leb wohl.«

»Ich dachte, du würdest noch ein bisschen bleiben.« Sie blickt über den Rand ihrer Brille zu ihm auf.

»Das wäre wahrscheinlich keine gute Idee.«

»Also gut, leb wohl. Noch mal.« Sie sieht ihn lange und fest an. Sein durchdringender Blick wird ihr bleiben. Aber sie will nicht, dass seine Erinnerung an sie bedeutungslos ist; er ist ihr wirklich wichtig. »Hör mal, bleib …« – von seinem schüchternen Lächeln lässt sie sich nicht aus der Fassung bringen – »bleib im Verborgenen. Nimm den direktesten Weg nach Hause. Sprich mit niemandem.«

Sie braucht all ihre innere Kraft, um sich umzudrehen und mit Muna in die entgegengesetzte Richtung zu gehen. Sobald die beiden Frauen außer Hörweite sind, seufzt Samira traurig und verbannt den Soldaten aus ihrem Kopf.

Als sie an Sammys Musikladen vorbeigehen, dröhnt syrischer Rap aus den Lautsprechern: »Draußen vorm Zelt redeten sie von Ehre … vom Harem … ich bin eine Frau, keine Sklavin …« Samira und Muna halten sich im Dunkeln, weit weg von den blinkenden Reklametafeln des Schnäppchen-Emporiums, und gehen um den verlassenen Kreisel auf der Lovers' Lane. Zielstrebig überqueren sie offene Höfe und treten fünfzehn Minuten später auf ihre namenlose Staubstraße. Sie hören das Fernsehgerät aus dem neuen Haus schon, bevor sie das Licht durch die Wohnzimmergardinen flackern sehen. Vor der Eingangstreppe hält Samira inne. In all der Aufregung hat sie fast den Brief vergessen. Sie überprüft, ob er sicher verstaut ist, dann läuft sie hinter Muna ins Haus.

Im Wohnzimmer sind die Jungen in eine Folge CSI versunken. Mutter Fadhma schnarcht leise in einem Sessel; ihre bestrumpften geschwollenen Füße hat sie auf einen Hocker gebettet. Alles sieht so aus, wie es sein sollte, nichts stört. Erleichtert bietet Samira Muna einen Platz auf dem Sofa an. Eine müde aussehende Laila kommt ins Wohnzimmer und sagt: »Wenn wir uns jetzt nicht fertig machen, werden wir nie loskommen«, obgleich sie selbst nicht in großer Eile zu sein scheint und abwesend vor sich hin starrt.

Mutter Fadhma reibt sich die Augen und gähnt. Muna hilft ihr aus dem Sessel, und Fadhma stützt sich auf den Arm ihrer Enkeltochter, während sie gemeinsam durch den Flur navigieren.

Samira, allein in ihrem Zimmer, holt den Umschlag hervor und hält ihn gegen das Licht. Sie kann nichts erkennen, aber das soll sie auch nicht. Sie legt ihn vorsichtig auf den Tisch und zieht sich um.

Zusammengefaltet passt er gut in eine Rocktasche. Als Muna ins Zimmer kommt, lassen sie die Haram-Kleidung im Koffer links liegen und wählen wieder etwas aus Samiras Kleiderschrank. Während die beiden auf den Rest der Familie warten, berührt Samira immer wieder den Brief, wie eine Reliquie oder einen Talisman.

22

Abu Satar fummelt an der Lupe um seinen Hals. Normalerweise vermeidet er nach Einbruch der Dunkelheit Bildschirmarbeit; sein gutes Auge wird dabei ganz wacklig. Als seine Nichten das Internetcafé verlassen haben, tadelt er sich. Er hätte besser aufpassen sollen, wo Samira mit ihrem Freund stand. Körperlich machte Ali nicht den Eindruck, als würde er zu einer der bekannten Familien der Stadt gehören, mit deren markanten Höckernasen und merklichen O-Beinen. Das Hirn des Fledderers wirbelt wie eine Rollkartei voller lokaler Ahnentafeln und ruft Geburten, Sterbefälle und Körpertypen ab.

Der junge Mann hatte überhaupt nichts Auffälliges an sich, nicht einmal das Hemd, das er am Leibe trug. Trotzdem lässt dieses Detail Abu Satar keine Ruhe. Der blaue Baumwollpullover, eigentlich ein besseres T-Shirt mit weißem Kragen, könnte aus einer ganzen Reihe von Bekleidungsgeschäften stammen. Das Logo, ein springendes Kamel, ziert die Art von Freizeitkleidung, die Armut und Reichtum gleichermaßen vertuscht. Er überlegt hin und her. Eine kleine Lieferung, bei der die Kragen ausgefranst waren oder abfielen, hatte das Schnäppchen-Emporium aus Aleppo erreicht – die Letzten der großen syrischen Baumwollindustrie flohen vor dem Krieg. Abu Satar, noch nie ein Drückeberger, hatte den Schaden repariert, wobei seine Näharbeit rund um die betroffenen Halsausschnitte bestenfalls lindernd wirkte. Aufgrund eines Ansturms usbekischer Pilger auf Baumwollwaren musste er statt reinweißen Garns hellgrünes benutzen. In Vorbereitung der heißesten und heiligsten Reise ihres Lebens hatten die Pilger das Emporium nach ultraleichten

Gewändern und papierdünnen Frotteetüchern für den Hadsch nach Mekka durchfilzt.

Als Abu Satar wieder an den Pullover denkt, wird ihm klar, dass ihm seine eigene krude Handarbeit zuruft. Die Lieferung enthielt alle Farben des Regenbogens. Die pastellrosa und lavendelfarbenen Modelle wurde er schnell los, indem er sie an die Kellner im *Heiligen Land* verkaufte. Die männlichen Blautöne behielt er und verkaufte hiervon einen mit einem nicht allzu bescheidenen Aufschlag an Hussein.

»Ich brauche mehr Zeit als üblich.« Siegessicher grinst er Salameh über den Verkaufstresen an. »Gibt's da irgendeinen Rabatt?«

Unternehmer sollten zusammenhalten, aber das Jüngelchen mit den Zugangscodes gibt ihm nur einen Papierzettel.

Geierhaft stöbert der Händler zwischen den Computern, wählt kurzerhand einen Platz und fängt an zu tippen. Er kneift sein gutes Auge zusammen, klickt auf den Webbrowser und zieht den Cursor über die obere Symbolleiste zu den Favoriten. Er wählt die Chronik aus, und es erscheint eine Liste obskurer Links, von den Schriftrollen vom Toten Meer bis zu Beyoncé-Videos auf YouTube. Wenngleich davon höchstwahrscheinlich nichts seine ledige Nichte brennend interessiert, außer vielleicht »Single Ladies«, weiß Abu Satar, dass seine Gesamtstrategie keineswegs unberechtigt ist.

Er loggt sich aus und rutscht zur Seite – neuer Platz, neuer Computer. Dieses Mal enthüllt die Chronik endlose Links zu Videospielen. Abu Satar versteht Bildschirmgewalt nicht so recht. Warum Mord und Enthauptung spielen, wenn gleich hinter der Grenze jeden Tag wirkliches Blut vergossen wird? Er verwirft auch diese Links. Ali ist zu sonnenverbrannt und muskulös, um ein Stubenhocker zu sein. Nicht mal ein Kinn so wund und zart wie ein Babypopo mit Windelausschlag kann das verbergen.

Abu Satar verlässt auch diesen Platz. Am liebsten würde er sein Phishing gleich am Gerät daneben fortführen. Doch dort sitzt schon eine junge Frau mit Kopftuch und Headset, tief ins Gespräch versunken. Er möchte ja nicht allzu neugierig sein, doch aus seiner begrenzten Erfahrung führt Soziales Netzwerken nur zu Trauma und Enttäuschung. Das verräterischste Anzeichen weist sie schon auf: nervöse Gereiztheit. Also setzt er sich an den nächsten Computer neben ihr. Noch bevor er sich ganz niedergelassen hat, winkt Salameh ihn nach vorne. Mit Lupe und Zugangscode in der Hand kommt Abu Satar ihm gerne nach.

»Die Computer sind alle gleich.« Das Jüngelchen spricht langsam und deutlich, als hätte es einen Schwachsinnigen vor sich. »Sie brauchen hier keine Reise nach Jerusalem zu machen.«

»Natürlich!« Abu Satar genießt das Novum, sich mit einem Computerguru zu unterhalten, in vollen Zügen. Der Fledderer, seit Eröffnung Stammkunde im Internetcafé, verbringt dort so viel Zeit, wie sein Schielauge und seine geschäftlichen Verpflichtungen nur zulassen. Normalerweise meidet ihn die Jugend aufs Peinlichste und verrät ihm erst recht keine wertvollen Techniktipps. »Danke für Ihre Besorgnis.«

Er meint es aufrichtig. Er erkennt etwas Grünes und Gutes in dem Jungen, vielleicht eine fehlgeleitete Arroganz. Ermutigt durch die heilenden Kräfte des Handels, schreitet Abu Satar zur nächsten geplanten Ausgrabungsstätte, nur um festzustellen, dass dort bereits ein Jungspund sitzt.

»Alter vor Schönheit!«, krächzt er und haut mit seiner Lupe gegen den Bildschirm. Erschrocken schleicht sich sein Widersacher davon.

Abu Satar spitzelt in eine Vergangenheit voller Shopping-Websites, zu denen er, Hand aufs Herz, zurückkehren wird. In jähem Unmut streckt er seinen Kopf über den Monitor. Ihm ist die wenig beneidenswerte Aufgabe auferlegt, die Dinge in die eigene Hand zu nehmen. Die Situation ist ungerecht und könnte, falls sie falsch verstanden wird, geradezu hässlich werden. »Das Fräuleinwunder«, wie er die junge Frau mit dem Kopftuch für sich selbst genannt hat – gar nicht despektierlich – muss aufstehen und ihm ihren Computer überlassen.

Einmal Händler, immer Händler; er kann sich nur auf seine Erfahrungen berufen. Früher einmal waren im Schnäppchen-Emporium die Gänge mit islamischem Prêt-à-porter rein schwarz – Abaya-Kleider und -Überwürfe, Kopftücher, Hauben, Handschuhe, Strümpfe und Schleier. Hin und wieder durchbrach ein einzelner hochgeschlossener, langärmeliger und bodenlanger schariakonformer Mantel die Monotonie mit etwas Dunkelgrau oder Marineblau: ernste Farben für eine ernste Religion. In einem abgetrennten, diskret gekennzeichneten Bereich waren die Regale und Schubladen wiederum mit schreiend bunten Oberteilen und Leggings vollgestopft, teils mit Strass oder Modeschmuck verziert. Die Faustregel lautete also: Je trister die Oberbekleidung, umso wahrscheinlicher lag darunter ein extravagantes Outfit verborgen.

Dann begann im Emporium, scheinbar von einem Tag auf den anderen, ein reger Handel mit grellen Neonschals, engen Shirts, Skinny Jeans und riesigen Sonnenbrillen. Eine jüngere, energischere Generation trat hervor, und Abu Satar verfolgte, wie sie sich im Einzelhandel bemerkbar machte. Die Frechheit ihrer hüftengen Kleider, eine vernichtende Sachlichkeit gerade gegenüber Männern wie ihm selbst und der zufällige Anblick eines Sweatshirts mit einem riesigen W in Glitzerschrift ergaben – das sagte ihm eine Eingebung – ein Wunder, ein Fashion-Wunder. In manchen Kreisen wurden diese Hipsterinnen »Hidschabis« oder »Muhadschababes« genannt, doch das waren Spottnamen und erfassten seiner Ansicht nach nicht einen neuen, gesellschaftsverändernden Look. Abu Satar hat sich schon immer für individuelle Looks auf dem Modemarkt eingesetzt, doch heute Abend ist etwas anderes.

»Kleine, so wickelst du ihn nie ein.« Die Lupe des Fledderers ist ein solcher Übergriff in die Privatsphäre, dass die empörte junge Frau sich sofort ausloggt, eine Handtasche von der Größe eines kleinen Ponys packt und flieht.

Abu Satar weiß, er hat eine halbe Minute, wenn überhaupt. Er lässt sich auf den Stuhl gleiten, hackt den Code ein und öffnet die Browser-Chronik. Schnell versteht er, wie ungeheuer falsch er das Fräuleinwunder gelesen hat. Sie ist nicht verliebt. Sie hat Artikel über die Leichen von Muslimbrüdern gelesen, die regelmäßig auf der ägyptischen Seite der Sinai-Grenze abgeladen werden. Abu Satar kann es nicht ausstehen, wenn er mit seiner Einschätzung von Menschen oder Situationen so weit danebenliegt, aber seine Erfordernisse wiegen jetzt schwerer als soziale Nettigkeiten. In der Liste der Links sieht einer ungewöhnlich aus. Abu Satar ignoriert die Vorahnung, die nervös zwischen seinen Schulterblättern kribbelt, und bleibt ganz fokussiert, sein vergrößertes Auge auf den Bildschirm geheftet und sein unvergrößertes auf das Fräuleinwunder, das sich vorne bei Salameh gerade unmissverständlich beschwert.

Der Fledderer klickt auf eine URL aus der afghanischen Einöde – endlich mal eine Seite zu Ehren des Heiligen Krieges, ein Instagram für Dschihadisten. Er übergeht die grelle Religiosität und scrollt durch die geposteten Bilder, bis er schließlich jenes mit den Männern und Waffen findet, das sich in seine Netzhaut gebrannt hat. Abu Satar hatte es nur für eine Sekunde hinter Samira gesehen, bevor sie es so schnell sie konnte verschwinden ließ. »Oh, Ali«, spöttelt Satar leise, während sich Salameh mit der jungen Frau im Schlepptau durch die Stuhlreihen zwängt. Bis sie den umkämpften Computer erreicht haben, ist der Desktop wieder rein und alles gut in der Welt der Informationstechnik.

»Ich hatte Sie gewarnt!« Das Jüngelchen klingt entnervt. »Was ist denn los?«

»Er hat mich beleidigt«, sagt das Fräuleinwunder. »Männer, die Frauen nicht respektieren, sollten im Internetcafé Hausverbot bekommen!«

Abu Satar blickt durch seine Lupe auf und streichelt dabei den Computer. »Das Internet bedeutet mir ganze Welten.« Er lügt gar nicht. Mittlerweile betrachtet er den Cyberspace als eine Art virtuelles Schnäppchen-Emporium. Sein drohendes vergrößertes Auge fährt über die zarten Kurven von Tastatur und Monitor.

»Liebst und respektierst auch du es?« Er richtet seine Frage an seine Widersacherin. Sie hat keine Ahnung, wovon er redet. Dennoch zeigt er sich völlig verständnisvoll. Er kräht: »Geliehen, aber nicht gestohlen«, und räumt schwungvoll den Sitz.

Nachdem Salameh Abu Satar zum Eingangsbereich eskortiert hat, nimmt er von ihm ein paar zusätzliche Piaster entgegen sowie seine Erklärung für das »erlittene Missverständnis, ob versehentlich oder nicht«. Dann verschwindet der Fledderer in den Straßen wie eine irre Brieftaube.

Er fühlt sich großartig. Nach dem Ausflug am Nachmittag war er apathisch und niedergeschlagen. Anstatt im Emporium herumzuhängen, ist er im Kaffeehaus etwas trinken gegangen und hat sich dann im Internetcafé getröstet – ausgezeichnet investierte Zeit. Der Vogel, der aus Husseins Haus ausgeflogen ist, ist ihm direkt auf den Kopf gefallen. Als Abu Satar den geteerten Teil der Hauptstraße überquert, würde er tatsächlich am liebsten wie ein Hahn laut krähen. Ohne die einladende Neonreklame und die Versprechungen des Schnäppchen-Emporiums wäre diese Stadt schon lange gescheitert.

Drinnen hat er keine Zeit, um das Licht anzuknipsen. Von draußen leuchten die Schilder in tausend komplexen Farbkombinationen. Die Wirkung verstärkt die verschlungenen Auswüchse des Emporiums nur noch, die sich über ihm und rings um ihn auftürmen. Im abwechselnden Dunkel und Licht öffnet er hastig sein Diebesnest. Er muss gar nicht erst suchen; es war schon vorbereitet. Mit der Lupe in einer Hand und seinem Handy in der anderen wählt er die Nummer auf der Visitenkarte.

Er wird erwartet. Das Schnäppchen-Emporium, sein Inhaber und dessen Hang zum Kauzigen sind bekannt. Er übermittelt das Mindestmaß an Information in der ihm und seinem Zuhörer vertrauten Sicherheitssprache, mit den üblichen Schlagworten: »Terrorist«, »Fundamentalist«, »Algorithmus«.

Obwohl er ein oder zwei Details für sich behält, wird ein geheimer Plan mit solcher Leichtigkeit erstellt, dass der Fledderer das schiere Ausmaß seines Glücks kaum glauben kann. Niemand erfährt von dem Anruf, und er allein wird die Belohnung ernten. Nur die hektischen Blitze von Farbe und Licht sind Zeuge seiner Gier.

23

Laila sitzt an ihrem Frisiertisch und hat keine Lust auszugehen. Die Hochzeitsfeier wird ihr nur verdeutlichen, wie kaputt ihre eigene Ehe ist. Lieber würde sie zu Hause auf Hussein warten. Sie müssen reden. In Anbetracht der Krise weiß sie, dass sie dankbar sein sollte für das wenige, was sie hat, und sich auf ihre Kinder konzentrieren sollte. Doch stattdessen beschäftigt sie eine andere Frage: Hätte ihr Leben anders verlaufen können?

Geistesabwesend nimmt sie ein paar Saphir-Ohrringe mit schwarzen Sternen aus der Schmuckschatulle und mustert sie in ihrer Handfläche. Vor langer Zeit zeigte ein Mann Interesse an ihr, doch nicht über die offiziellen Kanäle ihrer Familie. Weil sie jung und leicht zu beeindrucken war, verabredete sie sich heimlich mit ihm, aber nie zu lange. In der südjordanischen Festungsstadt, wo sie lebte, steckten die vielen Augen und Ohren der Sabasens sogar in den Mauern.

Zur Zeit der Kreuzzüge errichtet, waren die altertümlichen Bauten mit Zitadellenmauern von einer ständig wachsenden Bevölkerung immer weiter aus- und umgebaut worden. Das Labyrinth enger Steingassen, gedrängter Innenhöfe, versteckter Eingänge und verschlossener Türen verdichtete sich zu einem mysteriösen Ort, der seine Geheimnisse nur langsam hätte offenbaren sollen. Doch weil alle so eng beieinanderwohnten und über die Hälfte der Familien untereinander irgendwie blutsverwandt war, traf das Gegenteil zu. Bei einer Taufe zählte Laila siebenundzwanzig Vettern und Cousinen. Die erweiterte Familie war ein bloßer Bruchteil des zweitgrößten christlichen Stammes in Jordanien.

Jenseits des Wadis und der Wüste, in den Bergen, stand Al Dschid einem kleineren Zweig der Familie vor, und von dort breiteten sich die Sabasens in einem Netz komplexer Beziehungen über das ganze Land aus. Nicht einmal Staatsgrenzen hielten sie auf. Viele zogen wegen der Arbeit in die ölreichen Golfstaaten, und wenn sie zurückkehrten, verleitete ihr protziger materieller Wohlstand andere dazu, es ihnen nachzutun. Die Abenteuerlustigeren unter ihnen suchten Abwechslung in der ganzen Welt. Lailas wertvollste Besitztümer sind nicht traditionelle Stickereien oder Schnitzereien, sondern Schals und Parfums aus Duty-Free-Shops. Die Männer der Familie verbrachten zwar Jahre im Ausland, doch wenn sie heirateten, »rieben sie sich den Schlamm des eigenen Landes ins Gesicht« – *idhan wijhak biteyn ardak* – und suchten sich eine Gattin aus der Familie.

Die Verbotenheit von Lailas neuer Bekanntschaft machte sie aufregend. Wie glücklich sie an dem Tag war, als er ihr die Ohrringe in die Hand legte. »Sterne, um denen deiner Augen gleichzukommen«, hatte er gesagt.

Selbst jetzt hört sie seine Stimme noch. Laila rügt sich. An Hussein oder den verstörten Soldaten sollte sie denken, nicht an eine illegitime Affäre. Sie zögert, dann gibt sie komplett nach. Sie legt die Ohrringe an. Bei ihrem Spiegelbild fällt ihr ein, dass sie die Ohrringe noch nie öffentlich getragen hat, wenngleich sie sie damals immer bei sich trug, in einer Rocktasche oder einer kleinen Geldbörse. In jenem Jahr hatte es einen Skandal gegeben. Ein Mädchen aus ihrer Klasse war mit einem muslimischen Jungen auf der Straße gesehen worden und verschwand. Ihre Mutter weinte offen, doch die Brüder des Mädchens blieben einsilbig. Als man ihre Leiche in einer Schlucht entdeckte, sagte der Vater nur: »Zumindest ist unsere Ehre wiederhergestellt.« Ihr Tod wurde als Unfall verzeichnet, doch die Neuigkeiten, die von

Haus zu Haus geflüstert wurden, hätte man genauso gut über einen Lautsprecher verbreiten können. Für die jungen Frauen der Festungsstadt war es eine weitere Warnung vor den Sperrgebieten ihres Lebens.

Schließlich wurden Lailas Ohrringe entdeckt, und sie musste ihrer Mutter ihre Bekanntschaft beichten. Ihre Mutter zeigte zum ersten und letzten Mal wirkliche Wut. »Wie kannst du nur so dumm sein? Du kennst doch die Gefahren!« Sie sprach leise, damit der Bruder, welcher Mutter und Tochter nach dem Tod von Lailas Vater bei sich aufgenommen hatte, sie nicht hörte. Die Ohrringe wurden konfisziert, und Laila durfte den einzigen Mann, der ihr, abgesehen von ihrem Ehemann später, je Schmuck geschenkt hatte, nicht mehr sehen. Jahrelang hatte sie geglaubt, die Ohrringe seien entsorgt worden, doch nach dem Tod ihrer Mutter fand sie sie zwischen alten Strümpfen versteckt.

Bald nach dem verbotenen Geschenk der Ohrringe wurde Laila verlobt. Eines Nachmittags kehrte sie von ihrer Lehrerausbildung heim und fand die Frauen des Hauses in heller Aufregung vor. Laila spürte, dass für sie gerade eine folgenreiche Entscheidung getroffen wurde. Ihre Tante nannte ihre Mutter »Perlmutter«, ein Spitzname innerhalb der Familie, der nur in großen Glücksmomenten Verwendung fand.

»Sadaf, sie fragen nach deiner Tochter.«

Vor Freude errötet setzte sich Sadaf zaghaft neben ihren Bruder ins Empfangszimmer. Er trank Tee mit einem gut aussehenden Armeeoffizier und einem geltungssüchtigen Schwätzer, der unaufhörlich mit seinem Kaufhaus und ihrer kleinen Stadt prahlte. Lailas Tante hielt ihr die Hand und zog die Gardinenabtrennung ein wenig beiseite, damit das Mädchen unbeobachtet die Verhandlungen verfolgen konnte.

Ihr Onkel war bester Laune, doch gute Manieren verbaten

ihm, sich allzu eifrig zu zeigen. Er erzählte den Besuchern, seine Nichte sei nicht nur hübsch, sondern auch *dakije wa schaatra* – »schlau und pfiffig«. Dann sagte er mit gedämpfter Stimme: »Sie kann eigensinnig sein.«

Laila war so fassungslos, dass sie vom laufenden Kommentar ihrer Tante fast nichts mitbekam. Der Offizier, zehn Jahre älter als sie selbst, hatte kurz zuvor seinen Vater verloren. Weil außer seiner Mutter und jüngsten Schwester der Großteil der Familie im Ausland war, würde Laila in seinem Haus konkurrenzlos regieren. Als die beiden Männer gegangen waren, umarmte und küsste ihre Mutter sie und sagte: »So Gott will, er sieht gesund aus.«

Sadaf war nie über den Verlust ihres Ehemanns, der vor der Geburt ihrer Tochter gestorben war, hinweggekommen. Die untröstliche Witwe mit dem schönen Namen wurde in der eigenen Familie behandelt wie ein Paria. Ohne Ehemann und Versorger wurden Mutter und Tochter von gleichgültigen Verwandten abgeschoben, bis Sadafs fünfter Bruder sich ihrer erbarmte. Unter seinem Dach putzte, kochte und nähte Sadaf fortan unablässig und dankbar. An die Finger ihrer Mutter erinnert sich Laila genau: rau, krumm, Knochen unter durchsichtigem Fleisch, glatt poliert von der Schinderei. Wenn sie diese Finger abends massierte, gab Sadaf ihrer Tochter immer wieder denselben Ratschlag: »Tochter, nimm dich in Acht: Heirate stark, nicht schwach.«

Die Situation im Haus ihres Onkels machte Laila nur noch entschlossener. Das Lernen fiel ihr leicht, und sie war fleißig. Anfangs hatte sich ihr Onkel über die Leistungen seiner Nichte gefreut, doch als sie heranreifte, entstanden Spannungen. Sobald sich ihre Brüste entwickelten, redete er gar nicht mehr mit ihr. Als ein freimütiges, etwas altkluges Kind hatte man sie geschätzt und anerkannt. Als eine junge Frau mit eigenem Kopf und Körper ließ man sie stets spüren, dass sie anstößig war, wie jemand, der eingesperrt gehörte.

Zufrieden mit der vorgeschlagenen Verbindung, sagte Lailas Onkel zu seiner Schwester: »Eine bessere Partie wird es nicht geben«, als ob die Halbwüchsige gar nicht im Zimmer wäre. Das bisschen Freiheit, das sie sich erhoffte, erschien durch diese sieben Worte ihres verstockten Verwandten dauerhaft eingetrübt.

Das Fernsehen erreichte die Zitadelle, und häufig begleitete Laila ihre Mutter zum Haus eines Cousins, der sich ein Gerät zugelegt hatte. In einem mit Verwandtschaft vollgestopften Wohnzimmer bekam sie widersprüchliche Bilder der Außenwelt zu sehen: Altmodische Hollywood-Herzensbrecher und nach den Maßstäben der Festungsstadt spärlich bekleidete Moderatorinnen italienischer Gameshows. Diese Frauen wurden nicht gehandelt oder getauscht wie Vieh; sie konnten tun, was sie wollten – während Laila nicht einmal die grundlegendsten Entscheidungen treffen durfte. Sie empfand sich selbst als eine brave und fürsorgliche Tochter, doch etwas in ihr rebellierte dagegen, sich feudalen Gebräuchen zu beugen. Lailas Träume – noch formlos, doch schimmernd wie die Flüsse voller Lachse aus den Naturdokus – endeten nach Husseins und Abu Satars Besuch im Haus ihres Onkels so abrupt, als hätte jemand das Fernsehgerät ausgestellt. Ungeachtet ihrer eigenen Gefühle würde sie verheiratet werden. Das einzige Zugeständnis ihres Onkels, und hierauf hatte Hussein bestanden, war die Erlaubnis, ihre Lehrerausbildung abzuschließen und sich das Zeugnis zu verdienen, das ihr eine Arbeitsstelle sichern würde. Darin unterschied sich Hussein: Wo die Mehrheit ihrer männlichen Verwandtschaft sie zu Hause behalten hätte, wollte er, dass sie ein Berufsleben hätte.

Innerhalb weniger Monate wurden die Hochzeitspläne beschlossen, und mit der Zeit verschmolz die Gestalt ihrer ersten Liebe mit der Husseins. Als Neuvermählte hatte sie sich nach ihrem Ehemann gesehnt, selbst wenn er im selben Zimmer war; aber das war lange her. Seit Fuads Geburt sind sich die beiden uneins. Doch wie ihre Leidenschaft haben sie auch den Streit vernachlässigt. Sie denkt an die wenigen gemeinsamen Minuten auf der Farm. Es sollte ein neuer Anfang sein. Das neue Haus, das sie völlig als ihren eigenen Besitz empfindet, hat in vielerlei Hinsicht die Entbehrung und Scham ihrer Kindheit und Jugend getilgt. Jetzt, da es bedroht ist, flutet die Vergangenheit zurück. Frustriert nimmt sie die Ohrringe so grob ab, dass sie sich mit einem der goldenen Stecker am Ohrläppchen verletzt. Voller Abscheu, hauptsächlich gegen sich selbst, legt sie den Schmuck tief unten in die Schatulle und zieht sich an.

Unter den festlich glitzernden Lichtern um das hohe Metalltor begrüßt der Brautvater einen betagten Patrizier der Stadt: »Seien Sie tausendmal willkommen.«

Der alte Mann in einem zu großen Anzug hält Matrubs Arm umklammert und sagt: »Nein, das Vergnügen liegt ganz auf meiner Seite.«

Liebenswürdig entgegnet ihm der Gastgeber: »Unser Haus ist durch Ihr Eintreffen gesegnet.«

Der alte Mann verneigt sich und verweigert ihm das letzte Wort: »Der Gesegnete bin ich.«

Nach einem traumatischen Tag findet Laila den Austausch traditioneller Begrüßungen unerklärlich bezaubernd. Sie überrascht sich selbst, als sie scherzhaft zu Mutter Fadhma sagt: »Wenn die beiden nicht mal schneller machen, ist Anna verheiratet und hat Kinder, bis wir drinnen sind.« Vielleicht sind es die

Lichterketten oder die Vorfreude, ihre Freundin zu sehen, aber Laila spürt, wie die Spannung von ihr abfällt.

Mit einer Handbewegung bittet Matrub die Familie Sabas nach vorne. »Willkommen, die Damen und jungen Herren. Bitte, macht es euch bequem in unserem Heim. Laila« – er drückt ihr die Hand – »Warda fragt schon den ganzen Tag nach dir. Sie wartet oben.« Er wendet sich wieder dem alten Mann zu.

Im Garten ist ein Partyzelt aufgestellt, dekoriert mit noch mehr Lichtern und Fähnchen. Mit dem Geld vom Golf hat Matrub in der Hauptstadt ein erfolgreiches Elektronikgeschäft eröffnet und ein eindrucksvolles Haus für seine Familie gebaut. Weil sie aus einer der ältesten muslimischen Familien der Stadt stammen, als diese noch mehrheitlich christlich war, ist jeder mit Rang und Namen zur Hochzeit eingeladen. Das üppige Fest ist nicht nur für seine Älteste, Anna, die als erste der drei Töchter heiratet. Es ist auch eine Gelegenheit, zukünftigen Verehrern der beiden anderen den Status und die Großzügigkeit der Familie zu verdeutlichen. Aus dem Partyzelt, zu einer Seite hin offen, schwappen ausschließlich von männlichen Gästen belegte Stühle auf den Patio und in den Garten. Ein Barkeeper in weißer Weste serviert Whisky und Gläschen milchigen Araks. Für die Nichttrinker gibt es frische Säfte. Während eine Gruppe Musiker ihre Instrumente stimmt, laufen Salim und Mansur davon, um im Gedränge Versteck zu spielen.

Fuad will unbedingt seinen Brüdern nach und schreit, als Samira ihn nach oben trägt. In einem Flur im oberen Stockwerk, wo die Umhänge und Mäntel hängen, nimmt Laila ihren Sohn entgegen und drückt ihm laute Küsse auf die roten Wangen. »Du hast jetzt Spaß mit Mamma!«

Das Hausinnere ist auf eine Weise gestaltet, die, wenngleich geschmackvoll zurückhaltend, keine Zweifel am Wohlstand der

Bewohner lässt. Die Wände sind mit riesigen Messingschalen dekoriert, und in den Ecken stehen kunstvoll verzierte Argilehs und antike Urnen. Weil Sommer ist, wurden die Orientteppiche und -läufer weggeräumt, und die Fliesenböden glänzen. Die Sabas-Frauen gehen durch eine Reihe von Zimmern, eines komfortabler als das andere, bis sie in einem großzügig bemessenen Empfangszimmer auf die Festgesellschaft stoßen. Die weiblichen Verwandten der Braut schieben sich durch die Menge und verteilen Tabletts mit Saft, Minztee und Schüsseln mit allerlei Knabberzeug.

Alle Stühle sind gegen die Wände gerückt, außer einem auf einem Holzpodest in der Mitte. Anna wartet im Brautkleid und mit einem hauchdünnen roten Schleier vor dem Gesicht. Fast sofort packt eine große, anmutige Frau Laila.

»Wo warst du denn heute Nachmittag? Ich habe dich vermisst. Frau Salwa meinte, du seist schon auf dem Weg.« Warda Matrub verzieht das Gesicht. »Ihr hättet bei uns sein sollen!« Sie nimmt Laila und Fuad in die Arme.

Laila merkt sofort, dass die Vorbereitungen viel für ihre Freundin waren und sie ihre Hilfe hätte gebrauchen können. Warda hat ihr keine Einladung zu der Frauenrunde geschickt, weil sie davon ausging, dass Laila ohnehin kommen würde. Wären sie allein, würde Laila ihr von ihrem Tag erzählen. Stattdessen lächelt sie nur.

Ihre Freundin ist die Diskretion in Person. »Du solltest die syrischen Dessous-Sets sehen, die meine Cousinen Anna gekauft haben! Ich wäre fast gestorben – Tangas, die mit blinkenden Handys verziert sind, und ein BH mit Höschen, die, wenn du« – Warda klatscht einmal laut – »einfach runterfallen! Kannst du dir das vorstellen? Anna hat mich später gefragt: ›Und in dem Zeug soll ich wirklich für meinen Ehemann tanzen?‹ Sie hat geguckt, als müsste sie gleich weinen.« Die Mutter der Braut lacht. »Warum so tun? Ich habe Anna gesagt, sie würde das und noch viel mehr müssen. Ich glaube, sie hätte ihren Baba fast gebeten, alles abzusagen. Und kann man's ihr verübeln?«

Laila betrachtet ihre Freundin voller Dankbarkeit. Ihre Gesellschaft ist immer ein Vergnügen. Zeit zum Weinen bleibt noch genug, aber heute Abend will sie mit Warda über die Unglaublichkeit des Lebens lachen. Jede der anwesenden Frauen weiß nur zu gut, dass alles Gute ohnehin verkommt und das Schlechte zumindest besser werden kann. Frauen müssen tanzen – nicht für ihre Ehemänner, sondern für sich selbst, um sich nicht unterkriegen zu lassen.

In einer Ecke spielen sich vier Musikerinnen ein, ausgestattet mit einer Ud, einem Nay und zwei Handtrommeln – ein Gegengewicht zur männlichen Truppe im Erdgeschoss. Warda spricht lauter, damit Laila sie hören kann: »Warum warst du denn nicht da? Anna hätte praktische Ratschläge gebraucht, keinen Unsinn über Salatgurken und Möhren! Das hat gereicht, um selbst mir Angst zu machen, und ich bin schon ewig verheiratet.«

Laila lässt Fuad auf den Schoss seiner Großmutter klettern. Sie lächelt, doch ihre Augen sind traurig. »Ich wäre ...« Sie will Ausflüchte machen, ändert dann aber die Taktik. »Anna strahlt richtig«, sagt sie.

Die Braut sitzt aufrecht und wirkt leblos wie eine bemalte Puppe.

Warda legt die Hand an die Stirn. »Wie nachlässig von mir.« Sie rückt ein Beistelltischchen mit Schalen voller Oliven und Nüssen heran. »Bitte, bedienen Sie sich«, sagt sie zu Mutter Fadhma. »Laila und ich kennen uns schon so lange. Aber kein Grund, meine Manieren zu vergessen.« Sie reicht ein Schälchen herum und wendet sich dann wieder Laila zu. »Wir haben Glück.

Alles läuft gut. Asaf wird Anna ein guter Ehemann sein. Du weißt ja, wir haben ihn mit Bedacht ausgesucht. Es gab auch andere Kandidaten, aber seine Familie ist ehrbar. Die beiden lieben sich vielleicht noch nicht wie verrückt, aber das kann noch werden.« Warda lacht laut auf. »Weißt du, was Matrub mir erzählt hat? Er hat gesagt, seine schwierigsten Geschäfte seien nichts verglichen mit den Verhandlungen mit den Asafs. Du kennst doch das Sprichwort ›Töchter, leicht zu kriegen, schwer wegzugeben‹?«

Laila will nichts davon wissen. »Unsinn. Ein attraktives, intelligentes Mädchen wie Anna? Asaf ist der, der sich freuen sollte. Warda, du und deine Töchter, ihr seid wie Perlen.«

»Wenn Mütter das nur glauben würden«, flüstert Warda. »Wir freuen uns alle so und sind so erleichtert.« Sie strahlt Frau Habasch an, die vom anderen Ende des Raums herüberwinkt. Warda tätschelt Laila das Knie, um ihr zu bedeuten zu bleiben, wo sie ist, und geht hinüber zur Frau des Bürgermeisters. Laila spürt Frau Habaschs Blick, vergisst sie dann aber rasch in der Menge: Lailas Kolleginnen aus der Schule, Husseins Kundinnen und Nachbarinnen, alle geben sich die Hand und begrüßen sich. Obwohl darunter auch ebenjene Damen sind, deren Gesellschaft Laila und Warda eigentlich meiden, sind die Gespräche freundlich und wohlwollend. Wie Beerdigungen sind Hochzeiten eine Gelegenheit zur Aussöhnung. In einer so schönen Umgebung tun alle so, als könnten sie sich gar nicht mehr recht erinnern, ob es je Uneinigkeiten gab.

Als Warda zu Laila zurückkehrt, lässt sie sich in einen Sessel fallen und fächelt sich Luft zu. »Ich sag dir, ein nächstes Mal wird's nicht geben. Meinen anderen Mädchen habe ich gesagt, sie sollen solche Feiern vergessen, uns allen was Gutes tun und gleich durchbrennen!« Als sie merkt, dass Samira auch zugehört hat, entschuldigt sie sich. »Liebes, ignorier bitte einfach alles, was ich heute Abend sage oder tue.« Sie steht wieder auf. »Ich muss mal nach dem Essen sehen. Übrigens, Laila, ich wollte mich bei Hussein bedanken, das Fleisch ist ausgezeichnet. Ist er unten bei den Männern?«

Laila stockt, und Mutter Fadhma antwortet für sie. »Wir erwarten ihn etwas später.«

Laila nutzt den Augenblick, um sich wieder zu fassen. Ein stählernes Erscheinungsbild, das ihr die meiste Zeit selbstverständliche Gewohnheit ist, ist bei Warda nutzlos; bei ihrer besten Freundin ist Laila einfach nur sie selbst. Sie lächelt schwach, steht auf, und Warda sagt zu Fadhma: »Ich entführe sie mal kurz.«

Die beiden Frauen verschwinden in der Menge.

24

Samira war noch nie auf einer so prächtigen Hochzeitsfeier. Gesonderte Musiker für Männer und Frauen sind ein enormer Aufwand. Während eine feiste Tabla-Spielerin die Musikerinnen mit herrischer Hand einstimmt, ziehen Gesprächsfetzen an Samira vorüber.

»Die erinnern sich alle an ihre eigene Hochzeit«, flüstert Mutter Fadhma ihrer Tochter zu, »oder wünschen sich so eine wie hier für jemanden aus der eigenen Familie.«

Samira hört in der Stimme ihrer Mutter eine Spur von Bedauern. Früher wäre Samira selbst auf Anna Matrubs Glück neidisch gewesen. Eine Ehe mit einem Jungen aus einer angesehenen Familie ist ein Ziel, das viele junge Frauen in der Stadt teilen. Samira sieht zu, wie eine von Annas Freundinnen ihr ein Glas Tee anbietet und mit dem roten Schleier hilft. Anna ist in vielerlei Hinsicht die perfekte Tochter. Beliebt, immer gepflegt, hat sich nie in der Lovers' Lane blicken lassen. Das üppige Fest ist das größte Ereignis ihres Lebens. Abgesehen davon, ihrem Mann viele Söhne zu schenken, wird sie von nun an nichts mehr so sehr befriedigen. Sie macht ihren Eltern alle Ehre und ist für ihre Altersgenossinnen ein Vorbild. Anna ist all das und noch etwas, denkt Samira: langweilig.

Junge Frauen wie sie folgen einem sicheren Pfad. Nie kämen sie darauf, dass der Boden unter ihren privilegierten Füßen verschwinden könnte. Samira glaubt nicht an die Sicherheiten, die diese Frauen als Selbstverständlichkeit erachten. »Oh, Mamma, du weißt doch, ich werde als alte Jungfer sterben«, sagt sie lachend und greift Fadhma spielerisch am Arm.

Die alte Frau betrachtet ihre Tochter. »Dachte ich mir schon.« Liebevoll küsst sie ihre Wange. »Und was wäre daran so schlimm? Hauptsache, du liebst und wirst geliebt.«

Samira will ihre Mutter fragen, wie sie das meint, doch die Musikerinnen haben angefangen zu spielen, und sie hilft Fadhma, mit Fuad ein wenig näher zu rücken. Dann setzt sie sich zu ihren Freundinnen auf die Bodenkissen.

»Was war denn mit dir im Musikladen?« Yvette wird vom Klatschen und Singen der älteren Frauen ringsum übertönt.

»Dein Fußring, du Schöne, erklinget und spricht.«

Die Frauen im heiratsfähigen Alter, auch Samira und die Zwillinge, antworten laut: *»Dein Rock, bunt wie Pfeffer, birgt in sich die Farbe von Leben und Tod.«*

Gellende Freudentriller füllen den Raum. Die Zeit für Ratschläge ist vorbei. Die Frauen haben sich versammelt, um sich solidarisch mit der Braut zu zeigen und ihr Mut zu machen. Das Hochzeitsbett, nur ein paar Stunden entfernt, könnte lebenslangen Kummer bedeuten, wenn am Morgen auf den weißen Laken kein Blut gefunden wird.

Samira hat unter Seinabs Anleitung genügend Treffen und Lerngruppen besucht, um für Hochzeiten nichts als Verachtung zu empfinden. Sie haben die Fesseln der Ehe ausführlich diskutiert. Das Glück einer Frau wird davon bestimmt, wie diszipliniert sie die eigene Meinung unterdrückt. Samira versteht die Theorie und hat sie in ihrer Beziehung zu Walid sogar erfahren, doch trotz dieser Bewusstseinsbildung erklingt bei Hochzeitsträumen noch immer etwas in ihr. Sie will der aufregenden Musik die Schuld geben, aber das stimmt nicht. Sie kann sich emotional nicht völlig distanzieren. Die Frauen haben sich zu diesem Anlass aus freiem Willen abgesondert, um Erfahrungen zu feiern, die Männer nicht begreifen können, und um einer der ihrigen Kraft zu geben.

Die Tabla-Spielerin trägt ihre Trommel in die Raummitte. Von hinten ruft plötzlich jemand: »Mutter Fadhma!«

Erschrocken versteift sich Samiras Mutter in ihrem Sessel, bis viele weitere Frauen den Ruf aufgreifen. Samira hilft ihrer Mutter aufzustehen. Nur die Allerangesehensten werden gebeten, den Tanz zu eröffnen. Ein Münzgürtel wird ihr lose um die breiten Hüften gebunden, und sie steht vor dem Raum voller Frauen, manche am Anfang ihres Erwachsenenlebens, andere wie sie selbst eher an dessen Ende, und in der Mitte die unschuldige Anna, an der Schwelle des Frauseins.

Samira kann sehen, dass ihre Mutter die Nerven verliert, doch der Takt der Tabla-Spielerin ist ansteckend, und unwillkürlich fängt Fadhma an, sich zu bewegen. Nach einem verlegenen Anfang ist sie wie verwandelt. Es ist schwer zu glauben, dass jemand in ihrem Alter so anmutig tanzen kann. Mit kurzen Schritten gleitet sie und dreht sich in kleinen, langsamen Kreisen. Ihre Hände vollführen die rituellen Gesten, beschwören den Mond herauf und seine kleine Schwester, Sirius, den Hundsstern, die himmlischen Hüter der Frauen seit Anbeginn der Zeiten. Sie stampft auf den Boden und entlockt den Feldern Fruchtbarkeit. Als die Musik schneller wird, können manche Frauen nicht länger widerstehen, lassen sich in die Raummitte treiben und kreisen elegant die hoch erhobenen Hände. Die Trommeln werden lauter und wild, und selbstvergessen bewegen sich die Frauen um den Thron der Braut.

Die Restriktionen guter Manieren und eines starren Taft-Brautkleids halten die verschleierte Figur auf dem Podium davon ab, auf die Musik zu reagieren. Hin und wieder erzittert sie. Der Tanz erweckt in ihr bislang ruhende Kräfte. All ihre Wünsche wirbeln wie ein Versprechen rings um sie; für einen Augenblick prallen Vergangenheit, Gegenwart und Zukunft aufeinander.

Das Lied erreicht seinen Höhepunkt, entfaltet sich wie ein Banner und sinkt auf die Erde zurück. Wie verzaubert lassen sich manche Frauen zurück in ihre Sessel oder auf die Bodenkissen fallen; der Rest bleibt stehen, schwitzend und desorientiert. Wasser wird herumgereicht, und mehrere Minuten lang spricht niemand. Nur das langsame, monotone Schlagen einer einzelnen Trommel ist zu hören.

Während des Tanzes hat Samira ihre Familie und die Zwillinge aus den Augen verloren. Sie möchte sich abkühlen, geht durch eine Tür hinaus, einen leeren Flur entlang und spontan eine Treppe hinauf. Oben sitzt in einer Fensternische mit Blick über den Garten Dania aus der Lovers' Lane.

Unten tanzen die Männer. Ein Kerl ganz vorne lockt den Bräutigam mit einem flatternden weißen Taschentuch. Die andere Hand hat er ausgestreckt und hält mit ihr den Takt. In einer Reihe hinter ihm wiegen sich die Männer hin und her, die Arme um die Schultern des Nachbarn gelegt. Als der Takt schneller wird, springen sie vor und zurück, stampfen heftig und laut auf, immer und immer wieder, ihre starken, schnellen Körper ein Auftritt von Manneskraft.

»Er sieht so gut aus«, flüstert Dania.

Samira entdeckt den Jungen. Ein Stückchen daneben betrachtet ein anderer Mann, den Samira zu kennen meint, den Tanz. Fast hätte sie ihn in der Menge übersehen, doch sie schaut noch mal hin, bis sie sein Gesicht klar erkennt. Dort steht der politische Sprecher des Revolutionären Wandels in Syrien, Herr Ammar, der über Hussein Bescheid wusste; neben ihm ein anderer Aktivist, den sie vielleicht aus dem Büro der Gruppe kennt.

Die beiden müssen ins Haus geschlüpft sein, nachdem Matrub mit der formellen Begrüßung der Gäste am Tor fertig war. Instinktiv greift Samira nach dem Brief und ärgert sich erneut über den Kurier im Garten. Auch von Herrn Ammar ist sie kein großer Fan; sie hat versucht, es Seinab zu sagen, aber das ist jetzt egal. Samira entschuldigt sich bei Dania und geht nach unten. Auf dem Weg trifft sie Laila, die ihr sagt, sie solle mitkommen und mit dem Essen helfen.

In der Küche herrscht ein einziger lärmender Tumult. Mittendrin steht Matrub und legt sorgfältig die besten Lammfleischstückchen, die den ganzen Tag in einer Joghurtsauce geköchelt haben, auf Tabletts voller Reishügel mit gerösteten Pinienkernen. Eines wird Samira gereicht, und sie trägt es zu den langen Tischen im Garten neben dem Partyzelt. Hier stehen die Männer und essen miteinander. Die Musiker, mittlerweile ein wenig angeschwipst, spielen ein lustiges Volkslied.

Samira stellt das Tablett ab und sieht sich nach Herrn Ammar um, entdeckt jedoch weder ihn noch den anderen Mann. Auf dem Rückweg ins Haus begegnet sie Yvette, die ebenfalls zum Küchendienst einberufen wurde. Yvette trägt zu viele Teller und sieht so aus, als würde sie gleich alle fallen lassen. Ihr Gesicht ist gerötet.

»Na, wieder beim Arak gelandet?« Samira nimmt ihrer Freundin ein paar Teller ab und trägt sie zu einem der Tische. Sie wird für ihre Mühe belohnt. In der Nähe des Zelts steht Herr Ammar, der ihr kaum wahrnehmbar zunickt. Er weiß Bescheid, dass sie Bescheid weiß. Für eine Übergabe stehen zu viele Menschen herum. Samira folgt Yvette nach drinnen. Sie wird Herrn Ammar noch früh genug heimlich treffen können.

Die Freundinnen tragen weitere Platten mit Reis und Lamm nach oben und gesellen sich zu den anderen Frauen, die angefangen haben zu essen. Mutter Fadhma will Fuad zu einem Bissen überreden; das aufgeregte Kleinkind stößt ihre Hand weg.

Samira stochert in ihrem Essen. Es ist eine Sache, selbst eine

Entscheidung zu treffen, doch eine andere, ihre Familie mit hineinzuziehen. Sie weiß, dass sie sich um Hussein, Laila und ihre Neffen letzten Endes keine Sorgen machen muss; aber ihre Mutter wird leiden. Von Samira wird als Fadhmas jüngster lediger Tochter erwartet, sich um ihre alte Mutter zu kümmern. Selbst hat sich Samira nie als ehrgeizig eingeschätzt; ihre Pläne sind nach wie vor vage. Doch seit sie dem Frauenkomitee beigetreten ist, will sie, dass ihr Leben einen Sinn hat. In ihrer Vorstellung sind Seinab, Syrien und Palästina miteinander verschmolzen, und sie spürt, dass sie sich für den nächsten Schritt – ob er nun heute Abend, morgen oder in einem Jahr stattfindet – einen Stoß geben muss, selbst wenn es bedeutet, eines Tages von zu Hause fortzugehen. Sie ist so in Gedanken versunken, dass sie nicht hört, wie Warda inmitten des Trubels die Frauen nach unten ruft.

In Windeseile verschwinden glitzernde Partykleider unter langärmligen Mänteln und Umhängen. Manche Frauen, die Samira hat tanzen sehen, legen ihre Nikabs an. Sie folgt ihnen. Beim Esszimmer lauert ihr Onkel.

»Du, meine Liebe, bist eine richtige Schlangenfrau!«

Er ist gut drauf, sein gutes wie sein schlechtes Auge glitzern. Offensichtlich ist etwas los.

Abu Satar tadelt sie. »Ich weiß nicht, warum du dich mir nicht anvertraust. Ich bin der Einzige, der helfen kann. Deine Mutter wird es nicht verstehen, und Hussein« – er deutet zum Garten – »ist ein Trottel.«

Samira kann ihm nur schwer folgen.

»Und wenn du dich mir anvertraust«, verspricht er, »gewinnen wir beide enorm – du für deine Sache und ich für mich selbst!«

Endlich versteht Samira die Strategie ihres Onkels: erst Zuckerbrot, dann Peitsche. »Und was willst du?« Sie ist tatsächlich neugierig.

»Dein interessanter Freund –«

»Ist weg.« Selbst wenn sie wüsste, wo Mustafa ist, würde sie ihn nicht verraten. »Er war nur auf der Durchreise, tut mir also leid, aber du bist zu spät.« Doch weil Abu Satar sein deplatziertes Eigeninteresse bekundet hat, will sie ihr eigenes nun nicht verbergen: »Und ich konnte ihm nicht mehr sagen, wie wichtig er mir ist.«

Abu Satar wirkt enttäuscht, amüsiert, schockiert und schuldbewusst zugleich. Vielleicht ist der Schaden, den er anrichten wollte, bereits angerichtet, denkt Samira. Sobald Mutter Fadhma zu ihnen tritt, beunruhigt, Tochter und Bruder im ernsten Gespräch zu sehen, macht er sich davon.

Im Esszimmer wartet eine kunstvolle sechsstöckige Hochzeitstorte aus der europäischen Bäckerei in der Hauptstadt. Als alle Gäste versammelt sind, lüftet Asaf Annas Schleier, und Rufe hallen durch das Zimmer.

»*Jabajeh! Jabajeh!*«

Mit tiefer, rauer Stimme, die man für eine Männerstimme halten könnte, singt Umm Omar: »*Ich schmückte dich mit Kleinoden und legte Spangen an deine Arme und eine Kette um deinen Hals.*« Das Lied erinnert an Wüsten und die Wehklagen, die der Geburt von Mädchen folgen. Braut und Bräutigam halten gemeinsam das Messer und sind bereit, die Torte anzuschneiden.

Als alle Aufmerksamkeit im Raum auf dem Paar liegt, schleicht sich Samira nach draußen, gefolgt von Muna, die am Rand der Festgesellschaft gestanden hat. Der Garten ist leer; sogar der Barkeeper ist drinnen. Das Tuch des Partyzelts zeigt den einsamen Schatten eines Mannes, der drinnen zusammengesackt an einem Tisch hängt. Samira zeigt ihrer Cousine den Umriss. Dann denkt sie an die Worte ihres Onkels, geht nachschauen und entdeckt im Zeltinneren Hussein. Auf einem

Beistelltischchen nah bei seinem hängenden Kopf steht eine fast leere Flasche Whisky. Als sich sein Blick für einen Moment klärt und er aufstehen will, torkelt er, als würde sich der Boden unter seinen Füßen bewegen. Sein Stuhl wird zu einem Rettungsfloß.

»Entspann dich, Bruder.« Samira hat ihn schon öfter so besinnungslos erlebt, aber heute Abend ist er in besonders schlechter Verfassung. Ihre Hoffnung vom Nachmittag löst sich auf.

Er sieht an seiner Schwester vorbei zu Muna. »Findest du nicht, dass wir komisch leben?«, lallt er traurig.

»*La amo, la*, alles gut.« Muna meint es ernst. »Ich bin froh, hier zu sein.«

»Wie unterschiedlich wir doch sind.« Er zieht die Worte in die Länge. »Ich habe die Welt gesehen und geliebt, aber die Liebe ist unberechenbar. Je mehr du liebst, umso mehr weißt du, und je mehr du weißt, umso weniger achtet man sich. Hier heiraten wir Fremde und lernen dann, sie zu respektieren. Da kümmert sich die Familie schon drum. Und die Liebe? Die sollte man für sich behalten.«

Ein dünner Speichelfaden rinnt ihm aus dem Mundwinkel, und seine Augen werden glasig, als er zurück in seine ganz private Schmerzwelt gleitet. Samira zieht Muna weg. Sie hätte es lieber, wenn Muna Hussein nicht so sehen würde, aber er kann jetzt nicht ihre Priorität sein. Vor dem Zelt sagt sie Muna, sie solle zurück zum Fest gehen, und verspricht, gleich nachzukommen, sie brauche nur einen Augenblick, um sich zu sammeln. Als sie allein ist, lässt sie ihren Blick durch den Garten gleiten und entdeckt Herrn Ammar und seinen Komplizen beim Haus. Samira geht zu ihnen hinüber und drückt ihm den Umschlag in die Hand. Ohne hinzusehen, steckt er ihn in die Manteltasche. Er bedankt sich nicht.

»Unsere Aktivitäten beziehen jetzt neue Leute ein«, sagt er.

»Wie der Kontaktmann, den ich heute Abend getroffen habe?«

Herr Ammar geht nicht darauf ein. Als sein Kompagnon etwas zur Seite geht, um Wache zu stehen, sagt er: »Wir müssen reden. Können wir uns irgendwohin zurückziehen? Wir sind mit dem Auto da.«

Samira wählt ihre Worte mit Bedacht. »Es passt gerade nicht gut. Ginge es auch ein andermal?«

Entweder hat er kein Verständnis für ihre Situation oder sie ist ihm egal. »Nein, heute Abend«, insistiert er.

Widerwillig zeigt Samira auf die Hügel über ihnen, die sich zum Dschabel Musa hinaufziehen. »Der Hof meines Bruders ist dort oben, eine halbe Stunde mit dem Auto.« Sie ist sich nicht sicher, ob das eine gute Idee ist. Wenn sie wirklich reden müssen, dann diskret. Außerdem muss sie zurück sein, bevor sie irgendjemand vermisst. Ihr fällt Muna ein, und sie sagt: »Meine Cousine muss auch mitkommen.« Das scheint Herr Ammar nicht erwartet zu haben, also erklärt sie: »Solange ich mit ihr unterwegs bin, macht sich meine Mutter keine Sorgen.« Der Mann ist doch bestimmt kein Narr und versteht, welchen Stellenwert der Ruf eines Mädchens in einer kleinen Stadt hat.

»In Ordnung«, sagt er. »Wir treffen euch auf dem Parkplatz. Wir sind spät gekommen; der blaue Nissan auf dem Feld ist unserer.«

Samira geht wieder ins Haus der Matrubs und holt Muna. Sie will es wie ein Abenteuer klingen lassen: »Wir machen eine Spritztour.« Als sie durch den Vorgarten gehen, ist sie nicht sicher warum, aber sie spürt, dass sie beobachtet werden. Als sie am Partyzelt vorbeigehen, denkt sie nicht mehr an Hussein. Draußen vor dem Tor gibt sie Muna ein Zeichen, kurz zu warten, und sieht sich noch einmal um. Hinter ihnen schlendert in respektvollem Abstand eine Frau in Nikab und Abaya. Samira und Muna gehen weiter. In der Dunkelheit laufen sie fast gegen ein eng umschlungenes Paar. Dania und der Junge.

Geparkte Autos säumen die Zufahrt und stehen bis auf das angrenzende Feld. Als Samira das Auto im Dunkeln sucht, huscht die Frau im Nikab an ihnen vorbei und sagt kaum hörbar: »Dort drüben.«

Samira zieht scharf den Atem ein. Kennt sie die Frau? Die verhüllte Figur schließt den Nissan auf und schimpft flüsternd: »Ihr wisst doch, dass ihr nicht bei Fremden ins Auto steigen sollt.«

Kein Zweifel – »Seinab!« Auch Samira flüstert.

»Hat ja lang genug gedauert.« Die leise Stimme gehört der schlauen Frau mit dem Mondgesicht, die jetzt verstohlen ihre Gesichtsmaske ablegt. Samiras politische Mentorin klettert auf den Fahrersitz und bedeutet Muna, sich in die Mitte zwischen sie zu setzen.

»Das ist meine Cousine aus Amerika«, sagt Samira und schließt die Beifahrertür.

Eine kleine, zarte behandschuhte Hand greift Munas. »Willkommen, Cousine. Hat Samira dir schon von uns erzählt?«

»Nicht viel.«

Als sie auf der Hauptstraße sind, kann Samira ihre Aufregung nicht länger verbergen. »Was machst du denn hier?«

»Ich wollte es dir selbst sagen.«

»Was denn?«

»Ich geh zurück nach Syrien.«

Samira ist nicht überrascht. Vermutlich war das schon in Planung, lange bevor sie dem Frauenkomitee beitrat.

»Warum jetzt?«

»Ich glaube, sonst komme ich zu spät.«

»Zu spät?«, fragt Muna.

Seinab wendet den Blick von der Straße und sieht die beiden an. »Ich habe einen Beitrag über den letzten Garten von Aleppo gesehen. Ein Zehnjähriger ist nicht mehr in die Schule gegangen, um seinem Vater beim Bepflanzen der Verkehrskreisel der Stadt zu helfen – sie hatten auch Rosen. Das Ganze wirkte fast normal, abgesehen vom Bombardement, aber der Vater hatte keine Angst. Er sagte, es sei wie Beethoven hören. Dann kam er durch eine Bombe um – eine Tragödie wie viele andere, und wieder bleibt ein Kind allein in einer zerstörten Stadt zurück.

Dann hat mich meine Tante aus Syrien angerufen. Sie hat sich gerade die Evakuierung von Daraja im Fernsehen angesehen, zusammen mit Freunden, ein Ehepaar, die da 2012 nach einem Massaker durch Regierungstruppen weg sind. Sie hofften, sie würden in der fliehenden Menschenmasse ihren Sohn entdecken, den sie zurückgelassen hatten. In Daraja können Aktivisten nicht in Gegenden unter Regierungskontrolle zurückkehren. Man würde sie festnehmen, also fliehen sie nach Idlib, der IS-Hochburg im Nordwesten. Folter durch das Regime oder Versklavung durch Dschihadisten – wie kann es denn sein, dass Syrern nur noch diese beiden Möglichkeiten bleiben?«

Seinabs glattes, offenes Gesicht wird wütend. »Ich kann nicht mehr länger am Rand rumstehen. Manchmal glaube ich fast, dass es gar keinen Unterschied gibt zwischen mir und der palästinensischen Delegation, die das Fastenbrechen mit Regimemitgliedern in Damaskus begangen hat. Die haben sich ein üppiges Iftar schmecken lassen, während ein paar Kilometer weiter, im Lager von Jarmuk, meine Familie und meine Freunde gehungert haben und es auch immer noch tun.« Jetzt klingt sie trotzig. »Es ist an der Zeit, dass ich mir die Hände schmutzig mache, sonst sind diese tapferen Menschen für nichts gestorben. Ihr Blut darf nicht umsonst vergossen worden sein.«

Samira weiß, dass Seinab die Menschenrechtsanwältin Razan Zaitouneh und ihre Kollegen aus dem Violations Documentation Center meint: Wael Hamada, Samira al-Khalil und Nazem Hamadi. Sie dokumentierten die Identitäten der Toten, bis sie in Duma von einer islamistischen Splittergruppe entführt wurden. Ständig versuchte Seinab, etwas über sie herauszufinden, und befragte Menschen, die gerade aus Syrien gekommen waren. Vor über einem Jahr hatte sie gehört, dass die Aktivisten an eine noch extremistischere Fraktion verkauft worden waren. Dann erkaltete die Spur.

»Was willst du tun?«, fragt Samira.

»So viel ich kann. Wir Palästinenser haben eine Geschichte voller Kummer, aber wir sind nicht die Einzigen, die getreten werden.«

Abrupt fährt Seinab rechts ran, und Herr Ammar und sein Begleiter steigen ein. Sie müssen einen Weg hinter Matrubs Haus entlang gefunden haben und sind die Felsen hinaufgeklettert.

»Alles okay?« Seinab wirft einen Blick in den Rückspiegel, dann fragt sie Samira nach dem Weg.

»Folge weiter der Straße. Ein ganzes Stück weiter oben kommt eine Abzweigung.«

Seinab fährt wieder los. »Ich wollte dich was fragen –«

»Jetzt nicht«, widerspricht Herr Ammar, »warte, bis wir dort sind.«

Samira ignoriert ihn und flüstert zu ihrer Freundin: »Wann gehst du?«

»Heute Nacht.«

Samira ist fassungslos. »So plötzlich.« Sie will nicht aufgewühlt wirken, klingt aber angespannt; ihre Angst um Seinab und sich selbst wächst. Sie weiß, es ist egoistisch, aber sie braucht

Seinab und die anderen Frauen aus dem Komitee. Ohne sie wäre sie verloren.

Das Auto fährt hinauf in die Hügel über der Villa der Matrubs. Samira sieht deutlich die Lichter, das Haus und das Zelt. Sie stellt sich vor, wie die Braut ihrem Bräutigam gerade ein Stück Torte füttert, etwas, das sie selbst nie erleben wird. Ihr Engagement im Frauenkomitee hat in ihrem Leben eine neue Ära des Realismus eingeläutet, die romantische Trugbilder für immer verscheucht hat. Doch der Abend hat ihr gezeigt, wie leicht es war, sich abermals in Hochzeitsträume zu verrennen.

Wenn sie nur noch so wenig Zeit zusammen haben, muss sie das Seinab gleich erzählen. Nur sie und die anderen Frauen aus dem Komitee verstehen sie. Sie beugt sich über Muna zu Seinab hinüber und flüstert, sodass die Männer auf der Rückbank sie nicht hören können: »Heute Abend wurde ich mit meinem ›inneren Feind‹ konfrontiert.«

Seinab blickt weiter auf die Straße. »Ich weiß ja nicht, wie's mit deiner Cousine aussieht, aber wir beide sind für Hochzeiten wohl empfänglich.«

Samira sieht, wie ihre Anführerin lächelt. Es ist ein kleiner Trost. Aufgewühlt lehnt sie sich zurück. Sie blickt noch einmal aus dem Fenster nach den Lichterketten im Garten der Matrubs, sieht sie aber nicht mehr. Ihre Furcht vor Seinabs nahender Abreise trübt ihren Blick. Sie sieht auch nicht die Gruppe ungeladener Gäste im Garten oder den Mann, den sie mit sich fortschleifen.

25

Das Auto biegt von der Straße auf einen Feldweg ab und steuert auf eine Scheune zu, die von einer einzelnen nackten Glühbirne beleuchtet wird. Seinab parkt auf einer Lichtung bei einer Reihe von Flachbauten. Das Singen der Bergzikaden macht die Nacht noch tiefer.

Samira hält Muna die Tür auf und wispert: »Jetzt siehst du wenigstens mal die Schweine.«

Muna findet es nicht lustig. Sie ist verunsichert und weiß nicht recht, was sie von der Dunkelheit und Samiras Freunden halten soll. Sie hätte gerne, dass Samira ihr sagt, warum sie hier sind. Oder vielleicht hat sie selbst keine Ahnung, was Muna nur noch besorgter macht.

Unbeirrt entschuldigt sich Samira in keiner Weise für die Farm. Es herrscht ein furchtbarer Gestank. Herr Ammar und der Leibwächter, der sich als Osman vorgestellt hat, können ihn nicht durch noch so viele Zigaretten überdecken, die sie beim Auto rauchen.

Herr Ammar bittet um Verzeihung und führt Samira und Seinab zu der beleuchteten Scheunenseite, wo sie sich auf einen Stapel Plastikkisten setzen. Stechmücken sammeln sich in dem gelben Dunst über ihren Köpfen.

Allein in der Dunkelheit zurückgelassen, stehen Muna und Osman verlegen beieinander. Abgesehen davon, dass der Mann dem Gewichtheben zugetan scheint, weiß Muna lediglich, wie er heißt. Sie könnten sich über seinen Namensvetter unterhalten: Osman ibn Affan, der dritte Kalif nach dem Tode des Propheten, der die Offenbarungen des Korans sammelte und auf Kamelknochen und Tonscherben aufzeichnete. Pergament gab es erst ein Jahrhundert später. Sie würde lieber darüber als über ihre Ängste sprechen. Sie hat den Leibwächter gerade erst kennengelernt und nicht den Eindruck, dass sie ihm vertrauen kann.

Der Kleiderschrank könnte denselben Eindruck von ihr haben. Er wirft seine Zigarette zu Boden und geht zum anderen Ende der Scheune. Aus dem Halbdunkel hört Muna, wie ein großes Holztor aufgeschoben wird. »Lass uns mal reinschauen«, ruft er ihr zu und verschwindet.

Muna bleibt stur stehen, bis der Stromgenerator gefunden ist und Neonlicht einen weiten Raum offenbart, der kreuz und quer in alle möglichen Verschläge unterteilt ist.

Als sie ihm nach drinnen folgt, pfeift er leise. »Hier ist es also!«

Husseins Betrieb ist keine industrielle Landwirtschaft, wenngleich er größer ist, als Samira Muna hat glauben lassen. Auf das ungeschulte Auge wirkt alles zusammengeschustert. Manche Koben sind mit Gittern verschlossen, andere mit Holzbohlen und Wellblech, doch bei genauerem Hinschauen bemerkt Muna, dass alle Verschläge sauber und gepflegt sind. Das Futter ist in Jutesäcken an der Wand aufgestapelt, und es gibt einen gesonderten Kotbereich. Osman betrachtet die Schweine, die sich in den einzelnen Ställen zu regen beginnen.

»Ich hätt's nie geglaubt«, sagt Muna, starrt die Tiere an und dann Osman. Ein Mann, der nach einem Kalifen benannt ist, könnte vielleicht anderer Meinung sein. Doch er sieht eher amüsiert als empört aus.

»Mein Ding ist es nicht, aber am anderen Jordanufer warten Vettern auf eine Lieferung Schweinefleisch. Auf dieser Seite warten wir immer nur auf Waffen.«

»Meinst du *deine* Vettern?«, fragt Muna leicht verwirrt. Redet er von seiner Familie?

»Unsere Vettern«, antwortet Osman schelmisch. »Alle Semiten sind miteinander verwandt, ob's uns gefällt oder nicht.«

Der Kleiderschrank setzt seine Überlegungen fort. »Ein Teil des Gewinns aus dem Schweinefleischverkauf wird abgezweigt, um Waffen zu kaufen, die dann für noch mehr Geld weiterverkauft werden. Ein Kreislauf immer größerer Profite.«

Als Muna entgeistert schweigt, sagt er: »Jetzt weiß ich, dass du Amerikanerin bist.«

»Wie willst du das wissen?« Der Typ geht ihr auf die Nerven. Eine Schweinezucht ist doch wirklich eine unwahrscheinliche Kulisse für Waffenschmuggel.

»Naiv und bequem«, informiert er sie. »Amerikaner sind alle gleich. Für die ist alles immer eine klare Gleichung: Wir gegen die. Euch geht's besser, wenn eine Seite gut ist und die andere böse. Aber das Leben ist komplizierter.« Er ist noch nicht fertig. »Mein Onkel in Florida hat mir erzählt, dass jedes Mal, wenn in den USA eine Bombe explodiert, die Amerikaner sofort meinen, es waren arabische Terroristen. Ihr habt Gewalt auf euren Straßen, in euren Familien, in euren Schulen und Kirchen, und jedes Mal sollen *wir* schuld sein? Aus Mexiko kommt der warme Wind, von oben aus Kanada die Kälte, und dazwischen gibt's nichts Gutes.«

»Wir leiden wohl am selben Problem«, sagt Muna trocken. »Du kennst mein Land nicht und ich deins auch nicht gut genug.« Sie zeigt zu den Schweinen, die aneinandergeschmiegt schlafen. »Wenn irgendwer in ständiger Todesangst leben muss, dann die.«

Als sich ein Ferkelkörper dreht, schmiegt sich der nächste gleich an, um den Platz ideal zu nutzen. Mäulchen runden sich zu winzigen zahnlosen Lächeln, der Inbegriff von Unschuld und

Zufriedenheit. Im nächsten Verschlag hängt eine Wärmelampe an der Wand. Darunter drängen sich Ferkelchen, nicht größer als Munas Faust, in einem Gewühl von Schnäuzchen und Ringelschwänzchen.

Muna und Osman halten vor einem Pferch, der noch einmal in fünf Abteilungen untergliedert ist, in denen Eber gähnen und sich strecken. Das Licht hat sie aufgeweckt, sie laufen umher und schubbern sich an den Geländern. Als Osman näher herankommt, drücken sie sich nach vorne, im Wettkampf um den besten Platz. Er berührt eine borstige Stirn. »Die haben Hunger«, ruft er.

Muna antwortet nicht; fasziniert betrachtet sie einen korpulenten, schwarz-braun befellten, mit roten Borsten bedeckten Hintern, der die größte Bucht einnimmt. Eine genauere Betrachtung lässt Form und Dimensionen einer riesigen Muttersau erkennen, mit einer Schnauze so groß wie die eines Bären. Über ein Meter fünfzig lang, mit breiten, muskulösen Schultern, füllt die gewaltige Körpermasse fast den gesamten Koben aus. Das Schwein liegt auf der Seite, in der gebieterischen Pracht seiner ganzen Größe. Eine milchige Flüssigkeit sickert am riesigen geschwollenen Bauch aus den Zitzen; dieselbe klebrige Substanz ist überall auf dem Schwein, dem Stroh und im Pferch verschmiert. Im Zusammenspiel mit dem Geruch muss Muna bei dem Anblick fast würgen, doch sie sieht nicht weg. Das Maul des Tieres ist geöffnet, seine Augen sind nach hinten verdreht. Eine kleine Wellenbewegung im Fett, verursacht durch eine flache Atmung, verrät, dass es lebt.

Muna flüstert laut: »Wie eklig!«

Osman tritt neben sie. »Da ist also die berühmte Schönheit!« Sein Spott über Munas Land weicht der neugierigen Bewunderung eines Schweins.

Wie aufs Stichwort rollt eine Welle durch den gigantischen Körper, und langsam hebt sich der Kopf. Als sich die Augen des Tieres fokussiert haben, starrt es sie unverwandt an. Das Schwein stöhnt auf. Leise und bedrohlich, teils tierisch, teils menschlich, klingt es, als würde jemand gefoltert oder wahnsinnig. Keuchend und grunzend strengt sich das Tier an, sein Gewicht zu verschieben, um aufzustehen, doch anfangs liegt das notwendige Gleichgewicht außerhalb seiner Kontrolle. Mit jedem Versuch wird sein Ächzen lauter. Die Ferkel in den anderen Koben sind jetzt wach und werden unruhig. Die älteren kratzen auf dem Boden. Das Unbehagen der Muttersau wirkt sich auf die restlichen Tiere aus. Schließlich schafft sie es, sich zu erheben. Muna kann nicht sagen, was schlimmer ist, der schreckliche Geruch des Tieres oder seine unfassbare Hässlichkeit. »Was hat's denn mit der hier auf sich?«

»Das weißt du nicht?« Osman wird überschwänglich. »Darf ich vorstellen: Umm al-Chanasir, Mutter aller Schweine«, dann zur Sau: »Königin des Stalls – Ihre Cousine aus Amerika!«

Muna rümpft die Nase und dreht sich um, als Stimmenlärm durch die Stallmauern dringt. Draußen ist man sich nicht einig. Muna hört Samiras wütende Stimme und wie die anderen sie zu beruhigen versuchen. Sie schielt zu Osman hinüber, um zu sehen, wie er reagiert, doch er wirkt desinteressiert; Meinungsverschiedenheiten unter Genossen sind nichts Neues.

Er zeigt auf die benachbarten Buchten. »Die Kleinen sind von ihr oder von ihren Töchtern. Sie ist eigentlich eine Ein-Schwein-Bevölkerungsexplosion, eine Fruchtbarkeitsgöttin.« Er beugt sich vor und blickt der Sau in die Knopfaugen. »Kein Grund zur Bescheidenheit, Madame, dein Ruf eilt dir voraus.«

Als er in den Verschlag greift, stürzt die riesige Sau ohne Vorwarnung auf ihn zu. Osman kann gerade noch seine Hand zurückziehen und hält sie erschrocken an die steroidgestärkte Brust. In seinem Gesicht mischt sich Fassungslosigkeit mit Furcht.

Muna zeigt kein Mitgefühl. »Wenn ich eine industrielle Geburtsmaschine wäre, hätte ich schon lange Menschen angegriffen und zerfleischt.«

Das Tier, unvorstellbar aufgedunsen, schnauft in kurzen, lauten Zügen. Es schlägt einen Vorderhuf auf den Boden, dann wirft es sich mit dem Kopf voran gegen die Holzbohlen des Verschlags, die unter dem Aufschlag erzittern, aber stehen bleiben. Erschrocken weichen Osman und Muna zurück, während die restlichen Stallbewohner wie ein bösartiger Chor laut quieken.

»Bloß raus hier!« Sie läuft durch das Labyrinth der Verschläge, zum Tor und hinaus in die Nacht.

Als Osman den Generator ausstellt, sieht sie kurz ein grelles Nachleuchten, dann verdunkelt sich alles zu fast völliger Schwärze. Muna ist noch dabei, sich an die Dunkelheit zu gewöhnen, während die beiden auf einen Felsvorsprung zusteuern. Sie trägt von der Hochzeit die falschen Schuhe und bleibt mit einem Absatz im unebenen Gelände hängen. Noch ein zweites Mal fällt sie fast hin, doch Osman greift sie rechtzeitig am Arm. Sie will sich gerade bedanken, als sie eine plötzliche Bewegung hört und einen Luftzug spürt; jemand oder etwas ist an ihr vorbeigerannt. Es war nah, was auch immer es war. Auch der Kleiderschrank steht nun ganz still, wartet, blickt um sich, lauscht.

Flüsternd bricht Muna die angespannte Stille: »Was war das?« Sie kann die Angst in ihrer Stimme nicht verbergen.

Der Leibwächter sucht noch immer die düsteren Umrisse von Felsen und Gestrüpp ab und antwortet nicht gleich. Schließlich sagt er leise: »Vielleicht Mensch, vielleicht Schwein, ich weiß es nicht.«

Sie gehen weiter – Muna tritt jetzt vorsichtiger auf die zerfurchte Erde, und Osman achtet weniger auf die Frau an seiner Seite. Beide haben sich an die Geräusche der Nacht gewöhnt. Als nichts weiter passiert, glauben sie, sich geirrt zu haben. Trotz ihrer politischen Differenzen hat die flüchtige Begegnung mit etwas Unbekanntem sie näher zusammenrücken lassen, und Muna findet den Leibwächter nicht mehr so schlimm.

Sie halten an, wo das Gelände abfällt und sich in die Ferne erstreckt, die Lichter der Stadt weit unter ihnen. Das grell leuchtende Werbeschild von Abu Satars Schnäppchen-Emporium blinkt – an, aus, an, an, an – bedrohlich unregelmäßig wie Suchscheinwerfer. Selbst die Umrisse des Taxiplatzes sind sichtbar, die Scheinwerfer der Autos und das Feuer der offenen Grillstellen. Weit über den Dächern erheben sich zwei Kuppeln – die Moschee und die Kirche des Mosaiks. Ganz unten, wo die schwache Kontur der Straße sich wie Geschenkband durch die Hügel zieht, glitzern die Lichter der Hochzeitsfeier. Über ihnen hängt eine Mondsichel am Himmelsgewölbe.

»Guck mal da!« Mit Blick zum Himmel zeigt Osman auf die Plejaden. Er klingt wehmütig. »Strahlen, unterwegs, seit die Welt nur ein rasender Brocken flüssigen Gesteins im All war, und in dieser Sekunde kommen sie heute Abend bei uns an. Die Sterne sollten uns dran erinnern, wie unbedeutend wir sind.« Er wird von Schüssen aus der Villa der Matrubs unterbrochen. »Hey, die feiern die Hochzeit.«

Die Schüsse, gefolgt von Rufen oder Singen – Muna weiß nicht, was von beidem –, werden vom Wind zur Farm hinaufgetragen.

»Schon mal 'ne Waffe gefeuert?«, fragt Osman.

Bei ihrer Antwort, einem Kopfschütteln, eilt er sofort zum Auto. Muna hört, wie der Kofferraum geöffnet und wieder zugeschlagen wird. Als Osman zurückkehrt, bebt seine Stimme vor Stolz, und er überreicht Muna eine Schnellfeuerwaffe.

»Kalaschnikow!«, verkündet er.

»Nein, danke, schon in Ordnung.« Sie will sie ihm zurückgeben, doch er drängt ihr die Waffe auf, bis Muna sie nehmen muss.

»Keine Bange«, beharrt er, »ich helfe dir.«

Der Stahl ist kalt und schwer. Bevor Muna ihn abhalten kann, ist Osman schon hinter ihr und zeigt ihr, wie sie die Waffe halten muss. In einer anderen Zeit und an einem anderen Ort wäre sie eine junge Frau in den Armen eines fähigen Mannes. Muna fühlt sich unwohl und will nicht nachgeben, tut es aber doch. »Okay.«

Er legt ihr den Kolben der Kalaschnikow in die Schulterbeuge, führt ihre linke Hand unter den Lauf und schiebt ihn nach oben, sodass Muna auf seine geliebten Sterne zielt. Er entsichert, geht einen Schritt zurück und befiehlt: »Jetzt!« Als eine Gewehrsalve in die Luft birst, ist Muna weder auf die Heftigkeit noch auf den Schrecken des Krachs vorbereitet – laut, scharf, wütend, wie ein zorniger alttestamentarischer Gott.

26

Trübäugig späht Abu Satar in eine Nacht voll heimlichen Tuns. Weil die Dunkelheit seine Lupe nutzlos macht, werden seine anderen Sinne nun stärker. Ringsum ist die Luft getränkt von Lachen, Weinen, Stöhnen – Lust und Leid. Hochzeiten sind wie Karneval. So, wie es im Gebüsch raschelt, wird gerade irgendwo irgendjemand geküsst, geohrfeigt oder gekidnappt. Vor der Villa der Matrubs haben die schießenden Männer ihre Waffen niedergelegt und sich wieder dem Whisky zugewendet. Einst hätte er sich dem Gezeche angeschlossen. Er blickt zum Berg hinauf, atmet tief das Aroma von Ruß und Dreck mit einer Spur Petrochemikalien ein, dann streckt und reckt er sich. Nach der körperlichen Anstrengung fühlt er sich erstaunlich gelenkig. Muskelverspannungen beschäftigen ihn weniger als das unerklärliche Verhalten seiner Nichten.

Wie er ihnen nachgeschlichen ist, war eine beachtliche Leistung. Geschickt hatte er sich zwischen den geparkten Autos so weit hindurchmanövriert, bis er sich schließlich in alle möglichen misslichen Lagen verrenken musste. Er duckte sich hinter Rädern, legte sich quer über Kofferräume und überraschte sich sogar mit einer der Schwerkraft trotzenden Seitwärts-Storchhaltung im Hohlraum unter einer Beifahrertür, gesichert durch einen flink gesetzten Fuß. Das Fräuleinwunder war es wert. Aufgrund ihres Gewands hätte man sie leicht übersehen können, wenn nicht ihre Schuhe, nachgemachte Converse, sie verraten hätten. Für einen Falken wie ihn ein rotes Tuch. Natürlich erkannte er die Schuhe wieder; er wollte sie sogar mal im Emporium verkaufen, aber sie waren seinem Lieferanten ausgegangen.

Noch mehr als die Schuhe bewundert er den Mumm des Fräuleinwunders und wie sie Samira angesprochen hat. So diskret, dass er selbst aus nächster Nähe kein einziges Wort verstehen konnte.

Er musste sie auch gar nicht hören, denn wie sie den Nikab abnahm, spielt sich in seinem Kopf immer wieder ab wie eine zerkratzte Platte auf Sammys Tellern. Das Vibrieren seines Handys reißt Abu Satar aus der Erinnerung an das erstaunliche Szenario. Sein Sohn ist dran und klingt verstört und atemlos: »Ich weiß nicht – Männer –« Wegen des schlechten Empfangs bricht er immer wieder ab. »– sei vorsichtig!«

Abu Satar kratzt sich den Rücken am Seitenspiegel eines Transporters und geht ein Stück weiter, von wo er die Stadt sehen kann. Sein Blick folgt zwei Limousinen voller Muchabarat-Agenten, die eine Schneise durch die Straßen ziehen. Ätzender Verdacht ist ganz ähnlich, auch der läuft in jeden Spalt wie brennbares, explodierendes Fett.

Sammy schreit: »Alle im Laden wurden zusammengetrieben und rausgeholt – ich konnte abhauen –, aber ich habe noch gehört, wie einer der Männer meinte, sie suchen nach einer geheimen Waffensammlung. Papa, meinen die unsere?« Die Leitung ist tot.

Als das Telefon erneut vibriert, glaubt Abu Satar, dass es wieder sein Sohn ist. Dieses Mal klingt der Anruf, als käme er aus dem Herzen des Bösen: Zwischen Sekunden tödlicher Stille hört er nichts als Schreie, Schläge und Flüche. Vor Abu Satars innerem Auge entsteht ein Bild von breitschultrigen Männern in schlecht sitzenden Lederjacken, eine Sammelbestellung wohl eher aus Erbil als aus Istanbul.

»Wir sind in den Gassen und Argileh-Bars im Ostviertel«, ruft ein Mann über die Kakofonie hinweg. »Haben ihn noch nicht gefunden. Müssen alles umdrehen. Was ist mit Ihrem Lager?«

Bevor Abu Satar ihn abwimmeln könnte, bellt der Mann schon: »Wir kommen Sie holen!«, und legt auf.

Das hier entspricht nicht Abu Satars Vorstellung von einem lustigen Abend, aber er hütet sich, jetzt Diskussionen anzufangen. Sie haben seine GPS-Koordinaten. Beunruhigender ist, wie sein Schnäppchen-Emporium vor seinen Augen wie ein Kartenhaus ins Wanken gerät. Ein falscher Atemzug, und es ist weg.

Er wartet und sieht, wie sich ein weiteres Paar leuchtender Autoscheinwerfer in den kantigen Schatten des Dschabel Musa verliert. Als aus den Bergen eine unerklärbare Gewehrsalve erschallt, feuern die Synapsen des Fledderers los. Nur ein einziger Ort bietet genügend Faszination, von exotischer Tierzucht ganz zu schweigen, um seine neuen Freunde zu zerstreuen und zu beeindrucken.

Sein Handy vibriert, dann ist es still. Ein letztes Mal führt Abu Satar die Nase zu den Knien, dann huscht er gnadenlos effizient durch das tote Metall geparkter Autos, in ein unbekanntes Schicksal am anderen Ende.

27

Unter der nackten Glühbirne vor der Scheune versuchen Seinab und Herr Ammar, Samira zu beschwichtigen, doch sie lässt sich nicht überzeugen. Frustriert ruft sie: »Die stehen gegen alles, woran das Frauenkomitee glaubt – alles, was du mir beigebracht hast!« Sie blickt Seinab finster an. »Warum der Richtungswechsel?«

Samira steht von der Plastikkiste auf und geht weg. Ihre Freundin folgt ihr und führt sie zurück, wo sie mürrisch beisammenstehen und auf den Boden starren.

Herr Ammar spricht nun leiser. »Darum müssen Seinab und ich ja mit dir sprechen.«

Samira betrachtet die beiden über den Rand ihrer Brille und setzt sich wieder. Herr Ammar wählt die Plastikkiste neben ihr. Vornübergebeugt redet er mit den Händen. »Als ich gesagt habe, dass wir unsere Reichweite vergrößern, habe ich nicht nur die gemeint« – er zeigt zur Stadt. »Wie du weißt, macht sich Seinab heute Nacht auf den Weg. Wir bringen sie bis zum Grenzübergang Nassib-Dschaber im Westen. Wenn sie dort nicht rüberkann, dann zu einem der heimlichen Übergänge im Osten, wo die Schlepper die Leute rüberbringen. Das jordanische Militär patrouilliert da eh schon viel, und es heißt, Jordanien soll von den USA dieselben Wärmekameras bekommen, die die an der Grenze zu Mexiko einsetzen. Jetzt oder nie. Jemand wird auf Seinab warten und sie durch die Wüste nach Syrien bringen. Ins IS-kontrollierte Suwaida reinzukommen, ist praktisch unmöglich, aber nicht ganz unmöglich.

Wenn das nicht klappt, bringen wir Seinab in den Irak, und

sie überquert von dort die Grenze. Auf der anderen Seite kämpfen zu viele unterschiedliche Fraktionen. Aber wir kennen Rebellen, die einen Abschnitt kontrollieren. Sie muss dicht besiedelte Gebiete vermeiden, wo das Regime oder die Russen bombardieren.«

Je mehr Kontur Seinabs Reise annimmt, umso mehr verebbt Samiras Wut über den Halbstarken aus dem Garten. Frauen aus dem Komitee, die als Sekretärinnen in einem der Scheinbüros des Revolutionären Wandels arbeiten, haben ihr von Genossen erzählt, die mitten in der Nacht verschwinden. Normalerweise sind es die Männer, die über Grenzen verschwinden. Dieses Mal hat Seinab die Entscheidung getroffen. Samira spürt einen Anflug von Befriedigung.

»Ich wollte dich fragen ...«, setzt Seinab wieder leise an.

Samira hört ihr aufmerksam zu.

»... ob du dir vorstellen könntest mitzukommen. Wir arbeiten gut zusammen. Der härteste Teil wird sein, die Wüste zu durchqueren. Wenn wir erst mal drüben sind, können wir mit der eigentlichen Arbeit anfangen.«

Insgeheim ist Samira begeistert. Doch schon überkommen sie Gewissensbisse. »Und meine Mutter?«, fragt sie zögerlich.

»Wir sind jetzt deine Familie«, sagt Seinab sanft. »Du wirst sie hin und wieder besuchen. Denk dran, du wirst unter Leuten sein, die so sehr an dich glauben, dass sie dir ihr Leben anvertrauen.«

Ihre Worte erinnern Samira an das unangenehme Treffen in dem Garten zwischen süßlichem Jasmin und Geißblatt. »Und der Scheich und seine Leute, sind die etwa auch vertrauenswürdig?«

Seinab verliert die Geduld. »Du siehst das völlig unrealistisch. Sag du's ihr, Ammar. Wir überleben nur dank anderer Leute. Dieselben Kräfte, die uns früher unterstützt haben, investieren jetzt in andere Leute. Die alte Geschichte – herrsche und teile. Jeder will das Volk narkotisieren. Warum nicht mit Religion? Die Loyalität der Leute ist ja durchaus leicht zu kaufen. Wer auch immer gerade die Milizen organisiert, die Waffen kauft, die Krankenhäuser und Schulen betreibt, die Straßen reinigt, eine florierende Schattenwirtschaft schafft, der hat die Macht. Wer auch immer gerade die Tunnel gräbt und Blockaden aufrechterhält, ist im Land der Brutalisierten König. Aber es geht auch anders. Wenn die Amerikaner und die Peschmerga den IS im Irak bekämpfen und in Syrien als einzige Kämpfer nur noch Assads Schergen übrig bleiben, die Russen, die al-Nusra-Front und Dschaisch al-Islam, was soll dann aus uns werden? Ich habe gar keine andere Wahl, als zurückzugehen!« Nach ihrem Ausbruch wird sie still.

»Glaub mir«, sagt Herr Ammar, »von uns will niemand was mit den Islamisten zu tun haben, aber sie haben unbegrenzte Ressourcen und ein ausgezeichnetes Netzwerk durch ihre Wohlfahrtsverbände und Religionsschulen. Wer sonst ist denn stark genug, um uns zu unterstützen und uns mit Waffen zu versorgen?« Er wird wütend. »Wenn wir schwach sind und nichts tun, dann bedeutet das den Tod. Wenn wir uns nicht mehr bewegen, selbst wenn wir schlafen, dann sterben wir! Wir brauchen die jetzt, nicht für immer.«

Samira ist deprimiert. Bei ihrem Sitzplatz an der Scheunenwand hat Hussein eine alte Tafel ihres Vaters aufgestellt, ein verblichener Handabdruck aus dem Blut einer geopferten Ziege. Die Tafel bezeugt Al Dschids Glauben, dass Gott höchstpersönlich das Korn und die Tiere schützt. Samira betet, dass auch sie unter diese Regelung fällt und ihr Leben entgegen allen Erwartungen nicht vergeudet sein wird.

Als plötzlich in nächster Nähe Schüsse ertönen, springt sie

von ihrer Kiste auf, lässt Seinab und Herrn Ammar ohne ein weiteres Wort zurück und rennt zum Auto. »Was ist passiert?«, fragt sie Osman, der gerade die Kalaschnikow zurück in den Kofferraum legt. Seinab, Herr Ammar und Muna kommen dazu.

Osman prahlt: »Deine Cousine ist ein Fedajin – eine Freiheitskämpferin. *Mabruk*, Glückwunsch!«

Samira ist weniger erleichtert als begeistert. Lächelnd wendet sie sich zu Muna und sagt: »Ich werde für Syrien arbeiten, komme, was wolle.« Auf dem kurzen Weg von der Scheune hat sie ihre Entscheidung getroffen.

Sie redet weiter, selbst wenn sie weiß, dass Herr Ammar es lieber hätte, wenn sie nichts von ihren Plänen verraten würde. »Ich mache mich noch heute Abend auf den Weg.«

Samira umarmt Muna und spürt, wie diese zurückzuckt. Sie würde gerne länger mit ihr reden, damit sie sich keine Sorgen macht. Doch Samira hält inne und hört, wie ein jaulender Automotor sich die Hügel heraufschleppt. Er ist nicht so leise, wie er sein sollte, was bedeutet, dass der Wagen schon näher ist als gedacht. Als das Auto die Abzweigung erreicht und der weite Lichtstrahl der Scheinwerfer auf den Feldweg fällt, übernimmt Osman das Kommando. Rasch drängt er die kleine Gruppe hinter die Felsen und gibt ihnen ein Zeichen, sich nicht zu regen, als direkt vor ihnen auch schon ein lädierter Kombi hält.

Der betagte Scheich mit Turban und Gehstock steigt als Erstes aus, gefolgt von zwei jüngeren Männern in weiten Tuniken und Hosen. Einer von ihnen hat eine Pistole. In der Dunkelheit ist Samira sich nicht sicher, meint aber, den Halbstarken aus dem Garten zu erkennen. Zwei weitere Männer steigen aus und stützen einen dritten, der nicht mehr fähig ist, eigenständig zu gehen. Zusammengeschlagen hängt sein Körper schlaff nach vorne. Obwohl sein Gesicht nicht zu sehen ist, erkennt Samira sofort Hussein. Sie beißt sich in die Fingerknöchel und klammert sich an Muna.

Die Männer zerren Hussein vor das Auto und lassen ihn fallen. Er zuckt im Licht der Scheinwerfer. Auf der Fahrt nach oben haben seine Kidnapper wohl ihre eigene hitzige Diskussion geführt. Ein dicker Mann mit Gebetskappe spricht zuerst. »Dieser Ort ist eine Schande! Wir enthaupten ihn jetzt, und fertig! Was kümmert uns ein Ungläubiger? Er wird eh in der Hölle brennen!«

Ein anderer Mann ruft zur Ruhe auf. »Töten wir denn alle, die uns im Weg stehen?«

Der Jungspund aus dem Garten ist fahrig. »Wir haben lange genug diskutiert. Wir haben ihn doch gewarnt! Mit jedem weiteren Tag beleidigt uns sein widerliches Dasein und all das hier.« Er bedenkt alles ringsum mit einer Schmähgeste. »Allein diesen Gestank einzuatmen, gefährdet unsere Seelen.« Er packt Hussein am Kragen und zerrt ihn hoch. »*Ja kalb* – du Hund –, wir zeigen dir, was wir mit Leuten machen, die unsere Religion beleidigen!«

Hinter den Felsen zischt Samira Herrn Ammar an: »Tun Sie was!« An den Unterrändern ihrer Brillengläser sammeln sich Mascaratränen. »Ich habe euch doch gesagt, dass ihr denen nicht trauen könnt, aber ihr habt ja nicht gehört –«

»Deinem Bruder wird nichts geschehen«, flüstert Seinab. In ihren schönen dunklen Augen steht Angst, aber sie bleibt gefasst. Sie sieht Herrn Ammar an, damit er ihr recht gibt.

»Wir werden alles für ihn tun, aber nicht jetzt«, sagt er zu Samira. »Ein einzelner Mann darf nicht zerstören, was ein ganzes Jahr gedauert hat.«

»Und wann genau wollen Sie was tun? Wenn er tot ist? Wenn ich tot bin?« Wie viele Menschen hat dieser politische Scharlatan schon betrogen?

Herr Ammar will Samira beruhigen, indem er seine Hände um ihre legt.

»Fass mich nicht an!«, schreit sie und steht auf. Muna versucht, sie zurückzuziehen, aber es ist schon zu spät. Als Samira in den Lichtschein tritt, stellt sich Herr Ammar entschieden vor sie, gefolgt von Osman und Seinab. Der Scheich und seine Männer sind so überrascht, dass sie Hussein loslassen und er dumpf zu Boden fällt.

Der politische Sprecher vergeudet keine Zeit. »Ich bin Herr Ammar.« Er spricht, als wäre es ganz normal, dass er mitten in der Nacht auf einer anrüchigen Farm auftaucht. Respektvoll nickt er dem Scheich zu. »Wir haben miteinander korrespondiert. Ich habe heute Abend ihre finalen Konditionen erhalten.« Er redet lauter, um zu zeigen, wie ernst es ihm ist. »Ich hätte nie gedacht, dass wir unsere Verhandlungen hier zum Abschluss bringen würden.«

»Es gibt keinen Ort, an den meine Begleiter und ich nicht gehen –«

»Was machen Sie mit meinem Bruder?« Samira will zu Hussein, doch der Bursche aus dem Garten stellt sich ihr in den Weg.

Der Scheich richtet sich an Herrn Ammar. »Ich weiß, dass Sie Verbindungen zu dieser Familie unterhalten. Ein Kurier ist eines«, sagt er brüsk, »aber das Ausmaß Ihrer Verbindungen war mir nicht klar. Politischer Sprecher, das hier lässt mich unsere Pläne überdenken. Der Preis unserer Kooperation ist ein beidseitiger Wille, einen gemeinsamen Feind zu bekämpfen.« Unbewegt zeigt er mit seinem Stock auf Hussein am Boden. »Manche Taten verlangen eine Reaktion. Wir haben versucht, vernünftig zu reden. Für diesen Mann haben Worte nicht ausgereicht.«

Samira schreit: »Lassen Sie meinen Bruder in Ruhe!«

Der Scheich dreht sich zu ihr um und betrachtet sie. Sein Ton ist farblos und flach. »Kleine Schwester, hast du je in Betracht gezogen, dass wir auf derselben Seite kämpfen? Überall leiden unsere Leute. In diesem Moment werden manche bombardiert oder gefoltert oder werden belagert und hungern. Ein Leben ohne Angst ist das Privileg der Reichen, nie der Armen. Der einzelne Mensch ist in dieser Welt machtlos. Nur die Scharia kann das Gleichgewicht wiederherstellen. Aber wie können wir auf Seine Leitung hoffen, wenn uns Korruption und Verschmutzung umgeben?«

»Wir müssen uns entscheiden!« Wieder der Bursche aus dem Garten, der Samira und ihre Freunde verachtet. »Die sind entweder gegen uns oder für uns, einen Mittelweg gibt's nicht.«

»Zeigen wir denen, wer wir sind!«, brüllt ein anderer Anhänger des Scheichs und tritt Hussein, der sich die Hände um den Kopf legt.

Zwischen »Tötet ihn!«-Rufen verkündet der Scheich: »Der Koran ist eindeutig. Damit Er allein überleben kann, müssen die Feinde des Glaubens fallen. Unsere Handlungen werden in den Herzen der Kaffern Schrecken schaffen.«

»Wenn ihr ihn töten wollt, müsst ihr zuerst mich töten.« Wie aus dem Nichts erklingt müde und gleichgültig eine körperlose Stimme.

Mustafa tritt vor das Auto des Scheichs, mit nacktem Oberkörper, in Stiefeln. Er hält eines seiner Reisesouvenirs, Amerikas bestes Stück für den Nahkampf, ein M4-Carbine-Sturmgewehr.

»Ich bin hier eh als Einziger wirklich qualifiziert für so was. Meine Referenzen sind« – er überlegt – »ausgezeichnet.« In seiner ruhigen Bestimmtheit wirkt er, als würde er mit sich selbst sprechen. Dann brüllt er die Männer um Hussein an: »Weg da!«

Die Gefolgsleute des Scheichs rücken näher zusammen und bilden einen engen Kreis um den Körper am Boden.

»Soll ich mal vorführen?« Mustafa steht kurz davor zu feuern.

Selbst im schwachen Licht ist die Henna-Tätowierung quer über den Brustkorb des jungen Mannes sichtbar. »Aber du«, der Scheich starrt ihn an, »bist einer von uns. Du bist gezeichnet, ein Soldat Allahs.« Er lehnt sich auf seinen Gehstock. »Mudschahed, erinnere dich deiner Anweisung; leg deine Waffe nieder.«

»Weg da!«, brüllt Mustafa wieder. »Oder alle sterben außer dem Leutnant. Er hat schon genug gelitten. Wir alle haben genug gelitten.«

Der Scheich klingt jetzt honigsüß. »Warum uns drohen? Als wahre Gläubige erfüllen wir nur unsere Pflicht.« Als der Soldat nicht antwortet, wird der Scheich aggressiv. »Ich verlange die Wahrheit. Du hast dein Leben Allah verschrieben – was machst du in diesem Drecksloch?«

Mustafa antwortet besonnen. »Lediglich, was mir beigebracht wurde, Meister: den rechten Augenblick abwarten, den Feind überraschen, dann schnell sein, brutal. Dem Dschihad genügt nur Menschenblut. Und diese Revolutionäre hier« – spöttisch deutet er zu Herrn Ammar, blickt dann jedoch lange Samira an – »richten sich an mich wegen Eurer verlorenen Unschuld.«

Als sich der Bursche aus dem Garten auf den Soldaten wirft, will Muna aufschreien, doch der Mudschahed ist schnell. Er schwingt dem Jungen das Gewehr in den Magen, und als sich der Bursche zusammenkrümmt, noch einmal gegen die Stirn.

»Dumm, dumm.« Mustafa klingt kühl und unbeteiligt. Er blickt finster zum Mann mit der Pistole und nickt leicht mit dem Kinn, als wollte er ihn auffordern, sich zu bewegen. Der Mann lässt die Waffe fallen.

Taumelnd erhebt sich Hussein, Samira eilt zu ihm und führt ihn von seinen Angreifern fort. Da ertönt leises Motorenbrummen von mindestens zwei Wagen – sie sind bereits auf dem

Berg, schon biegen sie ab. Hussein beugt sich zu seiner kleinen Schwester und flüstert ihr den einzigen wirklichen Ratschlag zu, den er ihr je gegeben hat: »Nimm, wen du liebst, und leichtes Gepäck. Geh sofort los!«

Sie denkt, er muss delirieren, bis er sagt: »Ich werde es Mutter Fadhma beibringen, und sie wird es verstehen. Schick uns eine Nachricht, wenn du kannst, und komm zurück, wenn es sicher ist; wir werden auf dich warten.« Als sie wieder zögert, sagt er noch einmal: »Geh, bevor es zu spät ist. Jetzt kommen die wirklich Gefährlichen. Hör auf einen Bruder, der schon zu viel erlebt hat.« Trotz seiner Schwäche gibt er ihr noch einen letzten nützlichen Ratschlag – »Der Soldat kennt den Weg« –, dann drängt er sie beiseite und stolpert hinaus in die Dunkelheit.

Der Scheich rügt noch immer Mustafa. »Gläubiger, unter uns, deinen Brüdern, bist du kein Ausgestoßener. Unter denen« – er zeigt auf Samira – »bist du ein Söldner, ein Mörder, dazu verdammt, für den Rest deines Lebens auf der Flucht zu sein.«

Der Soldat zielt. »Bevor ihr in eurem eigenen Blut ertrinkt, trinkt von meinem.«

In dem Sekundenbruchteil zwischen Drohung und Tat zuckt das Sturmgewehr kurz. Samira erkennt, was passiert, und stellt sich neben den Soldaten, um zu tun, was auch immer sie tun muss, als zwei Limousinen über den Feldweg auf die Farm zugerast kommen. Mit flackernden Scheinwerfern und kreischenden Bremsen halten sie an. Schwer bewaffnete Männer stürzen sich auf den Scheich und sein Gefolge. In der Verwirrung ergreift Samira ihre Chance und ist damit nicht die Einzige. Da wird das schwere Scheunentor zur Seite geschoben, und ein Schwall von Neonlicht ergießt sich über den Hof. Das Getöse von Grunzen, Heulen, Schlagen und Schimpfen verstummt. Alle Blicke fallen auf Hussein, verprügelt und geschwächt, der ganz still dasteht.

In der Hand hält er ein riesiges Fleischerbeil. Er blickt auf die versammelte Menschenmenge, dann geht er zu den Schweinekoben. Jedes Mal, wenn ihm die Beine versagen, klammert er sich an ein Geländer. Der mühsame Weg eines Mannes unter Schmerzen, doch sein Ziel ist klar.

Beim größten der Verschläge schwingt er ein Bein über das Geländer, sammelt seine verbleibende Kraft und klettert in die schmale Lücke neben Umm al-Chanasir. Erschrocken über den unerwarteten Besucher erhebt sich die ungeheure Sau auf die Hinterläufe. Hussein wirkt winzig neben ihr, doch seine Waffe ist gut positioniert. Verrat durch die Hand, die sie einst hegte und pflegte, ist der grausamste Schlag. Das Brüllen des Schweins vermischt sich mit einem jammernden Fiepen, das Hussein als menschlich und als Abu Satars erkennt. Dessen physischer Körper oder astraler Geist – Hussein weiß nicht mehr, was von beidem – hat Musas Berg erklommen, um seinem lukrativen In-vitro-Experiment Lebwohl zu sagen.

Doch nichts bringt Hussein von seiner Aufgabe ab. Durch zusammengebissene Zähne presst seine leblose Miene Wörter hervor. Jedes dritte ist betont, immer wenn Husseins Beil ins Fleisch des Schweins hackt. »Ich gestatte *nicht*, dass eine *Sau* sich zwischen *euch* und euren *Schöpfer* stellt. Wenn *ihr* glaubt, dass *ihr* Tod zu *unsrer* Auferstehung führt, *mit* Vergnügen!«

Die scharfe Klinge fährt tief in die Sau, immer und immer wieder. Das Tier kauert sich zusammen und will in die vier Ecken des Verschlags robben, doch Hussein ist unerbittlich.

»Wie wir uns doch alle nach Größe sehnen.«

Blut spritzt hervor und fällt wie Regen.

»Und all die Zeit ist sie hier, im Bauch eines Schweins. Weiß Gott haben wir alle genug davon, die Letzten zu sein, die Dummen, die Korrupten, die Opfer.«

Als Hussein immer weiterhackt, bewegt sich das Tier irgendwann nicht mehr, und die Fleischmasse nimmt die Hiebe hin wie ein Kissen. Hussein zieht sich an einem Gitter in die Höhe und hält die Reste des großen Schweins an einem Ohr. Ihre halb geöffneten Augen blicken hochmütig drein.

»Das ist mein Opfer, damit das Töten ein Ende hat. Keine Kriege mehr um nutzloses Land. Keine Fehden mehr zwischen den Gottlosen und den Gottesfürchtigen, die einen aufgebläht von Hunger und Durst, die anderen von selbstgerechter Gier. Welcher gütige Herrscher tötet denn Hunderttausende für ein Schweizer Konto? Wer betrachtet denn die Vergewaltigung kleiner Mädchen als religiöse Ekstase? Jede Entschuldigung ist recht, wenn man Länder zerstören und Leben rauben will.«

Abu Satar hat Hussein mit wachsender Abscheu zugesehen. Als er sich nicht mehr zurückhalten kann und in die Scheune rennen will, packt ihn aus dem Dunkel eine Hand und hält ihn fest. Er stiert mit seinem guten Auge und erkennt gerade so das Amulett gegen den bösen Blick um Samiras Hals. Der schwache Schimmer reflektiert kurz das Licht, dann verschwindet er im Nichts. Abu Satar hätte sich dieses Detail auch leicht einbilden können, wird davon jedoch noch jahrelang erzählen. Muna steht an seiner Seite, als Samira ihnen beiden einen Kuss zuwirft und dann für immer hinter einem Felskamm verschwindet. Zwei ungewöhnliche Gefährten folgen ihr: die eine ein Fräuleinwunder, der andere eine unbekannte Größe, doch in der Not vermutlich nützlich.

Manchmal, wenn sich sein gutes und sein schlechtes Auge in die Quere kommen, sieht Abu Satar nicht so gut, oder zumindest wird das seine Entschuldigung im Zeugenstand sein. Er könnte die Muchabarat-Männer warnen, dass ihr Flüchtiger sich gerade davonmacht, aber bei einer solchen Auswahl an Verdächtigen wird ihn ohnehin niemand vermissen. Er verkehrt schon lange genug mit der Geheimpolizei, um deren ganz eigene Methode der Abschreckung zu überblicken: Männer, die zu so viel Gutem entschlossen sind, dass sie jedes Hindernis niedermetzeln. Abu Satar zückt sein Must-have, gewebt aus fünfhunderttausend Fäden feinster ägyptischer Baumwolle, und schöpft aus der Weichheit dringend benötigten Trost. Ungeachtet der Situation würde es Samira nicht anders wollen, und ihre erstklassigen Standards will er ehren.

Seinen abschließenden Kommentar zu der ganzen traurigen Angelegenheit – »Hoffnung ist irgendwas mit Flügeln« – schenkt er Muna.

In der Scheune ist Hussein auf die Knie gesunken und hat seine Hände in das riesige tote Schwein gegraben. »Gott Allmächtiger«, schluchzt er in heftigen Atemzügen, »möge das Blut dieses *chansir* seine und unsere Sünden reinwaschen.«

Seine Kleidung ist blutdurchtränkt. Er legt das Hackebeil beiseite und erlangt genügend Gleichgewicht, um aus dem Verschlag zu klettern. Noch etwas anderes beschäftigt ihn.

»Mein Vater hat mich gelehrt zu geben, um zu empfangen. Bevor der Mensch 5500 Jahre vor Christi Geburt das erste Korn säte, liefen im Jarmuk-Tal wilde Schweine umher. Nun sollen sie dort abermals gedeihen.« Er blickt auf seine blutverschmierten Hände und kann kaum glauben, dass sie ausnahmsweise nicht zittern. Den Schmerz der Schläge und den Kummer, sein Schwein getötet zu haben, hat ein seltsames Hochgefühl verdrängt. Endlich fühlt er sich für sich selbst verantwortlich.

Während er durch die gesamte Scheune geht und beiläufig die Verschläge öffnet, überschlagen sich seine Gedanken. Sein räuberischer Onkel wird es auf keinen Fall verstehen können, doch Hussein und seine Familie werden zurechtkommen. Allen materiellen Mangel werden Liebe und Aufmerksamkeit wettmachen. Laila wird lernen, ihm zu vertrauen. Und Mutter Fadhma auch – wenn sie sich dazu durchringen kann, einmal nicht voller Bedauern zu leben. Anfangs wird da der Schrecken wegen Samira sein, doch er und die alte Frau werden es schaffen. Zu lange waren sie alle in Erinnerungen versunken, die lebendiger waren als ihr wirkliches Leben.

Husseins Hände fangen an zu pulsieren und werden dann größer, so groß, dass sie sein gesamtes Sichtfeld einnehmen. Er kann klar jede einzelne Hauterhebung sehen, unnatürlich klar und detailliert. In jeder von ihnen strömt ein Fluss von Blut, und darin fließen Tausende von Zukünften. Er kann nicht wissen, welche davon entfesselt wird. Seine Söhne werden entweder als Ärzte enden oder als Mörder. Welches von beidem, weiß er nicht. Seine Schwester war der eine Mensch in der Familie, der von seinen Erfahrungen hätte profitieren können. Heute Nacht hat er zum ersten Mal versucht, ihr zu helfen. Falls sie sich wiedersehen, und auch das ist ungewiss, wird er ihr sagen, dass viele Wege zur Erlösung führen. Vorläufig wirkt seine Last leichter. Als die Scheune anfängt, sich erst schnell und dann sehr, sehr langsam zu drehen, hebt Hussein mit Mühe den Kopf und ihm erscheint der Geist seines Vaters. Al Dschid ist nicht mehr wütend und er schämt sich nicht mehr für seinen Sohn.

Schweine in allen erdenklichen Größen und Formen laufen Amok – gesprenkelte, hellbraune, braune, schwarze, haarige und glatte, die Schönheiten und die rotborstigen, Ferkel mit dem großen Glück, dem Verdauungstrakt ihrer Mutter entgangen zu sein, die jedoch die grausame Nacht allein nicht überleben werden, die kastrierten sechsmonatigen, bereit zur Schlachtung, die angeschlagenen und die Kümmerlinge. Im Gewimmel der Tiere fallen der Scheich und seine Leute, die Muchabarat-Muskelmänner und der politische Flügel des Revolutionären Wandels wütend übereinander. Wortlos lösen sich Muna und Abu Satar aus dem Getümmel und gehen zu Hussein, während ringsum Schweinemäulchen, die Milchzähne liebevoll gezogen oder abgefeilt, einen schauerlichen Befreiungsschrei ausstoßen.

Eine Handvoll männlicher Tiere, ihr Instinkt eingetrübt durch Gefangenschaft und Wachstumshormone, schlägt den Weg nach Norden ein und erklettert die kargen höheren Böschungen hinauf zur Kirche und der Klosterruine auf dem Dschabel Musa. Wie von der Schwerkraft angezogen bewegt sich der Rest talwärts. Die Berghänge und Büsche wimmeln vor Hufen, Rüsseln und Ringelschwänzchen. Schneller, als irgendjemand fahren kann, denn die Straße ist bei Weitem nicht der direkteste Weg, fliehen die Schweine über niedriger gelegene Weiden und Felder. Manche spüren die lange Reise, die ihnen noch bevorsteht, und trinken an den Quellen des Propheten, dann trotten sie wieder los, um ihre Freunde einzuholen. Als ältere Säue langsamer werden und sich allmählich verlaufen, übernehmen keckere jüngere Schweine und genießen am Fuße der Hügel die Ruhepause, die ihnen die Lilien und der Oleander im duftend kühlen, zauberhaft beleuchteten Garten der Matrubs bieten.

An der Gabelkreuzung der städtischen Hauptarterien gehen noch nie getrennte Geschwister aufs Ganze und ziehen in unterschiedliche Richtungen von dannen. Manche steuern ins Ostviertel, dessen enge Straßen und verwinkelte Gassen zu einer Rennbahn werden, welche die Tiere am anderen Ende schwindelig, aber vergnügt wieder verlassen. Andere werden bei der Markthalle von Müll am Straßenrand abgelenkt, aber nicht allzu lange. Bald ist jede Ecke der Stadt voller schnuppernder, stöbernder Schweine.

Im grauen Licht vor Anbruch der Dämmerung, wenn sich dicke Tautropfen bilden, überlassen die Hunde ihre Lieblingstreffpunkte einer unbekannten Bedrohung. Von der vorderen Terrasse aus erblickt Mutter Fadhma den Grund und macht sich vorsichtig, um die anderen nicht aufzuwecken, von der schlafenden Laila und den Jungen frei. Die alte Frau geht langsam durch das neue Haus und hält nicht an, um ihren toten Gatten zu konsultieren. In der Küche bereitet sie das Lieblingsessen der Familie zu, Futter für die Seele: heißen Pfefferminztee und getoastetes Satar-Brot. Samira und Hussein waren die ganze Nacht unterwegs und sind vielleicht immer noch nicht auf dem Heimweg. Fadhma wird klar, dass sie, egal was kommt, den Dingen ruhig, rational und furchtlos ins Auge blicken muss. Es bringt nichts, sich ständig auf Katastrophen vorzubereiten; manchmal muss man auch zulassen können, dass etwas doch beinah nach gutem Gelingen aussieht.

Um diese Stunde ist die einzige Person auf den Straßen der kleinen Stadt der Gehilfe des Schlachters, Khaled. Der Junge hat die frühen Morgenstunden am liebsten und schleicht sich dann oft für einen Bummel aus dem väterlichen Haus. Die ein oder zwei Schweine machen ihm anfangs keinen großen Eindruck, doch als es immer mehr werden, weicht er ihnen aus, stellt sich auf die Treppe vor der Kirche des Mosaiks und beobachtet nur. Er kennt sich gut aus mit Bibelgeschichten über Plagen von Fröschen, Heuschrecken oder Ungeziefer, aber Schweine werden nie erwähnt. Egal. Die Tiere sind in viel zu großer Eile, als dass sie ihn belästigen würden. Als ein reizendes, völlig geschafftes Ferkelchen kollabiert, nimmt Khaled es hoch und streichelt den zarten Flaum an seinem Bäuchlein. Er überlegt, ob er es zu Hause unter seinem Bett halten soll, aber er konnte noch nie so gut mit Haustieren. Er ist vielleicht langsam, aber blöd ist er nicht. Gerade legt er das schnarchende Ferkel auf einer Treppenstufe ab, als drei verschleierte Frauen an der Kirche vorbeigehen. Kurz glaubt er, seinen Namen zu hören. Erst da bemerkt er, dass eine der drei schwere Stiefel trägt und Füße hat wie ein Mann.

Für die Schweine scheinen die ungepflasterten Straßen wenig Faszination bereitzuhalten, abgesehen vom Essensgeruch vom Falafel-Stand. Zwei mit zu wenig Verstand, um ihrer Schnauze zum Taxiplatz zu folgen und sich dort zwischen den Müllhaufen der Grillstellen und Lokale zu verlustieren, schnüffeln am Ende halbherzig um Abu Satars Schnäppchen-Emporium herum, wo der Geruch ihrer Ur-Ur-Ur-Ur-Ur-Ur-Ur-Ur-Ur-Ur-Großmutter schwach, aber doch unverkennbar penetrant in der Luft hängt. Auf der Lovers' Lane verteilt ein rostroter Eber seine Pheromone und pinkelt an eine Straßenlaterne.

Die meisten Schweine sammeln sich auf dem Pfad zwischen der Jungen- und der Mädchenschule, der auf die Felder und die offene Fläche der umliegenden Hochebene hinausführt, durch die Wüstensteppen hinunter ins Tal und schließlich ins dschungelhafte Dickicht in den Auen entlang des Ufers des Jordans. Sie haben eine Chance erhalten, die sie nicht vertun dürfen. Nur die einfältigsten bleiben noch in der Stadt, als im Osten der erste Lichtschimmer einen neuen quälend heißen Tag verspricht.

DANK

Malu Halasa dankt André Gstettenhofer, Anja Linhart und Eleonora Holthoff bei Elster & Salis und der Übersetzerin Sabine Wolf für ihren Enthusiasmus und die akribische Sorgfalt in Detailfragen.
Weiterer Dank geht an Marina Penalva und der Pontas Literary & Film Agency; Olivia Taylor Smith, C. P. Heiser, Jaya Nicely und Nancy Tan bei Unnamed Press, Majd Masri, Lawrence Joffe, Mitch Albert und Rebecca Carter.

Titel der Originalausgabe
Mother of all Pigs

Malu Halasa: *Mutter aller Schweine*
Aus dem Englischen von Sabine Wolf

Elster & Salis AG
Löwenstraße 2, CH-8001 Zürich, Schweiz
www.elstersalis.com

Library of Congress
Cataloging-in-Publication data
A CIP catalog record for this book has been applied for at the Library of Congress.

Bibliografische Information
der Deutschen Nationalbibliothek
Die Deutsche Nationalbibliothek verzeichnet diese Publikation in der Deutschen Nationalbibliografie; detaillierte bibliografische Daten sind im Internet über http://dnb.dnb.de abrufbar.

1. Auflage
Printed in Germany
ISBN 978-3-906903-14-9

Umschlagmotiv
Foto »Green refrigerator standing on the street«, Pixonaut, Adobe Stock

Nachweise
· *Seite 49:* Die Gedichtzeilen »Wir sind die Töchter des Morgensterns …« lassen Passagen aus den *Annalen* des Gelehrten Al-Tabari aus dem zehnten Jahrhundert anklingen, hier zitiert nach einer Übertragung ins Englische durch Olivia und Bassem Snaije aus dem Jahr 2017 von Hermann Zotenbergs französischer Übersetzung in: *Tabari: Mohammed, sceau des prophetes. Extrait de la Chronique de Tabari*, La Bibliothèque de l'Islam, Sindbad, 1980.
· *Seite 285:* »Draußen vorm Zelt redeten sie von Ehre … vom Harem … ich bin eine Frau, keine Sklavin …«: Bei dem zitierten syrischen Rap handelt es sich um den Song *Female Refugees* von Monma, Al-Raas und Al-Sayyed Darwish, hier zitiert nach einer Übertragung ins Englische durch Ghias Aljundi aus dem Jahr 2014.
· *Seite 295:* »rieben sie sich den Schlamm des eigenen Landes ins Gesicht« zitiert nach Kitty Warnock: *Land before honour: Palestinian women in the occupied territories*, Macmillan, 1990.

Lektorat
Anja Linhart

Korrektorat
Patrick Schär

Satz
Peter Löffelholz

Gestaltungskonzept
Clemens Theobert Schedler,
Büro für konkrete Gestaltung

Schriften
Questa Sans, entworfen von Jos Buivenga und Martin Majoor: www.thequestaproject.com
Novel, entworfen von Christoph Dunst: www.atlasfonts.com

Druck und Bindung
CPI Books GmbH

DIE FAMILIE SABAS

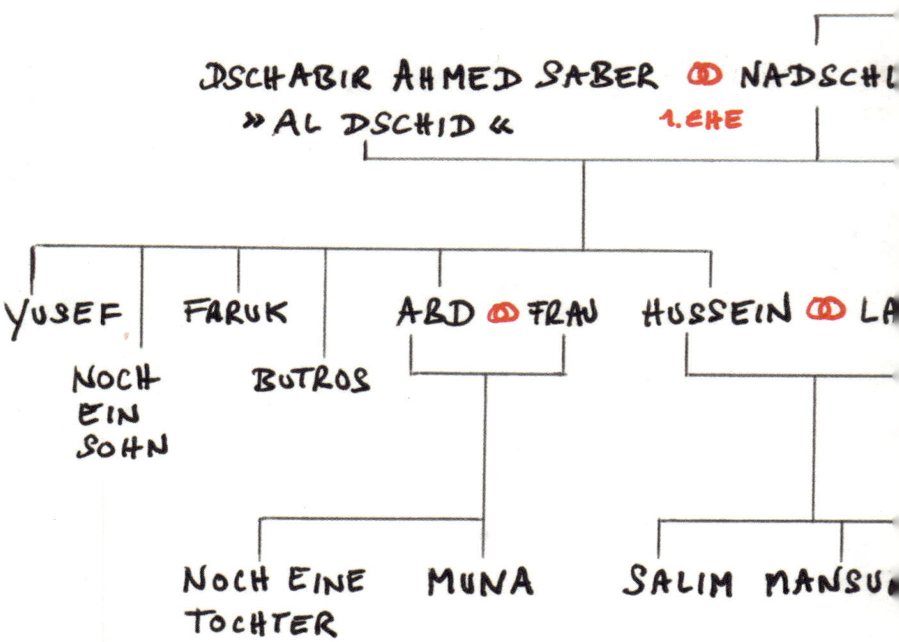